DER LEICHENTHRON

Romane über die Imperiale Inquisition
von Black Library

• Die Schattenchronik von Terra •
LEICHENTHRON
DER HOHLE BERG
Chris Wraight

• Eisenhorn •
XENOS
MALLEUS
HERETICUS
MAGOS
Dan Abnett

• Ravenor •
INQUISITOR
VENATOR (in Vorbereitung)
Dan Abnett

PARIAH
Dan Abnett

• Der Krieg der Horusianer •
WIEDERKEHR
INKARNATION
DIVINATION
John French

DEATHWATCH
DEATHWATCH: OPERATION SCHATTENBRECHER
Steve Parker

WARHAMMER 40,000

DIE SCHATTENCHRONIK VON TERRA

DER LEICHENTHRON

CHRIS WRAIGHT

BLACK LIBRARY

EINE PUBLIKATION VON BLACK LIBRARY

Englische Erstausgabe 2016 in Großbritannien herausgegeben von
Black Library.
Diese Ausgabe herausgegeben 2020.
Black Library ist eine Abteilung von Games Workshop Ltd.,
Willow Road,
Nottingham, NG7 2WS, UK.

10 9 8 7 6 5 4 3 2 1

Titel des englischen Originalromans: *Vaults of Terra: The Carrion Throne.*
Deutsche Übersetzung: Stefan Behrenbruch.
Produziert von Games Workshop in Nottingham.
Titelbild: Igor Sid.
Vertrieb: EGMONT Verlagsgesellschaften mbH.

Druck und Bindung: CPI Group (UK) Ltd, Croydon, CR0 4YY

ISBN13: 978-1-78193-463-0

Gedruckt und gebunden in Großbritannien.

In Liebe für Hannah.

Wir schreiben das 41. Jahrtausend. Seit mehr als einhundert Jahrhunderten sitzt der Imperator reglos auf dem Goldenen Thron von Terra. Durch den Willen der Götter ist er der Herr der Menschheit und durch die Macht seiner unerschöpflichen Armeen der Gebieter über Millionen von Welten. Er ist ein verwesender Leichnam, der von unverstandenen Kräften aus dem Dunklen Zeitalter der Technologie durchströmt wird. Er ist der verfallene Herrscher des Imperiums, für den jeden Tag eintausend Seelen geopfert werden, auf dass er niemals wirklich sterbe.

Doch auch in seinem unsterblichen Schlaf wacht der Imperator auf ewig weiter. Mächtige Kriegsflotten durchqueren das von Dämonen heimgesuchte Miasma des Warp, die einzige Verbindung zwischen fernen Sternen, ihr Weg erleuchtet durch das Astronomican, die psionische Manifestation des Willens des Imperators. Gewaltige Armeen ziehen auf zahllosen Welten in seinem Namen in den Kampf. Die mächtigsten unter ihnen sind die Krieger des Adeptus Astartes, die Space Marines – biotechnisch veränderte Superkrieger. An ihrer Seite stehen Tausende und Abertausende Soldaten des Astra Militarum, unzählige planetare Verteidigungsstreitkräfte, die ewig wachsame Inquisition und die Techpriester des Adeptus Mechanicus. Dennoch reichen ihre Taten kaum aus, um die immerwährende Bedrohung durch Xenos, Häretiker, Mutanten und Schlimmeres in Schach zu halten.

In jener Zeit zu leben bedeutet, einer unter vielen Milliarden zu sein. Es bedeutet, unter einem unvorstellbar grausamen und blutigen Regime zu leben. Dies ist die Geschichte jener Zeit. Vergiss die Macht der Technologie und der Wissenschaft, denn vieles ist vergessen worden, um nie wieder erlernt zu werden. Vergiss das Versprechen des Fortschritts und der Aufklärung, denn in der dunklen Zukunft gibt es nur den Krieg. Es existiert kein Frieden zwischen den Sternen, nur ewig währender Kampf und das Gelächter blutdürstiger Götter.

KAPITEL EINS

»Sagt nichts, sondern hört mir sehr sorgfältig zu«, sagte er. »Versteht Ihr mich? Ihr steckt in Schwierigkeiten, wie Ihr wisst. An der Wand dort hinten hängen Werkzeuge, aber schaut sie nicht an. Schaut mich an.«

Der Mann starrte mit entsetztem Blick in die Augen des Sprechers. Sie waren von tiefgrauer Farbe und schienen nicht zu blinzeln.

»Ich habe Euch aufgrund der Zeugenaussagen einiger Euch bekannter Personen hierher bringen lassen«, sagte er. »Sie kamen zu mir und ich bin verpflichtet, ihnen zuzuhören. Ihre Berichte wurden aufgenommen. Sie liegen dort drüben auf dem Tisch. Nein, schaut sie nicht an. Richtet Eure Augen weiter auf mich. Ihr habt Angst. Aber wenn Ihr zulasst, dass sie Euren Geist beherrscht, wird es Euer Ende sein. Vergesst nicht, dass Ihr ein menschliches Wesen seid, und damit Herr über Eure Leidenschaften. Wenn ich Euch eine Frage stelle, werdet Ihr sie beantworten, und wenn Ihr nicht aufrichtig seid, werde ich es wissen. Die Wahrheit ist alles, was ich begehre. Ihr habt noch eine Chance, also verschwendet sie nicht. Verschwendet sie nicht.

Klammert Euch an sie. Lasst sie nie aus den Augen. Versteht Ihr, was ich Euch sagen will?«

Der Mann machte den Eindruck, den Worten Folge leisten zu wollen. Er versuchte, dem Blick des Sprechers standzuhalten und das unwillkürliche Zittern seiner Hände zu unterdrücken, doch beides fiel ihm schwer. Er sah mitgenommen aus und er stank. Doch nach zwei Tagen in einer Zelle, in der die Schreie aus den unteren Ebenen zu hören waren, war so etwas zu erwarten.

Er konnte nicht antworten. Seine mit Schorf verkrusteten Lippen zuckten, aber die Worte wollten nicht kommen. Er zitterte, zuckte und seine Finger verkrampften sich, doch er konnte nicht tun, was von ihm verlangt wurde.

Der Mann wartete. Er war es gewohnt, zu warten. Er hatte Tausende Befragungen auf Hunderten Welten geleitet, sodass es ihm nicht viel ausmachte, dem Mann etwas Zeit zu lassen. Er ließ sich auf seinen prächtigen Orlholzstuhl sinken, faltete die Hände und stützte sein Kinn auf die gepanzerten Fingerknöchel.

»Versteht Ihr, was ich sage?«, fragte er noch einmal.

Der Mann rang um eine Antwort. Sein Gesicht war aschfahl, so wie die Gesichter aller Terraner von niederer Geburt – die graue Blässe der Thronwelt, die ein Leben unter dem ewigen Schleier toxischer Wolken mit sich brachte.

»Ich …«, stotterte er. »Ich …«

Der Fragesteller wartete. Über seinen gepanzerten Schultern hing ein schwerer Mantel, dessen Saum mit silbernen Totenschädeln verziert war. Er hatte sich das Haar mit glänzendem Wachs zurückgekämmt. Eine Adlernase und ein kantiger Kiefer dominierten ein scharf geschnittenes Gesicht mit reptilienhaften Zügen, das regungslos, geduldig und hart wirkte.

Auf dem Aufschlag seines Mantels prangte das einzige formelle Amtszeichen des Fragestellers – die eiserne Schädelrosette des Ordo Hereticus. Es war ein unscheinbares Ding, eine Kleinigkeit, kaum größer als das Juwel eines Amuletts, doch im Laufe vieler Lebensspannen hatten die Bürger des Imperiums gelernt, es zu fürchten.

So sehr er es auch versuchte, der gefesselte Mann konnte seinen Blick nicht davon abwenden. Mehr als die Instrumente an der rostfleckigen Wand, mehr als der Geruch nach altem Blut, der von den Steinfliesen aufstieg, und mehr als die verkratzten Synthlederriemen war es dieser Anblick, der ihn an den Metallstuhl fesselte.

Der Inquisitor beugte sich vor und zog einen langläufigen Revolver aus dem Gürtel, den er sich um die Hüfte geschnallt hatte. Der Waffengriff war mit Elfenbein eingelegt und die Trommel mit einem gewundenen Schlangenmotiv verziert. Er ließ die Trommel mit einer geübten Bewegung aufschnappen, inspizierte die Patronen in den Kammern und schloss sie wieder. Dann drückte er die Mündung gegen die Schläfe des Mannes. Das kurze Zusammenzucken, als kalter Stahl warme Haut berührte, entging ihm nicht.

»Ich möchte das hier nicht tun«, sagte der Inquisitor mit sanfter Stimme. »Ich möchte Euch nicht länger wehtun. Warum sollte ich? Das Reich des Imperators in seiner endlosen Größe braucht Bürger, die ihm dienen. Ihr seid jung und bei passabler Gesundheit. Solange Ihr lebt, könnt Ihr ihm dienen. Mit tatkräftigen Händen zupacken. Der größte Ruhm des Imperiums ist die Mühsal unzähliger Hände.«

Der Mann zitterte stärker und ein dünner Speichelfaden hing von seinem Mundwinkel herab.

»Und hätte ich die Wahl, würde ich es vorziehen, keine Munition zu verschwenden«, fuhr der Inquisitor fort. »Eine dieser Kugeln ist mehr wert, als Ihr je verdienen werdet. Die Patronen werden von sachkundigen Händen auf Luna gefertigt. Ihre Schöpfer sind Meister darin, die Relikte vergangener Zeitalter zu bewahren, und sie wissen um den Wert ihrer Kunst. Diese Waffe trägt den Namen Sühne und von ihrer Art wurden lediglich zwei gefertigt. Die andere, Schuld, ging vor tausend Jahren verloren und wurde vermutlich zerstört. Stellt Euch also folgende Frage: Würde ich riskieren, dass dieses kostbare Ding Schaden nimmt, indem ich es gegen Euch richte, oder würde ich es vorziehen, es zurück ins

Holster zu stecken und Euch am Leben zu lassen, damit Ihr mir erzählen könnt, was Ihr wisst?«

Der Mann versuchte gar nicht erst, einen Blick auf die Waffe zu werfen. Er wich dem Blick des Inquisitors aus und starrte panisch auf die Rosette, während er seine Tränen fortblinzelte und das Zittern zu unterdrücken versuchte.

»Ich ..., habe Euch ... alles erzählt«, begann er.

Der Inquisitor nickte ermutigend. »Ja, so ist es. Ihr habt vom Falschen Engel gesprochen. Ich hatte angenommen, dass wir der Wahrheit auf den Grund gehen werden, also habe ich Euch reden lassen. Doch Angst hat Euch die Stimme geraubt und so waren wir gezwungen, noch einmal von vorn zu beginnen. Vielleicht war auch alles, was Ihr mir erzählt habt, gelogen. Daran bin ich gewöhnt, müsst Ihr wissen. Jede wache Stunde dringt eine Lüge von jemandes Lippen an meine Ohren. Für mich sind Lügen wie Tränen – durchschaubar und kurzlebig. Wenn Ihr mich wieder belügt, werde ich es bemerken, und Sühne wird Euch antworten. Also sprecht, und zwar schnell.«

Der Mann schien in sich zusammenzusinken, als würde er sich nach langem Kampf in sein Schicksal fügen. Er sank auf seinen Stuhl zurück und seine blutunterlaufenen Augen wichen von der Rosette.

»Ich habe einen ... Fehler gemacht«, murmelte er stockend. »Das wisst Ihr. Ihr habt es von Anfang an gewusst. Ein Fehler.« Er hob den Kopf und warf dem Inquisitor einen trotzigen Blick zu. »Es war ein Fehler! Woher sollte ich es wissen? Sie sprachen über die Dinge, von denen auch die Priester sprechen. Mein Geist war verwirrt.« Nachdem der Damm gebrochen war, sprudelten die Worte immer schneller aus ihm hervor. Die Angst verlieh ihnen Flügel. »Es ist schwer, wisst Ihr? Das Leben ... Tag für Tag. Und plötzlich kommt jemand und sagt, dass es andere Möglichkeiten gibt. Dass wir bessere Rationen erhalten werden. Dass es mehr Unterkünfte in den Hab-Blöcken für jene geben wird, die sie brauchen. Dass das Morden auf den unteren Ebenen aufhören wird. Dass sie

Arbitratoren schicken werden, die diejenigen aufhalten, die uns jagen. Wusstet Ihr, dass wir gejagt werden? Natürlich wusstet Ihr das. Immer wieder werden Leichen gefunden, doch niemand tut etwas dagegen – nie. Deshalb habe ich ihnen zugehört, obwohl ich irgendwie ahnte, dass es nicht richtig war und unser wahrer Beschützer auf dem Thron sitzt. Aber der Engel ist hier und er hört zu. Und ich habe zugehört, was seine Prediger uns verkündeten. Und wenn sie uns aufforderten, Vorräte anzulegen oder Waffen zu tragen, dann habe ich es nur getan, weil ich ihnen glauben wollte. Das habe ich. Thron behüte, das habe ich.«

»Langsam«, warnte ihn der Inquisitor und ließ die Mündung des Revolvers über die Wange des Mannes bis zu seinem Kinn wandern. »Ordnet Eure Gedanken. Ich habe gesehen, was Ihr getan habt. Ich habe die schrecklich zugerichteten Leichen gesehen und die mit Blut auf die Wände geschmierten Symbole. Das war nicht das Werk irgendwelcher Beutelschneider. Es war das Werk von Häretikern.«

»Nein!« Die Augen des Mannes weiteten sich vor Furcht. »Ihr seht das falsch!«

»Seltsam, wie viele in diesen Zellen das behaupten.«

»Ich sage die Wahrheit, Exzellenz. Wirklich. Ich weiß nichts über diese … Verbrechen. Er sagte uns nur, dass wir uns im Angesicht der Finsternis bewaffnen sollen, denn niemand würde –«

»Etwas dagegen tun. Aber jetzt tut jemand etwas. Ich tue etwas. Ich würde gerne mehr tun. Ich habe vor, die Finsternis auszumerzen.«

»Ja, ja, sie muss ausgemerzt werden.«

»Wo finden die Treffen statt?«

»In Malliax.«

»Das sagtet Ihr bereits. Ihr wisst, was ich hören will. Nennt mir den Ort. Den Ort, an den Ihr geht, um diese Dinge zu hören.«

»Ich kenne ihn nicht.« Die Angst kehrte in seine Stimme zurück. »Ich weiß nicht, wie man ihn nennt. Ich kann Euch nicht dorthin führen.«

Die grauen Augen des Inquisitors verengten sich. Der dunkel gepanzerte Finger des vortrefflich gearbeiteten Handschuhs glitt vom Abzug, doch der Lauf bohrte sich weiter in das Kinn des Mannes. Eine ganze Weile lang blickten sie einander die Augen, der eine verzweifelt, der andere nachdenklich.

»Ich glaube Euch«, sagte der Inquisitor schließlich, während er die Waffe sinken und zurück ins weiche Echtlederholster gleiten ließ.

Der Mann schnappte erleichtert nach Luft. Bis zu diesem Moment hatte er kaum gewagt, zu atmen. Er begann zu schwitzen und das Zittern wurde wieder schlimmer.

»Es ist die Wahrheit!«, stieß er hervor und seine Stimme brach beinahe vor Angst. »Es ist die Wahrheit, ich kann Euch nicht dorthin bringen.«

Der Inquisitor lehnte sich zurück. »Ich weiß«, sagte er. »Ihr seid nicht so dumm, mich zu belügen. Ich könnte Euch brechen, hier und jetzt, und Ihr würdet mir nicht mehr verraten, als Ihr es bereits getan habt.« Seine Lippen verzogen sich zu einem trockenen Lächeln. »Schätzt Euch glücklich, dass Ihr mir erst jetzt begegnet. Damals, als ich jünger war, hätte ich Euch auseinandergenommen, nur um sicher zu gehen, dass Ihr nichts mehr vor mir verbergt. Aber jetzt nicht mehr. Heute weiß ich, wann jemand mir alles offenbart hat.«

Der Mann entspannte sich nicht. Eine andere Form der Angst funkelte in seinen Augen, die Angst vor einer neuen Grausamkeit, vor einer Täuschung, wie sie die Agenten der Heiligen Inquisition tausendfach gebrauchten. Für ihn gab es kein Entkommen. Sobald ein Sterblicher die schwarzen Festungen betreten hatte, war sein Ende besiegelt. Alle wussten das. Alle.

»Ich würde es Euch sagen«, stammelte er und brach in Tränen aus. »Wenn ich es wüsste, würde ich es Euch sagen.«

Der Inquisitor stand auf und der Saum seines Mantels strich über seine glänzenden Stiefel. Filigrane Ceramitplatten, schwarz wie Obsidian und silbern abgesetzt, folgten den präzisen, katzenhaften Bewegungen seines Körpers, die trotz der zahlreichen Kabelstränge unter der Panzerung beinahe lautlos waren.

»Ich weiß«, sagte er.

»Bitte«, schluchzte der Mann und sank trotz seiner Fesseln noch weiter in sich zusammen. »Ich würde es Euch sagen.«

Der Inquisitor streckte die Hand nach dem Tisch aus und drückte einen Knopf. Sein Blick glitt abwesend über die Schriftrollen mit den gesammelten Zeugenaussagen. Die Schrift auf den vergilbten, rauen Pergamenten hatte die Farbe getrockneten Blutes und jedes Dokument trug sein persönliches Amtssiegel.

»Mehr verlange ich nicht von Euch«, sagte der Inquisitor beinahe zu sich selbst. »Ihr dürft gehen. Ihr habt mir weitergeholfen und darauf solltet Ihr, wenn Ihr soweit seid, voller Stolz zurückblicken. Wir sind auf treue Seelen angewiesen, um unser Werk zu verrichten.«

Der Mann starrte ihn mit offenem Mund an. Argwohn lag auf seinem misshandelten Gesicht.

Der Inquisitor warf ihm einen Blick zu. »Wir sind keine Monster. Es gibt nichts mehr, was Ihr mir erzählen könntet, und wenn Ihr Euch doch noch an etwas erinnert, werdet Ihr mich bestimmt darüber informieren.«

Der Mann begann es allmählich zu glauben. Sein Blick zuckte umher und fiel auf die Riemen, die Werkzeuge, die verriegelte Tür. »Ihr meint …?«

Der Inquisitor wandte sich um und schritt auf die Tür zu. Als er sich ihr näherte, sprangen die dicken Eisenriegel zur Seite und das gepanzerte Portal öffnete sich. Ein roter Lichtschein fiel trübe auf die dunklen Steinfliesen der Verhörzelle. Einen Moment lang war der Inquisitor nicht mehr als eine hagere, gesichtslose Silhouette, eine geisterhafte Gestalt im roten Licht.

»Alles, wonach es uns verlangt, ist die Wahrheit«, sagte er.

Dann trat er auf den langen Korridor hinaus. Die Luft war steril und wurde von den alten, keuchenden Maschinen der Inquisitionsfestung aufbereitet. Die schwarzen Bodenfliesen waren feucht und die trüben Schwebelumen flackerten. Ein stark augmentierter Servoschädel mit einem dünnen Wirbelfortsatz sank herab und schwebte unruhig neben der Schulter des Inquisitors.

»*Hereticus minoris*«, plapperte er. »*Phylum tertius*. Tut, tut.«

Am Ende des Korridors wartete ein Mann. Er trug die schwere Plattenrüstung eines Captains der Gardisten, dunkelgrau und vom Kampf gezeichnet. Sein Gesicht war so verwittert wie das des Inquisitors und der Schatten eines Bartes zeichnete sich auf seinem kantigen Kinn ab. Das schwarze Haar war kurz geschoren, sodass die auf seinen Schädel tätowierten Strichcodes und Feldzeichen erkennbar waren.

Er nickte knapp. »Lord Crowl«, sagte er.

»Etwas hält ihn davon ab, mit uns zu reden, Revus«, sagte der Inquisitor. »Vielleicht Angst, vielleicht Loyalität. Egal, was es ist, er weiß etwas.«

»Werdet Ihr ihn brechen?«

»Wir können mehr erfahren, wenn wir ihn gehen lassen. Lasst ihn beschatten und folgt ihm, bis wir den Ort gefunden haben. Sorgt dafür, dass er solange am Leben bleibt.«

»So soll es geschehen. Und danach?«

Der Inquisitor ging bereits weiter und seine Schritte hallten über den Steinboden, als er sich der nächsten Zelle näherte. »Exekution«, sagte er. »Das werde ich übernehmen. Sorgt dafür, dass es nicht außer Kontrolle gerät. Ich will sehen, wohin uns diese Spur führt.«

»Wie Ihr wünscht.«

Der Inquisitor zögerte, bevor er die nächste Zelle betrat. Durch das Gitter der schweren Tür war panisches Schluchzen zu hören. »Was ich Euch noch fragen wollte, Revus, wie geht es Sergeant Hegain? Hat er sich erholt?«

»Es geht ihm schon besser, danke der Nachfrage.«

»Richtet ihm meine Grüße aus.«

»Er wird sich geehrt fühlen.«

Der Servoschädel hüpfte ungeduldig auf und ab. »*Numeroso.* Keine Zeit.«

Der Inquisitor warf dem Ding einen kurzen, verärgerten Blick zu, bevor er die Hand nach dem Sicherheitsschloss der Zellentür ausstreckte. Während er das tat, rief er eine okulare Projektion der Akte des nächsten Verdächtigen auf. Er überflog sie und verzog unmerklich seine Lippen.

»Für diesen werde ich meine Instrumente brauchen«, teilte Inquisitor Erasmus Crowl dem Captain mit und trat ein.

Terra.

Das heilige Terra, Wunder und Herz der Galaxis. Kein Juwel strahlte heller, kein Geschwür war fauliger. Hier verbanden sich die Ängste und Herrlichkeiten einer Spezies zwischen Türmen und Gewölben, Gruben und labyrinthartigen Hab-Blöcken. Milliarden Lichter brannten auf dieser grauen, schartigen und mit dem Schmutz und der Pracht von zehn Jahrtausenden bedeckten Schreinwelt; eine Gruft, die ihre begrabenen Seelen an sich drückte. Die natürliche Schönheit des Planeten war bereits vor langer Zeit unter den unzähligen Ebenen einer dahinschleichenden Hyperstadt verloren gegangen. Die einst gewaltigen Ozeane und abgeholzten Wälder waren unter Bergen aus Felsbeton und Plaststahl begraben, zerbrochen und zerfallen, erneuert und ausgebessert, bis die Makropole die tiefsten Schluchten und die erhabensten Höhen bedeckte.

Kein Teil dieser Welt war unberührt geblieben. Vom Weltraum aus funkelte die nächtliche Hemisphäre grell und schwefelgelb, während ein blassgrauer Hitzeschleier über der Sonnenseite lag. Mit Gütern und Waren beladene Transporter und Frachter bevölkerten den Himmel und bewahrten die wimmelnde Welt vor dem Verhungern. Zwischen ihnen sanken Fähren zu Boden und trugen aus der Weite des Raums Millionen Pilger zur Oberfläche, deren einziger Wunsch es war, lange genug zu leben, um die heiligen Bezirke des Palastes zu erreichen, das Gedränge und die Not zu ertragen und den unzähligen Räubern zu entgehen, die sie umkreisten, nur um einen Blick auf die goldenen Türme zu werfen, die sie in den Vid-Übertragungen der Ekklesiarchie gesehen hatten, bevor sie verzückt starben.

So wenige schafften es. Die meisten starben während der Warpreise, entweder an Altersschwäche oder durch Havarien in der Leere. Jene, die das Sol-System erreichten, warteten jahrelang in den Abfertigungszentren auf Luna und dann auf den riesigen Orbitalstationen in Sichtweite des Planeten. Es hieß, dass ein Mensch in diesen höhlenartigen Lagern geboren, leben und sterben konnte, während seine Papiere auf verschlungenen Pfaden durch die Büros der Schreiber und Kopisten wanderten. Es geschah nicht selten, dass Dokumente verloren gingen oder gestohlen wurden, waren sie doch nicht mehr als ein Folio inmitten einer Lawine aus Pergamenten, die sich durch die administrative Maschinerie im sklerotischen Herzen des Imperiums ergoss.

Doch die Zahl der Pilger war so groß, dass es immer noch Millionen waren, die durch Glück oder den Willen des Imperators den heiligen Boden der Wiegenwelt betraten. Wie die vergessenen Gezeiten der Alten Erde folgten ihre Fluten dem Rhythmus der großen Feste des Ministorums, die die Heiligen ehrten und den Herren Terras huldigten. Unter all den geweihten Tagen, die von den Massen zelebriert wurden, war der heiligste das Gedenken des Engels – Sanguinala, der rote Feiertag, das Festival des gesegneten Opfers. An diesem Tag, der jedes Solarjahr abgehalten wurde, schwoll die Zahl der Pilger ins Unermessliche und sie drängten sich wie Vieh vor den Trögen, hämmerten gegen die Tore und schrien die Wachen an, ihnen Einlass zu gewähren. Wer die größte Begeisterung zeigte, so hieß es, würde zum Ewigen Tor schreiten und den Riten des Gedenkens beiwohnen dürfen, die auf dem frenetischen Höhepunkt des Festivals an der legendären Stätte des Engels abgehalten wurden.

Jetzt war Sanguinala nur noch eine Woche entfernt und die Schluchten der terranischen Weltenstadt platzten aus allen Nähten. Über jede Straße und jeden bröckelnden Damm wälzte sich ein Strom aus Bittstellern, die rituelle Gesänge anstimmten und sich im Takt wiegten, während sie mit der unaufhaltsamen Entschlossenheit einer Armee auf den gähnenden Schlund des äußeren Palastes zumarschierten. Über ihnen schwebten die Schiffe des Adeptus Arbites, der schwarzgerüsteten Richter, die wachsam nach schwarzen Schafen in der Menge Ausschau hielten. Stündlich landeten sie im Gewühl der Masse, zerrten lärmende Jünger oder mutmaßliche Hexer aus der Menge und pferchten sie in die Arrestkammern ihrer Überwachungsschweber.

Die Luft war drückend heiß. Eine fiebrige Raserei hatte die Megapole gepackt und die Bittsteller steigerten sich inmitten des Staubs immer weiter in ihren religiösen Wahn hinein. Über den niederen Türmen ragten die unvorstellbar mächtigen Mauern des äußeren Palastes in all ihrer fleckigen Pracht auf und die Massen brachen sich wie eine Sturmflut an ihren schrägen Hängen.

Interrogatorin Luce Spinoza betrachtete die Mauer, deren Silhouette sich im morgendlichen Dunstschleier verlor. Die Brustwehr war mehr als fünfzig Kilometer entfernt, doch sie dominierte den nördlichen Horizont so imposant wie einst das Gebirge, das jetzt ihre Grundmauern bildete.

Sie stand vor einem hohen Kristallflexfenster auf der höchsten Ebene eines Turms, der sich über einen Kilometer in den Himmel reckte. Es war nur einer unter Tausenden Türmen, die in allen Richtungen das Stadtbild prägten. Im Osten versuchte die Sonne durch die dahintreibenden Dunstwolken zu brechen und warf ihr trübes Licht auf Stahl und Adamantium.

Spinoza hatte den Palast noch nie zuvor gesehen. Der Anblick dieser heiligen Stätte, selbst aus der Ferne, ließ sie schwindeln. Irgendwo dort, tief im Innern dieses von Menschen erschaffenen Kontinents, litt *er*. Der Gedanke an sein Opfer trieb ihr wie so oft die Tränen in die Augen.

Spinoza war so in Gedanken versunken, dass sie ihre Vorgesetzte überhaupt nicht bemerkte. An jedem anderen Tag wäre sie für einen solchen Fehler zurechtgewiesen worden, aber Adamara Rassilo war nachsichtig und sagte nichts.

»Man gewöhnt sich nie an diesen Anblick«, sagte Rassilo, als sie neben Spinoza ans Fenster trat. »Es mit eigenen Augen zu sehen und zu wissen, was sich hinter diesen Mauern befindet.«

Spinoza nickte. »Ich kann es mir nur vorstellen, Exzellenz.«

Lord-Inquisitorin Rassilo trug die tiefrote Rüstung mit dem Fleur-de-Lys der verbündeten Divisio Militaris. Ihr feines Haar war olivgrün und kurz geschnitten. Darunter befand sich ein glattes, altersloses Gesicht. Ihre Rosette war ein perlenbesetztes Juwel, das auf den ersten Blick klar wie Glas zu sein schien, in dessen Tiefe jedoch bei näherer Betrachtung der Schädel der Inquisition zu erkennen war.

»Wie war die Reise?«, fragte Rassilo.

Es war die Hölle gewesen. Neun Warpetappen vom äußeren Rand des Segmentum Solar in einer beschädigten Fregatte des Ordos mit einer erschöpften Mannschaft und einem Astropathen, der während der Flucht von Priax dem Wahnsinn verfallen war.

»Angenehm«, sagte Spinoza. »Ich freue mich, hier zu sein.«

»Und wir sind froh, dass Ihr hier seid. Also kommt, lasst uns reden.«

Rassilo wandte sich vom Fenster ab. Ihre Gemächer waren geräumig und die Ausstattung luxuriös. Ein marmorierter Holzboden, dessen Wert der jährlichen Besoldung eines Gouverneurs entsprach, unterstrich die kunstvollen Möbel aus der Vandire-Zeit, von denen die meisten aus echten organischen Materialien gefertigt waren und nur wenige die verräterischen Zeichen synthetischer Produktion aufwiesen. Wachskerzen flackerten in schmiedeeisernen Ständern und verstärkten das schwache Tageslicht, das durch die Fenster fiel.

Rassilo deutete auf einen Stuhl und die beiden setzten sich vor einen knisternden Holokamin hinter einem antiken Gitterrost. Sie schnippte mit den Fingern und ein kleinwüchsiger Servitor huschte mit unzähligen Pergamentrollen im Arm herbei. Die starräugige Kreatur streckte ihr eine Rolle entgegen und plapperte einige unverständliche Worte, bevor sie wieder davonwankte.

»Interrogatorin Luce Spinoza«, las Rassilo, während sie die Akte durchging. »Absolventin der Schola Progenium Astranta und Inquisitor Tur unterstellt. Erste Einsätze mit Auszeichnung abgeschlossen. Ernennung zur Explicatorin unter Turs Obhut vor seinem bedauerlichen Tod auf Karalsis Neun. Seitdem mehrere weitere Posten, die ich hier nicht aufzuzählen brauche. Ein bemerkenswerter Einsatz an der Seite des Adeptus Astartes.« Sie warf Spinoza einen Blick zu. »Die Imperial Fists? Also, was haltet Ihr von ihnen?«

Spinoza erinnerte sich an jeden Augenblick. Sie waren der Inbegriff der Perfektion gewesen, die Verkörperung seines göttlichen Willens. Am Ende war sie von ihnen akzeptiert worden und die Allianz hatte sich als lohnend erwiesen – so sehr sogar, dass Chaplain Erastus ihr nach der erfolgreichen Schleifung von Forfoda sein Crozius Arcanum geschenkt hatte. Der Streitkolben trug den Namen Argentum und ihn zu erhalten, war eine unbeschreibliche Ehre gewesen. Selbst jetzt, fünf Jahre später, dachte sie immer noch voller Demut an diesen Augenblick zurück.

»Sie sind ergebene Diener des Imperiums«, sagte sie nachdrücklich.

»Und gefährlich«, sagte Rassilo. »Keine Welt weiß das mehr als diese. Aber es ist gut, dass Ihr zurückgekehrt seid. Die Thronwelt braucht fähige Hexenjäger. Es kann gar nicht genug von ihnen geben.«

Spinoza versteifte sich. Sie hatte nicht vorgehabt, ins Herz des Imperiums zu kommen, denn der echte Krieg tobte dort draußen in der Leere. Doch nach Turs Tod hatte sie sich den Befehlen nicht widersetzen können, denn sie war noch keine Inquisitorin. Sie hatte immer gewusst, dass ein anderer Mentor für sie gefunden werden würde.

»Es gibt keine größere Ehre«, sagte sie, was der Wahrheit nahe genug kam.

Rassilo nickte. »Ihr habt gesehen, wie die Dinge stehen. Mit jeder Stunde erreichen mehr Pilger Terras Oberfläche, als unsere

Feinde Truppen aufbieten könnten. Denkt darüber nach. Jeder einzelne von ihnen wird überprüft und noch mal überprüft, und trotzdem ist es nicht genug. Sie alle sind verdächtig, sie alle sind potenziell gefährlich. Wenn wir zulassen, dass die Verderbnis hier Wurzeln schlägt, sind wir verloren.«

»Ich sehne mich nur danach, dem Ordo zu dienen.«

Rassilo rollte die Akte zusammen und ließ sie in ihren Schoß fallen. »Ihr seid auf Anforderung von Inquisitor Erasmus Crowl hier. Ist Euch der Name ein Begriff?«

Spinoza schüttelte den Kopf.

»Er ist vielleicht nicht der Mentor, den ich für Euch ausgesucht hätte, aber ich kann die Anforderung nicht ablehnen. Er ist bereits zu lange hier und arbeitet noch immer allein, aber kein Diener des Throns ist entschlossener. Er wird Euch nicht schonen, aber er ist gerecht und Ihr könnt viel von ihm lernen, wenn Ihr Augen und Ohren offen haltet.«

Spinoza verzog keine Miene. Sie dachte an die Schlachtfelder von Forfoda und die ruhmreichen Space Marines, an die unaufhaltsame goldene Phalanx, die auf die Mauern der Treulosen zustürmte.

»Was verlangt er von mir?«, fragte sie.

»Er hat kein Gefolge«, sagte Rassilo. »Viele Jahre zog er es vor, allein zu arbeiten. Jetzt wünscht er sich einen Akolythen. Warum? Ich weiß es nicht. Aber es ist sein Recht und ich vermute, dass er Eure Qualitäten kennt und gewisse Unzulänglichkeiten aufzuwiegen versucht.«

»Ich werde von ihm lernen, was ich kann.«

Rassilo lächelte. »Ihr müsst Eure Gefühle nicht verbergen, Interrogatorin. Es wird kein permanenter Posten sein. Wenn Ihr Euch bewährt, wird der Ordo es anerkennen.«

»Verzeihung, ich wollte nicht –«

»Ihr seid jung und ehrgeizig.« Rassilo schnippte wieder mit den Fingern. »Eure Zeit wird kommen. Bis es so weit ist, möchte ich Euch den Weg etwas ebnen.« Der kleine Servitor kehrte wankend in den Raum zurück und näherte sich Spinoza. In seinen grauen Händen lag eine Akte, die mit Schnappdraht umwickelt und einem Wachsklumpen versiegelt war. Der Servitor streckte sie ihr mit leerer und irgendwie betrübter Miene entgegen.

Spinoza ergriff die Akte. Sie trug das Ordozeichen: Crowl, E., O. H. 4589-643.

»Lest es«, sagte Rassilo. »Es wird Euch helfen.«

Spinoza warf ihr einen fragenden Blick zu. »Ist das …«, begann sie. »Weiß er Bescheid?«

»Das bezweifle ich.« Rassilo beugte sich zu ihr herüber. Die Platten ihrer Rüstung waren kunstvoll gefertigt und schmiegten sich wie feinstes Gewebe an ihren Körper. »Betrachtet es als ein Geschenk in Anerkennung Eures Opfers. Dies ist Terra, mein Kind, auf der eine Hand gibt und die andere nimmt.«

Spinoza blickte auf die Akte und fuhr mit dem Finger über die Bindung. Der Servitor wankte davon und seine nackten grauen Füße schlurften über den Holzboden.

»Ich danke Euch«, sagte sie.

Rassilo winkte ab. »Ich schätze Eure Einstellung. Wir reden und reden – Puritaner, Radikale, was immer das bedeuten mag – doch ignorieren die wahre Spaltung. Wir brauchen jene, deren Blut noch heiß ist.«

Rassilo stand auf, woraufhin sich Spinoza ebenfalls erhob. Die Unterhaltung war vorbei. Rassilo ging zur Tür und Spinoza folgte ihr. Bevor sie ging, umarmte Rassilo sie förmlich und musterte sie ein letztes Mal.

»Es gibt viele Schlachtfelder, Interrogatorin«, sagte sie. »Dies ist eines davon, ebenso tödlich und ebenso glanzvoll. Denkt immer daran.«

Spinoza nickte.

»Das werde ich«, sagte sie.

KAPITEL ZWEI

Nachdem sie Rassilos Turm in Sichtweite der Palastmauern verlassen hatte, bestieg Spinoza eine Fähre in Richtung Süden. Der Pilot trug eine dunkelgraue Uniform mit dem Symbol des Ordos – einem Bronzeschädel über dem stilisierten ›I‹ der Inquisition. Als sie einstieg, warf sie einen Blick auf seinen Nacken und aktivierte den Okularfilter ihrer linken Iris. Eine Sicherheitstätowierung erschien auf der Haut über dem steifen Kragen: ein Strichcode mit Referenznummer und Einsatzverweis.

»Euer Ziel, Interrogatorin?«, fragte er, als sie neben ihm Platz nahm.

»Unterebene, Salvator-Sektor, 456-42-Delta-Delta«, sagte sie und schnallte sich an.

Die Fähre hob vom Landefeld ab und zog ihre Landestützen ein, während sie getragen von heißen Fallwinden wendete.

Spinoza warf einen Blick aus dem Seitenfenster. Toxische Rauchschwaden vernebelten die Stadt unter ihr. Die Fähre stieg in den regulierten Luftraum auf, der für das Adeptus Arbites, die Inquisition und andere imperiale Organisationen reserviert war, und zündete die Makroturbinen.

Unter ihnen sausten Tausende kleine Flieger durch die schmutzigen Wolken zwischen den Türmen und trugen ihren Teil zum düsteren Dunstschleier bei, der die unteren Ebenen vernebelte. Millionen rote Positionslumen blinkten trübe in diesem Meer aus immerwährender Düsternis.

Über ihnen, kaum sichtbar vor dem knochengrauen Hintergrund des Himmels, sah sie die Schatten der Wachstationen im niederen Orbit, die mit ihren Abhöranlagen und Augursystemen die Oberfläche abtasteten. Darüber kreisten die Ungetüme des Abwehrnetzes, einige so alt wie das Imperium selbst, über denen unzählige Raumschiffe durch das eisige Vakuum segelten, Anker lichteten, anlegten oder im Orbit patrouillierten.

Spinoza hatte an Turs Seite einige große Makropolwelten besucht, doch Terras Gedränge blieb unerreicht. Sie blickte in die Tiefe und beobachtete den dichten Verkehr der Flieger. Sie wusste, dass sich tief unter ihnen Transportwagen und Gravzüge durch die weitverzweigten Tunnel und Katakomben wälzten, denn die meisten Seelen auf Terra konnten sich keine privilegierten Luftpassagen leisten. Sie wusste auch, dass sich ihr dieser Anblick auf jedem Quadratkilometer der Oberfläche bieten würde. Hier gab es keine Wälder, keine Meere, nur ein niemals endendes Dickicht aus Hab-Türmen, Tempeln, Kerkern, Grüften und Garnisonen, die den gesamten Globus unter einer Schicht aus Eisen und Felsbeton erstickten.

Je weiter sie nach Süden kamen, desto mehr versank die monumentale Silhouette des äußeren Palastes hinter dem Horizont. Die Spitzen der Türme wurden schlichter und die Dunstglocke aus Abgasen dichter. Der Gestank der Menschheit war auf Terra allgegenwärtig, doch er wurde stechender, je weiter sie in die weniger bedeutenden Zonen eindrangen.

Schließlich setzte der Pilot zur Landung an und die Fähre sank kreisend zwischen den Turmspitzen in die Tiefe. Das Licht um sie herum verblasste und die mit dem Schmutz des Alters verkrusteten Fassaden der Türme ragten um sie herum in die Höhe. Unter ihnen, weit weniger imposant als die kolossalen Bauten um sie herum, befand sich ein weiterer Turm – pechschwarz, massig und in klassisch gotischer Bauweise mit Zinnen bewehrt. Das schräge Dach und die verrußten Schlote aus Ferrobeton verliehen ihm das Aussehen einer weitläufigen, baufälligen Leichenhalle, die von seltsamen Flammen beleuchtet wurde. Auf seiner Spitze befand sich ein breites Landefeld, das von Lasergeschützen gesäumt wurde und auf dem das Schädelsymbol des Ordos prangte.

Die Fähre setzte auf und die Tür öffnete sich. Heiße, beißende Luft schlug Spinoza entgegen, als sie ausstieg. Ein Gardist in der Rüstung eines Captains erwartete sie bereits. Servitoren schlurften über das Landefeld, um ihre Reisekisten aus dem Laderaum zu holen.

Während sie auf den Mann zuging, musterte sie ihn.

Menschliche Statur, kräftig, bemerkte sie. *Der Haltung nach zu urteilen kein Progena. Hochenergie-Laserpistole, Kampfmesser. Neun sichtbare Feldzeichen, drei davon Exemplar militaris. Beeindruckend.*

»Willkommen in Courvain, Interrogatorin«, sagte der Mann und schlug das Zeichen der Aquila. »Captain Maldo Revus, Kommandeur der Lord Crowl unterstellten Gardisten. Der Inquisitor erwartet Euch unten.«

Als sie die Rampe hinabschritten, fegte ein heißer Wind über das Landefeld und wirbelte den feinen Staub auf, der jede ungeschützte Oberfläche bedeckte. Geschützdrohnen folgten surrend jedem Flieger, der sich der Festung auf wenige Hundert Meter näherte. Der Lärm der unendlichen Stadt hallte unter und über ihnen von den Fassaden wider, ein dumpfes Rauschen wie die anbrandenden Wogen der vergessenen Meere dieses Planeten.

»Dient Ihr schon lange auf diesem Posten, Captain?«, fragte sie, um herauszufinden, ob sich seine Antwort mit den Informationen deckte, die sie erhalten hatte.

»Seit acht Jahren«, sagte Revus.

»Das ist gut«, sagte Spinoza. Es war selten, dass jemand so lange im Dienst eines aktiven Inquisitors überlebte, und zeugte entweder von großem Glück oder überragenden Fähigkeiten. »Sehr beeindruckend.«

Revus antwortete nicht, vermutlich weil er diesem Thema keine große Bedeutung beimaß.

Nachdem sie das Dach verlassen hatten, schlossen sich dicke Sprengschutzblenden über ihnen und sie fand sich in einer Umgebung wieder, die ihr alles andere als fremd war. Die glatten Wände waren schwarz und mit Litaneien aus den wichtigsten Schriften des Ministorums verziert. Luftfilter siebten Verunreinigungen aus der abgeschotteten Atmosphäre und reicherten sie mit den typischen Aromen einer Festung des Ordos an – dem Geruch nach Weihrauch, desinfizierenden Chemikalien und den Ausdünstungen menschlicher Angst.

Sie stiegen steile Treppen hinab. Sie passierten Schreiber in Synthwollroben, deren Gesichter unter schweren Kapuzen verborgen waren, und Skriptoren mit staubigen Pergamentstapeln unter dem Arm. Servoschädel huschten plappernd durch die Schatten. Rasselnde Geräusche unbestimmten Ursprungs hallten von den unteren Ebenen herauf.

Spinoza achtete auf jedes Detail. Die Festung unterschied sich sehr von Turs Operationsbasis. Wie die meisten Inquisitoren war er ständig auf Reisen gewesen und hatte auf der Suche nach Abweichlern die Leere durchstreift. Ein Gefolge aus Assassinen, Waffenservitoren und Priestern hatte ihn begleitet und er hatte Übereinkünfte mit drei separaten Divisio der Adepta Sororitas getroffen. Aus diesem Grund war sein Stützpunkt auf der Todeswelt Regita V ein halb verlassener Ort gewesen, den er lediglich besuchte, um seine Archive zu durchforsten oder widerspenstige Verdächtige zu befragen.

Doch dieser Ort war bewohnt und in jedem Winkel herrschte emsiges Treiben. Spinoza konnte das Rascheln Hunderter lederner Sandalen hören, deren Träger von einer kerzenbeleuchteten Kammer zur nächsten eilten. Sie spürte das Gedränge warmer Körper um sich herum, während sie Ebene um Ebene hinabstiegen, bis sie den Zellenblock erreichten. Hier war das Gefühl der Verzweiflung beinahe greifbar.

Revus deutete auf eine geschlossene Holztür. Sie war schlicht, aber vortrefflich gearbeitet. Über der Tür hing ein angelaufener Totenschädel aus Bronze, unter dem in hochgotischen Lettern das Motto *Servitio Aeternam Ad Mortem* prangte.

»Hier werde ich Euch verlassen, Interrogatorin«, sagte er und nickte ihr zu.

»Anscheinend lächelt Ihr nicht sehr oft, Captain«, bemerkte Spinoza.

»Dies ist Terra, Interrogatorin«, sagte er, wandte sich um und ging davon.

Rassilo hatte dasselbe gesagt. Es schien eine Art Mantra zu sein, wenn keine andere Erklärung mehr genügte. *Dies ist Terra.*

Bevor sie weiter darüber nachdenken konnte, öffnete sich die Tür lautlos auf verborgenen Scharnieren.

Einige Schwebelumen tauchten den Raum dahinter in ein trübes Licht. So wie in jedem anderen Raum, den sie hier gesehen hatte, gab es keine Fenster. Der ganze Ort hätte sich ebenso gut unter dem Erdboden befinden können.

Ihr neuer Mentor saß unter zwei großen Eisenleuchtern. Er trug einen Mantel mit silbernem Saum über einer meisterlich gefertigten Rüstung. Der grüne Schein einer flackernden Datentafel beleuchtete sein Gesicht. Über seiner Schulter schwebte ein Servoschädel, dessen einzelnes rotes Auge im düsteren Zwielicht leuchtete.

»Kommt näher«, forderte sie der Inquisitor auf.

Während sie den Raum betrat, betrachtete sie ihn aufmerksam. Der Inquisitor war groß gewachsen und hager, seine Haut blass und von alten Narben durchzogen.

»Ich danke Euch, dass Ihr mich in Eure Dienste nehmt, Exzellenz«, sagte Spinoza, als sie schließlich vor ihm stand.

»Dafür besteht kein Grund. Und nennt mich Crowl.« Die Stimme des Mannes war so trocken wie ein abgenagter Knochen und wurde noch durch ein akustisches System verstärkt. Er tippte mit einem gepanzerten Finger auf die Datentafel und der grüne Bildschirm erlosch. »Ihr habt mit Rassilo gesprochen?«

»Das habe ich.«

»Sie wird Euch meine Akte gegeben haben.« Crowl lächelte, wodurch sein blasses Gesicht einen merkwürdigen Ausdruck annahm. »Habt Ihr sie bereits gelesen?«

»Ich habe keine Akte gesehen.«

»Gute Antwort. Setzt Euch.«

Er deutete auf einen schweren Sessel gegenüber seinem eigenen. Auf allem in diesem Raum lastete das Gewicht der Jahre. Spinoza folgte der Aufforderung und versuchte herauszufinden, welcher Teil seines Verhaltens aufrichtig und welcher vorgetäuscht sein mochte.

»Ich habe Eure Karriere verfolgt«, sagte Crowl. »Vermutlich sollte ich jetzt sagen, was für ein guter Mann Tur gewesen ist und wie leid mir die Umstände tun, unter denen er starb. Aber er war kein guter Mann, habe ich recht?«

»Er war ein ausgezeichneter Inquisitor.«

»Das mag sein. Habt Ihr ihn auf vielen Einsätzen begleitet?«

»Ich denke, ich habe mir meine Position verdient.«

»Keine Einwände.« Das rot leuchtende Auge des schwebenden Servoschädels beleuchtete Crowls Stirn. »Ihr wurdet auf Astranta ausgebildet. Dann müsst Ihr den Regen lieben.«

»Ihr kennt den Ort?«

»Ist lange her. Was haben sie Euch dort beigebracht?«

»Alles, was ich wissen muss.«

»Die Liebe zum ewig währenden Imperium, nehme ich an.«

»Natürlich.«

»Was, wenn ich Euch sagen würde, dass das eine Lüge ist und nichts ewig währt?«

Crowl sprach schnell, während sich seine Lippen kaum bewegten. Spinoza erkannte, wie sehr das einen Verdächtigen verunsichern musste, und beschloss, die Stimmmuster später zu analysieren.

»Dann würde ich Euch einen Ketzer nennen«, erwiderte sie, »und Euch exekutieren lassen.«

»Wiederum eine gute Antwort«, sagte Crowl. »Aber hier unten flüstern Millionen Zungen in jedem Turm und jede einzelne verunglimpft ihren Nachbarn. Wir sagen ihnen, dass sie die Augen offen halten sollen, und das tun sie. Die ganze Zeit. Wenn ich es wollte, bräuchte ich diesen Turm nicht einmal zu verlassen, und dennoch wären die Zellen voll. Wenn Ihr sie alle exekutieren wolltet, hättet Ihr viel zu tun.«

»Besser sie sterben, als –«

»– einen Unschuldigen zu verderben. Ihr würdet die Leiber von Lügnern verbrennen. Neid und Wollust treibt sie zu uns, einige haben auch nur den Verstand verloren. Es gab einen Mann, der meinen Prozessoren erzählte, dass seine eigene Mutter der Dunkelheit verfallen sei, nur weil er ihre Hab-Einheit haben wollte. Drei Quadratmeter, stinkend wie ein Groxpferch, unterirdisch und ungeheizt. Aber sie wäre *sein* gewesen.«

»Ich hoffe, er wurde bestraft«, sagte Spinoza.

»Keine Strafe, die ich mir hätte ausdenken können, wäre schlimmer gewesen als das Leben, das er sich ausgesucht hat.« Crowl lehnte sich vor. »Und das ist der Punkt, Interrogatorin. Es gibt Hexer auf Terra, aber um sie zu finden, müsst Ihr den Lärm ausblenden. Achtet nicht auf die Stimmen, die Ihr hört, sondern auf jene, die Ihr nicht hört.«

»Ich werde diesen Rat beherzigen.«

Crowl lachte trocken. »Vielleicht werdet Ihr das irgendwann.«

»*Ignoro*, Kind«, krächzte der Servoschädel plötzlich und stieg surrend in die Höhe. »Schmutz *toto mundo*. Brenne-brenne.«

Spinoza hob fragend eine Augenbraue.

»Das ist Gorgias«, sagte Crowl.

»Der Schädel scheint Eure Philosophie nicht zu teilen«, stellte Spinoza fest.

»Es kann von Vorteil sein, gegenteilige Ansichten zu hören. Hin und wieder zumindest. Nun, seid Ihr bereit?«

»Auf Euer Wort.«

Crowl stand auf. »Gestern habe ich einen Mann verhört«, sagte er und bedeutete Spinoza, ihm zu folgen. Gemeinsam näherten sie sich der Tür. »Er hatte das Mal. Kennt Ihr es? Es haftet ihnen an, wie ein Geruch. Ich hätte ihm beinahe den Prozess gemacht, aber er widersetzte sich mir. Meistens genügt allein meine Anwesenheit, damit sie vor Angst zusammenbrechen, aber bei ihm war mehr vonnöten. Das machte mich neugierig und daher ließ ich ihn gehen.«

Die Tür öffnete sich. Auf der anderen Seite wartete Revus, der jetzt einen Helm mit schwarzem Visier trug. Hinter ihm waren sechs Gardisten angetreten, die respektvoll zur Seite traten, um sie durchzulassen.

»Captain Revus ist ihm gefolgt«, fuhr Crowl fort und trat in den Korridor. »Der Verdächtige widerstand der Versuchung eine Weile, aber früher oder später geben sie alle nach, und er führte uns zu seinen Verführern. Jemand hat Macht über ihn und ich will wissen, warum.«

»Was habt Ihr vor?«, fragte Spinoza.

»Wir werden das Versteck ausheben und jemanden finden, der etwas weiß. Dann bringen wir ihn hierher und unterhalten uns mit ihm.« Crowl schniefte. »Etwas geht dort draußen vor, denke ich.«

»Und Sanguinala steht bevor.«

»Gut beobachtet. Kommt mit, Spinoza. Ich möchte, dass Ihr dabei seid. Ihr werdet einen guten Eindruck vom Ruhm unserer grenzenlosen Stadt bekommen.«

Sie stiegen in die Tiefe von Courvain hinab. Revus und sein Trupp folgten ihnen dicht auf. Gorgias, unter dessen linkem Jochbein eine gefährlich aussehende Nadelpistole hervorragte, blieb in der Nähe von Crowls Schulter.

Sie erreichten eine Sprengschutztür, die zu einem niedrigen Hangar mit mehreren Truppentransportern führte. Bei den meisten handelte es sich um schwarz lackierte Nighthawk-Kampfflieger mit dem Symbol der Inquisition, die Platz für zwölf Passagiere boten und mit Rotorkanonen unter den Stummelflügeln bewaffnet waren. Es waren gedrungene, stumpfe Maschinen mit doppelt abgewinkelten Turbinen, die für direkte Konfrontationen in dicht bebauten Gebieten konstruiert worden waren.

Crowl bestieg einen Flieger und Spinoza folgte ihm. Die Gardisten saßen auf, verstauten ihre Gewehre an den vorgesehenen Wandhalterungen und schnallten sich an. Eine Wand des Hangars öffnete sich langsam und Spinoza blickte auf den grauen Dunstschleier Terras, bevor sich die Einstiegsluken schlossen.

Als die Turbinen des Fliegers ansprangen, ließ sie sich in ihren Sitz fallen. Die Dinge entwickelten sich schnell, was keine schlechte Sache war. Etwas zu tun, war besser, als untätig herumzusitzen. In Vorbereitung auf die kommenden Ereignisse ging sie in Gedanken die Litaneien des Kampfes durch.

Möge der Imperator meine Hand leiten und mir Kraft verleihen, möge er mich vor dem Frevel des Zauderns, der Schwäche und der Gnade bewahren.

Der Flieger hob ab und schoss aus dem Hangar. Durch den schmalen Sichtschlitz im gepanzerten Rumpf sah Spinoza, wie die von kränklichen Lumen beleuchteten Fassaden der Türme über ihnen aufragten. Der Nighthawk sank in die Tiefe und bahnte sich einen Weg durch die Kolonnen der umherschwirrenden Luftfahrzeuge. Der Pilot flog rücksichtslos und achtete kaum auf die anderen Flieger, die sich beeilten, dem Inquisitionstransporter Platz zu machen. Schon bald schoss der Kampfflieger mit vollem Schub durch die Schluchten zwischen den Türmen.

»Wie weit ist es?«, fragte Spinoza.

»Näher, als Ihr glauben würdet«, sagte Crowl, der den ruckartigen Bewegungen des Fliegers folgte. »Wir werden den Salvator-Sektor gleich verlassen und Malliax Profundis erreichen. Dort wird es schmutziger.«

Je weiter sie kamen, desto schwächer wurde das trübe Sonnenlicht. Spinoza konnte gewaltige Bogenbrücken erkennen, die sich über ihnen spannten und an denen verschwommene Lichter blinkten. Die gewaltigen Schluchten unter ihnen verloren sich in der Schwärze. Vielleicht gab es überhaupt keine Bodenebene, überlegte sie nachdenklich, nur eine endlose Folge tiefer Fundamente, die sich bis zum Erdkern erstreckten.

Trotz der Dunkelheit schien das Gedränge nicht weniger zu werden. Wohin sie auch sah, erblickte sie Menschenmengen. Sie drängten sich auf den Chausseen, die zu den gewaltigen Toren der Türme führten; auf den Transitstraßen, die sich zwischen ihnen erstreckten; auf den Plätzen und staubigen Bahnhöfen. Es dauerte nicht lange, bis sie jede Kontur und Form verloren und zu einer zäh strömenden Masse aus grauen Overalls und schmutzigen Synthwollkutten im trüben Lampenschein wurden.

»Nähern uns dem Ziel, Ankunft in zehn Sekunden«, verkündete Revus, während er seine HEL-Pistole aus dem Holster zog und das Energiemodul überprüfte.

Der Lärm der Triebwerke ließ nach, als der Nighthawk kreisend zur Landung ansetzte. Die Gardisten überprüften ein letztes Mal ihre Ausrüstung, verriegelten den Verschluss ihrer Helme und griffen mit ruhigen Bewegungen nach ihren HEL-Gewehren.

»Standard *Purgatus*«, wies Revus sie an. »Den Anführer festsetzen, den Rest exekutieren.«

Spinoza warf Crowl einen Blick zu, der mit geschlossenen Augen und gefalteten Händen in seinem Sitz saß. Es sah aus, als würde er meditieren. Seine Waffe steckte noch immer in ihrem Holster. Sie zog ihre eigene Waffe. Selbst nach der Modifikation wog das Crozius Arcanum des Adeptus Astartes noch immer schwer in ihrer Hand. Sie betrachtete den mit Feldzeichen versehenen Knochenschaft und den verkohlten Disruptor, der sich nach unzähligen Energieentladungen schwarz gefärbt hatte. Trotz ihrer körperlichen Konditionierung, dank der sie es mit jedem gewöhnlichen Menschen aufnehmen konnte, wäre sie ohne ihre Rüstung nicht imstande gewesen, die Waffe effektiv zu führen. Doch durch die unterstützenden Systeme ihrer rotgoldenen Panzerung, die den Schmieden Ophelias entstammte, war das Crozius in ihren Händen eine tödliche Waffe.

»Fünf Sekunden«, verkündete Revus.

Der Kampfflieger sank mit ausgeschalteten Scheinwerfern senkrecht einen scheinbar endlosen Schacht hinab. Die Helmlumen der Gardisten flammten über den schwarzen Visieren auf. Außerhalb des vibrierenden Rumpfes konnte Spinoza gedämpfte Schreie hören, gefolgt von einem dröhnenden Knall und heulenden Sirenen.

Dann flogen die Seitenluken des Nighthawks auf und die Gardisten sprangen aus dem schwebenden Flieger. Platschende Geräusche waren zu hören, als sie im knöcheltiefen Wasser landeten. Eine beinahe undurchdringliche Dunkelheit umgab sie. Riesige Säulen aus zerfurchtem Felsbeton ragten um sie herum auf, jede einzelne so breit wie ein Titan. Menschen stoben davon und verkrochen sich wie Kanalratten in den zahlreichen Spalten.

Vor dem Absetzpunkt befand sich ein runder Ablauf, zehn Meter breit und mit einer alten Rostschicht bedeckt. Die Eisenstangen, die einst den Zugang versperrt hatten, waren entweder durchgerostet oder durchbrochen worden, sodass der übermannshohe Zugang von rostigen Eisenspitzen umgeben war. Darüber ragte eine schmutzverkrustete Nietenwand aus schwarzem Stahl in die Höhe.

Die Gardisten stürmten auf den Ablauf zu, sprangen über den schäumenden Rand und verschwanden in der Dunkelheit. Crowl und Spinoza bildeten die Nachhut.

»Wo sind wir?«, fragte Spinoza und aktivierte das Disruptorfeld ihres Crozius, woraufhin der blaue Schein des elektrischen Lichtes den Tunnel erhellte.

»Wir befinden uns in den Katakomben des Turmes *Malevolens et Diabolus Traitoris Neun*«, sagte Crowl, während er durch das faulige Wasser watete. Er hatte noch immer keine Waffe gezogen. »Ihr seid dem Boden der alten Erde so nah, wie ihm die meisten nur kommen können.«

Das kalte Fauchen von Laserwaffen hallte verzerrt durch den gewundenen Tunnel. Die beiden folgten den Geräuschen und erreichten ein zwanzig Meter hohes Gewölbe. Wasser rann aus

Rissen in der Decke. Pumpanlagen mit verrosteten Ventilen und verstopften Filtern ragten aus dem zähflüssigen Schlick. Weitere Gewölbe mit stillgelegten Maschinen und zerfressenen Rohrleitungen zweigten vor ihnen von der Halle ab.

Die Gardisten erledigten ihre Arbeit. Das Wasser hatte bereits eine schmutzig rote Färbung angenommen und Leichen schwammen mit dem Gesicht nach unten in der schäumenden Jauche. Revus war mit drei weiteren Gardisten in einem der angrenzenden Gewölbe, während die anderen drei Soldaten den Rand der Halle nach Gefahren absuchten.

Spinoza ging vorsichtig weiter. Der Ort stank nach fauligem Abwasser. Die klaustrophobische Dunkelheit hielt Hunderte Verstecke für potenzielle Angreifer bereit, doch Crowl folgte Revus so gelassen, als würde er durch die Kreuzgänge einer Ministorumskapelle schlendern.

Dann hörte sie eine Explosion, einen durch Entfernung und aufgewühltes Wasser gedämpften Knall, gefolgt von qualvollen Schreien. Wieder hallten Laserschüsse durch das Gewölbe, bevor es still wurde.

Crowl führte sie in eine angrenzende Halle. Die Gardisten blieben in ihrer Nähe. Die Leichen wurden immer zahlreicher. Im grellen Licht der Gitterlumen sahen sie im stinkenden Wasser graue Gesichter, deren blasse Züge im Tod zu Masken des Entsetzens verzerrt waren.

Sie erreichten einen gemauerten Torbogen, von dem ölige Feuchtigkeit herabtropfte. Als sich Spinoza unter ihm hindurch duckte, bemerkte sie rechts von sich eine Bewegung. Instinktiv riss sie das Crozius schützend nach oben.

Ein in durchnässte Lumpen gekleideter Mann sprang mit hassverzerrtem Gesicht auf sie zu und versuchte, ihr das Gesicht mit einem Messer aufzuschlitzen.

Spinoza wich mit einer geschickten Bewegung zurück, sodass der Mann aus dem Gleichgewicht kam, und ließ das Crozius auf seinen Nacken herabfahren. Ihr Angreifer schrie kurz auf, als ihn die beißende Energie durchzuckte, bevor er mit gebrochenem Genick ins Wasser fiel und sich nicht mehr regte.

Crowl blickte auf die Leiche herab, bevor er Spinoza betrachtete. »Lässt sich dieses Ding leicht führen?«, fragte er.

»Nicht wirklich.«

»Vermutlich recht schwer.«

»Es gibt Übungen zur Steigerung der eigenen Schnelligkeit.«

»Das müsst Ihr mir irgendwann einmal zeigen.«

Mit diesen Worten ging er weiter, duckte sich unter dem Torbogen hindurch und trat in das Gewölbe dahinter. Spinoza stieg über die nasse Leiche zu ihren Füßen und folgte ihm.

Sie fanden sich in einer runden, etwa dreißig Meter durchmessenden Halle wieder. Die gemauerte Gewölbedecke war so oft ausgebessert worden, dass sie nur noch als Flickwerk bezeichnet werden konnte. Schmutziges Wasser tropfte von der Decke, von der altersschwarze Stalaktiten herabhingen. Der Boden war unter dem morastigen Abwasser nicht zu erkennen und zwischen den kränklich gelben Schaumkronen schwammen weitere Leichen.

Revus hatte die Halle bereits gesichert. Jeder noch atmende Feind – es waren nur noch drei von ihnen – war zur gegenüberliegenden Wand zurückgewichen. Bei zweien handelte es sich um Abhumane: aufgedunsene, muskulöse Gestalten mit fleischigen Nacken in engen Arbeiteroveralls. Sie hielten mit Draht umwickelte Schraubenschlüssel in den Händen, die sie vermutlich aus der Fertigungshalle irgendeines Manufactorums gestohlen hatten, um aus ihnen primitive Schockstäbe herzustellen. Der Dritte besaß die Statur eines gewöhnlichen Menschen. Er trug eine schmutzige Robe und hatte sich den Kopf kahlrasiert. In seinem hageren Gesicht brannte fanatischer Hass, doch er war unbewaffnet, sodass er sein Schicksal ohnmächtig ertragen musste.

Sie waren von Revus' Gardisten in die Enge gedrängt worden und standen mit dem Rücken zur Wand. Die kleinen roten Punkte der Laservisiere tanzten über ihre fleckigen Gesichter.

Einer der Abhumanen schaute hektisch von einem Soldaten zum

anderen und in seinen kleinen Augen glomm Panik auf. Als Crowl und Spinoza näher kamen, stürzte er auf den Inquisitor zu. Die Gardisten eröffneten das Feuer und ein Gestöber aus Laserstößen brannte sich in den Mutanten. Der Abhumane stolperte und stürzte in den stinkenden Morast, woraufhin sich der Schaum um ihn herum rot färbte.

Damit waren nur noch zwei übrig. Erst jetzt zog Crowl seine Pistole.

»Um die Seele zu reinigen«, murmelte er, während er zielte und schoss.

Der Mann in der schmutzigen Robe wurde in der Brust getroffen und stürzte mit rudernden Armen rücklings gegen die Wand. Ein langer schwarzer Fleck blieb auf der bröckligen Mauer zurück, als er mit aufgerissenen Augen zu Boden sackte.

Spinoza sah Crowl fragend an. »Ich dachte, Ihr wolltet ihn lebend, Exzellenz?«

Keiner der Gardisten regte sich.

»Dies ist Terra«, sagte Crowl und ging auf den zitternden Abhumanen zu. »Ich habe, was ich will.«

Erst als Spinoza näher kam, bemerkte sie die Augen des zweiten Mutanten. Sie zuckten nicht so unruhig und fiebrig umher wie die seines Gefährten, obwohl auch in ihnen Angst zu erkennen war. Große Angst.

Ohne auf den Schockstab in den Händen des Abhumanen zu achten, ging Crowl auf ihn zu. Gorgias schwebte surrend über ihm und grummelte unverständlich vor sich hin.

»Du hättest besser den schnellen und schmerzlosen Tod gewählt«, wandte sich Crowl an den Mutanten. »Du hättest besser deinen Sklaven meinen Messern ausliefern sollen; er wäre zweifellos dazu bereit gewesen.«

Der Abhumane schaute trotzig auf den Inquisitor herab, doch seine Wangen bebten. »Er war ein treuer Sohn.«

»An diesem Ort gibt es keine Treue.«

»Was du suchst, wirst du von mir nicht bekommen.«

»Nein«, sagte Crowl und drehte sich zu Spinoza um. »Aber sie.«

In diesem Moment holte der Abhumane aus, um den ungeschützten Kopf des Inquisitors mit seinem primitiven Schockstab zu zertrümmern.

Spinoza sprang zwischen sie, rutschte durch den feuchten Morast und riss ihren Streitkolben in die Höhe. Die beiden Waffen prallten scheppernd aufeinander und ihre elektrischen Felder kreischten, bevor die Waffe des Mutanten zerbarst. Spinoza schlug ihm die Bruchstücke aus der Hand, bevor sie ihm das knisternde Crozius unter das Kinn drückte und ihn gegen die Mauer stieß.

»Das reicht, Spinoza«, sagte Crowl und legte ihr eine Hand auf den Arm. Der scharfe Geruch von verschmorter Haut lag in der Luft. »Das habt Ihr gut gemacht, sehr gut. Ich verstehe, warum die Space Marines Gefallen an Euch fanden.«

Spinoza ließ langsam die Waffe sinken. Der Abhumane war chirurgisch verändert worden. Aus der Nähe konnte sie noch die Wundnähte erkennen. Unter all dem Fett und der laborgezüchteten Muskelmasse steckte ein gewöhnlicher Mensch, verstümmelt und gestreckt, doch von durchschnittlichem Verstand.

»Woher wusstet Ihr es?«, fragte sie.

»Man bekommt ein Gespür dafür.« Crowl musterte den vorgeblichen Mutanten und fuhr ihm mit dem Finger über die fleischigen Wangen. »Er gehört jetzt Euch. Findet heraus, was sie hier unten getrieben haben.«

Dann drehte er sich um und watete auf Revus zu, der stumm zur Seite getreten war und mit seiner Pistole weiter auf den letzten Überlebenden des Kultes zielte.

»Alle Leichen sollen geborgen werden«, sagte Crowl. »Gulagh soll sie sich ansehen. Ich werde mich dieses Mal selbst um den Papierkram kümmern.«

Revus salutierte. »Soll der Ort anschließend kauterisiert werden?«

Crowl war bereits an ihm vorbei. »Ja, Captain. Verbrennt alles.«

Gorgias' blutrotes Auge glühte zustimmend auf.

»*Affirmativo*«, plapperte er unbekümmert. »Ja-ja. *Combustum*. Ja.«

KAPITEL DREI

Die Morgendämmerung auf Terra war wenig spektakulär und von den höchsten Turmspitzen abgesehen, wich die Dunkelheit lediglich einem düsteren Zwielicht.

Spinoza war lange vor Anbruch des grauen Tages erwacht, wie sie es seit ihrer Ausbildung in der Schola gewohnt war. Sie war aufgestanden und mit nackten Füßen über den kalten Stahlboden gelaufen, um vor dem Altar in der Wandnische niederzuknien.

Dort hatte sie nach den Riten des Ministorums gebetet und die alten Pradjia-Verse geflüstert, deren Rhythmus und Erwiderungen sie schon als Kind geliebt hatte.

Ich bin schwach. Er ist die Kraft. Durch ihn bin ich stark.

Ich bin fehlbar. Er ist die Vollkommenheit. An ihm wachse ich.

Sie hatte gekniet, bis ihre Knie taub wurden und ihre Gelenke schmerzten. Dann hatte sie sich erhoben und ihr morgendliches Ertüchtigungsritual absolviert, bevor sie sich angekleidet und ihre Rüstung angelegt hatte. Am Ende hatte sie ihre Rosette angeheftet – eine geballte Faust, die eine Schlange mit Rubinaugen zerquetschte. Ohne die holografische Kennung des Ordos war es kein vollwertiges Autoritätssiegel, doch die meisten, die es erblickten, wussten, was es bedeutete.

In ihrem kleinen Quartier gab es keinen Spiegel, aber Spinoza wusste, was sie in einem solchen erblicken würde: eine kräftige Frau von dreißig terranischen Standardjahren mit kurzem, wasserstoffblondem Haar, breiten Gesichtszügen, braunen Augen und blasser, sommersprossiger Haut. Sie würde auch die unterschwellige Streitlust bemerken, die sie nur durch jahrelange Konditionierung in den Griff bekommen hatte.

Ich bin unzureichend. Er ist die Perfektion. Er vervollständigt mich.

Sie blickte auf ihre Rosette herab und entdeckte einige Blutspritzer. Sie griff nach einem Tuch und begann sie zu säubern. Der vorgebliche Abhumane war qualvoll gestorben und am Ende hatte er geschrien. Sie alle starben qualvoll im Laufe der Verhöre. Es spielte keine Rolle, ob sie am Anfang selbstsicher, verängstigt oder benommen waren, am Ende weinte jeder.

Und sie verrieten, was sie wussten. Sie hatte die Informationen bekommen, die Crowl gesucht hatte. Sie hatte einen Namen – die Tränen des Engels – und den Schlupfwinkel zweier weiterer Zellen, dazu vage Hinweise auf Bewegungen und Vorhaben. Es handelte sich um eine Art Kabale, ein Sammelbecken für die Unzufriedenen, wie es sie auf jeder Welt des ruhmreichen Imperiums gab. Querulanten, die wie Ratten an den Wurzeln der Zivilisation nagten. Sie bereiteten sich auf etwas vor – auf ein Ereignis, über das der angebliche Mutant nicht sehr viel gewusst hatte. Sie hatte nur erfahren, dass es bald eintreten würde und für die Durchführung Kriegswaffen erforderlich waren. Am Ende hatte ein fast ekstatischer Ausdruck auf seinem blutüberströmten Gesicht gelegen.

Ein leises Läuten erklang vor der Tür.

»Herein«, sagte sie, griff nach ihrem Umhang und schwang ihn sich über die Schulter.

Ein zierliches Mädchen in einer schwarzen Kutte trat ein. Ihre Haut war grau und ihr strähniges Haar begann bereits auszufallen. Spinoza schätzte sie auf nicht mehr als achtzehn Standardjahre.

Sie trug ein mit Speisen beladenes Tablett – geschnittenes Fleisch, Vitabrei und Früchte.

Echte Früchte! Spinoza zählte acht vertrocknete Trauben, nicht viel mehr als Rosinen, an einem schwarzen Stängel. Die Hände des Mädchens bebten, als sie das Tablett ins Zimmer trug, ohne von den Speisen aufzublicken.

Spinoza nahm das Tablett entgegen und stellte es auf den einzigen Tisch im Raum, bevor sie sich setzte. Das Mädchen drehte sich um und wollte gehen.

»Warte«, sagte Spinoza, während sie sich ein Stück Fleisch in den Mund stopfte. »Wie lange dienst du schon hier?«, fragte sie kauend.

Die Frage schien das Mädchen zu verunsichern und Spinoza begriff ihren Irrtum. Das Mädchen diente schon immer an diesem Ort. Ihre Eltern hatten hier gedient und wenn sie irgendwann einen sanktionierten Partner zugewiesen bekommen würde, dann würden auch ihre Kinder hier dienen. Courvain war ihre Welt innerhalb der Stadt, die ganz Terra bedeckte.

»Wie heißt du?«

»Yessika.«

»Du dienst Lord Crowl?«

Das Mädchen nickte schüchtern.

»Hast du Zugang zu seinem privaten Quartier?«

Sie schüttelte den Kopf.

»Du holst die Speisen aus dem Refektorium der oberen Ebenen?«

Sie nickte.

»Dienst du mir, solange ich hier bin?«

Wieder nickte sie.

»Gut. Ich freue mich, dich kennengelernt zu haben, Yessika.« Spinoza nahm eine der Trauben, deren faltige Haut unter ihren Fingern ein wenig nachgab. »Du hast sie nicht aus den Augen gelassen, als du sie mir gebracht hast, nicht wahr?«

Yessika schüttelte besorgt und ängstlich den Kopf. »Nein, Fräulein, ich wollte –«

»Du wärst kaum menschlich, wenn es anders wäre. Sie zu betrachten, ist kein Verbrechen. Komm her.«

Yessika folgte nervös der Aufforderung, wobei sich ihre Hände in den Stoff der Kutte krallten.

»Solange ich hier bin, möchte ich Lord Crowl gute Dienste leisten«, sagte Spinoza, warf sich die Traube in den Mund und begann zu kauen. Beim Thron, sie war köstlich. Echter Saft, scharf und bitter nach der langen Lagerung, aber *echt*. »Und das kann ich nur, wenn ich umfassend informiert bin. Wenn du etwas hörst, wirst du es mir erzählen, oder?«

Yessika wirkte unschlüssig. Sie blieb stehen und wagte sich nicht näher.

Spinoza nahm eine zweite Traube und rollte sie zwischen den Fingern. »Komm.«

Das Mädchen schlurfte näher. Spinoza stand auf und legte ihr die Traube auf die schmalen Lippen. »Mach den Mund auf.«

Es dauerte eine Sekunde, bevor Yessika ihr gehorchte. Als sie es tat und die Traube in ihrem Mund lag, wagte sie es nicht, zu kauen.

Spinoza lachte. »Nur zu.«

Yessikas Kiefer begannen sich zu bewegen. Langsam schlich sich ein ehrfürchtiger Ausdruck auf ihr ausgezehrtes Gesicht. Sie lächelte. Traubensaft rann an ihrem Kinn herab. Sie wischte ihn mit dem Finger ab und leckte auch den letzten Rest auf.

Dann kehrte die Angst in ihren Augen zurück und sie begann ihre Hände wieder in den Stoff ihrer Kutte zu krallen.

Spinoza legte eine gepanzerte Hand auf ihre Schulter und spürte die zerbrechlichen Knochen unter der Haut. »Die eine Hand gibt«, sagte sie sanft.

Das Mädchen blickte sie schüchtern an und nickte.

»Du darfst gehen.«

Yessika eilte aus dem Raum und schloss die Tür hinter sich. Spinoza setzte sich wieder und beendete ihr Mahl. Kaum hatte sie den letzten Bissen verschlungen, blinkte ein rotes Licht auf der

Konsole neben ihrer Koje auf. Der mit schwarzen Kabeln verbundene Messingrahmen hing wie eine zerquetschte Spinne neben einem eisernen Voxtransmitter an der Wand. Es sah aus, als würde die Apparatur bereits seit tausend Jahren dort hängen.

Spinoza öffnete den Kanal. »Wie kann ich zu Diensten sein?«

»Ich habe Euren Bericht gelesen«, erklang Crowls knisternde Stimme. »Er war sehr ausführlich. Ihr werdet Euch zu den genannten Koordinaten begeben und ein weiteres Subjekt herschaffen.«

»Wie Ihr wünscht.«

»Tränen des Engels? So nennen sie sich?«

»Sieht ganz danach aus.«

»Was für Ziele verfolgen sie?«

Das konnte sie nicht mit Sicherheit sagen, doch das war auch nicht nötig. Sie rotteten sich zusammen, horteten Waffen und verbreiteten sich wie eine Seuche auf den unteren Ebenen der Sektoren. Wie so viele glaubten sie den flüsternden Stimmen in der Nacht, die ihnen eine neue Ordnung, ein besseres Leben, einen anderen Weg versprachen. Und das genügte, um sie in den schmutzigen Sumpf abweichlerischer Gedanken zu locken.

»Ich werde mich bemühen, eine Antwort darauf zu finden«, sagte sie.

»Lasst den Nächsten vielleicht ein wenig länger am Leben.«

»Wenn wir dadurch etwas erreichen, dann tue ich das.«

Am anderen Ende der Verbindung entstand eine kurze Pause. »Also schön«, sagte Crowl schließlich. »Ich vertraue auf Eure Urteilskraft. Seid vorsichtig, die Koordinaten liegen dieses Mal tief im Malliax-Sektor. Ich rate Euch, eine Eskorte mitzunehmen.«

»Das werde ich.«

Die Verbindung wurde unterbrochen und Spinoza dachte über ihre Reaktionen nach. War sie zu schroff gewesen? Anders als bei Inquisitor Tur fiel es ihr schwer, Crowl gegenüber respektvoll zu bleiben. Er stellte sie auf die Probe, das war offensichtlich. Sie verstand das und hätte imstande sein sollen, darauf angemessen zu reagieren.

Aber seinen Worten fehlte die Ehrfurcht. Wenn er ein Bürger des Imperiums gewesen wäre und kein Agent des Heiligen Ordos, hätte sie womöglich …

Ich bin ungeduldig. Er ist ewig. Durch ihn ertrage ich alle Widrigkeiten.

Sie stand auf und forderte über die Konsole eine bewaffnete Eskorte an. Bevor sie ihr Quartier verließ, griff sie nach ihrem Crozius und arretierte es an ihrem Gürtel. Sie zweifelte nicht daran, dass sie es brauchen würde.

Crowl lehnte sich zurück, runzelte die Stirn und faltete die Hände.

»Was hältst du von ihr?«, fragte er.

Gorgias' Sensorauge wurde kurz trübe, bevor es wieder hell erstrahlte.

»Gut-gut. *Spiritus bonum.* Gute Wahl.«

»Das dachte ich mir schon. Sie wird schnell lernen müssen.«

»*Spiritus bonum.*«

»Ja, das sagtest du bereits. Ich vermute, das heißt schon etwas.«

Crowl griff nach der Kristallflasche, die auf einem lederbezogenen Tisch neben ihm stand. Mit angewidertem Blick betrachtete er die blutrote Flüssigkeit darin, bevor er den Pfropfen herauszog und den Inhalt hinunterstürzte. Es dauerte ein paar Sekunden, bevor die Wirkung einsetzte, die jedoch lange nicht mehr so stark war wie einst.

Gorgias brummte missbilligend und verzog sich in die Schatten. »*Nequissimus.* Nicht gut.«

»Ich weiß«, erwiderte Crowl.

Dann stand er auf und verließ den Raum. Auf dem Gang wandte er sich zur Treppe und stieg vier Ebenen hinab, nahm den Turbolift zur Durchgangsebene IX und forderte einen Wagen aus dem Fuhrpark an.

Der Wagen kam und die Seitentür öffnete sich. Die Fahrerin begrüßte ihn mit dem Zeichen der Aquila. Sie war Mitte zwanzig und trug eine Uniform mit steifem Kragen. Der Wagen selbst war ein schweres Kettenfahrzeug mit gepanzerter Karosserie und Sichtschlitzen anstelle von Fenstern. Aus seinen Abgasrohren stieg rußiger Qualm zur Decke.

Crowl stieg ein. »Danke, Aneela«, sagte er und ließ sich in den gepolsterten Sitz sinken. »Wie geht es Eurer Tochter?«

»Ihr geht es gut. Danke, Exzellenz.«

»Lernt sie fleißig ihre Routinen?«

»Sie gibt sich Mühe.«

»Wenn sie ins Adeptus Terra eintreten will, muss sie das auch.«

»Das sagen wir ihr immer wieder.«

Crowl lächelte. »Die Jugend.«

»Wie lautet das Ziel?«

»Bringt mich zu Gulagh.«

Die Fahrerin nickte und fuhr die Flakschilde des Wagens aus, bevor sie Courvain über einen der vielen Ausfahrttunnel verließen.

Crowl lehnte sich zurück und blickte müßig durch den langen horizontalen Sichtschlitz. Das Tarquezin begann allmählich zu wirken und er spürte, wie die ersten Impulse durch seine Muskeln strömten.

Sie rollten durch den Torbogen der Festung ins Freie, überquerten eine einspurige Brücke und tauchten in das Dickicht aus Felsbeton ein. Schon bald fanden sie sich im dichten Verkehr wieder – Erzschlepper, Kettenbusse und Versorgungslaster des Astra Militarum wälzten sich durch das Straßengewirr zwischen den Türmen.

Aneela lenkte den Wagen geschickt auf die für imperiale Behörden reservierte Spuren und Hängebrücken, um dem schlimmsten Verkehrsgewühl zu entgehen. Rußbedeckte Heiligenstatuen mit gesprungenen und kaum noch erkennbaren Gesichtern säumten die Straßen.

Dichte Staubwolken verdeckten den Himmel, nur durchbrochen von den schwefelgelben Strahlen der Straßenlumen. Die Arbitratoren waren mit starken Kräften im Einsatz und ihre schwarzen Flieger schwebten wie metallene Geier auf Wolken schmutziger

Verbrennungsgase. Unter ihnen tummelten sich die gestaltlosen Massen und schwelgten in manischer Frömmigkeit. Crowl sah Priester, die rote Laternen schwenkten und vermummte Prozessionen über die Arkadenhöfe führten. Sogar über den ständigen Lärm der Promethiummotoren hörte er die Gesänge der Masse, das Dröhnen der Trommeln und den tiefen Klang der von Servitoren gezogenen Gongwagen.

Die Prozessionen wurden immer zahlreicher. In den nächsten Tagen würden sie miteinander verschmelzen, aus den riesigen Kathedralenhöfen hervorströmen und sich wie ein lebender Fluss durch die hundert Kilometer lange Allee des Ewigen Gedenkens ergießen. Diese breite Prachtstraße, die einst aus den eingeschmolzenen Überresten feindlicher Titanen geschaffen worden war, würde sie schließlich zu den Pforten des legendären Ewigen Tores führen.

Der Wagen fuhr zwischen den gewaltigen Türmen weiter Richtung Norden, unter dem Gewirr aus Transporttunneln hindurch und vorbei an Voxaugmittern, aus denen fromme Litaneien plärrten, und fünfzig Meter hohen Pictschirmen, die das Abbild des Geopferten Engels zeigten. Auf jedem freien Platz heizten die Adepten des Ministorums die fromme Raserei der arbeitenden Bevölkerung immer weiter an. Augmetische Cherubim in abgeplatzten rot-goldenen Rüstungen schwebten apathisch zwischen dem dichten Verkehr der Luftfahrtstraßen umher und vergossen unablässig Tränen, die ihre vergoldeten Wangen herabliefen.

»Ein Tollhaus«, flüsterte Crowl gedankenverloren.

»Exzellenz?«, fragte Aneela.

»Nichts. Fahrt weiter.«

Sie umfuhren einen verfallenen felsgrauen Hab-Turm, nahmen eine Auffahrt und fädelten sich in das dichte Netz aus Verkehrsstraßen ein. Bald kam vor ihnen ein pechschwarzes Bauwerk in Sicht, dessen Inneres von blassblauen Lumen erleuchtet wurde. Über dem befestigten Tor prangte ein angelaufener Eisenschädel mit leeren Augen.

Die Wächter winkten sie durch und Aneela parkte direkt vor

einer Tür so schwarz wie polierter Obsidian. Crowl stieg aus und zwei Wächter in dunklen Kettenpanzern und knochenweißen Helmen grüßten ihn mit einer knappen Verbeugung. Als die Spitzen ihrer Elektrohellebarden den Steinboden berührten, öffnete sich die Tür hinter ihnen geräuschlos.

Crowl marschierte an ihnen vorbei und gelangte in eine Empfangshalle, deren Wände mit den Siegeln des Adeptus Terra, den Schlangenbannern der Medicae-Gilden und den obskuren Emblemen niederer Ordos geschmückt waren. Über allem prangte das Basrelief des zweiköpfigen imperialen Adlers.

Ein fettleibiger Mann in einer fleckigen, ausgeblichenen blauen Robe erwartete ihn. Die Haut seines kahlen Kopfes war blass, seine Lippen leuchteten rot und kleine Schweinsäuglein funkelten zwischen den Falten seines Gesichtes hervor. An jedem Finger seiner dicken Hände glänzten eiserne Ringe. Eine Augmentation war hinter seinem geglätteten Ohrläppchen zu erkennen, von der ein Kabel mit perlenartigen Cogitatorknoten herabhing. Das Amulett auf seiner voluminösen Brust wies ihn als den Leitenden Medicus aus, was bedeutete, dass er über die nötige psychologische Überprüfung und Freigabe verfügte, um dem Ordo hin und wieder zur Hand zu gehen.

»Inquisitor«, sagte der beleibte Mann und nickte Crowl zu.

Crowl erwiderte die Geste und ging auf ihn zu. »Wie geht es Euch, Gulagh?«

»Die Luft ist stickig, die Pilger sind eine Plage und ich habe mehr zu tun, als mir lieb wäre.«

»Habe ich richtig gehört?«

»Die Luft ist angenehm, die Pilger sind eine Inspiration und meine Arbeit ist ein Segen.«

»Alles, wonach es uns verlangt, ist die Wahrheit.«

Die beiden schritten gemeinsam durch den Komplex und durchquerten gewundene Tunnel aus grauem Felsbeton. Wie Courvain war die gesamte Anlage von der verschmutzten terranischen Atmosphäre abgeschottet und die Luft wurde von Filteranlagen aufbereitet. Sie gingen an sterilen Chirurguskammern vorbei, in denen Medicae im grellen Schein von Natriumdampflumen arbeiteten. Bedienstete mit Kitteln und Gesichtsmasken aus grünem Plastek schoben mit blutigen Instrumenten, Spülungen, Hautbleiche, Operationsbesteck, Knochensägen und Injektionsnadeln beladene Stahlwägelchen durch die engen Korridore.

»Mir ist zu Ohren gekommen, dass Ihr eine neue Akolythin habt«, sagte Gulagh, während er Crowl durch die Gänge führte.

»Wieder ein paar Codes des Ordos geknackt, Gulagh?«

»Oh, nein. Ich höre nur hin und wieder Dinge.«

»Sie wird nicht lange bleiben. Zu gut, zu eifrig.«

»Ah.«

Sie erreichten eine lange, fensterlose Halle mit gefliestem Boden, die von schwebenden Lumen mit altertümlichen Energiegeneratoren beleuchtet wurde. Obduktionstische säumten die Wände und auf jedem lag ein zugedeckter Körper.

Crowl blieb vor dem ersten Tisch stehen und schaute unter das Tuch. Darunter lag die Leiche einer jungen Frau mit hagerem Gesicht, einer Halstätowierung und fettigem Haar.

»Dies sind die Leichen aus Malliax?«, fragte Crowl und musterte sie sorgfältig.

»Ebenjene.«

»Irgendetwas entdeckt?«

»Nichts.«

Crowl warf Gulagh einen skeptischen Blick zu. »Gar nichts?«

Gulagh lachte leise und seine Kinne bebten. »Ich habe nie verstanden, warum Ihr Euch die Mühe macht, hierherzukommen, Inquisitor. Keiner Eurer Kollegen tut es.«

Er zog ein Magnomonokel aus seiner Robe und klemmte es sich ins linke Auge, woraufhin die Motorik der Linse leise zu surren begann. Dann beugte er sich über die Leiche, zog ihr Augenlid herab, öffnete ihre Kiefer und betrachtete das leere Zahnfleisch. Er keuchte und Schweiß glänzte auf den Falten seiner fleischigen Haut.

»Es ist bei allen dasselbe«, sagte er, zog das Tuch zurück und tastete ihre Rippen ab. »Präzise Schusswunden, hervorgerufen durch hochenergetische Laserwaffen. Einem von ihnen wurde das Genick gebrochen. Wer ist dafür verantwortlich? Eure Gardisten sind gute Schützen, wie ich schon sagte. Davon abgesehen handelt es sich um Unterweltabschaum. Verfaulte Zähne, morsche Knochen, Geschwüre, Katarakte und Rachitis, aber nicht viel mehr.«

Crowls Blick wanderte über die aufgebahrten Leichen. »Sie rannten nicht davon, nicht am Anfang zumindest«, sagte er. »Sie sind organisiert. Etwas treibt sie an.«

»Welcher Verbrechen haben sie sich schuldig gemacht?«

»Bildung einer nicht genehmigten Gruppierung.«

»Mit anderen Worten, Ihr wisst es nicht.«

Crowl lächelte. »Meine Interrogatorin, über die Ihr bereits so gut Bescheid wisst, hat sich mit einem der Anführer dieser Zelle unterhalten. Er hat ihr verraten, dass sich die Gruppe auf etwas vorbereitet, doch er wusste offenbar nicht, worum es dabei ging. Sie halten Informationen vor ihren Zellen zurück. Erinnert Euch das an jemanden? Und sie haben sich bewaffnet.«

»Wer tut das nicht? Hier unten kommt ein Lasergewehr auf jedes Neugeborene.«

»Was für ein inspirierender Gedanke.« Crowl drehte sich wieder zu der Leiche um. »Wie viele von ihnen liegen hier?«

»Alle, die Ihr uns geschickt habt. Wir haben ihnen bereits die Zähne gezogen, um die Haare kümmern wir uns noch. Alle Organe, die für die Konservierung geeignet sind, werde ich einfrieren lassen und zu den Spleißern schicken.«

»Ich zähle fünfundzwanzig.«

»Wenn Ihr das sagt.«

»Ich habe Euch vierundzwanzig geschickt.«

Gulagh lachte wieder und wischte sich die plumpen Hände an dem Leichentuch ab. »Ihr habt sie persönlich gezählt, Inquisitor? Ich denke, Ihr braucht ein größeres Gefolge.«

Crowl lächelte nicht. Er schritt die Tischreihen entlang und zog die Tücher von den Gesichtern der Leichen. Der Körper am Ende war ein Berg aus eingefallenen Muskeln, der erste der beiden Abhumanen. Die restlichen Leichen waren nur Haut und Knochen.

Gulagh eilte ihm schnaufend nach. »Sie sind mit einem der üblichen Transporter gekommen. Wenn es einen Fehler –«

»Details«, murmelte Crowl und ignorierte den Leitenden Medicus. »Da liegt das Problem.«

Er erreichte einen Tisch kurz vor Ende der Reihe und zog das Tuch fort. Darunter kam das Gesicht eines Mannes von vielleicht dreißig Standardjahren zum Vorschein, ein wenig fülliger als das der Frau am Anfang, mit kurz geschnittenem Haar und rot umrandeten Augen. Die Leiche starrte blicklos zu den Natriumdampflumen an der Decke hinauf.

Crowl zögerte. »An diesen erinnere ich mich nicht.«

Gulagh schloss zu ihm auf. Er schien noch etwas blasser geworden zu sein. »Es war ein Schusswechsel, nicht wahr? Konntet Ihr da wirklich jeden –«

»Jeden Einzelnen«, sagte Crowl, während er die Hand ausstreckte und den Kopf der Leiche zur Seite drehte. »Er gehört nicht zu den Opfern aus dem Gewölbe. Woher kommt die Leiche?«

Gulagh ging um den Tisch herum und zog eine rissige Pergamentrolle aus einer Eisenklammer. Als er sie entrollte, kam die braune Schrift eines Autokiels zum Vorschein. »Sendung 56-76a-ed3/G, Malliax«, las Gulagh. »Eure Referenz, Euer Siegel. Wie ich schon sagte, trafen sie alle zusammen auf demselben Gravtransporter hier ein. Sie waren noch warm. Ich weiß nicht, wie –«

Crowl drehte sich zu dem Medicus um. Auf seinem hageren Gesicht lag ein düsterer Ausdruck und Gulagh verstummte. Der fette Mann legte das Pergament vorsichtig auf den Obduktionstisch.

»Seid still und hört mir jetzt sehr aufmerksam zu«, sagte Crowl. »Ich werde diese Leiche mitnehmen. Ihr werdet mit Euren Schreibern und Transportknechten sprechen. Ich werde einen Trupp schicken, der in zwei Stunden hier eintrifft. Ihr werdet ihnen einen Bericht aushändigen und sie werden entsprechend handeln. Sollte nichts dabei herauskommen, werde ich persönlich zurückkommen, und ich bezweifle sehr, dass Euch das gefallen wird.«

Gulagh lachte nicht mehr. Er schüttelte bestürzt den Kopf. »Natürlich«, sagte er. »Natürlich. Aber es wurde kein Protokoll –«

»Zwei Stunden«, sagte Crowl, drehte sich um und schritt an den Tischen vorbei die Leichenhalle hinab. »Mehr habt Ihr nicht. Nutzt die Zeit.«

KAPITEL VIER

Captain Revus war nicht verfügbar gewesen, weshalb Spinoza gezwungen war, auf die Dienste seines Sergeants Ergor Hegain zurückzugreifen. Im ersten Moment war sie ein wenig enttäuscht gewesen, aber als sie dem Mann begegnete, stellte er sich als wahrer Glücksfall heraus. Er grüßte sie mit einem Lächeln und blickte weniger mürrisch als sein Vorgesetzter.

»Ich grüße Euch, Fräulein«, sagte er und salutierte. »Willkommen in der Familie.«

»Der was?«

»Die Inquisition residierte schon in Courvain, als noch der Mond der Bestie am Himmel über Terra hing.« Er lächelte immer noch. »Ihr seid das neueste Mitglied dieser Familie.«

Spinoza musterte ihn aufmerksam und suchte nach einem Hinweis auf Spott, konnte jedoch keinen entdecken. Thron auf Terra, er war tatsächlich freundlich.

»Nicht das letzte, will ich hoffen«, sagte sie so warmherzig, wie es ihr möglich war, doch nach ihrer Ausbildung in der Schola und den Kampfeinsätzen danach klang es immer noch steif und formell.

Hegain lachte. »Sicher nicht, Fräulein. Sicher nicht. Verdammt großen Streitkolben habt Ihr da. Der Captain hat darüber gesprochen. Ihr werdet sie zerschmettern, Fräulein. Möge der Imperator Euch schützen.«

Zwei Gardisten begleiteten den Sergeant – ein Mann und eine Frau in grauer Kampfrüstung mit dem weißen Schädelsymbol des Ordos. Die vier machten sich auf den Weg zum Fahrzeughangar.

»Der Befehl lautet, Euch nach Malliax Quintus zu eskortieren; Koordinatenpunkt 45-45-S«, sagte Hegain, der sich sein gesichertes HEL-Gewehr über die Schulter gelegt hatte. »Am besten nehmen wir die Endtunnel. Ich habe einen Shade auftanken lassen, wenn Ihr nichts dagegen habt. Ich kann ihn fliegen, wenn Ihr das wollt, aber Ihr könnt Euch auch gerne selbst ans Steuer setzen. Eine Frage, wenn es erlaubt ist. Ich hörte, Ihr habt mit den Engeln des Todes gekämpft. Ist das so, Fräulein? Nachdem ich Euch begegnet bin, kann ich mir das gut vorstellen.«

Spinoza lächelte leicht. »Ihr kämpft nicht *mit* ihnen, Sergeant«, sagte sie. »Sie dulden Eure Gegenwart.«

Hegain lachte. »Ist das so? Ihr sagt es, aber ich kann es kaum glauben. Ich schätze, mit diesem Streitkolben habt Ihr Euch gut behauptet. Bei den Neun Wunden, das hätte ich zu gerne gesehen.«

Sie erreichten die Ankerstation des kantigen Truppentransporters DF-08 Shade. Ein Wartungstrupp aus Servitoren und Knechten nahm letzte Kontrollen an den Staustrahltriebwerken vor, füllte den Treibstofftank und munitionierte die Bordwaffen auf. Anders als der Nighthawk war dieser Flieger für verdeckte Einsätze konstruiert worden und so geschmeidig und hässlich wie ein Flensermesser.

»Wollt Ihr fliegen? Eure Entscheidung. Ich kann es übernehmen, wenn Ihr es wünscht.«

Spinoza musterte den Flieger. »Ich übernehme das, Sergeant«, sagt sie.

Hegain grinste wieder und kletterte in den Sitz des Kopiloten. Während sich die anderen beiden auf die enge Rückbank zwängten, lösten die Servitoren die zischenden Treibstoffschläuche und zogen sich zurück.

Spinoza nahm Platz und ließ den Blick über die Kontrollen schweifen. Sie legte ihre Hände auf die beiden Steuerknüppel und drückte sie leicht nach vorn, worauf der schwere Flieger sofort reagierte.

»Ihr fliegt damit direkt durch die Tunnel?«, fragte sie.

»Nur wenn es erforderlich ist, Fräulein. Sie rechnen nicht damit. Es ist recht eng in den Katakomben, aber diese Maschine kommt damit zurecht. Schnell wie ein Peitschenschlag. Dämpft aber besser die Lumen. Seid Ihr so einen Flieger schon einmal geflogen? Es wird Euch gefallen. Er wurde für Courvain umgebaut, wie alles andere, was Lord Crowl benutzt. Er weiß, was er tut. Beim letzten Einsatz hat es mich ganz schön erwischt, und er hat sich danach erkundigt; wusste alles darüber. Jetzt bin ich wieder im Dienst. Er passt auf seine Leute auf, auch wenn man es ihm nicht gerade ansieht.«

»Nein«, sagte Spinoza. »Nein, das tut man nicht.«

Sie zündete die Triebwerke und der Rumpf des Transporters begann zu vibrieren, als blaue Flammen aus den beiden Schubdüsen schlugen. Vor ihnen öffneten sich die ausladenden Hangartore.

»Ich gebe dem Maschinengeist die Koordinaten«, sagte Hegain und drückte einige Schalter, um das System zu initialisieren. Ein kurzes Beben schüttelte das Cockpit, als schematische Anzeigen auf den Pictschirmen aufleuchteten. Auf dem Frontfenster begannen Zielraster aufzuflackern, die direkt mit den Geschützen unter dem hakenförmigen Bug verbunden waren. »Könnt Ihr den Leitdaten folgen?«

Das konnte sie. Alle imperialen Kampffahrzeuge basierten auf denselben grundlegenden Konstruktionsschemata, von denen die meisten bereits vor Jahrtausenden konzipiert worden waren. Dadurch waren sich die verschiedenen Modelle recht ähnlich, was ihre Bedienung sehr erleichterte. Durch ihre Ausbildung als Agentin der Inquisition und ihre Fronterfahrung gab es kaum ein Fahrzeug im riesigen Arsenal des Munitorums, das sie nicht beherrschte. Sie brauchte nur einen kurzen Augenblick, um das Zielrastersystem des Shades zu verstehen.

»Verlieren wir keine Zeit, Sergeant«, sagte Spinoza. Sie hob ab und neigte die Schubdüsen, um den Flieger zu beschleunigen. »Ihr habt die Biosignatur des Gesuchten. Der Rest ist irrelevant.«

»Verstanden. Genau so gefällt es uns, Fräulein. Ihr habt den Shade gut im Griff, wenn ich das sagen darf.«

Spinoza beschleunigte und der Flieger schoss aus der schwarzen Fassade des Turms hinaus in den Dunstschleier. Sie drückte den Steuerknüppel nach vorn und zur Seite, sodass der Shade wie ein Bleibolzen in die Tiefe sackte. Wie zuvor wich der Flugverkehr ihnen aus und bildete eine schmale Gasse im toxischen Nebel.

»Ha!«, rief Hegain, der den Sturzflug offensichtlich genoss. »Sehr gut.«

Spinoza wand sich mit Höchstgeschwindigkeit durch den dichten Verkehr, bis sie die tiefste Flugspur passiert hatten. Dann fing sie den Sinkflug ab und flog dicht über den Köpfen der aufgeschreckten Menge durch die schattenverhangenen Schluchten der Straßenebene. Die Fundamente der allgegenwärtigen Türme rasten als undeutliche Schemen an ihnen vorbei. Die Zielraster auf der Frontscheibe aktualisierten sich flackernd und leiteten den Transportflieger durch das Labyrinth von Malliax Quintus.

»Nähern uns dem Zugangspunkt«, meldete Hegain. »Seid vorsichtig, die Eingänge zu den Katakomben können –«

»Ich sehe es«, sagte Spinoza, der die Sache allmählich Spaß machte. »Wie ich schon sagte, Sergeant, verlieren wir keine Zeit.«

Der Shade hielt auf eine schräge Rampe zu, die auf beiden Seiten von Stützwänden gesäumt wurde. Über ihnen spannten sich die Hängebrücken und Hochstraßen wie ein Spinnennetz zwischen den aufragenden Türmen. Die Rampe führte zu einem schwarzen Schacht, der jedes Licht zu verschlucken schien.

Der Shade stach in die Dunkelheit und seine kräftigen Frontlumen beleuchteten einen geschwärzten, verkrusteten Tunnel, der anfänglich steil abfiel, dann jedoch flacher wurde und sich zu Dutzenden Gängen verzweigte. Selbst durch diese muffige Unterwelt schlichen Gruppen von Menschen und kreischten, als der Shade donnernd über ihre Köpfe hinwegbrauste.

»Wir befinden uns jetzt in den Unterebenen von Malliax«, meldete Hegain, der vom Druck der Beschleunigung in seinen Sitz gedrückt wurde. »Absetzpunkt voraus.«

»Ich sehe es.«

Sie flogen durch einen engen Tunnel, dessen Wände rasch näher kamen. Mit phosphoreszierenden Moosen bewachsene Kabelstränge hingen wie Ranken von der Tunneldecke. Alte und vor langer Zeit aufgegebene Maschinen ragten halb versunken aus dem modrigen Boden. Im Licht der Lumen sahen die rostzerfressenen und von Techsammlern ausgeschlachteten Kadaver wie die Gerippe großer Bestien aus.

»Jetzt«, sagte Spinoza und zog den Steuerknüppel zurück. Der Shade wurde langsamer, bis er neben dem Rand eines tiefen, fünfzig Meter durchmessenden Schachtes schwebte, der in zunehmend schmaler werdenden Stufen senkrecht in die Tiefe führte. Die beiden Gardisten rissen die Türen auf und sprangen hinaus, bevor sie geduckt die Umgebung absuchten.

»Übernehmt das Steuer«, befahl Spinoza und griff nach der Türverriegelung.

»Wie Ihr wünscht, Fräulein«, sagte Hegain und hielt den Flieger in Position, während sie die Tür aufzog.

Spinoza sprang und landete neben den beiden Soldaten ihrer Eskorte. »Bewegung«, sagte sie und eilte los. Sie zog ihre Laserpistole, ein Accatran-Modell mit dem Monogramm des Ordos.

Sie befanden sich am Rand der obersten Stufe. Die Decke des Gewölbes verlor sich über ihnen in der Dunkelheit, eine unebene Masse aus Felsbeton, aus der die Stahlträger des Turms ragten. Links von ihnen, nur wenige Meter entfernt, führte eine Treppe zur nächsten Schachtebene. Die in den Felsbeton geschlagenen

Stufen führten wie das Gewinde eines gewaltigen Bohrers am Rand des Schachtes in die Tiefe.

In diesem feucht-dunklen Reich der Verzweiflung fristeten Hunderte eine trostlose Existenz in baufälligen Hütten. Die meisten stoben wie aufgeschreckte Tiere vor Spinoza davon. Sie sah zerlumpte Gestalten mit ausgemergelten Gesichtern, unterernährt und mit Pockennarben bedeckt, die vor ihr in die Dunkelheit zurückwichen.

Spinoza eilte die erste Treppe hinab, zwei Stufen auf einmal, und spürte, wie ihre Stiefel über den schmierigen Stein glitten. Sie erreichte die nächste Ebene und stürmte über den bröckelnden Felsbeton. Der Positionszeiger ihrer Retinalanzeige blinkte rot und führte sie zu der Stelle, die der Abhumane ihr während der Befragung genannt hatte. Sie gelangte zur stählernen Tür eines alten Vorratsraums, der in die runde Wand des Schachtes geschlagen worden war. Über ihr waren noch undeutlich die verblassten Runen einer Verwaltungskennung auszumachen.

Spinoza betrachtete den Verriegelungsmechanismus der Stahltür – ein schweres Eisengehäuse mit einem intakten Riegelbolzen – und zerstörte ihn mit einem gezielten Schuss. Die Tür schwang langsam auf quietschenden Scharnieren auf. Sie trat gegen die Tür und die Gefechtsmatrix ihrer Rüstung verlieh der Bewegung zusätzliche Kraft.

»Keine Bewegung«, rief sie, während sie in den Raum stürmte und ihre Laserpistole umherschwenkte.

Die Decke der niedrigen Kammer war gewölbt und Sporen überwucherten die alten Wände. Das Augursystem ihrer Rüstung registrierte Wärmesignaturen, doch es war niemand zu sehen. Am anderen Ende des Raumes schwang eine weitere Metalltür langsam auf rostigen Scharnieren zu.

»Den Eingang sichern«, befahl sie dem Gardisten und bedeutete seiner Kameradin, auf deren Uniform das Rufzeichen Zeta-8 zu sehen war, ihr zu folgen.

Sie erreichte die zweite Tür, riss sie auf und stürzte durch den engen Tunnel dahinter. Der Gang war so niedrig, dass sie den Kopf einziehen musste, und ihr Atem kam in keuchenden Zügen. Sie malte sich aus, wie Abermillionen Tonnen Erde, Felsgestein, Plaststahl und Adamantium auf sie herabstürzten, und versuchte, diese Vorstellung abzuschütteln.

»Stehenbleiben!«, rief sie, während sie durch stinkende Pfützen aus öligem Schlamm eilte. Die Lumen ihrer Rüstung tauchten die Wände des Tunnels in grellweißes Licht.

Es wurde wärmer und Schweiß rann unter Spinozas Halsberge herab. Zeta-8 verlor auf dem schuttbedeckten Boden des Tunnels beinahe den Halt. Sie erreichten einen eckigen, niedrigen Raum, dessen schimmlige Wände mit blutigen Engelszeichnungen beschmiert waren. Auf der anderen Seite führten in die Wand geschlagene Eisensprossen einen schmalen Schacht hinauf. Spinoza stürzte auf die Stelle zu und hob die Waffe. Etwa zehn Meter über sich entdeckte sie ein Stiefelpaar am oberen Ende der Sprossen.

Sie feuerte zwei Schüsse ab und die Laserstrahlen rasten den Schacht hinauf, doch ihr Ziel war bereits verschwunden. Spinoza kletterte ebenfalls die Sprossen hinauf, zog sich über den Rand des Schachtes und fand sich einer größeren unterirdischen Halle wieder, von deren Decke schmutzige Lumenröhren an langen Ketten herabhingen. Überall um sie herum standen Menschen, der Abschaum der Unterwelt, und starrten sie überrascht an, bis sie die Gefahr erkannten und bestürzt zurückwichen. Zwischen ihnen entdeckte Spinoza einen Mann mit einem zerfetzten Umhang, der unsanft Leute aus dem Weg stieß und eilig davonstürmte.

Zeta-8 kletterte hinter ihr aus dem Schacht. Zusammen drängten sie sich durch das Gewühl und versuchten, ein freies Schussfeld zu bekommen. Spinoza stieß mit ihrer freien Hand einen Mann unsanft zur Seite und spürte das Splittern brüchiger Knochen, als sich ihr eine Gelegenheit bot. Sie zielte und schoss. Der Laserstrahl brannte sich in den Schenkel des fliehenden Mannes und er stürzte zu Boden, wobei er mehrere Leute in der Nähe mit sich zu Boden riss.

Bevor Spinoza ihn erreichen konnte, rief Zeta-8 ihr zu: »Neues Ziel auf zwei, neun, vier.«

Spinoza ließ sich auf ein Knie fallen und richtete ihre Laserpistole auf die angegebenen Koordinaten – eine hohe Galerie etwa sechs Meter über ihr auf der linken Seite der unterirdischen Halle. Sie erhaschte einen flüchtigen Blick auf eine Plattenrüstung, die durch eine Chameolinbeschichtung beinahe perfekt mit dem Hintergrund der feuchten Wand verschmolz.

»Halt!«, rief Spinoza, doch die Gestalt war bereits in Bewegung und eilte mit sicheren Schritten davon, viel schneller, als sie ihr durch das Gedränge auf dem Boden der Halle folgen konnten.

Sie schoss und der Boden der Galerie brach einen Meter vor der rennenden Gestalt ein, die jedoch ohne zu zögern über den Spalt sprang und sicher auf der anderen Seite landete.

»Kümmert Euch um das Ziel«, befahl Spinoza der Gardistin und setzte dem Flüchtenden nach. Sie rannte zwischen den panischen Menschen die Halle entlang. Am Ende der Galerie befand sich eine runde Luke und die Gestalt stürzte hindurch. Spinoza erreichte endlich die einzige Treppe und stürmte die verrosteten Stufen hinauf. Oben angekommen duckte sie sich durch die Öffnung und fand sich in einem breiten Straßentunnel wieder, der sich zwar noch immer unter der Erdoberfläche befand, doch von unzähligen Menschen bevölkert wurde – Pilgern, Bettlern, Priestern und Schaulustigen. Eine große Prozession zog auf der Straße vorüber und krude Abbilder des Engels Sanguinius schwankten trunken über den Köpfen der Menschen umher. Andachtsdrohnen der Ekklesiarchie schwebten über der Menge, verströmten Weihrauch und verkündeten blecherne Audioaufzeichnungen sanktionierter Predigten.

Spinoza sah sich um und versuchte herauszufinden, in welche Richtung die Gestalt geflohen war. Pilger mit glasigen Augen und blutigen Gesichtern rempelten sie an, völlig in ihrer Ekstase verloren. Sie schob sich an ihnen vorbei und suchte nach irgendeinem Hinweis. Dann sah sie die Plattenrüstung, jetzt rot-golden gefleckt, im Gewühl der Menge verschwinden. Sie setzte der Gestalt nach und bahnte sich mit unsanften Stößen und Tritten einen Weg durch die Menge. Das Gedränge wurde immer dichter. Der schale Gestank von Schweiß und der beißende Geruch des Weihrauchs stiegen ihr in die Nase. Sie griff nach ihrem Crozius. Eine Pilgerin mit grauen, strähnigen Haaren, in deren schwarz geschminkten Augen der Wahnsinn funkelte, versuchte sie zu umarmen, während sie etwas über das Opfer des geliebten Primarchen schrie. Spinoza stieß den Schaft des Streitkolbens in ihr stumpfsinniges, faltiges Gesicht und sie sackte jammernd zu Boden. Es war nicht nötig, das Disruptorfeld der Waffe zu aktivieren.

Doch es half nicht. Andere Pilger nahmen ihren Platz ein, trampelten über die Frau am Boden hinweg und rissen Spinoza mit sich. Sie kam gegen das Gedränge nicht an und musste sich geschlagen geben.

»Sergeant«, voxte sie frustriert. »Wie lautet Eure Position?«

Sofort erklang Hegains knisternde Stimme. »Bin auf dem Weg, Fräulein. Bin schon auf dem Weg. Die Tunnel sind eng, aber wir haben eine Route. Haltet durch, ich bin gleich da.«

Spinoza stieß Pilger beiseite und verschaffte sich genügend Platz, um sich einen Weg aus der strömenden Masse zu bahnen. Irgendwo vor ihr, viel zu weit entfernt, als dass sie etwas dagegen tun konnte, entkam die gerüstete Gestalt. Alles deutete darauf hin, dass sie ihr Handwerk verstand – womöglich ein Agent des Adeptus Terra, ein Arbitrator oder jemand, der noch weit gefährlicher war. Was hatte er hier zu suchen gehabt? War sie beschattet worden? Oder jagte er derselben Spur wie sie nach?

»Zeta-Acht, Bericht«, voxte sie.

»Das Ziel ist tot«, erklang die Antwort. »Nachdem es nicht weiter fliehen konnte, hat es eine Kapsel geschluckt, die eine Herzruptur auslöste.«

Spinoza unterbrach die Verbindung und lehnte sich gegen eine Ouslithsäule. Sie schob das Crozius zurück in den Gürtel und wartete, bis sich ihr Pulsschlag normalisierte.

Die Menge schenkte ihr keine Beachtung. Die meisten waren nicht bei Sinnen, was entweder auf die von den Priestern ausgehändigten Andachtsverstärker oder auf die von den Gossensammlern verkauften Speiseabfälle zurückzuführen war. Sie dachten nur daran, rechtzeitig den Palast zu erreichen, und alles, was ihre benebelten Augen sahen, waren die lebhaften Traumbilder des geliebten Primarchen. Es mussten Tausende sein, die sich wie eine große Groxherde durch die Straßentunnel drängten. Die statistischen Chancen, ihr Ziel zu erreichen, waren praktisch nicht existent. Sie waren leichte Beute für die Räuber der Unterwelt oder die grassierenden Krankheiten der unteren Ebenen, denen ihre fremdweltlerische Konstitution nicht gewachsen war. Die meisten jedoch würden einfach den Weg durch das Straßengewirr nicht rechtzeitig finden.

Sie versuchte, ihre Verachtung zu zügeln. Ihr Glaube war direkt, ungetrübt durch irgendwelche Ablenkungen. Die meisten von ihnen wussten im Grunde, wie ihre Chancen standen. Trotzdem kamen sie und versuchten es. Besser in Reinheit sterben als in Verderbtheit leben, wie der alte Ausspruch lautete.

Die stickige Luft im Tunnel wurde aufgewirbelt. Das Dröhnen von Atmosphärentriebwerken begann über dem Lärm der Menge anzuschwellen und kurz darauf zerrte ein heftiger Wind an den Umhängen und Kutten der Bittsteller. Der Shade kam am nördlichen Ende des breiten Straßentunnels in Sicht und flog dicht über den Köpfen der Menge hinweg, um den Schwebelumen auszuweichen. Spinoza folgte seinem Flug und wunderte sich, wie wenig Aufmerksamkeit der schwebende Transporter bei der singenden Menge erregte.

»Ich sehe Euch, Fräulein«, erklang Hegains Stimme wieder aus dem Vox, als der Shade mit heulenden Turbinen und blinkenden Landelichtern herabsank. »Ich werde direkt vor Euch landen, wenn es recht ist. Achtet auf die herabsinkende Luke. Ich danke dem Imperator, dass Ihr sicher seid. Setze jetzt zur Landung an.«

Spinoza konnte das Lächeln nicht unterdrücken, das sich wie

ein Dieb auf ihr Gesicht stahl, als der Sergeant fortfuhr, sich in Belanglosigkeiten zu ergehen.

»Der Zeitpunkt ist perfekt«, sagte sie. Trotz allem war ihre Mission gescheitert und das setzte ihr zu. Crowl würde nicht glücklich sein. »Ruft die anderen. Wir werden zumindest die Leiche bergen, bevor wir nach Hause fliegen.«

Der kalte Leichnam aus Gulaghs Zitadelle lag bis auf den Knochen aufgeschnitten auf dem Obduktionstisch und Crowl starrte auf ihn herab. Gorgias schwebte unruhig neben der Stirn des Toten und musterte mit seinem roten Auge eine bestimmte Stelle, bevor er unverständliche Klicklaute ausstieß.

Eine dritte Gestalt hantierte mit Skalpellen und Fleischklammern herum, ein hagerer Mann, dessen Knochen sich selbst unter dem dicken Samtstoff seines Gewandes abzeichneten. Eine halbmondförmige Brille saß auf der Spitze einer langen Nase, die wie ein übergroßer Auswuchs aus seinem abgehärmten Gesicht hervorragte. Seine Augen waren von blassroter Farbe und seine langen Finger mit eisernen Chirurgusnägeln augmentiert. Während er arbeitete, flüsterte er zufrieden vor sich hin.

Erst am Ende der langen Untersuchung reckte er den faltigen Nacken und hob den Kopf.

»Also?«, fragte Crowl, der während der gesamten Untersuchung still und zurückhaltend geblieben war. »Wie lautet Eure Einschätzung?«

Courvains Chirurgus Philosophus rieb sich mit seinen langen Fingern über das Kinn. »Die Todesursache ist ein einzelner Schuss in den Rücken«, sagte er mit einer Stimme so kratzig wie Schorf. »Die Wunde entspricht der Entladung einer von der Inquisition sanktionierten hochenergetischen Laserwaffe. Seht Ihr die Brandspuren dort? Der Strahl einer regulären Laserwaffe ist weniger gebündelt, diffuser. Ich kann verstehen, warum Gulagh glaubte, dass er zu den anderen gehörte.« Er warf dem Inquisitor einen Blick zu. »Ihr seid Euch sicher, dass es nicht so ist?«

»Wie lange kennt Ihr mich schon, Erunion? Er befand sich nicht unter den Opfern.«

»Dann haben wir ein Problem. Gulagh hat einen Fehler gemacht und muss dafür büßen.«

»Vielleicht, doch er hat mir bereits seine Aufzeichnungen geschickt.« Crowl griff nach der dicken Plane und zog sie über die geöffnete Brust der Leiche, verhüllte jedoch nicht ihr Gesicht. »Er versicherte mir, dass dieser Mann mit unserer Lieferung eintraf. Ich werde ihn weiter unter Druck setzen, aber im Grunde glaube ich ihm. Er arbeitet seit Jahren für uns und das ist die erste Unregelmäßigkeit.«

»Vielleicht war es ein Versehen«, sagte Erunion und legte seinen vogelartigen Kopf zur Seite. »Ein argloser Irrtum.«

Crowl starrte in das Gesicht des Toten. »Auf Terra gibt es ebenso viele arglose Irrtümer wie aufrichtige Leute. Dieser Mann lebte nicht in Malliax. Dafür war er zu gesund. Er hat regelmäßig gegessen, wenn auch nicht gerade gut. Seine Gesichtsfarbe ist grau, nicht weiß. Ich vermute, dass er ein Bewohner der mittleren Ebenen war, vielleicht ein niederer Schreiber.«

»Einverstanden. Wie groß ist Gulaghs Zuständigkeitsbereich?«

»Sechs Zonen.«

»Das wären eine Menge Hab-Einheiten.«

Crowl beugte sich tiefer und drehte den Kopf zur Seite, um die Wange zu untersuchen. »Habt Ihr irgendwelche Hinweise entdeckt, die bei der Identifizierung helfen?«

»Kaum.« Erunion schob die Brille zurück, deren eisernes Gestell im Schein der Lumen glänzte. »Seht Ihr die Abdrücke um die Augenhöhlen herum? Sie stammen vermutlich von einem Picterokular. Seine Muskeln sind leicht verkümmert, weshalb wir davon ausgehen können, dass er keiner körperlich anstrengenden Arbeit nachgegangen ist. Er zeigt erste Symptome von Skorbut, Sumpffieber und Hautfäule – aber wer von denen tut das nicht? Seinen verformten Handflächen nach zu urteilen, hat er häufig Kommunikationssysteme bedient.«

»Keine oberflächlichen oder subdermalen Identifizierungsmerkmale?«

»Nichts Ungewöhnliches. Falls Ihr recht haben solltet und er in die Leichenhalle geschmuggelt wurde, um seine Herkunft zu verschleiern, war der Täter auch imstande, die offensichtlicheren Kennzeichen zu entfernen.«

Crowl nickte. »Eine gefährliche Situation. Gulagh könnte dafür trotzdem der Prozess gemacht werden.«

Erunion kicherte, ein effeminierter Klang, der die Flechten auf seinem Hals beben ließ. »Er würde seine eigenen Knechte häuten, um die Wahrheit ans Licht zu bringen.« Der Chirurgus trat an das Ende des Tisches. »Machen wir womöglich mehr aus der Sache, als an ihr dran sein könnte? Nehmen wir an, jemand tötet einen unbedeutenden Bediensteten und will verhindern, dass die Sache bekannt wird. Er sorgt dafür, dass das Opfer mit einer Routinelieferung, die Euer Siegel trägt, in die Leichenhalle gebracht wird, wo es zusammen mit den anderen Leichen eingeäschert wird. Nehmen wir weiter an, dass dazu nur jemand imstande wäre, der ebenfalls Mitglied eines entsprechenden Ordos ist und im Rang eines Inquisitors steht, denn niemand sonst hätte Zugriff auf die erforderlichen Siegel. Sicherlich wäre niemand dumm genug, ein solches Siegel zu fälschen. Gehen wir schließlich davon aus, dass die Leichen bald verbrannt worden wären und niemand davon erfahren hätte, wenn Ihr Gulagh keinen Besuch abgestattet hättet – eine seltsame Angewohnheit, die zudem unter Eurer Würde ist, wie ich betonen möchte – denn niemand, nicht einmal ein hochrangiger Vertreter des Verwaltungsapparates, hätte es gewagt, die Hinterlassenschaften eines Inquisitionseinsatzes überprüfen zu lassen. Woraus wir folgern können, dass wahrscheinlich einer Eurer Kollegen, der Gulaghs Dienste ebenfalls in Anspruch nimmt, einen privaten Disput geregelt hat, weshalb eine weitere Verfolgung dieser Angelegenheit kaum profitabel sein dürfte.«

»Ich stimme Euren Annahmen zu«, sagte Crowl, der den Kopf

des Leichnams zur anderen Seite drehte, »allerdings nicht Eurer Schlussfolgerung.«

»Nein, das dachte ich mir bereits.«

»Die Machenschaften meiner Kollegen interessieren mich nicht«, sagte Crowl, während er den Toten weiter eingehend musterte. »Aber ich dulde nicht, dass sich jemand in meine Angelegenheiten mischt.«

Gorgias schwebte herbei und sein Wirbelfortsatz stieß klappernd gegen die Tischkante. »Subdermalauspex *contra facies*«, brummte er. »*Iterum*. Schnell-schnell.«

Erunion warf dem Schädel einen kalten Blick zu. »Glaubst du, das hätte ich nicht überprüft?«

Gorgias' Auge blitzte auf. »*Stupidus!* Abermals.«

Erunion wurde wütend und griff nach einem Elektrostab, um den Schädel zu verscheuchen, aber Crowl hob beschwichtigend die Hand. »Was für eine Apparatur habt Ihr verwendet?«

»Ich habe mit einem Mikroaugur das Standardspektrum abgetastet.«

Crowl bedeutete Gorgias, wieder auf seinen Platz über der Stirn des Toten zurückzukehren. »Wenn Eure Annahmen korrekt sind«, sagte er an Erunion gewandt, »wurde dieser Leichnam soweit präpariert, dass er selbst einer genaueren Inspektion standhält. Aber vielleicht war der Täter in Eile. Vielleicht ist ihm etwas entgangen. Seid so nett und tut, was der Schädel verlangt, Chirurgus.«

Erunion schüttelte resigniert den Kopf, bevor er auf ein Regal mit obskuren Apparaturen – messingbeschlagenen Geräten mit flaschengrünen Blenden und dicken, segmentierten Kabeln – zuschlurfte. Er streckte die Hand nach einem tragbaren Augurgerät aus und zog es aus seinem Fach, bevor er die schweren Energiezellen aktivierte. Elektrostatische Entladungen knisterten über das Gerät, als der kristalline Bildschirm aufleuchtete. »Es wird sämtliche Restspuren zerstören«, sagte er steif.

»Verstanden, Erunion. Fahrt bitte fort.«

Der Chirurgus hob das Gerät über das Gesicht des Toten und

aktivierte das Energiefeld. Grünes Licht überflutete die starren Gesichtszüge und ließ die leblosen Konturen überdeutlich hervortreten. Dünne Rauchschwaden steigen von der grauen Haut auf und der Geruch von verbranntem Fleisch breitete sich in dem Raum aus. Erunion bewegte den Augur vor und zurück, während er unermüdlich Einstellungen am Gerät vornahm. Das segmentierte Kabel der Apparatur war mit einem surrenden und klappernden Kristalltransistor hinter dem Tisch verbunden, zwischen dessen Relaisspulen Blitze hin und her zuckten.

Das Gesicht des Toten begann unter dem Abtaststrahl schwarz zu werden, bis sich die Haut von den Knochen schälte. Als Erunion mit der Untersuchung fertig war, bedeckte nur noch trockene Asche den versengten Schädel. Er schaltete den Augurstrahl ab.

Crowl wartete geduldig, während Gorgias aufgeregt auf und ab hüpfte.

»Erlöst ihn von seiner Neugier«, sagte Crowl.

Erunion schwieg noch einen Moment länger und studierte die Bildschirmanzeige des Augurs. Er überflog den gespeicherten Datenstrom, verglich verschiedene Werte und suchte nach ungewöhnlichen Resultaten. Eine ganze Weile spiegelte sich nur das grüne Licht der Anzeige in seinen halbmondförmigen Brillengläsern. Dann markierte der Chirurgus widerstrebend eine Stelle auf dem Schirm und fror die Anzeige ein.

»Ich habe etwas entdeckt«, sagte er. »Eine alte Identifikationstätowierung, die oberflächlich entfernt wurde. In den tieferen Hautschichten sind jedoch noch Spuren zurückgeblieben.«

Crowl nahm ihm den Augur aus der Hand. Ein grünes Bild flackerte schwach über den grobkörnigen Bildschirm. Zunächst konnte er nichts erkennen, doch allmählich begannen die Umrisse einen Sinn zu ergeben. Er arbeitete bereits lange in diesem Sektor der Weltenstadt und kannte sich mit den hier gebräuchlichen Runen und Markierungen aus.

»Er war also tatsächlich ein Schreiber«, sagte Crowl, als er die

Zeichen entzifferte. »Raumüberwachung, wenn ich das richtig lese. Stufe Quintus, zuständig für orbitale Koordination.«

»Wie auch immer«, sagte Erunion, der Gorgias' triumphierend leuchtende Linse ignorierte. »Einer unter Millionen.«

»Vielleicht«, sagte Crowl und kopierte das Bild in den Datenspeicher seiner Rüstung. »Aber dies sind Runen der Handelsgilden, wenn meine Augen nicht schneller verfallen als der Rest von mir. Sie lassen sich zurückverfolgen.«

Erunion schob seine Brille zurück und kniff die blassroten Augen zusammen.

»Ihr habt mich um Rat gebeten, Exzellenz«, sagte er düster, »und den habt Ihr bekommen. Wenn Ihr der Spur folgen wollt, werdet Ihr etwas finden, da bin ich mir sicher. Aber um die Wahrheit zu sagen, glaube ich nicht, dass sie Eure Aufmerksamkeit verdient hat. Überlasst das den Arbitratoren, wenn es sein muss.«

»Und was sollten sie damit anfangen?«, entgegnete Crowl und reichte ihm den Augur zurück. »Ich entscheide, was meine Aufmerksamkeit verdient und was nicht. Gorgias, wir werden Mamsell Huk einen Besuch abstatten. Ich danke Euch, Chirurgus. Euer Sachverstand war mir wie immer eine große Hilfe.«

Der Servoschädel setzte sich in Bewegung und schwebte kaum einen Fingerbreit an Erunion vorbei, der ärgerlich zurückwich.

»Ihr hört zu sehr auf Palvs Geist, Exzellenz!«, rief er Crowl hinterher. »Von ihm ist kaum genug übrig, um Euch ein verlässlicher Ratgeber zu sein, und das wisst Ihr.«

»Oh, aber Geister sind die besten Ratgeber«, sagte Crowl, ohne sich umzudrehen, während Gorgias ihm surrend folgte. »Manchmal glaube ich sogar, dass sie die Einzigen sind, denen man zuhören sollte.«

KAPITEL FÜNF

Als die alte Sonne hinter dem westlichen Horizont versank, veränderte sich Terras Anblick. Die grauen Abgaswolken verdichteten sich zu einem schwarzen Dunstschleier, der sich um die Fundamente der Türme legte und die unzähligen Lichter trübte. Gebete plärrten aus den Voxverstärkern jeder Kathedralenkuppel und Arbeiter strömten von ihren Tagesschichten in die höhlenartigen Hallen, um den Predigten der Priesterkaste zu lauschen. Laternenanzünder füllten entlang der Zeremonienwege die Gaslampen, deren schwarzer Qualm sich wie eine erstickende Decke über die hohen Mauern und fleckigen Fresken am Straßenrand legte. Im Licht des tiefroten Sonnenuntergangs wirkten die gezackten Gipfel der Türme wie blutige Zähne am Rand der Welt.

Der Lärm verstummte nie. Die Schreinwelt aller Schreinwelten war ein Planet des ewigen Tumultes, gefangen im unablässigen Gewühl der Menschen, die hier lebten, sich vermehrten, schufteten und starben. Eifermaschinen des Ministorums, zweibeinige Ungetüme aus Stahl und Promethium, schritten durch die länger werdenden Schatten, verdammten den ewigen Feind und verkündeten die unsterbliche Herrschaft des Herrn der Menschheit. Schlote brannten ohne Unterlass, Frachtschlepper stießen unaufhörlich aus den Wolken herab und gesprungene Lippen flüsterten unablässig fromme Gebete.

Spinoza stand vor einem gepanzerten Fenster in Courvains Spitze und beobachtete den Sonnenuntergang. Der Ausblick war alles andere als ideal, denn mächtigere und größere Türme umgaben das kleinere Gebäude und riesige Fassaden aus geschwärztem Adamantium versperrten ihr die Sicht. Dennoch konnte sie das ersterbende Tageslicht am Rand der westlichen Straßenschlucht erkennen und sah zu, wie es zwischen den gewaltigen Bauwerken allmählich verblasste.

Sie hörte Crowl eintreten und wandte sich zu ihm um. Im rötlichen Schein der untergehenden Sonne wirkte er wie eine wandelnde Leiche, ein hagerer Schatten aus der urbanen Tiefe, der in das erstickende Reich der Lebenden zurückgekehrt war.

Sie nickte dem Inquisitor respektvoll zu, doch er winkte ab und nahm sich ein Glas von der langen Anrichte, die ohne jede Ordnung mit halb vollen Kristallflaschen und den unterschiedlichsten Kelchen gefüllt war.

»Darf ich Euch etwas anbieten, Spinoza?«, fragte er, während er sein Glas mit einer dunkelblauen Flüssigkeit füllte.

»Nein danke, Exzellenz.«

»Crowl, wenn es Euch beliebt. Warum nicht? Ihr wart im Schmutz und solltet Euch einen Schluck gönnen.«

»Ich bin noch immer im Dienst.«

»Bis zum Tod, richtig? Das ist eine lange Wartezeit.« Er leerte mit einem tiefen Zug sein Glas, bevor er es wieder auffüllte. »Ihr seid viel zu steif, Interrogatorin. Das gefällt mir nicht.« Er trank erneut einen Schluck. »Ihr werdet schneller verbrennen als eine Hexe auf dem Scheiterhaufen und damit ist keinem geholfen.«

Spinoza musterte ihn argwöhnisch. Es war kindisches Gerede, ein ermüdender Versuch, sie aus der Ruhe zu bringen. »Möchtet Ihr meinen Bericht über die heutigen Ereignisse hören?«, fragte sie.

»Hegain hat mich bereits informiert«, sagte Crowl, während er sich in einen opulenten Sessel sinken ließ. »Aber lasst mich wissen, wenn Ihr dem noch etwas hinzufügen wollt.«

»Eine Entschuldigung«, erwiderte sie. »Ich werde Buße tun.«

»Wenn Ihr das unbedingt wollt, aber ich bestehe nicht darauf.« Er drehte das Glas in seinen Händen und beobachtete, wie sich die letzten Strahlen der rubinroten Sonne darin brachen. »Ihr habt ein Ziel verloren, weil es einen Zwischenfall gab. So etwas passiert. Hegain erzählte mir, dass Ihr Euch da unten gut geschlagen habt, und ich vertraue seinem Urteil. Doch verratet mir, wem Ihr da auf den Fersen wart.«

»Ich hatte noch keine Gelegenheit, die Daten auszuwerten.«

»Beim allmächtigen Thron, Spinoza, *setzt Euch endlich*. Sagt mir, was Ihr davon haltet. Ich setze hier kein Untersuchungsprotokoll auf.«

Sie nahm im Sessel gegenüber Platz. Der Durst nagte an ihr – sie hatte nach ihrer Rückkehr kaum etwas zu sich genommen und plötzlich bedauerte sie es, das Angebot des Inquisitors abgelehnt zu haben.

»Der Flüchtende war schnell«, sagte sie. »Trainiert und in guter körperlicher Verfassung. Wie verbreitet ist Chameolinpanzerung an diesem Ort?«

»Eher selten.«

»Dann war er gut ausgerüstet. Meine Eskorte glaubte, eine Waffe gesehen zu haben. Das kann ich nicht bestätigen und der Flüchtende ließ sich auch nicht auf einen Kampf ein.«

»Warum sollte sich jemand in diese Angelegenheit einmischen?«

»Vermutlich war es ein Mitglied dieser Kabale. Bisher sind wir nur dem Fußvolk begegnet, doch ohne professionelle Führung hätten sie sich nicht so gut organisieren können.«

»Möglich. Vielleicht hat er die Kabale aber auch nur überwacht, so wie wir. Oder er überwachte uns. Vielleicht steckt aber auch etwas anderes dahinter. Ein furchtbarer Planet, nicht wahr?« Er nahm einen Schluck aus seinem Glas. »Doch jetzt zum wichtigen Teil, was werdet Ihr deswegen unternehmen?«

»Der Abhumane hat mir noch einen anderen Treffpunkt genannt. Ich habe einen weiteren Einsatz angesetzt, dieses Mal mit stärkeren Kräften. Wir werden den Ort umstellen und so viele festsetzen, wie wir können. Wir werden nicht still und leise vorgehen. Wenn die Gestalt dort auftaucht, womit ich rechne, werden wir vorbereitet sein und sie überwältigen.«

Crowl dachte darüber nach, während er das Glas in seiner Hand schwenkte. »Also schön«, sagte er. »Auch wenn wir immer noch nichts über die Absichten dieser Kabale wissen. Bisher unterscheidet sie sich nicht von den hundert anderen Kulten, die ich an diesem Ort gesprengt habe. Sie treffen sich im Verborgenen und flüstern über neue Ordnungen und Freiheit für alle. Sie horten Waffen, was schon etwas heißen will, doch zu welchem Zweck? Ich denke, es handelt sich um verblendeten Abschaum.«

Spinoza spürte, wie ihre Ungeduld wuchs. »Sie halten nicht genehmigte Treffen ab«, sagte sie so ruhig, wie es ihr möglich war. »Sie halten diesem Falschen Engel die Treue, wer immer das auch sein mag. Damit sind sie schuldig genug.«

Crowl warf ihr einen amüsierten Blick zu. »Das stimmt«, sagte er. »Und sie haben den Tod mehr als verdient. Aber macht nicht den Fehler, sie für verrückt und dumm zu halten, Spinoza. Wir haben zwei ihrer trüberen Leuchten aufgegriffen und zwei Dutzend weitere getötet, doch die Anführer konnten sich unserem Zugriff entziehen. Vielleicht liefern sie uns ihre Lakaien aus, weil sie es sich leisten können. Denkt darüber nach, was sie am dringendsten benötigen, denn sie werden nicht darauf warten, dass wir sie schnappen. Sie werden sich etwas überlegen und zu den Göttern beten, denen sie ihre Seelen verschrieben haben. Wir sind Teil dieser Pläne, also müssen wir ihre Erwartungen durchbrechen. Alles, was wir haben, ist ein Name – der Rest ist so weit wertlos.«

Spinoza bemerkte, dass sich ihre Finger in die Armlehnen krallten. »Ich weiß nur, was Ihr mir erzählt habt, Exzellenz. Vielleicht habt Ihr einen Rat für mich, sollten die Ermittlungen für Euren Geschmack zu langsam voranschreiten.«

»Euer Plan ist gut, Spinoza. Ich vertraue Euch.«

Sie nickte und unterdrückte den Ärger, der in ihr brodelte, während sie nach den passenden Worten suchte. »Sehr wohl, Exzellenz.«

»Crowl, bitte. Doch etwas scheint Euch Verdruss zu bereiten.«

»Nein, überhaupt nicht.«

»Ihr seid eine schlechte Lügnerin, was in unserer Profession ein großer Nachteil ist. Verratet mir, was Euch so verärgert.«

Ihr seid es, Exzellenz, wollte sie sagen. *Eure Taktlosigkeit, Eure mangelnde Entschlossenheit.* »Ich möchte diese Kabale sprengen, das ist alles«, antwortete sie stattdessen.

Crowl seufzte und griff nach der Kristallflasche. »Ihr seid der Meinung, dass ich zu vorsichtig bin. Das kann ich Euch nicht verübeln. Ihr seid noch nicht lange auf Terra und ich weiß, wie Tur war.« Er stürzte das Glas in einem Zug hinunter. »Ich sehe Euch an und erkenne mich selbst, ein Jahrhundert zuvor. Auch ich war damals wütend und trachtete danach, die Flammen zu entfachen. Steckt die gesamte Welt in Brand, sagte ich, wenn dabei wenigstens ein paar von denen verbrennen, die es verdient haben. Eine ehrenwerte Einstellung, Spinoza, für die ich Euch respektiere, aber wenn Ihr mir Mitleid unterstellt, dann irrt Ihr Euch. Ich lebe schon lange genug hier, um zu wissen, welche Methoden zum Ziel führen.«

Er beugte sich vor und stützte seine Arme auf die Knie.

»Furcht ist wie jede andere Waffe«, sagte er. »Sie kann sich erschöpfen. Schaut den Leuten ins Gesicht, wenn Ihr das nächste Mal durch die Makropoltürme streift. Sie leben ständig in Furcht. Jede wache Minute verbringen sie in Angst. Sie fürchten die Xenos. Sie fürchten ihre Nachbarn. Jede Sekunde eines jeden Tages könnten sie von einem Arbitrator, einem Priester oder – möge der Thron ihnen beistehen – einem von uns in die Verhörzellen geschleift werden. Die Angst betäubt sie. Sie betäubt uns. Wir vergessen, wie die Furcht der Schuldigen aussieht, denn wir haben es ihnen unmöglich gemacht, unschuldig zu bleiben.«

»Aber sie sollten Angst haben«, erwiderte Spinoza. »Sie *sollten* Angst haben. Angst vor uns, wenn es sein muss, denn wenn sie jemals aufhören, ihre Beschützer zu fürchten, dann erwartet sie …«

»Ich weiß.«

»Tatsächlich?« Der wahre Kern ihrer Verärgerung war heraus, ehe sie sich zurückhalten konnte. Spinoza starrte den Inquisitor trotzig an.

Crowl lachte, ein tiefes, trockenes Geräusch, und lehnte sich in seinem Sessel zurück. »Viel besser, Spinoza. Sprecht aus, was Ihr denkt.«

»Es ist nur … Eure Worte«, versuchte sie zu erklären. »Ich weiß, dass Ihr es nicht so meint, aber –«

»Oh, ich meine alles genau so, wie ich es sage.«

»– wenn Ihr kein Mitglied des Ordos wärt, würde ich …« Sie ließ den Blick sinken. »Ist dies ein Test?«

»Nein. Es liegt mir fern, Euch in eine Falle zu locken.« Crowl stellte das leere Glas ab, in dem sich die letzten Strahlen der untergehenden Sonne spiegelten. »Für wann habt Ihr den Einsatz angesetzt?«

»Kurz vor Morgengrauen, Exzellenz.«

Er legte die Fingerspitzen aneinander. »Ich werde den Einsatz übernehmen. Wenn sie nicht dumm sind, werden sie mit Euch rechnen. Es könnte sinnvoll sein, etwas subtiler vorzugehen.«

Spinoza spürte, wie ihre Wangen erröteten, und sie schlug verlegen die Augen nieder. »Wie Ihr wünscht«, sagte sie.

Crowl lachte wieder. »Seid nicht beleidigt, Spinoza, das ist kein Tadel an Eurer Leistung. Ich habe eine andere Aufgabe für Euch im Sinn, und ich bin bereits gespannt, wie Ihr Euch schlagen werdet.«

Hafenwart Agister Holbech stapfte durch den windigen Tunnel seiner Unterkunft entgegen. Nach all den Jahren begannen die Strapazen der zwanzigstündigen Schichten an seiner Konstitution zu zehren. Sein Bauch hing über dem engen Gürtel und die weichen Sohlen seiner Schuhe glitten über die abgenutzten Pflastersteine. Pseudoflammen loderten in vergitterten Leuchtern, eine Marotte aus alter Zeit, an denen die Handelsgilden in ihren Hallen festhielten. Durch die schmalen Spitzbogenfenster sah er die funkelnde Nacht unter den tiefen Wolkenbänken der ewigen Stadt. Kein Mond schien am Himmel. Das tat er nur, wenn der radioaktive Schleier für einen Moment aufbrach und den Terranern einen flüchtigen Blick auf den Himmel gewährte, der die Menschheit einst dazu inspiriert hatte, zu den Sternen aufzubrechen.

Als er sein Quartier erreichte, tippte er gedankenverloren die neunstellige Zugangsziffer auf der Türkonsole ein. Eine Mikronadel bohrte sich in seinen dicken Finger und die Analysesysteme surrten, bis die Verriegelungsleuchte grün blinkte. Er drückte die brünierte Stahltür auf und betrat den engen und schwach beleuchteten Raum.

Holbech warf das Ankerverzeichnis des Tages auf eine niedrige Kommode. Die schmutzigen Fenster auf der anderen Seite boten ihm einen privilegierten Blick auf die nächtliche Stadt – eine Landschaft aus schroffen Türmen, die vom Licht der Hab-Lumen, Suchstrahler, brennenden Schlote und Scheinwerfer des Luftverkehrs beleuchtet wurden. Fleckige Gewitterwolken zogen unablässig über den Himmel. Die Luft war warm und feucht, wie vor einem Sturm, nur dass diese Wolken niemals ihre Last entluden – unablässig brodelnd hingen sie über der aufgeheizten Luft, während sich die Welt unter ihnen im Griff der Trockenheit wand.

Er schwitzte und schenkte sich etwas zu trinken ein – gefiltertes Wasser, versetzt mit reinem Alkohol und synthetischem Kardamom. Dann wandte er sich seiner Couch zu. Als er auf das rissige Lederpolster sank, ächzte das rostige Gestell und die Federn gaben nach.

Er blickte sich in seinem Quartier um, das sich weit oben auf der westlichen Seite des Turms befand. Nach allen Maßstäben war es eine privilegierte Unterkunft, doch nicht so hoch, wie es ihm gefallen hätte. Sie befand sich nicht auf den opulenten Ebenen, wo Filteranlagen den Staub aus der Luft siebten, wo der Boden gekühlt wurde und wo es lebende Pflanzen – lebende Pflanzen! – gab, deren Zisternen die durstigen Massen in der Tiefe ein ganzes Jahr hätten versorgen können.

Holbech war überzeugt, dass er sein Potenzial noch nicht ausgereizt hatte – es war ein Gedanke, der ihn immer wieder in den Nächten nach den langen Schichten heimsuchte, während er über seine Leistungen in den Gildenprüfungen nachdachte oder sich an die Zeiten erinnerte, als er noch einen Sitz im Planungskonzil, die Leitung eines wichtigen Verkehrsknotens oder – warum sollte er nicht träumen? – das Amt des Sprechers selbst angestrebt hatte.

Holbech trank einen großen Schluck seines halbwegs genießbaren Cocktails und schaute sich verdrießlich in dem kleinen Reich um, das er sich erarbeitet hatte. Das Gehalt eines Hafenwarts war recht ansehnlich, denn er war jeden Tag dafür verantwortlich, Hunderten Frachtschleppern einen sicheren Ankerplatz zuzuweisen. Trotzdem umfasste seine Hab-Einheit kaum zehn Quadratmeter und befand sich noch ein gutes Stück unter den respektablen Wohnzonen des mittleren Turmkomplexes am bescheidenen Rand der Salvatorzone. Er betrachtete bedauernd die Dinge, die er im Laufe der Zeit angehäuft hatte – die billigen Vasen, die gebündelten Pergamente mit den Spezifikationen veralteter Schiffsmodelle, die Stühle, Tische und die gesprungene Vid-Scheibe mit den Dateien der Missionaria-Lerneinheiten.

Dann fiel sein Blick auf den Mann im Schatten unter dem Fenster, der mit einer Laserpistole auf seinen Kopf zielte, und er erstarrte.

»Guten Abend, Hafenwart«, sagte Maldo Revus, ohne sich zu bewegen.

Holbech dachte darüber nach, was er tun sollte, doch nicht lange. Sein antiker Revolver Modell Haus lag sicher verstaut in einer Schublade neben seinem Bett, und selbst wenn er neben ihm gelegen hätte, wäre er gegen den formidabel gepanzerten Besucher relativ nutzlos gewesen.

»Wie seid Ihr hier hereingekommen?«, fragte Holbech. Der Mangel an Panik in seiner Stimme überraschte ihn selbst.

»Auf dieselbe Weise wie überall. Wie war Euer Tag?«

Holbech spürte, wie ihm der Schweiß über die fettige Haut seines rasierten Schädels rann. »Ich habe kein Geld hier.«

»Ihr habt genug, mehr, als Ihr aufgrund Eures Gehalts eigentlich haben dürftet. Aber wenn ich deswegen gekommen wäre, hätte ich es mir genommen, also solltet Ihr Euch noch einmal die Frage stellen, warum ich hier bin.«

Holbech begann zu grübeln. Das Ausmaß an Korruption in seinem Subsektor des Abfertigungsknotens war eher unterdurchschnittlich und fiel zudem in die Zuständigkeit eines regionalen Richters, also ging es vermutlich um etwas anderes. Da war diese schmutzige Sache mit den angelernten Knechten vor zwei Jahren gewesen, aber das war eine Schwäche, die nur von den penibelsten Priestern verdammt wurde, und der Mann vor ihm war kein Priester.

»Ich weiß nicht –«

»Welche Aufgaben erfüllen Eure Kader, Hafenwart?«

Das war doch allgemein bekannt. »Die üblichen Dinge.«

»Erleuchtet mich.«

»Sie fertigen die Lifter im Hafenbezirk von Triad ab. Frachtträger, Raumschlepper, einige Pilgertransporter. Dreihundert Arbeiter, alle überprüft und vom Astra konditioniert. Keine Probleme, keine Schwierigkeiten.«

»Schön zu hören. Ich bin selbst ein effizienter Mann, Hafenwart. Es ist schön, einen verwandten Geist zu treffen.«

»Ich bin … froh, dass Ihr so denkt.«

»Und jetzt denkt noch einmal genauer nach. Denkt an Euren Stab, an die Analysten der Stufe Quintus.«

Holbech dachte nach. »Ich habe vierundsiebzig –«

»Vermisst Ihr jemanden, Hafenwart?«

»Ich würde gegen die Richtlinien des Adeptus verstoßen, wenn ich Informationen über meine Knechte herausgebe«, sagte Holbech vorsichtig.

»Und Ihr wisst, dass mich die Richtlinien nicht im Geringsten interessieren.«

»Ich dachte, die Sache wäre vorbei. Ich dachte, Phaelias hätte bekommen, was er wollte, und alles wäre geregelt.«

»Sie ist noch nicht vorbei.«

Allmählich wurde Holbech wütend. Er war schließlich nicht irgendwer, sondern ein registriertes Mitglied des Adeptus Terra, ein bedeutender Bürger des ewigen Imperiums, und er hatte Rechte.

Doch dann sah er den Ausdruck auf dem Gesicht des Mannes. Er ähnelte dem der Frau, die vor ihm da gewesen war und die so seltsam gesprochen hatte. Er erinnerte sich daran, dass ihre braunen Augen nicht einmal geblinzelt hatten. Thron, wo *fanden* sie nur diese Leute?

»Hat Phaelias Euch geschickt?«, fragte Holbech.

»Kümmert Euch nicht darum, wer mich schickt. Erzählt mir etwas über den Schreiber.«

»Das ist schon Tage her. Ich dachte, es wäre geklärt. Ich habe Euren Leuten schon beim letzten Mal gesagt, dass ich meinen Vorgesetzten und den kommunalen Wohnmeister informiert habe, nachdem er zwei Arbeitszyklen lang nicht auf seinem Posten war. Das ist alles. Ich bin nicht sein Vormund und habe die Sache nicht weiter verfolgt. Manchmal verschwinden Leute einfach. Es heißt, dass in den Untermakropolen von Malliax etwas nicht stimmt. Vielleicht ist ihm dort irgendwas zugestoßen. Wer weiß? Es gibt böse Menschen auf dieser Welt. Zweifellos kennt Ihr sogar einige davon.«

»Sein Name?«

»Hieron Valco, Subkonzern Ketan-Theta.«

»Wie lange hat er in Triad gearbeitet?«

»Seit zwei Jahren. Ich kannte ihn kaum. Seine Beurteilung war gut, er war fleißig. Er hat jede Unregelmäßigkeit der Zeitpläne gemeldet, was mir eine Menge Sorgen erspart hat.«

»Seine Aufgabe bestand darin, die landenden Schiffe zu überwachen? Pilgertransporter, Frachter?«

»Die meiste Zeit, ja. Außerdem hat er die Protokolle geprüft und eventuelle Fehler korrigiert, bevor sie archiviert wurden.«

Revus Hand bewegte sich nicht, sondern blieb so still, als wäre sie aus Felsbeton gegossen. »Meldete er irgendeinen ungewöhnlichen Vorfall, bevor er verschwand?«

»Es gibt ständig Fehler. Alle zwanzig Sekunden setzt irgendein großer Frachter auf einem der sechzehn Landefelder in Triad auf, vierundzwanzig Stunden am Tag. Alles wird protokolliert und in das Gothic-Archiv geschickt, wo es von den Scholiasten auf die Velinrollen übertragen wird, die dann im Scriptorium archiviert werden. Wir müssen die Zeitpläne mit den Ankerprotokollen abgleichen, das Ladungsverzeichnis prüfen, Sicherheitswarnungen nachgehen –«

»Eure Arbeit scheint sehr erfüllend zu sein. Wie komme ich an die Dokumente, die er bearbeitet hat?«

Die Angst begann von Holbech abzufallen und er bemerkte verärgert, dass der Drink in seiner Hand allmählich wärmer wurde. »Diese Information habe ich Euren Leuten doch schon gegeben. Diese Frau bestand darauf, dass –«

»Frischt mein Gedächtnis noch einmal auf.«

»Die Dokumente sind fort. Die Rollen wurden von den Arbitratoren konfisziert, nachdem ich ihn als vermisst gemeldet habe. Ich weiß nicht, wohin sie gebracht wurden, aber wir haben deswegen große Schwierigkeiten, denn das Planungskonzil verlangt eine Neuaufstellung der fehlenden Archivlisten, wozu wir natürlich nicht in der Lage sind.«

»Welcher Richter hat das veranlasst?«

»Glaubt Ihr, ich hätte gefragt? Da könnte ich genauso gut fragen, wer Euch geschickt hat, um einem unschuldigen Mann eine Pistole vors Gesicht zu halten.«

Revus dachte kurz nach. »Wann haben wir das letzte Mal mit Euch gesprochen?«

»Das wisst Ihr nicht?«

»Beantwortet die verdammte Frage.«

»Vor vier Tagen. Wie ich schon sagte, ich dachte, die Sache wäre mittlerweile –«

»Ihr wart uns eine große Hilfe, Hafenwart. Das war alles, was ich wissen wollte.«

Holbech wagte es, an seinem Drink zu nippen. Warm schmeckte er noch scheußlicher als gewöhnlich. »Mehr nicht?«

»Wenn mir noch etwas einfällt, werdet Ihr es erfahren. Oh, eine Sache noch – ich bin nie hier gewesen und diese Unterhaltung hat nie stattgefunden.«

Holbech schnaubte. »Anderenfalls werdet Ihr den Richtern einen Bericht zukommen lassen, richtig?«

»Etwas in der Art.«

Revus stand auf und trat in das Licht der Lumen. Erst jetzt bemerkte Holbech, wie kräftig der Mann war – groß, massig, das finstere Gesicht mit Narben und Tätowierungen bedeckt. Holbech schluckte und ihm fiel auf, wie trocken seine Kehle war.

»Worum geht es hier überhaupt?«, fragte er.

»Ich stelle hier die Fragen«, sagte Revus, schob die Pistole zurück ins Holster und wandte sich zur Tür der Hab-Einheit. Er öffnete sie und ging, ohne sich noch einmal umzudrehen.

Einen Moment lang blieb Holbech reglos sitzen. Sein Herz klopfte heftig in seiner Brust und seine Achselhöhlen waren noch verschwitzter als zuvor. Er trank einen Schluck, dann noch einen und noch einen, bis er das Glas geleert hatte. Dann blickte er auf und betrachtete die Stadt vor seinem Fenster, die Lichter der schroffen Türme unter einem schmutzigen Himmel.

»Thron, wie ich diesen Ort hasse«, flüsterte er.

KAPITEL SECHS

Crowl duckte sich und zog den Kopf ein. Seine Waden schmerzten und er dachte daran, eine weitere Dosis Hei-Loquat einzuwerfen. Er wollte sich gerade in Bewegung setzen, als Revus' Rufzeichen auf seiner Audexanzeige aufleuchtete.

»Habt Ihr etwas herausgefunden?«, fragte er mit gedämpfter Stimme. Vor ihm schlichen Gardisten durch die Dunkelheit.

»Der Tote hieß Hieron Valco«, sagte Revus. »Er arbeitete in einem der Kontrolltürme von Triad und verschwand vor sechs Tagen.«

»Sehr gut. Noch etwas?«

»Ich habe Valcos Hab-Einheit im Zentralregister ausfindig gemacht. Sagt Euch der Name Phaelias etwas?«

Crowl dachte kurz nach. »Nein. Warum?«

»Valcos Vorgesetzter wurde bereits befragt. Wie es scheint, ist noch jemand an unserer Leiche interessiert.«

»Wie ärgerlich.« Crowl verlagerte sein Gewicht, um das Brennen in seinen Beinen zu lindern. »Schaut, was Ihr in seinem Hab finden könnt. Wir sprechen, wenn ich zurück in Courvain bin.«

»Zu Befehl.«

Die Verbindung wurde unterbrochen und Crowl richtete seine Aufmerksamkeit wieder auf seine Umgebung.

Leere Promethiumfässer verloren sich unter der niedrigen, rostigen Eisendecke in der Dunkelheit. Alte Kabel lagen wie Eingeweide auf dem schmutzigen Boden. Am anderen Ende der unbeleuchteten Halle befand sich ein verstärktes, anonymes Schiebetor. Crowl musterte den Zugang und seine Augen huschten unruhig umher. Die Gardisten, dieses Mal ein zehnköpfiger Trupp, hatten sich auf Hegains Befehl in dem alten Manufactorumsblock verteilt und suchten Deckung hinter den Fässern, mit denen einst Lauge zum Industriekomplex Jeroda Deredian im Norden transportiert worden war. Die Wände des Blocks bestanden aus schweren Adamantiumplatten, die im Falle einer Explosion die bewohnten Zonen über und unter der Halle abschirmen sollten.

Crowl versuchte, mit einem Auspex die Umgebung abzutasten, doch die dicke Abschirmung störte das Gerät. Er öffnete einen Kanal zu seinem Sergeant. »Wurden alle Vorbereitungen abgeschlossen?«

»So wie verlangt«, erwiderte Hegain leise. »Alle Zugangswege sind mit Neurotoxinfallen gesichert. Ihr werdet zufrieden sein, wenn es so weit ist.«

»Ich denke, es ist an der Zeit.«

»Absolut, ja.«

Hegain gab ein knappes Handzeichen und fünf Gardisten rückten langsam auf das Tor zu, während ihnen der Rest Deckung gab. Crowl folgte ihnen in Begleitung des Servoschädels.

»Brenne-brenn–«

»Pst«, voxte Crowl. »Nicht jetzt.«

Gorgias sank ein wenig tiefer und das Glühen seines Auges verblasste zu einem stumpfen Braun. Crowl zog seinen Revolver und legte den Finger auf den gewölbten Abzug. Er genoss das Gewicht der Waffe in der Hand. Der Gardist an der Spitze erreichte das Tor, kniete nieder und befestigte einen Riegelknacker über dem Schloss. Das Gerät surrte kurz, während es die Kombinationen durchging, bevor sich das Schloss knirschend öffnete. Das Tor bebte, als die Bolzen zurückglitten.

»Still und leise«, sagte Hegain und kam mit erhobenem Gewehr nach vorn. Er schaute sich zu Crowl um. Dieser nickte und deutete auf zwei Gardisten, die die Torflügel aufzogen, während die anderen einen Halbkreis bildeten und auf die Öffnung zielten.

Stille Dunkelheit erwartete sie auf der anderen Seite, von der ihnen ein scheußlicher Gestank entgegenschlug. Hegain trat durch das Tor und die auf seinem Gewehr befestigte Leuchte sandte einen fokussierten Strahl durch den engen, staubigen Raum. Vier weitere Gardisten folgten ihm, bevor Crowl über die Schwelle trat. Sein Mantel schleifte über das korrodierte Metall.

»Niemand zu Hause«, voxte Hegain, während er weiter vorrückte.

»Nicht so voreilig«, sagte Crowl, der den verzierten Lauf seines Revolvers durch die Dunkelheit schwenkte. »Riecht Ihr das?«

Der metallische Geruch alten Blutes vermischt mit Schimmel und Verfall hing in der Luft. Die niedrige Decke verlieh der dunklen, stickigen Halle eine klaustrophobische Atmosphäre. Früher einmal war der Raum ein Lager für schwere Toxkisten gewesen, doch es wurde schon lange nicht mehr genutzt.

Sie gingen an verfallenen, staubbedeckten Transportbuchten vorbei. Crowl betrachtete den Boden und entdeckte Risse im Pflaster, dessen Untermauerung vor langer Zeit verrottet war.

»Passt auf, wo Ihr hintretet«, warnte er, während er Hegain vorsichtig folgte.

Sie erreichten eine weitere Halle, etwas größer als die letzte, aber genauso heruntergekommen. Der Geruch nach menschlichen Ausdünstungen war hier stärker. Einige Kisten aus Plaststahl waren in der Mitte des Raums zu einem provisorischen Tisch zusammengeschoben worden. Offene Vorratszylinder säumten die Wände, einige noch mit Rationen gefüllt, die meisten hingegen leer.

»Was haltet Ihr davon, Exzellenz?«, fragte Hegain und deutete auf die gegenüberliegende Wand. »So etwas hab ich noch nie gesehen. Ich meine, vielleicht schon, aber das hier ist irgendwie kunstvoller, schätze ich. Oder vielleicht auch nicht.«

Crowl richtete seinen Lumenstrahler auf die Stelle und ein greller Lichtschein fiel auf den rissigen Verputz. Auf der Wand prangte die Zeichnung eines roten Engels und für einen Moment glaubte er, die Quelle des Blutgeruchs gefunden zu haben, doch eine kurze Spektralanalyse widerlegte seinen Verdacht. Die Zeichnung bedeckte die gesamte Wand. Es war eine unsaubere, irgendwie unbeholfene Darstellung – halb abstrakt wie die Malereien auf einer Höhlenwand, als würden erst die lodernden Flammen eines Feuers den Eindruck vervollständigen.

Er speicherte eine Pictaufnahme von dem Wandbild, bevor er sich dem Tisch zuwandte, auf dem Dutzende Bilder verstreut lagen. Es handelte sich um billige chromatische Lithografien, wie sie in unzähligen Pictlaboren zu haben waren, das Papier brüchig und die Farben verwaschen. Er blätterte durch den Stapel und betrachtete die grauenvollen Dinge, die darauf zu sehen waren – abgetrennte Körperteile, gespreizte Augenlider, geöffnete Brustkästen und eingefrorene Schreie.

Er ließ sie angewidert auf den Tisch fallen. Dass sie ihre Verbrechen auf Lithografien festhielten, war nur ein weiteres Indiz für ihre Grausamkeit.

»Sichert sie als Beweis«, befahl Crowl, als er sich vom provisorischen Tisch abwandte und die dunkleren Ecken des Raums abzusuchen begann. Er beugte sich herab und betrachtete die schlecht verlegten, billigen Keramikfliesen, die mit einer schwarz glänzenden Schicht überzogen waren. Das war es, was er gerochen hatte. Er fuhr mit dem Finger durch die Kruste und hielt ihn ins Licht. Das Blut war geronnen, vermutlich schon vor langer Zeit. Was immer hier geschehen war, sie wären nicht rechtzeitig gekommen, um es zu verhindern.

»Ich will auch hiervon einige Proben«, fügte Crowl hinzu und richtete sich wieder auf.

»Wie Ihr wünscht«, sagte Hegain und wies einen Gardisten an, sich darum zu kümmern. Gorgias schwebte vor der Zeichnung des Engels und tastete sie immer wieder ab, als versuchte er, eine verborgene Bedeutung zu ergründen. Crowl ließ seinen prüfenden Blick über den Rest des Raumes schweifen. Der Ort roch nach Verzweiflung – ein schwarzes Loch, begraben unter der Kruste der Zivilisation, wo mit durchdachter Präzision Schmerzen zugefügt worden waren. Und dennoch –

»Achtung«, voxte er und versteifte sich.

Die Gardisten reagierten unverzüglich, dämpften alle Lumen und schalteten ihre Nachtsichtfilter ein. Crowl neigte den Kopf zur Seite und vertraute eine Sekunde auf sein scharfes Gehör, bevor er das augmetische Implantat hinter seinem rechten Ohrläppchen aktivierte.

Wartet …, signalisierte er den Gardisten mit einem knappen Handzeichen. *Wartet* …

Er deutete auf den Boden, wo breitere Risse zischen den Fliesen klafften. Einige dieser Risse waren mit gräulich schwarzem Staub gefüllt, andere hohl. Mit geübten Bewegungen richteten die Soldaten ihre Gewehre auf die Bodenspalten.

Crowl kniff die Augen zusammen und packte seinen Revolver mit beiden Händen. Vielleicht hatte er sich geirrt. Die Narkotika konnten seinen Sinnen einen Streich gespielt haben, was der Grund war, weshalb Palvs Geist sie so sehr missbilligte.

Dann hörte er es wieder.

»Treibt sie aus ihrem Versteck«, rief er und eröffnete das Feuer.

Eine Lasersalve, die in einem engen Raum abgefeuert wurde, betäubte die Sinne nicht wie eine donnernde Boltersalve, sondern war ein unheimliches Flüstern, begleitet von gespenstischen Lichtblitzen. Nur die Projektile des Revolvers krachten, ließen die Fliesen bersten und schleuderten Splitter durch die Luft.

Dann sah er die schattenhafte Gestalt, der Spinoza begegnet war. Er hatte gewusst, dass sie auftauchen würde. Um nicht entdeckt zu werden, hatte sie den dunkleren Weg gewählt, sich am Ende jedoch zu nahe herangewagt.

»Lasst ihn nicht entkommen«, befahl Crowl und rannte den Weg zurück, den sie gekommen waren, während er immer wieder durch den rissigen Boden in den Hohlraum unter seinen Füßen schoss.

Sie folgten dem Schatten, hörten das Keuchen menschlichen Atems und den Klang schwerer Schritte. Als Crowl den niedrigen Raum mit den Fässern erreichte, sah er die Gestalt aus dem Boden springen und von einer Wand zur anderen sprinten, während die Chameolinbeschichtung ihrer Rüstung schimmerte. Seine Hand folgte dem flackernden Schatten und er schoss, doch die Kugel traf den Rand eines Fasses und Funken stoben davon.

Hegains Trupp war dicht hinter ihm und Laserstrahlen zuckten durch den Raum. Die schattenhafte Gestalt lief weiter, tänzelte zwischen den glühenden Spuren umher und sprang auf den Ausgang zu, um über die metallenen Sprossen den schwach beleuchteten Schacht hinauf zu klettern. Beim Thron, sie war *schnell*.

Crowl hob seine gepanzerte Hand und das Laserfeuer verglühte. »Das Ziel dringt in die gesicherte Zone ein«, teilte er Hegain über das Vox mit.

Gerade als die Worte seine Lippen verlassen hatten; explodierten die Neurotoxinfallen und grünliches Nervengas breitete sich im Schacht aus. Er erhaschte einen kurzen Blick auf die schattenhafte Gestalt, bevor ihre Konturen im Dunst verschwanden. Hegain hatte die Fallen so platziert, dass es nur einen möglichen Fluchtweg geben konnte.

»Jetzt, Spinoza«, voxte Crowl, während er mit einer gewissen Befriedigung zusah, wie die Sprengladungen explodierten. Es überraschte ihn nicht, dass sie die Gestalt nicht erwischt hatten, aber das war auch nicht ihre Absicht gewesen. »Das Ziel läuft direkt auf Euch zu. Ihr wolltet eine Chance, ihn zu stellen. Nun habt Ihr sie.«

Valco hatte im selben Turm gelebt wie Holbech. Jeder, der in den Kontrolltürmen von Triad arbeitete, lebte im selben Turm wie Holbech. Trotz all der vielen Menschen, die ständig durch

Terras Gassen und Frachtstraßen strömten, verließen die meisten im Laufe ihres gesamten Lebens niemals die Enge ihrer riesigen Türme. Sie wurden in den industriellen Natalkomplexen geboren und ihren Müttern bei der ersten Gelegenheit entrissen, um mit Desinfektionsmitteln besprüht und mit Kontrollmarken versehen zu werden. Sie wurden in den Indoktrinierungszentren der Türme erzogen. Nicht selten umfassten die Klassen fünfhundert Schüler, die von den Priestern und Scholaren mit Elektrostäben gezüchtigt wurden, während sie die langen Listen der Gefallenen auswendig lernten und ihnen die heilige Dreifaltigkeit der Furcht eingetrichtert wurde: der Xenos, der Ketzer, der Mutant.

Mit zehn Standardjahren wurde den meisten unter Berücksichtigung ihrer Neigungen und Begabungen eine Arbeit zugewiesen: ein Posten in einem unbedeutendem Manufactorum oder einer Nahrungsproduktionsanlage, in einer der Konstruktionskolonnen oder bei der Abfallentsorgung. Die Begabteren wurden auf die unzähligen Sicherheitsbehörden und Kontrollorganisationen der Türme verteilt oder kümmerten sich um die Wartung ihrer kolossalen Lebenserhaltungssysteme. Die besten Schüler erhielten eine Position wie Hieron Valco und wurden zu winzigen Zahnrädern im unvorstellbar großen Verwaltungsgetriebe des Adeptus Terra. Viele fielen durch das Netz und führten ein unsicheres Leben in den verrußten Schatten, bestahlen die Unachtsamen und gingen den überlasteten Arbitratoren aus dem Weg. Ihre Existenz unterschied sich kaum von denen der Tiere, die einst Terras vergiftete Biosphäre bewohnt hatten.

Nach dem Tod wurden ihnen, ungeachtet ihrer gesellschaftlichen Stellung, die Organe entnommen und ihr Haar wurde geschoren, bevor der Rest ihres Körpers in einem der niemals erlöschenden Verbrennungsöfen von gierigen Flammen verzehrt wurde. Ihre Augen, die jetzt in Konservierungslösungen schwammen und von Servitoren zu den Apothecarien transportiert wurden, hatten die Sonne nur hinter schmutzigem Plexiglas aufgehen sehen. Ihre Haut hatte nie die Berührung des Windes gespürt und das endlose Brummen der Maschinen und Schmieden in ihren Ohren war nie verstummt.

Daher war es kein weiter Weg von Holbechs relativ gut eingerichteter Hab-Einheit zu den schlichteren Zellen seiner Arbeiter. Revus bestieg auf der Ebene des Vorstehers einen Turboaufzug und fuhr zu den Arbeiterunterkünften in der Tiefe hinab. Die Kabine sank knirschend den jahrhundertealten Schacht herab, bis sie mit einem Ruck auf der verlangten Ebene stehen blieb. Als sich die Türen stockend öffneten, kam hinter ihnen ein zehn Meter breiter Hauptgang zum Vorschein. Die Wände glänzten fettig im Schein orangefarbener Lumenröhren. Einige misstrauische Bewohner wandten neugierig den Kopf in Revus' Richtung, senkten jedoch sofort den Blick, als sie seine dunkelgraue Rüstung erblickten. Die einzigen, die nicht sofort in der Dunkelheit verschwanden, waren die Krüppel auf dem Boden, die mit milchig blinden Augen zur Decke starrten und mit ausgestreckten Händen um Nahrung bettelten. Altersfleckige Plakate der Missionaria wellten sich über ihren Köpfen an den Wänden und verkündeten Parolen wie *Er sieht und hört alles* und *Argwohn ist deine größte Tugend – Bewahre sie!*

Revus schritt den Gang hinab und bog in einen schmaleren Korridor ein. Jede weitere Abzweigung führte ihn tiefer in die schmutzige Düsternis. Schließlich blieb er vor einer unscheinbaren Tür mit der Kennzeichnung SD-Erati-Mov-B 3458 stehen. Auf dem Plaststahl befand sich ein langer brauner Fleck, der in einer Lache am Fuß der Tür endete. Revus suchte den Raum dahinter nach Wärmesignaturen ab, entdeckte jedoch nichts, woraufhin er das Türschloss entriegelte. Der stotternde Motor öffnete die Tür einen Spalt, bevor er ruckend ausfiel, sodass er sie mit den Händen aufziehen musste. Nachdem er die Hab-Einheit betreten hatte, zog er die Tür hinter sich zu.

Der Raum war leer. Es war eine wenige Quadratmeter große Zelle ohne Fenster, ein gewöhnliches Wohnmodul für alleinstehende Arbeiter. Vor der gegenüberliegenden Wand stand eine Liege, über der einige Staufächer angebracht waren. Eine kleine Kocheinheit nahm die rechte Wand ein, eine Kommunikationsanlage die linke. Auf einem niedrigen Tisch stapelten sich Dokumente – gebündelte Velinblätter, die mit Schnappdraht zusammengebunden waren und offizielle Siegel des Administratums trugen.

Revus kauerte sich vor den Tisch und durchstöberte den Stapel. Es handelte sich um minutiöse Landeprotokolle für Frachter, die mit einigen handschriftlichen Anmerkungen und Korrekturen versehen waren. Er vermutete, dass es sich um Valcos Notizen handelte. Hier und dort entdeckte er Textpassagen neben den Zahlenkolonnen – *In meiner Pflicht finde ich Erfüllung* oder *Seine höchsten Diener können nicht ohne den Fleiß seiner niedersten wirken* – das übliche Zeug.

Er stand auf, aktivierte mit einem Blinzeln den Analysefilter vor seinem rechten Auge und überprüfte die Feuchtigkeitswerte im Raum. Er entdeckte schwache Spuren auf dem Metallboden. Sie konnten nicht von Valco stammen; vermutlich waren es die Abdrücke von Arbitratorstiefeln. Selbst wenn es Dilettanten gewesen waren, hätten sie kaum etwas Interessantes zurückgelassen, egal ob sie für diesen Phaelias oder jemand anderen arbeiteten. Vielleicht hatten sie aber auch tatsächlich ihren Job erledigt – man konnte nie wissen.

Revus schaltete auf den Infrarotfilter um und ging auf die Liege zu. Eine schmutzige, von Läusen zerfressene Decke lag unordentlich auf der dünnen Matratze; darauf einige Pictbücher – *Die autorisierte Geschichte der Auxiliartruppen des Astra Militarum im Geres-Subsektor, Band XXXIIa*, ein vom Departmento Contagio herausgegebener Leitfaden zur Bestimmung von Krankheitssymptomen und eine Liebesgeschichte, deren Handlung auf der vermeintlich paradiesischen Welt Krieg angesiedelt war und den umständlichen Titel *Mein Wunsch, Kinder mit dir zu zeugen, wird nur von meiner Ergebenheit zu IHM übertroffen* trug.

Revus blätterte gelangweilt durch den letzten Band und betrachtete die ausgeblichenen Abbildungen eines Liebespaares, das auf einem kristallblauen See Worte der Zuneigung austauschte. Er wollte den Band gerade wieder schließen, als ihm der schmale Pergamentstreifen zwischen der Bindung und dem Plastekumschlag auffiel. Vorsichtig zog er den Streifen hervor. Der ledrige Fetzen war zerknittert und brüchig, nicht größer als sein Daumen, doch er konnte das darauf gekritzelte Wort entziffern.

Rhadamanthys.

Revus dachte darüber nach. Es war dieselbe Handschrift, in der auch die Anmerkungen auf den Landeprotokollen verfasst waren, doch unsauberer, als wäre es nicht mehr als eine flüchtige Gedächtnisstütze.

Dann hörte er das Knirschen von Stiefeln vor der Tür. Ein kaum vernehmbares Geräusch, das leise Ächzen von Synthgummi auf Metall, doch es genügte, denn keiner der Bewohner hätte sich solches Schuhwerk leisten können.

Revus drehte sich um, verstaute den Pergamentstreifen und zog seine HEL-Pistole, ohne den Infrarotfilter seiner Visieranzeige zu deaktivieren. Er ließ die Tür nicht aus den Augen, als er die Blendgranate von seinem Gürtel löste und den Sicherungsstift herausdrückte. Es dauerte einige Sekunden, bevor er das Geräusch wieder vernahm – die leisen Schritte von mindestens drei oder vier Personen, vielleicht mehr, im Korridor vor der Tür. Er stellte den Zünder der Granate auf eine Sekunde und synchronisierte ihn mit dem fotosensitiven Filter seines Visiers.

Sie warteten. Vielleicht waren sie unsicher. Revus bewegte sich nicht. Er war bereit; in einer Hand die Laserpistole, in der anderen die entsicherte Granate. Er lauschte den ruhigen, gleichmäßigen Atemzügen im Innern seines Helms.

Dann begann jemand die Tür aufzuziehen. Revus warf die Granate durch den Spalt und schloss die Augen.

Trotz der chromatischen Abschirmung flammte der Blitz rot hinter seinen Augenlidern auf. Er hörte schmerzverzerrte Schreie und stürzte durch die Tür in den Korridor. Erst jetzt öffnete er die Augen und schaute sich um. Er sah vier schwarz gerüstete

Ordnungshüter des Adeptus Arbites, die durch den Gang torkelten und versuchten, irgendetwas zu erkennen. Er zertrümmerte das Visier des ersten Arbitrators und hämmerte seinen Kopf gegen die Wand, bevor er sich umdrehte und seine flache Hand in den Kehlkopf des zweiten Ordnungshüters stieß. Noch bevor die beiden auf dem Boden aufschlugen, zielte er auf die gepanzerten Hände der beiden anderen Arbitratoren und schoss, woraufhin ihre Schrotflinten klappernd zu Boden fielen. Mit vier weiteren Schüssen zerschoss er ihre Kniescheiben und rannte los.

Noch bevor er die erste Kreuzung erreichte, wusste er, dass weitere Arbitratoren auf dem Weg waren. Er lief schneller, während er die verzweigten Gänge der breiten Turmebene in seiner Umgebung abtastete, um ungesehen zum Nighthawk zurückzukehren. Als er eine enge Biegung passierte, entdeckte er zwei weitere Arbitratoren – schwerer gerüstet und mit Schockstäben und langläufigen Pistolen bewaffnet. Er duckte sich instinktiv und Schutt regnete auf ihn herab, als Schüsse über ihm in die Wand hämmerten. Sie hatten Explosivgeschosse geladen.

Im Knien riss Revus seine Pistole hoch. »So ist das also?«, brummte er.

Er feuerte in rascher Folge mehrere Laserimpulse ab und traf das Schultergelenk des vorderen Arbitrators, der rücklings zu Boden stürzte. Sein Kamerad suchte hinter einer geöffneten Tür Deckung und erwiderte das Feuer. Schüsse pflügten über den Boden des Ganges. Revus' Umgebungssensor fing mehrere Signale auf, die ihn allmählich in die Enge trieben. Er warf eine Sprenggranate den Gang hinunter und sprang auf. Sie explodierte direkt vor der geöffneten Tür und der Druck schmetterte sie gegen den Arbitrator dahinter. Revus packte den Helm des taumelnden Mannes und stieß ihn zu Boden, bevor er ihm mit seinem gepanzerten Stiefel die Kehle zerquetschte.

Dann rannte er weiter auf einen der Turboschächte zu, die aus der unteren Zone herausführten. Er entdeckte die geöffnete Kabine eines Lastenaufzugs, sprang ins Innere, drückte die Zieltaste und aktivierte die Türverriegelung. Kurz darauf fuhr die metallene Kabine klappernd den Schacht hinauf. Revus kniete sich nieder und begann das Energiemodul seiner Pistole zu wechseln, als der Aufzug plötzlich dröhnend zum Stillstand kam. Etwas Schweres prallte auf das Dach und beulte den Stahl ein.

Revus ließ das neue Energiemodul einrasten, drückte sich in eine Ecke der Kabine und zielte auf die verbeulte Decke. Was immer dort durchbrach, er würde es mit hochenergetischen Laserstrahlen eindecken, und es gab nicht viel, was eine solche Salve aus nächster Nähe überstand.

Dann hörte er knisternde Energieentladungen und begleitet von einem blendenden Blitz stürzte das halbe Dach herab. Revus schoss, erkannte jedoch sofort, dass sich, was immer ihm auf den Fersen war, davon nicht aufhalten lassen würde. Er stürzte zur Tür und versuchte die Verriegelung zu öffnen, doch es war zu spät. Energieblitze zuckten durch die Kabine, der Boden dröhnte und die Wände bogen sich.

Eine Sekunde später verlor er das Bewusstsein, doch es genügte, um zu erkennen, was ihn erwischt hatte.

»Verdammter Mist«, murmelte er.

KAPITEL SIEBEN

Nervengas strömte aus jeder Spalte und breitete sich in einer kränklich grünen Wolke über dem rissigen Boden aus. Vom Luftfiltersystem ihres Helms geschützt spähte Spinoza in den trüben Nebelschleier.

Sie kauerte am Rand einer unterirdischen Kreuzung, in die drei breite Tunnel mündeten. Diese Gänge waren vor langer Zeit angelegt worden, als die Chemieverarbeitungsanlage noch in Betrieb gewesen war, und die Schienen einer aufgegebenen Gravbahnstrecke waren in den verwitterten Boden eingelassen. Crowl hatte die Gänge mit Neurotoxinfallen verminen lassen, sodass der einzige Fluchtweg zu ihrer Position führte.

Im ersten Moment glaubte sie, dass der Inquisitor es übertrieben hatte und die Gaswolken das Ziel verbargen, doch dann entdeckte sie es – einen dunklen Schemen im grünen Schleier, der wie eine wütende Spinne von einer Wand zur anderen sprang.

Sie zielte, dann zischten Laserstöße durch den dichten Nimbus aus Gaswolken und brannten sich in den gepanzerten Leib des Ziels.

Sie schienen Wirkung zu zeigen. Der chameolinbeschichtete Umriss ging zu Boden und verschwand unter der wallenden Wolke. Spinoza sprang auf und suchte im ausströmenden Gasschleier nach dem Ziel. Als sie nichts entdeckte, feuerte sie blindlings in die Wolken auf die Stelle, wo sie die Gestalt vermutete.

Als sich die Schwaden allmählich verzogen, entdeckte sie schließlich das Ziel. Die Gestalt sprang die Tunnelwand empor und krallte sich in den schmierigen Stein, um dem sich verflüchtigenden Gasschleier zu entkommen. Spinoza feuerte und traf erneut, doch der Schuss streifte lediglich die Rückenpanzerung und vermochte das Ziel nicht aufzuhalten. Die Gestalt schien sich der Schwerkraft zu widersetzen und hastete nahe der Decke an der gewölbten Tunnelwand entlang über die Kreuzung.

»Verdammt«, fluchte Spinoza und setzte ihr über den ansteigenden Tunnelboden nach.

Das Ziel hätte dem Gas nicht entkommen und die Laserschüsse nicht einfach so wegstecken dürfen. Was für eine verdammte Rüstung *war* das?

Spinoza holte auf und erhaschte einen besseren Blick auf die Gestalt. Trotz der verzerrenden Chameolinbeschichtung konnte sie erkennen, dass es sich um eine Frau handelte. Es war schwierig, einzelne Details auszumachen, aber ihre Rüstung musste mit Kletterkrallen ausgerüstet sein, die leicht genug waren, um sie nicht zu behindern.

Spinoza rannte ihr nach und versuchte, sie von der Wand zu schießen. Beinahe gelang es ihr, als sich ein Laserstrahl in die Seite der Frau brannte, die daraufhin ein Stück die Wand herabrutschte. Spinoza zielte erneut, dieses Mal auf den Kopf, als sie im letzten Moment die kleinen Sprengkapseln bemerkte, die auf sie herabfielen.

Sie warf sich nach rechts, als die erste Kapsel explodierte, und die Druckwelle traf sie wie der Huf eines Grox. Weitere Kapseln explodierten und sie wurde über den Felsbeton geschleudert. Sie rollte sich ab und sprang fluchend wieder auf die Beine, doch das

Ziel war bereits zu weit entfernt und kletterte über einen steilen Schacht einer achteckigen Luke entgegen, die zu einer der oberen Ebenen führte.

Spinoza sprintete die Schräge hinauf und feuerte, um die Gestalt daran zu hindern, die Luke zu erreichen, aber sie schlüpfte hindurch und verschwand. Spinoza erreichte das Ende der Schräge, sprang und bekam den metallenen Rand der Luke zu fassen. Sie zog sich hoch.

Auf der anderen Seite fand sie sich zwischen klappernden und klirrenden Pendeln, Kettenrädern und knirschenden Getriebegehäusen wieder. Sie befand sich am Boden eines Mechschleppers – eines industriellen Förderschachts, der Hunderte Meter durch die überfüllten Unterebenen bis hinauf in die Wohnzonen führte. Die Plattformen, die fortwährend hinauf und hinunter fuhren, waren für den Transport von schweren Gütern konstruiert worden und trotz ihres heruntergekommenen Zustands noch immer in Betrieb. Spinozas Ziel war bereits auf eine der mit Warnstreifen markierten Plattformen gesprungen und fuhr den Förderschacht hinauf.

Spinoza rannte auf die nächste Plattform zu, sprang und drückte die Aktivierungsrune. Die Ketten spannten sich und Zahnräder setzten sich in Bewegung, während die ganze Konstruktion zu beben begann. Schwarzer Qualm quoll aus dem Antriebsaggregat, als sie sich in Bewegung setzte. Die mit verschlammten und stark verrosteten Rohren bedeckten Schachtwände glitten an ihr vorbei. Spinoza ging in Deckung und kniete sich zwischen zwei leere Güterloren, während sie auf die Plattform zehn Meter über sich zielte, doch sie hatte kein freies Schussfeld und konnte nur die dicken Streben der Unterseite erkennen.

Es vergingen mehrere Sekunden, bevor die rechte Wand plötzlich einer weiten Halle wich, die sich in schwach beleuchteter Dunkelheit verlor. Die Gestalt sprang von ihrer Plattform, die weiter vom rasselnden Kettenzug in die Höhe getragen wurde, und sprintete über einen erhöhten Laufsteg die Halle entlang. Als sie den Rand des Förderschachts erreichte, sprang Spinoza ebenfalls auf den Metallsteg und stürzte ihr hinterher. Ihre Lungen brannten und ihre Rüstungssysteme heulten vor Anstrengung.

Es schien die gewaltige Halle einer Nahrungsmittelanlage zu sein. Zu beiden Seiten des Laufstegs brodelte schaumiger Proteinbrei in riesigen Bottichen. Die Luft stank und schmieriger Dampf stieg zur gewölbten Decke empor. Die ausgemergelten Servitoren in den Schlachtpferchen wandten ihnen in einfältiger Überraschung den Kopf zu. Ihre Schürzen waren steif vom Blut des dürren Viehs, das sich im Griff ihrer metallenen Hände wand.

Die Gestalt war vor ihr. Das Chameolinfeld schien nicht mehr richtig zu funktionieren und brach das Licht auf eine falsche, schwindelerregende Weise, doch das hinderte ihr Ziel nicht daran, weiter zu fliehen. Spinoza feuerte zwei weitere Schüsse ab und verfehlte sie nur knapp. Sie rannten über den Steg, der jetzt direkt über den riesigen Bottichen entlangführte – nur ein schmales Metallgitter trennte sie von den mit siedendem Nährschlamm gefüllten Gruben.

Am anderen Ende der Halle befanden sich zwei gewaltige Tore, das eine geschlossen, während das andere von zischenden Kolben angetrieben über fettige Schienen rollte und sich bald schließen würde. Das Ziel würde den Spalt vermutlich rechtzeitig erreichen – Spinoza nicht.

Sie feuerte wieder und rutschte beinahe auf dem glatten Metallgitter aus, doch sie traf das rechte Knie der Gestalt, die zu Boden stürzte. Spinoza war nur noch zwanzig Meter entfernt und lief schneller. Ihr Ziel versuchte aufzustehen, glitt jedoch aus und stürzte fast über den Rand des Laufstegs.

»Keine Bewegung!«, rief Spinoza und richtete die Pistole auf die Frau, während sie die Hand ausstreckte, um sie zurückzuziehen. Eine gekochte Leiche würde sie nicht weiterbringen.

Doch dazu kam es nicht. Überraschend flink fand die Frau ihr Gleichgewicht wieder, wirbelte herum und zog eine merkwürdige Klinge. Das zweite Tor schloss sich dröhnend und machte jeden Gedanken an eine Flucht zunichte.

Spinoza zog ihr Crozius und aktivierte das Energiefeld. Elektrisches Licht flackerte auf und beleuchtete das ganze Elend der glänzenden, schleimigen Halle um sie herum. Stinkende Fettdämpfe stiegen zwischen ihnen auf, während die Schreie blinder Tiere von den Wänden widerhallten. Irgendjemand hatte den Alarm ausgelöst und Arbeiter rannten unter ihnen zwischen den Bottichen umher, doch all das war ohne Bedeutung – ihre ganze Aufmerksamkeit galt der Gestalt, die sie endlich in die Enge getrieben hatte.

Der Chameolineffekt schimmerte noch an einigen Stellen über die eng anliegende schwarze Rüstung. Das Gesicht des Ziels war hinter einem glatten Helm verborgen und nichts wies darauf hin, wer sich darunter verbarg.

»Ich diene den Heiligen Ordos der Inquisition des Imperators«, verkündete Spinoza atemlos und steckte ihre Laserpistole weg. Das Disruptorfeld ihres Crozius tauchte das Gitter des Metallstegs in blaues Licht. »Gib auf, wenn dir etwas an deinem Leben liegt.«

Die Gestalt aktivierte das Energiefeld ihres Schwertes, dessen stählerne Klinge in grellem goldgelbem Licht erstrahlte.

»Schön für dich«, sagte die Frau und ging in Position. »Und gleichfalls.«

Nur wenige Augenblicke, nachdem Crowl über die Sprossen das ehemalige Chemielager verlassen hatte, empfing er das Signal. Crowl öffnete mit einem Blinzeln die Übersicht seiner Retinalanzeige und wusste sofort, was er zu tun hatte.

»Sergeant«, sagte er und drehte sich zu Hegain um. »Zwei voll besetzte Nighthawks sollen sofort starten. Ich leite Euch alle nötigen Daten weiter.«

»Zu Befehl. Wenn ich fragen dürfte, was –«

»Revus«, sagte Crowl und machte sich auf den Weg zum vereinbarten Treffpunkt, während er seinen Revolver nachlud. Das Positionssignal des Captains hatte sich überraschend schnell von seinem ursprünglichen Einsatzort entfernt und auf ein automatisches Notsignal umgeschaltet. »Jemand war dumm genug, sich mit einem meiner Leute anzulegen.«

»Oh, verstehe. Wir müssen handeln, und zwar schnell. Aber wenn ich Euch erinnern dürfte, die Interrogatorin?«

»Informiert sie, wenn es möglich ist. Der Captain hat im Augenblick Priorität.«

Sie erreichten eine runde Stelle, den Grund eines langen Schachtes, der durch die unteren Ebenen führte und dessen Wände mit Kettenzügen und Kabeln bedeckt waren. Ein Nighthawk schwebte über ihnen, die Triebwerke bereits gezündet und die Seitenluken geöffnet. Nachdem der gesamte Trupp an Bord war, schoss der Flieger mit lodernden Schubdüsen den Schacht hinauf.

Als sie das obere Ende erreichten und sich wieder auf den bewohnten Ebenen befanden, flog der Nighthawk eine enge Schleife und schoss mit Höchstgeschwindigkeit Richtung Norden davon. Sie flogen unter einigen hohen Bogenbrücken hindurch, über die sich Bodenfahrzeuge wälzten. Schwere Kohlepfannen waren entlang der Prozessionsstraßen entzündet worden, die zu einer dreihundert Stockwerke hohen Kapelle des Imperialen Kultes führte. Holographische Bilder des Geweihten Engels flackerten über die hohen Wände, während die Luft unter der Hitze der rußenden Flammen waberte. Der ewig wiederkehrende Chorus frommer Gesänge – *»Für ihn gab er sein Leben, für ihn gab er sein Leben«* – war selbst über den Lärm der Triebwerke hinweg zu hören.

Der Nighthawk stieg höher und jagte mit kreischenden Motoren durch den zäh dahinschwebenden Flugverkehr, wobei er rücksichtslos alle Flieger abdrängte, die ihm nicht schnell genug auswichen. Die gewaltigen Fassaden der Türme mit ihren unzähligen schmierigen Fenstern zogen als undeutliche Schemen an ihnen vorbei.

Einige Sekunden später tauchten die beiden angeforderten Nighthawks aus einer angrenzenden Straßenschlucht auf und fielen hinter Crowls Flieger in Formation.

»Etwas ist schiefgelaufen«, teilte Crowl den Gardisten in den drei Transportern auf der offenen Voxfrequenz mit. »Der Captain wurde von Agenten des Adeptus Arbites inhaftiert. Den Grund kenne ich nicht, aber wir werden diese Beleidigung nicht auf uns sitzen lassen. Wir werden ihn da rausholen. Das ist alles.«

Vor ihnen tauchte das Ziel ihres Fluges zwischen zwei gewaltigen Archivtürmen des Administratums im Dunst auf – ein nachtschwarzer Turm, der wie ein verbrannter Speer aus dem Dickicht der ewigen Stadt ragte. Blassblaue Scheinwerfer beleuchteten die mit dunklen Schädelsymbolen bedeckte Fassade. Wachtürme krönten die mit schweren Boltern geschützten Zinnen und blickten auf das dichte Straßennetz herab. Ein großes eisernes Symbol prangte auf der Stirnseite – eine Waage im Griff einer gepanzerten Hand vor einer dunklen Säule. Wachdrohnen umkreisten die abfallenden Flanken der Turmspitze und suchten mit ihren Ortungsstrahlen die Umgebung ab.

Der zivile Verkehr mied den Turm und selbst die allgegenwärtigen Kolonnen der fahnenschwingenden Pilger wagten sich nicht in die Nähe der aberhundert Tore. Im Licht der Scheinwerfer waren die in zehn Meter hohen Marmorlettern angeschlagenen Mantras der *Lex Imperialis Supremis* und *Iustitia non Dormitat* zu sehen, neben denen angelaufene Bronzeplatten mit den Namen der Schuldigen hingen. Der stets wachsame und alles sehende Imperiale Adler schaute mit schwarz funkelnden Augen von jeder Wand und jedem Turm herab.

Sobald sie in Sichtweite des Turms kamen, leuchteten Voxbotschaften auf der Konsole des Nighthawks auf.

»Bürger! Ihr befindet Euch im Anflug auf eine Festung des Adeptus Arbites. Geschwindigkeit drosseln und gemäß Lex Imperialis Sektion MCMXXXIII, Subsektion LXIII, Sub-subsektion IX-XII, Augmentario Juridicarum Urbis Terra Salvator zur Überprüfung bereithalten. Sein Vorbild reinigt unsere Taten!«

Mehrere Wachdrohnen sausten auf die Flieger des Ordos zu und unter ihren kurzen Tragflächen kamen Elektroimpulshaken zum Vorschein.

»Abschießen und Geschwindigkeit beibehalten«, befahl Crowl ruhig.

Die Nighthawks eröffneten mit ihren Rotorkanonen das Feuer und zerfetzten die Drohnen. Trümmer regneten herab, während sie mit unvermindertem Tempo weiter auf die zyklopische Fassade des Turms zuflogen. Ohne ihre Formation zu brechen, näherten sie sich der Turmspitze. Die Bolter der Festung folgten schwerfällig ihrem Kurs.

Crowl überprüfte Revus' Positionssignal und sandte die Daten an den Maschinengeist des Nighthawks. »Die beiden Unterstützungsflieger sollen sich um die Abwehrgeschütze kümmern«, voxte er. »Pilot, folgt den angegebenen Koordinaten.«

Die beiden Begleitflieger begannen den nächsten Bolterturm unter Feuer zu nehmen. Explosionen erschütterten die abgeschrägte Ablativpanzerung der Festung, als die Rotorkanonen der beiden Nighthawks ihr Ziel trafen. Das Abwehrfeuer der Bolter prasselte auf ihre Rümpfe ein, doch die Panzerung hielt der ersten Salve stand.

Crowls Flieger jagte weiter und nahm ein Buntglasfester auf der Nordseite der Festung unter Beschuss. Sprengschutzblenden senkten sich vor dem zehn Meter breiten Metallrahmen herab, doch zu langsam. Das Panzerglas splitterte und implodierte im dichten Kugelhagel.

»Hinein«, befahl Crowl. »Eskorten, folgt uns, bevor der Beschuss zu dicht wird.«

Crowls Nighthawk schmetterte durch die Sprengschutzblende in eine große Halle. Die beiden Begleitflieger, jetzt stark beschädigt, doch immer noch flugtauglich, folgten wenige Augenblicke später. Die Türen der Transporter wurden aufgerissen und dreißig grau gepanzerte Gardisten sprangen zusammen mit Crowl auf den Boden der Halle.

Sie befanden sich in einer Gedenkhalle – einem langen, schattigen Gang, dessen Wände mit den Namen und Erfolgen gefallener Arbitratoren und Richter gesäumt waren. Die Pergamentrollen flatterten im heißen Wind, der durch das zerstörte Fenster fegte. Kerzen flackerten. Am Ende der Halle stand die acht Meter hohe Basaltstatue eines düsteren Magister Iudex, der symbolisch mit der Schlange des Aufruhrs rang.

Crowl ortete Revus' Positionssignal und suchte nach der optimalen Route, die er als isometrisches Diagramm auf die taktische Helmanzeige der Gardisten übertrug. Er setzte sich in Bewegung und der Schmerz bohrte sich mit glühenden Nadeln in seine Waden, doch er ignorierte ihn. Gorgias schwebte mit ausgefahrener Nadelpistole neben ihm und sein Auge blitze vor Aufregung tiefrot auf.

Alarmsirenen hallten durch die weiten Korridore der Festung und machten ihre Bewohner auf die drohende Gefahr aufmerksam. Die Gardisten durchquerten die Halle und sprengten auf halber Höhe die Tür zu einem angrenzenden Raum auf. Die ersten Verteidiger erschienen – Arbitratoren mit ballistischen Schilden und Schockstäben. Crowl schoss den Truppführer mit seinem Revolver nieder, während Hegains Trupps die restlichen Ordnungshüter überwältigten, indem sie mit chirurgischer Präzision die Schwachstellen ihrer Rüstungen ins Visier nahmen.

Sie bahnten sich einen Weg durch die Festung, bis sie zwei Ebenen tiefer den für wichtige Gefangene reservierten Zellenblock erreichten. Die Wachen am Eingang waren den vom Ordo ausgebildeten Sturmeinheiten nicht gewachsen. Crowl folgte dem blinkenden Positionssignal und stürmte an den Zellen vorbei, ohne die lärmenden Insassen zu beachten. Am Ende eines langen Korridors befand sich eine schwere Plaststahltür. Ein Gardist rannte vor und platzierte Sprengladungen an den Scharnieren und Haltebolzen, bevor er zusammen mit Crowl und den anderen hinter einer Biegung Deckung suchte. Ein lauter Knall und der Gestank von Kordit kündeten von der erfolgreichen Sprengung des Schließmechanismus.

Crowl betrat die von Lumenröhren beleuchtete Zelle. Ihre Wände bestanden aus blankem Metall und mit fünf Quadratmetern war sie größer als einige Hab-Einheiten in den Elendszonen. Als er Crowl erkannte, erhob sich Revus schwankend von seiner Pritsche. Man hatte ihm seine Rüstung abgenommen und in Gefängniskleidung gesteckt. Sein Gesicht war geschwollen, doch ansonsten schien er nicht weiter verletzt zu sein.

»Was ist passiert?«, verlangte Crowl zu erfahren, während er sich in der Zelle umsah.

»Es ist nicht –«, begann Revus wie betäubt.

Er brachte den Satz nicht zu Ende. Ein Krachen erschütterte den Korridor, als würde eine Pfahlramme gegen die Wände hämmern, gefolgt von wütenden Schreien. Crowl drehte sich um und sah die Spiegelungen von Lasersalven auf den glänzenden Wänden. Er lud seinen Revolver nach und trat an die Zellentür. Ein Gardist wurde durch den Gang geschleudert und prallte gegen die Wand.

Gorgias schwebte an Crowl vorbei, bog um die Ecke und begann zu schießen, nur um mit einem überraschten Kreischen wieder zurückzuweichen.

Dann war Crowl an der Biegung, duckte sich und rutschte über den Boden, während er seinen Revolver mit beiden Händen umklammerte und feuerte.

Er zielte gut. Obwohl ihm nur der Bruchteil einer Sekunde blieb, fanden beide Schüsse ihr Ziel. Doch das spielte keine Rolle und er hätte vielleicht sogar darüber gelacht, wäre ihm die Zeit geblieben und der Schmerz in seinen Muskeln nicht so groß gewesen.

»Verdammter Mist«, murmelte er stattdessen und wiederholte unwissentlich die Worte seines Captains, während er sich darauf gefasst machte zu sterben.

KAPITEL ACHT

Spinoza reagierte zuerst und schwang das Crozius, so wie Chaplain Erastus es ihr beigebracht hatte – kräftig genug, um Knochen zu zermalmen, doch nicht so sehr, dass sie das Gleichgewicht verlor.

Die Frau parierte den Hieb mit ihrer Klinge. Die beiden Energiefelder trafen kreischend aufeinander und ein Schauer aus kaleidoskopischen Farben regnete herab. Wieder krachten Streitkolben und Schwert aufeinander und knurrten wie wilde Tiere.

»Gib auf«, keuchte Spinoza. »Das wäre besser für dich.«

Die Frau lachte. »Besser für mich? Nein, das glaube ich nicht.« Sie griff wieder an und ihre Klinge pfiff in einem tiefen Bogen durch die Luft.

Spinoza parierte und die beiden Waffen prallten erneut aufeinander. Sie stieß die Frau von sich und setzte ihr nach.

Sie ist schnell, aber ich bin stärker.

»Du hast uns beschattet«, sagte sie und ließ das Crozius mit lockeren Schwüngen durch die Luft kreisen. »Du treibst ein gefährliches Spiel.«

»Jedes Spiel ist gefährlich«, sagte die Frau und wich über den

Laufsteg zurück. »Aber ihr seid blind und dumm. Ich werde nicht zulassen, dass eure Dummheit mir schadet.«

Die Energiefelder hinterließen farbige Schemen in der Luft, die den schnellen Bewegungen der beiden Frauen folgten.

»Wer bist du?«, fragte Spinoza, während sie ihre Gegnerin weiter auf die geschlossenen Tore zu trieb.»Je eher du mir sagst, was ich wissen will –«

»Desto nachsichtiger wirst du sein? Hah. Ich kenne eure Methoden. Sei vorsichtig. Du hast es noch nie mit jemandem wie mir zu tun gehabt.«

Die Frau warf sich plötzlich nach vorn, sprang über einen tief geführten Hieb des Streitkolbens hinweg und prallte gegen Spinoza. Die beiden rangen gefährlich nahe am Rand des Metallstegs miteinander. Spinoza spürte, wie ihr Fuß über die Kante rutschte und stieß ihre Gegnerin zurück, bevor sie mit ihrer knisternden Waffe ausholte. Sie stieß das Crozius in den Bauch der Frau; das Energiefeld prallte auf die Panzerplatten ihrer Rüstung und schleuderte sie zurück. Sie setzte ihrer Gegnerin nach, holte mit dem Streitkolben aus und schlug zu, wie Erastus es getan hatte.

Die Tore am Ende der Halle begannen sich wieder zu öffnen. Wieder gellten Alarmsirenen. Etwas geschah, doch sie durfte sich nicht ablenken lassen, nicht jetzt.

»Was weißt du über den Falschen Engel?«, wollte Spinoza wissen. Schweiß glänzte auf ihrem Gesicht und ihre Muskeln brannten.

»Versuch es erst gar nicht«, sagte die Frau verächtlich, während sie einen Hieb mit einem grell leuchtenden Rückhandschlag abwehrte und weiter zurückwich. »Rede nicht davon. Ich *verachte* euch. Ich verachte, wofür ihr steht. Eure Seelen sind zerfressen, davon bin ich überzeugt, und kein Gebet kann euch noch retten.«

Die Tore standen jetzt weit offen und orangefarbenes Licht fiel auf den Laufsteg. Aus dem Augenwinkel bemerkte sie dunkle Gestalten, die über den bebenden Metallsteg rannten.

Nein. Nicht jetzt. Ich war so kurz davor.

Spinoza holte wieder aus und versuchte, ihre Gegnerin niederzuschlagen und ihr das Crozius auf die Brust zu setzen, um ihr dann mit einem Kniestoß die Luft aus den Lungen zu treiben.

Die Frau durchschaute ihr Vorhaben, wich dem Schlag aus und trat ihr die Beine weg, woraufhin sie auf den Rand zustürzte. Spinoza spürte, wie die Schwerkraft sie über die Kante zu ziehen versuchte, und kämpfte dagegen an, doch die Frau rammte ihr den Knauf des Schwertes unter das Kinn und stieß sie damit über die Kante.

Einen Moment lang war die ferne Decke alles, was Spinoza sah. Ihr Kopf wurde zurückgerissen und sie spürte, wie sie fiel. Die aus den Bottichen aufsteigende Hitze war wie ein weiches Kissen, das sie in die Tiefe lockte. Sie sah ihre Gegnerin, die über den Steg an ihr vorbeirannte, und versuchte, sich an ihr festzuhalten, doch sie war zu langsam. Sie stürzte über den Rand und dem kochenden Nährstoffbrei entgegen.

Dann wurde sie gepackt. Bevor sie in die Tiefe fiel, bekam etwas ihren Arm zu fassen und hielt sie fest. Ein Ruck durchfuhr Spinoza, der es irgendwie gelang, ihre Waffe nicht zu verlieren, und sie hing unter dem Steg zwischen den aufsteigenden Dämpfen.

Sie hob überrascht den Kopf und sah einen Mann, der ihren Arm hielt. Bevor sie etwas sagen konnte, wurde sie über die Kante zurück auf den Laufgang gezogen. Soldaten rannten an ihr vorbei und schossen auf die flüchtende Frau.

»Wer …«, begann sie atemlos. Das Herz hämmerte in ihrer Brust. »Was …«

Der Mann ließ sie los. Er war groß und trug eine schwere Plattenrüstung. An seiner Hüfte bemerkte sie eine Automatikpistole. Er setzte den Helm ab, unter dem ein breites, hässliches Gesicht mit Vollbart zum Vorschein kam. Bevor Spinoza etwas tun konnte, spürte sie die Mündung der Pistole auf ihrer Stirn.

»Name, Rang und Posten«, verlangte der Mann mit rauer, aggressiver Stimme.

Sie funkelte ihn an, griff nach ihrer Rosette und streckte sie ihm entgegen. Er musterte sie und ließ langsam die Pistole sinken.

»Dann nur den Namen«, sagte er.

»Zuerst will ich Euren hören.«

Er lachte; ein Grollen, das aus seiner breiten Brust aufstieg. »Aido Gloch, Interrogator in Diensten des Lord-Inquisitors Quantrain. Seht hier, ich habe auch so ein Ding.«

Er zog eine Rosette unter dem Schulterpanzer seiner Rüstung hervor und ließ sie an einer Kette vor Spinozas Gesicht baumeln. Es handelte sich um einen eisernen Schädel in einem Schild mit dem Siegel des Ordo Hereticus in schwarzem Obsidian.

Spinoza stand auf und drehte sich in die Richtung um, in die ihre Gegnerin geflüchtet war. Der Laufsteg war leer; einige von Glochs Soldaten waren ihr in die Schatten des Mechschleppers und weiter in das Gewirr der unteren Ebenen gefolgt. Andere suchten die Halle mit grellen Scheinwerfern ab. Arbeiter wurden zwischen den riesigen Bottichen zusammengetrieben und befragt.

»Was tut Ihr hier?«, fragte Spinoza gereizt. Sie deaktivierte das noch immer knisternde Energiefeld des Crozius und steckte die Waffe zurück in ihren Gürtel.

Gloch kniete weiter auf dem Boden und blickte sie amüsiert an. »Ich könnte Euch dasselbe fragen«, sagte er, ohne die Pistole in seiner gepanzerten Hand wegzustecken.

Spinoza lockerte die Schultern; ihr Körper spürte die Strapazen der Verfolgung. Wieder lag der bittere Geschmack der Niederlage auf ihrer Zunge. Ein Teil von ihr wollte sich einfach umdrehen und verschwinden, aber der Mann hatte ihr das Leben gerettet. Es gab gewisse Regeln des Anstands, selbst innerhalb der Ordos.

»Luce Spinoza, Ordo Hereticus«, sagte sie.

»Ah, Crowls neuer Zögling.«

»Warum scheint hier jeder über mich Bescheid zu wissen, beim Thron?«

Glochs Lippen verzogen sich zu einem Lächeln, doch er unterdrückte es rasch und wurde wieder ernst. »Ihr wisst, wer das war?«

»Offensichtlich tut Ihr es.«

Gloch schien kurz nachzudenken, bevor er seine Pistole zurück ins Holster steckte und sich aufrichtete. Seine Statur war einschüchternd; ein mehr als zwei Meter großer Riese, was nicht allein an seiner schweren Rüstung lag. Sein faltiges Gesicht war vernarbt und graue Strähnen durchzogen seinen Bart. »Wie lange seid Ihr schon auf Terra, Interrogatorin?«, fragte er.

Spinoza wurde allmählich ungeduldig. Sie wollte nur fort und dieser verdammten Frau folgen. Sie war *so nahe* dran gewesen. Zu Crowl zurückzukehren und ihm ein weiteres Mal ihr Versagen einzugestehen …

»Lange genug«, sagte sie. »Und Ihr?«

»Mein ganzes Leben, und ich liebe diesen Planeten«, antwortete er. »Aber sich allein hierher zu wagen … Nun, ich will Euch nicht sagen, wie Ihr Euren Job erledigen sollt –«

»Verdammt richtig.«

Gloch zuckte mit den Schultern. »Wir nennen sie Falx.«

»Die Frau?«

»Das ist zumindest der Name ihrer Fallakte. Quantrain ist bereits seit Wochen hinter ihr her. Euch ist bestimmt aufgefallen, dass sie ausgesprochen fähig ist.«

»Was wisst Ihr sonst noch?«

Gloch blickte auf und sah sich um. Seine Soldaten suchten die Fabrikhalle ab, nahmen Arbeiter fest und schalteten Verarbeitungsanlagen ab. »Ich kann die Details an Eure Konsole in Crowls Turm weiterleiten. Ihr habt die Toten gesehen, die rituellen Hinrichtungen? Sie ist immer dort, immer in der Nähe. Die Tränen des Engels, Ihr habt vermutlich bereits von ihnen gehört. Ich habe seit zehn Jahren keine chameolinbeschichtete Rüstung mehr gesehen.« Er lachte leise. »Ich habe sie einmal erwischt. Ein Schuss, direkt in die Brust. Sie stand so dicht vor mir, wie Ihr es jetzt tut. Trotzdem ist sie entkommen. Sie ist zäh, das muss ich ihr lassen.«

»Ich hätte ihr eine Lektion erteilen können.«

»Gut. Und das nächste Mal wird sie es bestimmt auch merken.«

»Was wollen diese Banden erreichen?«

»Es sind Ungläubige und Mörder. Was sie erreichen wollen, interessiert mich nicht.«

Spinoza spürte die Erschöpfung der Jagd. Ihre Muskeln schmerzten und ihr Magen knurrte. »Sie legen Waffenvorräte an«, sagte sie und dachte an die gequälten Schreie des vorgeblichen Abhumanen. »Warum beim Thron wurde das zugelassen?«

»Zugelassen?« Glochs Lächeln verschwand. »Ihr seid wirklich noch nicht lange hier, oder?«

»Das hier ist die Welt des Imperators«, rief Spinoza. Ihr war schwindlig. »Bei dem Gedanken wird mir übel. In vier Tagen –«

»Ja, in vier Tagen. Das wissen wir.« Glochs Soldaten kehrten zurück; einige von ihnen hinkten über den Laufsteg. Er warf ihnen einen fragenden Blick zu, aber die Truppführerin schüttelte nur den Kopf. »Ihr wollt einen Rat?«, sagte Gloch, als er sich wieder zu ihr umdrehte. »Kehrt zu dem alten Raben zurück und sagt ihm, dass er persönlich erscheinen soll, wenn er uns bei dieser Sache unterstützen will. Verstehen wir uns?«

Spinoza nickte. »Ich werde es ihm sagen.« Sie setzte sich in Bewegung, drehte sich jedoch widerwillig noch einmal um. Ihre Wangen glühten. »Und … danke. Nur damit Ihr es wisst, ich werde ihrer Spur folgen und sie zur Strecke bringen. Dann werden wir uns wieder unterhalten.«

Gloch blickte sie an und das Lächeln erstarb auf seinen spröden Lippen.

»Jetzt glaube ich Euch«, sagte er und nickte ihr zu. »Dann also bis zum nächsten Mal.«

Crowls Gardisten, die zu den besten Soldaten des Imperiums zählten, lagen auf dem Boden des Zellenkorridors, als wären sie von einem Rhino überrollt worden. Die meisten waren bewusstlos; einige lagen mit zertrümmerten Rüstungen in ihrem eigenen Blut. Dreißig abgehärtete Soldaten des Ordo Hereticus, beiseite geschleudert, als wären sie Kinder mit Spielzeuggewehren und Papprüstungen.

Crowl richtete sich auf. Unter normalen Umständen hätte er eine stattliche Figur abgegeben – er war einen Kopf größer als die meisten Männer und seine meisterhaft gefertigte Rüstung unterstrich diese Größe noch – doch in diesem Augenblick kam er sich ebenso hilflos vor wie die zerschlagenen Soldaten am Boden.

Er ließ seinen Revolver sinken, denn die Waffe nützte ihm in diesem Augenblick nichts.

»Wartet Ihr auf etwas?«, fragte er.

Vor ihm ragte der gewaltige Bezwinger seiner Gardisten auf.

Er war mehr als ein Riese. Er war ein Leviathan, ein Koloss in schwarz-goldener Rüstung. Die Panzerplatten waren schwer, makellos und mit geschwungenen arkanen Symbolen verziert, die Energie ihrer Systeme beinahe greifbar. Ein Blitz zierte den mächtigen Brustpanzer und zwischen den hohen Schulterpanzern thronte ein Helm mit einem Schweif aus schwarzem Pferdehaar. In der rechten Hand trug er einen Wächterspeer, eine Gleve von der doppelten Größe eines Menschen. Der schwere Schaft vibrierte und das brummende Energiefeld der Klinge spiegelte sich in den stählernen Wänden des Ganges. Ein schwarzer Umhang hing über seinen Schultern und trotz all der Verwüstung war seine Erscheinung rein und unbefleckt von Blut und Schmutz. Er strahlte so hell wie ein Splitter der alten Sonne, der in den Morast dieser Welt geschleudert worden war.

Es gab Geschichten über diese Wesen, Mythen aus alter Zeit, die im Laufe von zehntausend Jahren immer sagenhafter geworden waren. Nur wenige Bürger des Imperiums konnten behaupten, je einen Engel des Todes zu Gesicht bekommen zu haben. Doch der Anblick eines Kriegers dieses erwählten Ordens war noch weitaus seltener und selbst die Würdenträger in den erhabenen Zitadellen und Makrokathedralen der Thronwelt wagten kaum davon zu träumen.

Einige behaupteten, dass sie nicht mehr existierten, dass sie im Laufe der dunklen Jahrtausende verschwunden seien, dass sie nicht mehr als das Echo einer prachtvollen Vergangenheit waren, die vor langer Zeit in Vergessenheit geraten war. Vielleicht, so sagten andere, hatten sie überhaupt nie existiert. Vielleicht seien sie schon damals nicht mehr als Phantome gewesen, erträumt von verzweifelten Menschen, damit ihnen die Nacht etwas weniger kalt erschien.

Es lag eine gewisse Befriedigung darin, diese wilden und lasterhaften Spekulationen so eindeutig zurückweisen zu können.

»Warum seid Ihr hier, Inquisitor?«, fragte der Custodes. Obwohl er sie als Frage formuliert hatte, klangen die Worte wie ein Befehl, als würde der Sprecher keine Antwort, sondern nur Gehorsam dulden. Seine Stimme war ebenso jenseitig wie seine physische Erscheinung – tief und bedächtig, der hochgotische Dialekt frei von jedem Akzent. Kein Sterblicher sprach auf diese Weise oder hatte es seit eintausend Jahren getan.

Crowl wich nicht zurück. Eine Aura der Gewalt knisterte durch die Luft und der Wächterspeer brummte noch immer in der Hand des Custodes.

»Ihr habt meinen Captain«, sagte er. »Und ich kümmere mich um meine Leute.«

Der Custodes dachte einen Moment lang nach. Sein Helm war von einer Kunstfertigkeit, wie Crowl sie noch nie gesehen hatte – filigrane Schwingen entsprossen dem falkenhaften Voxgitter, während die Helmlinsen wie Juwelen im massiven Gold funkelten. Der Anblick erinnerte ihn an die vom Ministorum sanktionierten Abbildungen des Sanguinius, an die wundervollen Fresken des Engels, und er fragte sich, wie unglaublich prachtvoll ein lebender Primarch gewesen sein musste, wenn dies *nicht* der Gipfel menschlicher Herrlichkeit war.

»Also wagt Ihr es, dem Gesetz zu trotzen und an diesen Ort zu kommen, um ihn meiner Obhut zu entreißen«, sagte der Custodes.

Dies war seine Prüfung. Trotz seiner langen Dienstzeit war Crowl kein übermäßig stolzer Mann. Er wusste nur zu gut, dass dieser mythische Halbgott ihn mit einem einzelnen Streich seines Wächterspeers niederstrecken konnte. Doch selbst wenn es seiner Natur entsprochen hätte, war dies nicht der Zeitpunkt für Heuchelei. Dieses Wesen, so lautete die Legende, war erschaffen worden, um jede Falschheit zu durchschauen.

»Er gehört zu meinen Leuten«, sagte Crowl wieder und reckte das Kinn vor. »Wenn Ihr ihn wollt, müsst Ihr an mir vorbei.«

Der Custodes bewegte sich nicht. Das Energiefeld der Gleve knisterte über die monomolekulare Schneide der langen Klinge.

»Wie lautet Euer Name?«, fragte der Custodes.

»Erasmus Crowl vom Ordo Hereticus.«

»Was wisst Ihr über Phaelias?«

»Nichts.« Crowl hob seine Rosette und starrte den goldenen Riesen trotzig an. »Aber wenn Ihr es tut, dann gebietet Euch die Autorität dieses Siegels, es mir zu enthüllen.«

Daraufhin erklang ein Geräusch, das einem Lachen ähnelte. Er stieg aus der Tiefe der barocken Rüstung auf – eine tiefe und flüchtige Heiterkeit angesichts dieser Dreistigkeit hallte aus den geschwungenen Kurven des Voxgitters hervor. »Ich bin einzig und allein der Autorität des Throns unterworfen.«

»Damit wären wir schon zwei.«

Es verging eine weitere Sekunde, bevor die Klinge der Gleve flackernd erlosch. Dennoch rechnete Crowl jeden Augenblick damit, dass sie schneller als ein Gedanke auf ihn herabfahren würde. Eine Rosette konnte viele Dinge aufhalten, aber vermutlich keinen Wächterspeer.

»Es geschieht selten, dass ich die Bezirke des Palastes verlasse«, sagte der Custodes. »Als ich vor zwei Dämmerungen die Auguren befragte und nach einem Pfad der Wahrheit durch das Labyrinth der Falschheit suchte, fand ich keine Gewissheit. Ich hätte einen niederen Diener schicken können. Ich frage mich selbst jetzt noch, warum ich es nicht getan habe und mich persönlich an dieser Jagd beteilige, denn für gewöhnlich gebe ich keiner Laune nach.«

»Daran zweifle ich nicht.«

Endlich – *endlich* – schien sich der Custodes zu entspannen und die Hand am Schaft der Gleve lockerte sich. Erst jetzt bemerkte Crowl die Arbitratoren im hinteren Teil des Korridors, die ihre Waffen auf ihn gerichtet hatten, und lächelte angesichts dieser grotesken Geste. Der Custodes kam auf ihn zu, als wären sie beide allein und niemand sonst zugegen – keine Gefangenen, keine verwundeten Gardisten, keine Arbitratoren, nur zwei sanktionierte Agenten des Throns, die dem unsterblichen Willen des Imperators dienten.

»Ich habe viele Namen, aber Ihr werdet mich Navradaran nennen«, sagte der Custodes. »Und jetzt werden wir reden.«

KAPITEL NEUN

Spinoza überquerte ziellos die Brücke. Sie wusste, dass sie nur einen Flieger anzufordern brauchte, aber ihr missfiel der Gedanke, mit leeren Händen nach Courvain zurückzukehren. Schon wieder.

Sie zog sich die Atemschutzmaske vom Gesicht, ließ sie von ihrem Hals herabhängen und Terras ungefilterte Luft in ihre Lungen strömen. Sie war beißender, als sie gedacht hatte, eine Mischung aus Promethiumabgasen, menschlichen Ausdünstungen, verrottenden Abfällen und den Feuern der Gläubigen. Sie atmete tief ein, bis ihre Luftröhre vom sauren Dampf brannte.

Dies ist jetzt meine Welt, dachte sie. *Ich muss in sie eintauchen.*

Das schmutzige Elend der Nahrungsmittelanlage lag noch nicht weit hinter ihr und doch waren die gewundenen Straßen bereits wieder voller Menschen. Verwitterte Brücken spannten sich weit über ihr zwischen den Türmen, darüber weitere Brücken, immer höher, bis sie sich in der verrauchten Höhe verloren. Die Menge wogte an ihr vorbei. Männer und Frauen drängten sich durch die Straßen, gefangen in der Enge von Transittunneln oder über breite Prozessionsstraßen, und nahmen die Leute um sich herum kaum wahr, während sie mit gesenkten Köpfen und vermummten Gesichtern durch den trüben Nebel eilten.

Spinoza bahnte sich einen Weg durch die Passanten. Während die Menge mit gebeugtem Rücken durch die Straßen schlurfte, schritt sie aufrecht und selbstbewusst, wie es ihr in Astranta anerzogen worden war. Die Leute um sie herum hätten ebenso gut einer anderen Spezies angehören können, einer Unterordnung, die dazu bestimmt war, ein raues Dasein zu fristen.

Ein alter Mann rempelte sie an, nachdem er ihre Rüstung und Insignien zu spät bemerkt hatte, und sie stieß ihn mit dem Ellbogen beiseite. Als er begriff, wer ihn fortgestoßen hatte, weiteten sich seine wässrigen Augen und er warf sich demütig auf den Boden.

»Vergebt mir, Fräulein!«, krächzte er und hämmerte seine Stirn in einer Art Selbstkasteiung auf den Felsbeton, bis sein Blut über den Boden strömte. »Ich habe Euch nicht bemerkt! Vergebt mir!«

Spinoza blickte auf ihn herab. Er stank wie all die anderen – der schale, tief sitzende Geruch eines lange nicht gewaschenen Körpers.

Sie leben ständig in Furcht.

Sie ging weiter.

Die Brücke spannte sich zwischen schroffen Hab-Türmen über eine breite Schlucht. Die Grundmauern der schwach beleuchteten Fassaden waren in der Tiefe nicht zu erkennen. Auf der anderen Seite befand sich ein dreigliedriger Turmkomplex, gestützt von zerfurchten Kreuzstreben, vor dem ein vierzig Meter hoher Triumphbogen aus Granit errichtet worden war. Die vier Statuen darauf repräsentierten die vier Verteidiger der Menschheit: das Astra Militarum, die Imperiale Kriegsflotte, das Mechanicus des Mars und die Engel des Todes. Die Standbilder waren mit einer dicken Patina bedeckt und ihre Konturen vom Lauf der Jahrhunderte abgeschliffen. Als Spinoza näher kam, konnte sie erkennen, dass die letzte Statue, der Space Marine, verunstaltet worden war – der Schnabelhelm war zerkratzt, als wäre der Stein mit einem Messer zerfurcht worden.

Der Anblick machte sie wütend und sie schaute sich um. Sie war aufgebracht, weil niemand sonst es zu bemerken schien. Die Menge stolperte einfach weiter, die wollenen Kapuzen tief ins Gesicht gezogen, während ihre mit Stoffresten umwickelten Füße blutige Abdrücke auf dem Felsbeton hinterließen.

»Seht ihr das nicht?«, rief Spinoza und deutete auf die verschandelte Statue. »Seht ihr das alle nicht?«

Niemand antwortete. Wer sie hörte, eilte verwirrt und ängstlich weiter und versuchte in der Menge zu verschwinden. Doch die meisten hörten ihre wütenden Worte nicht, die sich im Lärm aus grollenden Motoren, läutenden Glocken, gesungenen Hymnen und tosenden Schmiedefeuern der ewigen Stadt verloren.

Sie ging weiter. Sie wusste, dass sie den verdammten Flieger rufen sollte, doch sie weigerte sich. Es kam ihr vor, als würde der gesamte Planet über ihr aufragen, unter ihr abfallen und versuchen, sie in seine armselige, erstickende Umarmung hinabzuzerren. Wohin ihr Blick auch fiel, ragten die zerfallenen, verwitterten Makropoltürme auf, stürzten endlose Gruben in die Tiefe, glitten Scheinwerfer durch den Dunst und schwelten Feuerschalen. Eine schwindelerregende Übelkeit schnürte ihr die Kehle zu, während die Atemschutzmaske vergessen um ihren Hals hing.

Auf einer Welt wie dieser konnte man leicht den Verstand verlieren, und niemand würde es bemerken. Die Euphorie, die sie beim Anblick des Palastes verspürt hatte, war lange verflogen und dem dumpfen Stich der Abscheu gewichen.

Das war schlecht. Ein unwürdiges Gefühl, das ihre Sinne abstumpfen und sie träge machen würde.

Sie hielt inne. Vor ihr ragte ein weiteres Bauwerk aus dem Wald der wetteifernden Prunksucht auf – ein schwankender Berg aus Ziersteinen mit zunehmend enger werdenden Bogengängen. Das Gestein war schwarz, als wäre es von Flammen versengt worden, und wurde von Pyramiden aus grinsenden, augenlosen Schädeln gekrönt. Säulen säumten die Flanken, auf denen sich Statuen von schädelgesichtigen Engeln, geflügelten Löwen und Schlangen mit diamantenen Augen drängten. Schwere Banner hingen vom Gipfel des Bauwerks herab und zeigten die Insignien des Adeptus Ministorum – das terranische ›I‹ mit dem Schädel vor einer Sonne, den Tränenkelch der Heiligen und die altgotischen Passagen aus dem *Lectitio Gouldiensis* und *Apocrypha Chymes*.

Getrieben von Neugier und dem Verlangen, dem Schmutz der Straße zu entfliehen, passierte Spinoza das offene Tor. Es gab keine Wachen und die Absätze ihrer Stiefel hallten auf den Marmorfliesen wider, als sie ungehindert die hochgotische Halle betrat.

Im Inneren der Kathedrale, das nur von flackernden Gebetskerzen beleuchtet wurde, war es angenehm kühl. Säulen aus Alabaster verloren sich im trüben Zwielicht. Pilgergruppen wiegten sich im dumpfen Rhythmus einer Trommel, die irgendwo in der Dunkelheit geschlagen wurde. Gelegentlich ertönte eine Glocke in den hohen Türmen, deren tiefes Echo den Stein erbeben ließ.

Sie blieb vor einem der vielen Hundert Altäre stehen. Auch an diesem Ort herrschte keine Ruhe – in blutrote Roben gekleidete Priester schrien von schwebenden Kanzeln herab und ließen die Gemeinde vor Entsetzen und freudiger Erregung toben. Servocherubim surrten wie Schmeißfliegen durch die verrauchten Höhen und schwenkten Weihrauchfässchen. Vor ihr ragte der geschwärzte Altar auf, dessen Oberfläche mit goldenen Schnitzereien der neun Primarchen in kriegerischen oder andächtigen Posen versehen war.

Der Anblick war ihr vertraut, doch woher, vermochte sie zunächst nicht zu sagen. Dann erinnerte sie sich an ein ähnliches Relief, das zweifellos derselben Missionaria-Vorlage entstammte und sich in der Kapelle ihrer Schola auf Astranta befunden hatte. Ihr fielen sogar die Lektionen wieder ein, die mit ihm verbunden gewesen waren.

Und so erschuf der Imperator die neun Primarchen, um die Menschheit vor den neun Teufeln der äußeren Hölle zu schützen, und sie waren siegreich. Jetzt ruhen sie und wachen, sollte der Schrecken wiederkehren.

Als Kind hatte sie sich immer gefragt, wer die neun Teufel erschaffen haben mochte. Sie erinnerte sich, Schwester Honoria gefragt zu haben, warum der Imperator nicht einhundert Primarchen erschaffen hatte, sondern nur so viele, wie Teufel den äußeren Höllen entstiegen waren, doch statt einer Antwort hatte sie einen Hieb des Elektrostocks zu spüren bekommen.

Auch nachdem sie ihre Kindheit zurückgelassen hatte, dachte sie noch über diese Worte nach – *sollte der Schrecken wiederkehren* – und fragte sich, wie groß das Grauen wohl sein musste, damit sie zurückkehren würden. Sie wusste, dass einige die Göttlichkeit des Imperators und seines Pantheons leugneten, wie die Imperial Fists, bei denen sie gedient hatte. Sie hatten Dorns Vermächtnis geehrt, doch ihn nie *Gott* oder *Engel* genannt, und damals hatte sie sogar Verständnis für diese strenge Philosophie aufgebracht, auch wenn sie der Ketzerei gewiss nahe kam, denn sie verdeutlichte mit der schonungslosen Direktheit der Space Marines, wie düster die Perspektive ihrer Spezies werden konnte. Keine Falschheit, keine Täuschung, nur Trotz.

Sie holte eine dicke Talgkerze aus einem nicht weit entfernten Regal. Es dauerte eine Weile, bis sie den Docht an einer brennenden Wachskerze entzündet hatte. Unter den wachsamen Augen der dreisten Servoschädel, um deren knöcherne Stirn Tücher mit den Symbolen des Ministorums geschlungen waren, stellte sie das schwach flackernde Licht auf eine hohe Stelle des Altars, die nur die gesündesten und größten Pilger erreichen konnten.

»Ich werde nicht wanken«, flüsterte sie und verbeugte sich vor dem heiligen Relief. »Ich werde nicht zweifeln, ich werde nicht zaudern, denn Zweifel sind die Pforte zur Ketzerei und Zauderei ein Bote der Schwäche. Ich werde für die Seele meines Herrn beten. Ich werde nicht mit Verachtung auf diejenigen herabblicken, die ich beschütze. Ich werde das Werk seiner Hände ehren und diese seine Welt mehr lieben als mein eigenes Leben, denn es gibt nur die Pflicht und das Opfer.«

Dann richtete sie sich wieder auf und schlug das Zeichen der Aquila. Sie achtete nicht auf die flüsternden Gruppen in ihrer Nähe, die zu ängstlich waren, um sich ihr zu nähern, doch zu fasziniert, um sich abzuwenden. Sie atmete tief durch, bevor sie sich die Atemschutzmaske über Nase und Mund zog und vom Altar abwandte. Auch wenn sie nicht gerade neue Kräfte geschöpft hatte, so war doch zumindest die Schwäche von ihr abgefallen. Sie durchquerte die Kathedrale und kehrte mit befreiten Schritten in den grauen Dunst der Straße zurück.

Nachdem sie fort war, strömte die Menge murmelnd und stolpernd auf den Altar zu und entzündete Kerzen, während sie um Erlösung für ihre Gebrechen betete. Einer der Cherubim sank von der Decke herab und seine augmetischen Augenlinsen surrten, als er über der Kerze schwebte, die Spinoza zurückgelassen hatte. Dann blies er die Kerze aus, bevor er sie mit seinen Stummelfingern ergriff und sich in den Mund stopfte. Kauend flatterte der Cherub wieder zur hohen Decke empor und verschwand zwischen den linkischen Automata in den Schatten.

Crowl und Navradaran verließen in Begleitung eines Kaders schwarz gerüsteter Arbitratoren den Zellenblock. Die meisten von Hegains Gardisten hatten den Kampf mit dem Custodes überlebt, denn sie waren so gekonnt ausgeschaltet worden, dass sie keine Bedrohung mehr darstellten, ihre Körper sich jedoch wieder erholen konnten. Der Custodes hatte sich zurückgehalten und nur das Nötigste getan, was eine nicht uninteressante Lehre dieser Begegnung gewesen war.

Sie überließen die Verwundeten den Medicae und fuhren mit einem knarrenden Kettenaufzug durch die Ebenen bis zur Spitze der Arbitesfestung hinauf. Dort angekommen, zog sich ihre Eskorte zurück und sie betraten das Innere einer mit Treibhauspflanzen gesäumten Pyramide aus Panzerglas und Adamantium. In der Mitte des brünierten Bronzebodens zog eine mit Grünspan bedeckte Statue des Primarchen Rogal Dorn, umgeben von Farnen und Orchideen, die Blicke auf sich. Die Luft war feucht und Kondenswasser lief die schrägen Glaswände der Pyramide herab.

Crowl betrachtete den reichhaltigen Überfluss an natürlichen Gewächsen und ein Teil von ihm schreckte zurück. »Wie seltsam«, bemerkte er, »dass Richter stets über genügend Finanzen zu verfügen scheinen.«

Navradaran durchquerte den Raum und seine schweren Stiefel dröhnten dumpf über den metallenen Boden, während er überhängende Farnblätter beiseiteschob, bis er die östliche Glaswand erreicht hatte.

»Ich frage Euch noch einmal, Inquisitor«, sagte er und blickte durch das schräge Panzerglasfenster auf die schmutzige Erhabenheit der ewigen Stadt hinab. »Warum seid Ihr gekommen?«

»Diese Frage habe ich Euch bereits beantwortet«, sagte Crowl, der neben dem Custodes ans Fenster trat und seinen Blick ebenfalls über die Stadt schweifen ließ. Sie befanden sich hoch oben. Gezackte Spitzen ragten aus dem siedenden grauen Dunst. Ein mit schweren Containern beladener Frachtschlepper flog träge Richtung Norden und zog tintige Schwaden hinter sich her. Vor ihm türmten sich die Wolken wie vor einem heftigen Regenschauer zu turbulenten Strudeln aus Dunkelheit auf.

Doch auf Terra regnete es nie.

»Ihm wäre kein Leid geschehen«, sagte Navradaran. »Nicht nachdem sie erkannten, in wessen Diensten er stand. Früher oder später wäre er Euch überstellt worden.«

Crowl lächelte spröde. »Euer Glaube an das Arbites übertrifft den meinen. Was wolltet Ihr von ihm?«

»Er ist in den Triadturm eingedrungen.«

»Triad liegt weit abseits des Palastes. Ich dachte, Ihr würdet seine Mauern niemals verlassen?«

»Wo genau endet sein Palast?«, fragte Navradaran.

»Das Imperium in seiner Gänze ist sein Palast«, rezitierte Crowl eine Zeile des Katechismus. »Ich habe das immer für ein Gleichnis gehalten.«

»Wenn seinem Reich eine Gefahr droht, würde ich bis an das Ende von Raum und Zeit reisen, um sie zu bannen.«

»Was für eine Gefahr?«

Navradaran warf Crowl einen Blick zu und das schwache Sonnenlicht spiegelte sich trübe auf seinem geflügelten Helm. »Eintausend Schiffe tauchen jede Stunde in Terras Umlaufbahn ein, beobachtet von einer Million Augen, doch selbst die wachsamsten Blicke lassen sich blenden. Vor einundzwanzig Tagen wurde ein formales Gesuch an den Hohen Professmarschall gerichtet, alle Schiffe in Richtung Terra aufzuhalten und einer Überprüfung der vierten Stufe zu unterziehen.«

Crowl hob eine Augenbraue. »Jetzt, so kurz vor dem Fest?«

»Dem Gesuch wurde stattgegeben.«

»Wer hat es eingereicht?«

»Lord-Inquisitor Hovash Phaelias vom Ordo Xenos.«

»Ich hatte mich schon gefragt, wer sich hinter diesem Namen verbirgt.«

»Ihr kennt ihn nicht?«

»Ich meide die Gesellschaft anderer Inquisitoren. Was für einer Sache war er auf der Spur?«

»Das versuche ich herauszufinden. Der Inquisitor und Teile seines Gefolges hatten das letzte Mal vor achtzehn Tagen bestätigten Kontakt mit Vertretern offizieller Behörden. Seitdem herrscht Schweigen. Aber dann ist etwas geschehen. Nahe den inneren Palastmauern, in Bereichen, zu denen nur befugte Personen Zutritt haben, wurden Leichen entdeckt. Verstümmelte Körper. Das ist eine große Blasphemie. Ich habe Bedienstete die Umgebung absuchen lassen, doch sie haben nichts gefunden. Allerdings sind ihnen Geschichten über Folterbanden zu Ohren gekommen, die in den Untermakropolen ihr Unwesen treiben. Der Falsche Engel, kennt Ihr den Namen?«

»Ich habe ihn bereits vernommen.«

»Und damit erreichen wir die Grenzen dessen, was wir wissen. Ein Inquisitor bittet aus unbekannten Gründen um eine orbitale Quarantäne, bevor er verschwindet. Dann kommt es zu einer Reihe von Morden mit rituellem Charakter und Geschichten über ketzerische Gruppierungen machen die Runde. Ich versuche, diese Ereignisse in Einklang zu bringen.«

»Korrelation impliziert keine Kausalität.«

»Entschuldigung?«

»Ein altes Sprichwort. Fahrt fort.«

»Ich habe mit der Überprüfung der Raumüberwachung begonnen. Phaelias war überzeugt, dass eine wichtige Fracht aus dem Orbit zur Oberfläche geschafft werden sollte. Wenn er damit recht hatte, wären die Handelsgilden imstande, diesen Verdacht zu bestätigen. Wir hörten zu und warteten. Nachdem der Name Triad fiel, habe ich mir die Dienste dieses Festungsreviers gesichert. Als meine Agenten meldeten, dass sich ein Fremder für Holbechs Zuständigkeitsbereich interessiert, hatte ich zunächst Phaelias im Verdacht. Die Begegnung mit Eurem Captain verstärkte meine Überzeugung anfangs noch.«

»Also habt Ihr ihn festgenommen.«

»Er setzte sechs meiner Leute außer Gefecht, von denen zwei nicht länger dienstfähig sind.«

»Dafür wurde er ausgebildet. Ihr habt mit ihm gesprochen?«

»Kaum. Er erwies sich als recht … renitent.«

Crowl lächelte. Er legte die Finger seiner rechten Hand auf die Panzerglasscheibe und sah zu, wie das Kondenswasser über das Ceramit rann. Der Schlepper war beinahe nicht mehr zu sehen und nur seine Schubdüsen glühten noch im nebligen Dunst. Weitere Trägerschiffe tauchten am östlichen Horizont auf, eine endlose Prozession von einem Depot zum nächsten.

Er konnte die Straßen im städtischen Dunst weit unten nicht erkennen. In dieser exquisiten Umgebung konnte er fast vergessen, wer in jenen lichtlosen Schluchten aus Stahl und Beton lebte, schwitzte und atmete.

»Aber das ist nicht alles«, sagte er leise.

»Was meint Ihr?«

Crowl blickte den Custodes an. »Ihr erzählt mir etwas von Leichen und Ketzern. Meine eigene Interrogatorin wirft mir vor, halb garen Hirngespinsten nachzujagen, und dabei ist das mein Auftrag. Aber Ihr. *Ihr.*« Er zog seine gepanzerte Hand vom Glas zurück. »Ihr seid den alten Göttern so nah, wie ich ihnen niemals kommen werde. Was habt Ihr gesehen? Was haben die Auguren Euch verraten, damit Ihr die Palastmauern verlasst?«

Navradaran antwortete nicht sofort. Als er es tat, klang seine Stimme unverändert tief und grollend unter der goldenen Maske hervor.

»Ich möchte herausfinden, was mit Phaelias geschehen ist«, sagte er. »Ich möchte wissen, warum der Engel so kurz vor dem Fest mit Blutopfern verhöhnt wird. Informiert mich, wenn Ihr etwas herausfindet.«

Crowl lächelte. »Wie kann ich mit Euch in Kontakt treten?«

»Das Fest endet in vier Tagen«, sagte Navradaran, ohne auf die Frage einzugehen. »Am letzten Tag werden die Erwählten im letzten Akt des Gedenkens das Ewige Tor erreichen, sodass ihm meine ganze Aufmerksamkeit gelten wird. Bis dahin habt Ihr Zeit.«

»Eine einfache Aufgabe also.« Crowl wandte sich vom Fenster ab und betrachtete die üppige Pflanzenpracht. »Ich werde meine Soldaten mitnehmen. Ich vertraue darauf, dass die Richter keine Einwände dagegen erheben.«

»Es wird keine Einwände geben.«

»Dann ist alles gesagt.« Crowl streckte die Hand aus. »Ungeachtet der Umstände war es mir eine Ehre, Euch zu begegnen.«

Navradaran betrachtete verwirrt die ausgestreckte Hand und machte keine Anstalten, die Geste zu erwidern.

»Vier Tage«, sagte er und drehte sich um.

KAPITEL ZEHN

Spinoza forderte einen Flieger an, der sie in weniger als zehn Minuten erreichte. Der Pilot fragte nicht, was sie so weit vom letzten Absetzpunkt getrieben oder warum sie sich nach dem gescheiterten Einsatz nicht gemeldet hatte. Spinoza dachte kurz daran, sich bei ihm nach Crowl und Hegains Einsatztrupp zu erkundigen, entschied sich dann jedoch dagegen. Wenn der Pilot nichts wusste, wäre die Frage sinnlos, wenn doch, wäre es beschämend für sie.

Der Flieger hob ab, wandte sich nach Osten und tauchte in das Gewirr der Straßenschluchten ein. Der Tag neigte sich dem Ende entgegen, doch die hektische Betriebsamkeit auf den unzähligen Straßen und in den Transitkorridoren ließ nicht nach. Als das Licht des grauen Himmels einem trüberen Zwielicht wich, rollte ein massiger Zug aus einem Tunnel hervor und überquerte ein hohes Viadukt. Rußiger Qualm stieg aus seinen Schloten auf, während seine gepanzerten Räder über die Schienen walzten. Eine endlose Reihe massiger Güterwagen folgte der schweren Zugmaschine, die mehrere Kilometer weiter in einem anderen Tunnel verschwand. Spinoza sah ihm hinterher, während der Flieger zwischen den

Fassaden der Türme aufstieg. Kurz bevor der Zug hinter der Flanke eines Kommunikationsknotens so groß wie ein Sternenschiff ihren Blicken entschwand, war sein Ende noch immer nicht in Sicht. Sie hätten eine Stunde über der langen Brücke schweben können und die Frachtwaggons würden noch immer unter ihnen über die Schienen rattern. Es war einer von Tausenden Versorgungstransporten, die den unstillbaren Appetit eines ausgehungerten Planeten nährten.

Sie kehrten zwischen den Turmspitzen auf der allmählich bekannten Route nach Courvain zurück und jagten durch lichtlose Abgründe zwischen gebirgigen Felsbetonwänden entlang. Spinoza drückte ihr Gesicht gegen das Sichtfenster und beobachtete die dicht gedrängten Mengen auf den Straßen. Schichtglocken läuteten und erlösten Arbeiter an ihren Stationen. Die kommunalen Refektorien öffneten ihre Pforten und vor den Kathedralen erfolgten die Wachablösungen. Unablässig plärrten die immer gleichen Botschaften aus den Voxaugmittern. Sie entdeckte einen mechanisierten Thronläufer an der Spitze einer Prozession, auf dem ein Kardinal in violetten Gewändern saß. Seine stark modifizierten Choristen hatten Voxfanfaren anstelle von Gesichtern und spitze Bannerstangen statt Arme. Sie wankten durch die Straßen, gefolgt von einer Pilgerschar, die sich mit dornigen Nervenpeitschen geißelte. Waffenservitoren flankierten den Zug und richteten ihre Kanonen auf jeden, der es wagte, der Prozession zu nahe zu kommen.

Vor ihnen kam Crowls Festung in Sicht. Der Flieger wurde langsamer und flog in den Hangar. Sobald er gelandet war, öffnete der Pilot die Türen und salutierte. Nachdem Spinoza ausgestiegen war, drehte sie sich noch einmal um.

»Ich muss mit dem Archivar reden«, sagte sie. Der Pilot nickte und erklärte sich bereit, ihr den Weg zu zeigen.

Sie verließen die Hangarebene und stiegen im fahlen Licht der Schwebelumen die engen Wendeltreppen der schwarzen Festung hinauf. Sie erreichten eine Tür und der Pilot nickte, bevor er sich umdrehte und verschwand. Sie legte ihre Hand auf die Autorisationskonsole, spürte den Nadelstich des Bluttesters und wartete einen Moment, bis die Analyse abgeschlossen war.

Das System klickte und die Tür glitt mit einem dumpfen Zischen auf. Dahinter kam eine hohe, von Laternen beleuchtete Kammer zum Vorschein. Sie war rund wie ein Brunnenschacht, der sich stufenförmig in die Höhe erstreckte, und durchmaß mehr als dreißig Meter. An jeder Wand und auf jeder Oberfläche stapelten sich verschnürte und mit braunem Wachs versiegelte Pergamentbündel. Archivservitoren, kaum mehr als Torsos mit sehnigen Armen und Faserbündeln, hingen an langen Kettenzügen vor den Regalen, zogen mit ihren dürren Klauen Protokolle hervor und ersetzten sie, bevor sie durch den Schacht hinauf oder hinab zum nächsten Regal surrten.

Als Spinoza eintrat, fiel ihr Blick auf eine alte Frau in einem verblassten, mit Flicken besetzten Gewand. Die Hälfte ihres Gesichts war mit einem runden Oculus augmentiert, dessen Linsen fortwährend surrten, während die organischen Reste unter dem Schein des künstlichen Lichts verblasst und in Terras verschmutzter Atmosphäre verkümmert waren. Eiserne Finger so lang wie der Arm eines Kindes ragten aus den zerfransten Aufschlägen ihrer Ärmel und ihre knochigen Schultern beugten sich unter der Last einer schweren Amtskette. Dicke Kabel führten von den Anschlüssen auf ihrem Rücken zu einem Ring aus Cogitatorsäulen und fesselten sie an ihre Station. Wann immer sie sich bewegte, schossen leuchtende Elektroimpulse durch die bebenden Kabel.

»Du bist also die Neue«, sagte die alte Frau und entblößte ihre grauen Zahnreihen zu einem Lächeln.

»Seid Ihr die Archivarin?«, fragte Spinoza.

»Das bin ich.«

»Habt Ihr Zugriff auf die Protokolle aktiver Agenten des Ordo Hereticus?«

»Natürlich, auch wenn niemand zu sagen vermag, ob sie korrekt, veraltet oder gefälscht sind.«

»Zeigt sie mir.«

Die Frau kicherte und das durchhängende Fleisch unter ihrem Gewand bebte. »Er sagte, dass Ihr steif seid. Ein Zögling der Schola? Ich auch, aber das ist lange her.« Sie warf Spinoza einen Blick zu und ihr trübes organisches Auge funkelte gewitzt. »Mit dieser Art wirst du hier nicht weit kommen, Mädchen. Dies ist Terr–«

»Zeigt mir die Protokolle.«

Die Frau kicherte wieder und schüttelte den Kopf, während sie zur vordersten Cogitatorsäule schlurfte und dabei die Kabelstränge hinter sich herzog. »Ich war Yulia Huk und einst so jung und steif wie du. Jetzt gefällt es mir hier besser. Das wird es dir auch, wenn du deinen Platz gefunden hast. Jetzt komm.«

Sie stand dicht vor dem Bildschirm eines Cogitators und ihre langen Finger bohrten sich in die Aktivierungsbuchse. Die Säule bebte und schwache Rauchschwaden stiegen auf, als das System hochfuhr.

»Ich brauche einen Namen, Mädchen«, sagte Huk und leckte sich über die trockenen Lippen, während sie auf den Bildschirm starrte, der wie das Facettenauge eines Insekts aus der Cogitatorsäule hervorragte.

»Ich habe zwei Namen: Aido Gloch, Interrogator, und Quantrain, Inquisitor.«

Huk kicherte und hämmerte mit ihrer freien Hand auf eine schwere Runentastatur ein. Der Cogitator brummte unter jedem Anschlag und grünlich schimmernde elektrische Entladungen blitzten zwischen den Kupferspulen hoch über der Station auf.

»Vergebliche Liebesmüh«, murmelte Huk, nachdem sie die Eingabe abgeschlossen und sich wieder zu Spinoza umgedreht hatte. Neuralimpulse jagten durch die Kammer und die Archivservitoren gingen unverzüglich ans Werk und surrten ihre Kettenzüge hinauf, um die gewünschten Pergamentbündel zu holen. »Jeder kennt diese Namen. Lord-Inquisitor Flavius Quantrain … Ich könnte dein Quartier mit Berichten über ihn füllen und du würdest dort keinen Platz mehr finden, um sie zu lesen.«

»Dann operiert er auf Terra?«

»Natürlich tut er das. Auch der Name seines Interrogators ist mir bekannt. Ich kenne viele Namen. Sein Gefolge hat die Größe einer kleinen Armee und er besitzt die Gunst der Senatoren, wenn du also ein Problem mit ihm hast, dann sagst du es besser rasch Crowl, ziehst den Kopf ein und legst deine Rüstung an, wenn du den Turm verlässt.«

Spinoza hob den Kopf und beobachtete die Servitoren. Es waren nicht mehr als Fleischklumpen mit nadeldünnen Armen, die eifrig raschelnde Pergamente durchblätterten, die passenden Dokumente auswählten und in die Lastkörbe auf ihren Rücken warfen.

»Es gibt kein Problem«, sagte sie. »Ich suche lediglich nach einer Bestätigung seiner Identität.«

»Beim Thron, Kind, jeder kennt ihn.« Huk zog ihre Finger aus der Cogitatorbuchse und leckte die ölige Fettschicht ab. »Aus welchem Grund? Frag einfach Crowl, er kann dir alles über ihn erzählen. Manchmal gibt er vor, den einen oder anderen Namen nicht zu kennen. Warum, weiß ich nicht. Aber er erinnert sich an jeden einzelnen – an all jene, die ihm in die Quere kamen, die es ehrlich mit ihm gemeint haben und die ihn belogen haben. Crowl ist ein gerechter Mann.«

Das hatte auch Rassilo gesagt.

»Ich habe seit heute Morgen kein Wort von ihm gehört«, sagte Spinoza. »Seid versichert, dass ich mit ihm sprechen werde, sobald er zurückkehrt.«

Huk lachte. Es war ein leicht beängstigender Laut, der an die Schmerzensschreie einer gehäuteten Katze erinnerte. »Ha! Du lässt nicht locker. Das gefällt mir. Aber pass auf, dass dein Hals nicht zu steif wird, sonst bricht er.« Sie schlurfte von der Cogitatorsäule fort, als der erste Servitor seinen Pergamentstapel auf einen wackligen Tisch hievte. »Er wird dich auf die Probe stellen, um herauszufinden, ob du den Herausforderungen gewachsen bist. Zweifellos hat etwas unter deiner steifen Art sein Interesse geweckt. Im Moment siehst du nur diesen Ort und seine Schatten, und er redet nicht so wie diejenigen, denen du bisher begegnet bist. Du glaubst, dass dies hier eine Art Fegefeuer ist, aber wir beide sind dazu bestimmt, im Fegefeuer zu dienen, damit es anderen erspart bleibt. Alle hier würden für Crowl sterben. Ich auch, wenn er mich darum bitten würde. Hat er aber bisher nicht getan. Und er war nicht immer allein, so wie jetzt.«

»Was wollt Ihr damit sagen?«

»Komm schon, Mädchen, glaubst du wirklich, dass die Dinge schon immer so gelaufen sind?«

Als der letzte Stapel auf dem Tisch landete, begriff Spinoza, wie umfangreich die vorhandenen Berichte waren. Staub sank in feinen Wolken herab, während die Servitoren an ihren Kettenzügen wieder die Regale hinauffuhren, um dort ihren endlosen Pflichten nachzugehen.

»Lasst sie in mein Quartier bringen«, sagte Spinoza. »Ich habe noch weitere Namen, zu denen ich Informationen benötige. Ich werde Euch die Anfragen schicken.«

»Tu das«, sagte Huk erfreut. »Je obskurer, desto besser.« Dann beugte sie sich näher an Spinoza heran und ein Aroma aus geronnenen Fettsalben und schlechtem Atem stieg der Interrogatorin in die Nase. Huk streckte die metallenen Finger ihrer Hand aus, berührte sie jedoch nicht. »Ich kann mich kaum noch an die Schola erinnern«, sagte sie leise. »Wenn es deine Zeit erlaubt, könntest du wiederkommen und meinem Gedächtnis etwas auf die Sprünge helfen. Ich war dort, genau wie du. Vor … all dem hier, war ich Yulia Huk.«

Spinoza blickte sie einen Moment lang an, während sie nach einer passenden Antwort suchte.

»Ich werde Euch zu gegebener Zeit meine Anfragen schicken«, sagte sie schließlich und drehte sich um. »Bis dahin überlasse ich Euch wieder Euren Pflichten.«

Die Triebwerke des Nighthawks trommelten unregelmäßig, als er die Arbitesfestung hinter sich ließ. Wie die beiden anderen Flieger war er beim Anflug ins Feuer der Abwehrgeschütze geraten und würde eine ganze Zeit in Courvains Wartungshangar verbringen, bevor er wieder voll einsatzfähig war. Die drei Transporter, die in enger Formation durch die Schluchten zwischen den Türmen flogen, waren halb leer – die meisten von Hegains Soldaten, darunter der Sergeant selbst, waren zurückgelassen worden und wurden von den Medicae des Festungsreviers versorgt.

Die Sonne stand tief am westlichen Horizont, eine trübe rote Scheibe, die wie eine wunde Stelle den Dunstschleier durchbrach. In der Ferne, wo die kolossale Mechanicus-Enklave Skhallax-Stadt an die Basiliken vom Orden des Schwarzen Kelches grenzte, stiegen fahle Rauchsäulen in den Himmel. Crowl betrachtete sie durch das schmale Sichtfenster des Nighthawks, vermochte jedoch nicht zu erkennen, ob es der Qualm der Opferfeuer oder die Abgase der Fabrikschlote waren. Vermutlich traf beides zu. Es kam ihm vor, als würde die Welt alles verbrennen, was ihr in die Hände fiel.

Im Norden, jenseits von Skhallax' verrußten Schloten, konnte er die massigen Bauwerke des Äußeren Palastes erkennen. Die Hab-Türme wichen den Tempeln und Zeremonienplätzen des Ministorums, die wie Korallengewächse in die Höhe wucherten und die alten Fundamente unter ihrer wetteifernden neuen Pracht erstickten.

Natürlich war ›neu‹ ein relativer Begriff. Seit mehr als viertausend Jahren war keine Kathedrale mehr auf Terra errichtet worden. Die alten Gebäude vor dem Einsturz zu bewahren, war bereits mühsam genug für die unzähligen ekklesiarchalen Baukolonnen, die unablässig in den Krypten und Gängen der langsam einsinkenden Fundamente schufteten, während die Priester ihre Weihrauchfässer schwenkten und auf ihren ehrwürdigen Altären Opfer darbrachten.

»Ich frage mich, ob es jemandem auffiel, als wir aufhörten zu bauen«, grübelte Crowl, während die fernen Wälle des Palastes allmählich in der Ferne verschwanden.

Revus, der auf der anderen Seite des engen Truppabteils saß, grunzte eine unverständliche Antwort. Gorgias schwebte träge am Ende des Abteils und stieß nur dann und wann gegen eine der Stützstreben, wenn der Flieger die Richtung änderte.

Crowl wandte sich zu seinem Captain um. Im roten Licht der Sonne, das durch das Sichtfenster fiel, wirkte sein Gesicht noch zerschundener, als es ohnehin schon war. »Oh, nehmt es nicht so schwer. Ich glaube, er mochte Euch sogar.«

Revus verzog das Gesicht. »Ich dachte, sie würden den Palast nicht verlassen.«

»Das glaubte ich auch.« Crowl ließ sich zurück in den metallenen Sitz sinken und schlug den Mantel über die Knie. »Und was sagt uns das? Ein Custodes jenseits der Palastmauern auf der Suche nach einem vermissten Bruder des Ordos. Ich glaube, da stimmt etwas nicht.«

Revus nickte und strich sich über das stoppelige Kinn. Es war noch immer geschwollen und die blasse, tätowierte Haut begann sich allmählich zu verfärben.

»Und wer interessiert sich für Hieron Valco?«, fuhr Crowl fort. »Ernsthaft, wer interessiert sich für ihn? Es müssen Hunderte Leichen in den Abwasserkanälen schwimmen, die niemals gefunden werden. Und wir jagen einer von ihnen hinterher und haben sofort eine verdammte Legende am Hals.«

»Rhadamanthys«, sagte Revus.

»Was?«

»Rhadamanthys. Ich bin in Valcos Hab-Einheit auf diesen Namen gestoßen.«

»Habt Ihr ihn den Arbitratoren verraten?«

»Nein.«

»Das ist ein Anfang.« Crowl dachte einen Augenblick nach. »Die orbitale Quarantäne, daran war der Custodes interessiert. Vielleicht brauchen wir Valcos vollständige Aufzeichnungen gar nicht. Vielleicht ist das die Information, die er für wichtig hielt. Es ist ein Schiff.«

»Ihr kennt es?«

»Ich lasse alle Transporter überprüfen, die auf ihre Abfertigung warten. Man kann nie wissen.«

Revus nickte. »Aber seid Ihr Euch sicher? Es könnte auch eine Person sein.«

»Oder eine Waffe, oder ein Schoßhündchen.« Crowl lächelte. »Nein, nein, es ist ein Schiff. Darum ging es bei Valcos Arbeit. Sein ganzes Leben lang hat er nichts anderes getan, als die Flugdaten von Schiffen zu protokollieren. Seine Ermordung war das Interessanteste, was ihm je passiert ist.«

»Obendrein von jemanden, der seinen Körper in eine Leichenhalle der Inquisition schmuggeln konnte.«

»Ihr denkt, dass es Phaelias war?«

»Keine Ahnung.« Revus zuckte zusammen, als der Nighthawk eine enge Kurve flog und die Riemen des Geschirrs in seine geschundene Haut schnitten.

»Ich auch nicht«, sagte Crowl. »Aber ich werde mich über diesen Inquisitor erkundigen, nachdem in seinem Namen so viele Anstrengungen unternommen worden sind.«

»Vielleicht weiß Spinoza etwas über ihn?«

Crowl bezweifelte das. »Vielleicht. Ich werde sie fragen.«

Der Himmel wurde dunkler. Die eigentliche Abenddämmerung war noch einige Stunden entfernt, doch die zunehmenden Opferfeuer sorgten für einen vorzeitigen Sonnenuntergang. Die blechernen Stimmen der Priester hallten aus rostigen Voxaugmittern durch das aufziehende Zwielicht und das wehmütige Läuten großer Glocken riefen die Gläubigen zum Gebet.

»Habt Ihr es ihr schon gesagt?«, fragte Revus.

»Was gesagt?«

»Warum Ihr gerade sie wolltet.«

Crowl atmete tief durch und lauschte dem frommen Lärm. »Warum sollte ich das tun?«

Revus schien etwas sagen zu wollen, entschied sich dann aber doch dagegen. Aus dem aschfahlen Dunst tauchten die rußigen Turmspitzen auf, zwischen denen die pechschwarze Inquisitionsfestung kauerte. Je weiter sie sich Courvain näherten, desto lichter wurde der Flugverkehr.

»Wir haben zwei Gardisten verloren«, sagte Crowl leise.

»Ich weiß.«

»Lasst mich wissen, ob sie über lebende Angehörige verfügen.«

»Das werde ich.«

»Was ist mit Euch? Man versicherte mir, dass Ihr nicht misshandelt wurdet.«

»Mir geht es gut.«

Crowl nickte. Er blickte wieder durch das Sichtfenster und betrachtete Courvain, dessen Geschütztürme im Schein der Opferfeuer glänzten und dessen gepanzerte Fenster wie tiefe Gruben in der Fassade klafften.

»Vielleicht sage ich es ihr«, gab er nach, als sie sich den Hangartoren näherten. »Wenn all das hier vorbei ist.«

Spinoza verbrachte die nächsten drei Stunden in ihrem Quartier und studierte die Pergamente aus dem Archiv. Huk hatte recht gehabt – Quantrains Name tauchte im Zusammenhang mit etlichen Fällen auf. Er war viele Male für seine Erfolge ausgezeichnet worden, stets bei Zeremonien innerhalb des Palastes. Die Hierarchie der Inquisition war ein Musterbeispiel für undurchsichtige Strukturen – je bedeutender ein Agent wurde, desto unsichtbarer wurde er und zog sich in eine Welt leiser Unterhaltungen in goldenen Korridoren und subtiler Vermittlungen bei formellen Abendessen zurück. Quantrain hatte diese Schwelle anscheinend überschritten und war zu einem Akteur im großen Spiel des Sanctum Imperialis geworden. Er hatte sich ein Netzwerk fähiger Agenten aufgebaut und arbeitete zweifellos daran, als Repräsentant der Inquisition an der Tafel der Hohen Senatoren Platz zu nehmen.

Während Quantrain eine spinnenhafte Gestalt im Hintergrund war, gingen seine Agenten – allen voran Gloch – allzu offen zu Werke. Unter einem tatkräftigen Herrn hätte sie sich vermutlich einen ähnlichen Ruf erarbeiten können. Trotz der verhüllten Eifersüchteleien, die sich in den Berichten verbargen, war es für sie nicht zu übersehen, dass Gloch respektiert und Quantrain bewundert wurde. Bei Tur war es ebenso gewesen.

Ihre Türkonsole läutete und riss sie aus ihren ermüdenden und gefährlichen Gedanken. Wie lange war es her, seit sie das letzte Mal geschlafen hatte?

»Herein«, sagte sie, schob den Pergamentstapel von sich und erhob sich.

Vor der Tür erblickte sie eine vertraute Silhouette, so dunkel, kantig und hochgewachsen wie eh und je. Zumindest schwebte der verdammte Schädel nicht über seiner Schulter, auch wenn die Worte dieser verrückten Seele vermutlich wahrer als die aller anderen waren.

»Tut mir leid, Spinoza«, sagte Crowl, als er sich unter der Tür hindurchduckte. »Tut mir wirklich leid.«

Sie war verwirrt. »Äh, was –?«

»Ich habe Euch die versprochene Unterstützung nicht geschickt.« Crowl ging zu ihrer Koje mit der straff gespannten Decke und dem Gebetsbuch auf dem dünnen Kissen und setzte sich auf den Rand. Seine langen Finger bedeuteten ihr, sich zu setzen, bevor die Hände auf seine Knie sanken. »Ihr habt es vermutlich schon gehört – Revus hatte Ärger und ich musste mich darum kümmern.«

»Ich erwarte nicht, dass Ihr mich auf Schritt und Tritt begleitet, Exzellenz.«

»Das da draußen ist ein verschlungenes Dickicht, Spinoza. Ein Weg führt zum nächsten und dann ins Nirgendwo oder vielleicht wieder an den Anfang.« Er betrachtete die Pergamentstapel. »Ihr seid fleißig?«

»Ich bin einem von Inquisitor Quantrains Agenten begegnet.«

»Dem Riesen?«

»Aido Gloch.«

»Sie müssen ihn als Kind mit Groxfleisch gefüttert haben. Völlig unnatürlich. Was hat er gewollt?«

»Die Frau – das Ziel unseres Einsatzes. Sie nennen sie Falx und sind ebenfalls auf der Jagd nach ihr. Er sagte, dass sie zur Kabale gehören würde und mit ihren Meistern in Verbindung steht.«

»Er hat nicht zufällig eine Zusammenarbeit angeboten?«

»Das Thema kam nicht zur Sprache.«

»Gut. Dieser Fall wird für sie keine Priorität haben. Quantrain hat seine Finger überall, aber ich bezweifle, dass er jemals leibhaftig hier unten war. Obwohl, man kann nie sicher sein, wer plötzlich aus den Tunneln kommt.« Crowl lächelte. »Ich bin heute einem Custodes begegnet, müsst Ihr wissen. Zum ersten Mal in meinem Leben und aller Voraussicht nach auch zum letzten Mal.«

»Ich dachte, sie würden niemals –«

»Ja, es war ein Tag voller Überraschungen. Und darum möchte ich mit Euch sprechen.« Crowl beugte sich vor, und als sich seine Schultern bewegten, kam es ihr vor, als würde er kurz zusammenzucken. »Diese Mörderbanden, ich will sie ebenso sehr zur Strecke bringen wie Ihr, aber es gibt eine neue Entwicklung. Revus hat Ermittlungen durchgeführt, nachdem ich in einer Leichenhalle eine Entdeckung gemacht habe, die mir Sorgen bereitete. Dort gab es eine Leiche, einen Schreiber, der Landungen protokollierte, und der auf etwas gestoßen ist, was ihn das Leben kostete. Wir haben den Namen eines Schiffes, das ihm aus irgendeinem Grund aufgefallen war, und ich will es überprüfen. Einer meiner Kollegen vom Ordo Xenos, der auf denselben Gedanken kam, ist verschwunden. Dann tauchte dieser Custodes auf, der mir nicht verraten wollte, warum er an dieser ganzen Sache interessiert ist. Das war natürlich zu erwarten, dennoch bereitet es mir Sorgen.«

Spinoza dachte darüber nach. »Wisst Ihr, wo sich dieses Schiff befindet?«

»Es trägt den Namen *Rhadamanthys* und liegt seit neunzehn Standardtagen im niederen Orbit vor Anker, laut Flugplan soll es in drei Wochen wieder aufbrechen. Ich habe selbst einige Erkundigungen eingezogen. Soweit ich das bisher sagen kann, ist das Schiff völlig unauffällig. Es handelt sich um den Raumfrachter einer großen Importgenossenschaft, der von der Guilles

Frethe Corporation gechartert wurde. Abgesehen von den üblichen Notwendigkeiten, die mit der Leitung eines solchen Unternehmens einhergehen, scheint die Organisation sauber zu sein. Ihre Proctoress Ordinarius hatte zwei Jahre lang eine Affäre mit dem Domherrn eines Missionarsordens des Ministorums und einige Angestellte unterhielten enge Verbindungen zu Kartellen, die vom Sprecher der Lizenzierten Kapitäne kontrolliert werden, was nicht unüblich ist, um Landegenehmigungen zu bekommen. Aber das ist der Name, den wir haben. Es ist alles, was wir haben. Ich habe vor, mir die Sache genauer anzusehen.«

Spinoza blickte zu Boden. »Und Ihr wollt, dass ich Euch dabei unterstütze?«

»Ja, das wäre gut.«

Gegen ihren Willen fühlte sie sich geschmeichelt. »Und die Tränen des Engels?«

»Sie bleiben ein wichtiger Fall, aber welche Spuren habt Ihr im Moment?«

»Ich suche noch nach Hinweisen.«

»Ich könnte Euch brauchen, Spinoza. Ihr schwingt diesen verdammten Knüppel schneller, als ich meine Waffe ziehen kann.«

»Ich möchte verhindern, dass diese Falx mir entwischt«, sagte Spinoza.

»Das verstehe ich, aber macht daraus keine persönliche Sache. Jedes Mal, wenn sie einen Splitter in unser Fleisch bohren, erringen sie einen kleinen Sieg.«

»Sie ist gefährlich.«

»Das seid Ihr auch.«

Spinoza hob den Kopf und blickte in Crowls graue Augen. »Was hofft Ihr, damit zu erreichen?«, fragte sie.

»Ich habe keine Ahnung. Vielleicht nichts. Vielleicht alles. Mehr Optionen gibt es nicht.«

Es fiel ihr schwer, ihn nicht mit Erastus zu vergleichen. Ein Space Marine war ein Soldat und tat, was Soldaten taten – sie identifizierten ein Problem, isolierten es und schafften es aus der

Welt. Hier ging es um Spekulationen und Vermutungen, die auf vagen Gefühlen basierten. Vielleicht musste es so sein, obwohl sie bezweifelte, dass Tur dieser Ansicht gewesen wäre. Verschiedene Kriege, verschiedene Taktiken.

»Aber Ihr müsst doch irgendeine Vorstellung haben«, sagte sie.

Crowl zögerte, als würde er abwägen, wie weit er sie ins Vertrauen ziehen konnte. »Der Custodes war zurückhaltend«, sagte er schließlich. »Aber er sagte, dass die Erwählten in vier Tagen das Ewige Tor erreichen. Warum hat er das erwähnt? Ich weiß es nicht. Jeder auf Terra kennt diesen Brauch. Millionen werden dort sein, um sich die Sache anzusehen, und Hunderttausende Wachen werden sie beobachten, die ihrerseits ebenfalls beobachtet werden. Die Leibgarde des Imperators wird dort sein, ebenso wie Titanen, Arbitratoren und Assassinen. An diesem Tag wird es der absurd militarisierte Mittelpunkt der Galaxis sein und allein der Gedanke, dort etwas zu unternehmen, wäre verrückt.« Seine Augen, so hart wie Ouslith, suchten ihren Blick. »Allerdings treiben sich hier auch eine Menge Verrückte herum.«

»Und sie legen Waffenlager an«, bemerkte Spinoza.

»Und irgendwoher müssen die Waffen kommen, ja. Wäre es nicht ein Zufall, wenn unsere Freunde von den Tränen des Engels in diese Sache verwickelt wären? Fürwahr ein nützlicher Glücksfall, aber ich glaube nicht an nützliche Glücksfälle. Zumindest sind mir nie welche widerfahren.« Crowl atmete langsam aus, wodurch die feinen Linien der Juvenortherapie auf seinen eingefallenen Wangen offensichtlich wurden. Er stand auf und zog seinen Mantel zurecht. »Ich lasse einen Transporter auftanken. Sind zwei Stunden Ruhe genug?«

Das waren sie nicht. Sie litt noch immer unter den Nachwirkungen der langen Warpreise, die durch die Anstrengungen der letzten Tage und die schädlichen Umweltbedingungen auf Terra nur noch verschärft worden waren. Zehn Stunden wären nicht genug gewesen.

»Ich werde bereit sein, Exzellenz.«

»Cro–«, begann er, bevor er nachsichtig lächelte. »Also schön. Ich freue mich, dass Ihr dabei seid.«

Der Saum seines Mantels knirschte und seine Servorüstung surrte, als er sich erneut unter der Tür hindurchduckte und verschwand.

Nachdem sich die Tür hinter ihm geschlossen hatte, warf Spinoza einen Blick auf ihre Koje. Die makellos gespannte Wolldecke war zerknittert. Wäre es ihre Absicht gewesen, die Koje zu benutzen, hätte sie sich darüber geärgert, doch sie hatte etwas anderes im Sinn.

Sie schob einen der Pergamentstapel aus dem Archiv beiseite, der ihren Mentor hatte täuschen sollen. Darunter kam die Akte zum Vorschein, die sie von Rassilo erhalten hatte.

»Mehr Licht«, befahl sie. Die Schwebelumen wurden heller und beleuchteten ein zerknittertes Pamphlet mit dem Titel: ›Crowl, E., O. H. – Was wir wissen und was nicht.‹

Spinoza beugte sich vor, stützte die Ellbogen auf dem Metalltisch ab und setzte ihre Lektüre fort.

KAPITEL ELF

Einst war der Sprung von der Erdoberfläche in die Leere des Raums ein Traum gewesen, dessen Verwirklichung nicht einmal die Wahnsinnigen für möglich gehalten hatten. Unzählige Generationen hatten als Gefangene der Schwerkraft im Schmutz der Äonen gelebt und zu den Sternen aufgesehen, sie als Götter bezeichnet und gewusst, dass sie auf immer unerreichbar bleiben würden.

Doch das war lange her. Obwohl die Menschheit so vieles vergessen hatte, verstand sie sich immer noch darauf, die planetaren Fesseln zu sprengen, und selbst ein bescheidener Handelskonzern verfügte über ein gutes Dutzend Systemschiffe, die den kurzen Sprung von den terrestrischen Anlegestellen in den lokalen Orbit mühelos bewältigten und zu den wahren Giganten des tiefen Raums hinaufschossen. Die Atmosphäre der Thronwelt war beinahe ebenso überfüllt wie ihre Straßen und Plätze, und die Kondensstreifen unzähliger Raumfähren durchschnitten den Himmel. Kaum etwas unterschied die Atmosphäre vom wahren Vakuum – es waren die Sektoren derselben Weltenstadt, deren Türme aus den dunkelsten Schluchten aufragten und über denen Raumstationen in der stetig dünner werdenden Atmosphäre hingen, während mächtige Orbitalplatten im harten Licht einer ungefilterten Sonne durch die Schwärze des Alls kreisten.

Es hieß, dass jede Millisekunde ein Schiff von den offiziellen Landefeldern abhob, nur damit kurz darauf ein anderes seinen Platz einnehmen konnte. Sie kamen schwer beladen und flogen leer davon. Die Thronwelt tauschte keine Waren mit dem Rest des Imperiums – sie konsumierte. Güter trafen aus jedem Winkel jedes Segmentums ein, wurden aus den Frachthallen der Raumkolosse gezerrt und von der hungrigen Bevölkerung verschlungen, doch es war nie genug. Eine Million Frachter konnten jede Stunde landen und dennoch würden Tausende hungern. Jede Verzögerung im Ablauf der unaufhörlichen Lieferungen verurteilte Zehntausende zum Tode. Wie ein Süchtiger verlangte Terras Bevölkerung immer mehr und konnte ihr Verlangen doch nicht stillen. Die Wiege der Menschheit hockte wie ein obszöner, ausgehungerter Säugling im Herzen des stellaren Reiches, saugte die verstreuten Sektoren aus und verschlang gierig auch die letzten Reste ihrer Produktion.

Courvains Raumfähren waren in einem separaten Hangar des Turms untergebracht. Für Orbitalflüge unterhielt Crowl zwei Spiderwidows – raumtaugliche Inquisitionsvarianten der Storm Eagles, die vom Adeptus Astartes eingesetzt wurden. Wie alle Flieger in seinem Arsenal waren ihre gepanzerten Rümpfe nachtschwarz lackiert, silbern abgesetzt und trugen die Siegel des Ordo Hereticus. Anstelle großer Geschütze verfügten sie über leistungsstarke Plasmatriebwerke und verschiedene Sensorstörsysteme. Lediglich die Laserkanonen unter den Tragflächen mit den blassblauen Positionslichtern und die beiden schweren Bolter im Bug boten den Fliegern ein gewisses Maß an Schutz.

Kolben ächzten und Dampf stieg in die Dunkelheit der terranischen Nacht empor, als sich die Hangartore der Inquisitionsfestung öffneten. Sirenen schrillten und Warnlumen blinkten. Grelle Scheinwerfer strahlten in den Nachthimmel und warnten den Flugverkehr in der Umgebung.

Nur Sekunden später erwachten die Turbinen der Spiderwidow grollend zum Leben. Treibstoffschläuche und Halteseile wurden gelöst, bevor der massige Flieger vom Flugfeld abhob. Heiße Schwaden versengten den Felsbeton, als er das Tor passierte, bevor er im Schutze von Courvains dunkler Fassade steil in die Höhe schoss.

Crowl lehnte sich zurück und sah gelassen zu, wie der Luftverkehr ihnen Platz machte. Die nächtliche Stadt wirkte unheilvoll – eine Wand aus Schwärze, durchbrochen nur vom schwachen Schein trüber Lumen – doch sie blieb rasch zurück und verlor sich in der konturlosen Wolkenmasse.

Spinoza hatte neben dem Inquisitor Platz genommen und beobachtete, wie der riesige Salvator-Sektor unter ihnen verschwand. Sie sah das Glühen der Schmieden und die lodernden Flammen der Opferfeuer im goldgelben Netz der Lichter. Kurz konnte sie am nördlichen Horizont sogar die funkelnden Ausläufer des Palastes erkennen, dessen gewaltige Mauern selbst die höchsten Türme in seiner Umgebung überragten.

Dann tauchten sie in das Wolkenband ein und die Spiderwidow bebte im Griff atmosphärischer Turbulenzen. Aneela, Crowls Pilotin, rang mit den Steuerknüppeln und die Kiefermuskeln unter dem Visier ihres Flughelms spannten sich.

»Alles in Ordnung, Spinoza?«, erkundigte sich Crowl so ruhig wie immer. »Wenn Euch etwas beunruhigt, könnt Ihr es mir sagen.«

Allein die Frage war beleidigend, aber sie versuchte, sich nichts anmerken zu lassen. »Mir geht es gut.«

»Ich habe alle Systeme überprüfen lassen.«

»Ich fürchte mich nicht, keine Sorge.«

»Wie Eure alten Freunde, wenn die Gerüchte stimmen.«

Im hinteren Teil des engen Cockpits stieß Gorgias ein rasselndes Lachen hervor. »*Timor nullius!* Oh, gut. *Homicidium ante portas.*«

»Die Gefahr besteht immer«, sagte Crowl.

Die rußigen Schwaden wurden vom Ausstoß der Schubdüsen

verwirbelt, als der Flieger durch die letzte Wolkenschicht brach. Die Luft wurde dünner und Aneela schaltete die Plasmatriebwerke ein, während der Rumpf zwischen den Luftschichten vibrierte.

Nachdem sie die toxische Zone hinter sich gelassen hatten, funkelten schließlich die Sterne vor dem Sichtfenster auf – ein blendendes Band in der samtigen Schwärze. Nach all dem Schmutz auf Terra konnte Spinoza beim Anblick dieser Reinheit gerade noch ein freudiges Jauchzen unterdrücken. *Hier* war sie in ihrem Element. Hier, unter dem flammenden Himmelsgewölbe, wurden offene Kriege geführt.

Nur war der Raum nicht leer. Links von ihnen drehte sich der gewaltige Bogen einer Orbitalplatte, deren grau gepanzerter Rand sich durch die Dunkelheit erstreckte. Abwehrstationen kreisten über ihnen, jede so groß wie eine Stadt und die klaffenden Mündungen ihrer Novakanonen und Gravitationsstrahler in die Leere gerichtet. In einiger Entfernung glitt ein kolossaler Panzerkreuzer der Kampfflotte Solar in Begleitung eines Fregattengeschwaders vorbei. Zwischen diesen gewaltigen Schiffen schwirrten ganze Schwärme von kleineren Fliegern umher – klobige Flottentender, schwerfällige Schlepper und unzählige Orbitalfähren mit rot glühenden Plasmatriebwerken.

»Haben wir eine Position?«, fragte Crowl.

»Positiv«, antwortete Aneela, flog eine Kurve und jagte über den Bogen des Planeten hinweg. »Wir werden bald Sichtkontakt haben.«

Hinter dem Sichtfenster konnte Spinoza die brodelnden Wolken erkennen, die den Planeten einhüllten. Aus dieser Höhe wirkte die Welt wie eine unheimliche Wüstenlandschaft, unter deren Oberfläche die Lumen der verborgenen Stadt leuchteten. Kreise von der Größe ganzer Kontinente glühten trübe im Dunst und umrissen die Lage alter Ballungszentren, die selbst nach Jahrtausenden des ungehemmten Wachstums und ungebremsten Verfalls noch zu erkennen waren.

Ein Gebiet, das beinahe die Hälfte der gesamten Hemisphäre

bedeckte, leuchtete heller als alle anderen. Stürme grollten über diesem Bereich, tosten und wüteten in einem strahlenden, von Blitzen durchzuckten Inferno.

Er ist dort, tief vergraben, aber dort. Selbst die Elemente des trauernden Planeten zollen ihm Tribut.

Sie stiegen höher und der Horizont verschwand. Die Sonne, deren Licht den Dunstschleier des Planeten kaum zu durchdringen vermochte, war ein weißglühendes Loch im Raum. Weitere Abwehrstationen kamen in Sicht, antike Ungetüme, die wie Festungen durch die Leere trieben und auf deren Rümpfen noch immer die Spuren von Schüssen zu erkennen waren, die vor zehntausend Jahren abgefeuert worden waren. Riesige Raumschiffe, viel zu groß für die orbitale Zone, lauerten am Rand der Sensorerfassung und waren das Ziel ganzer Schiffsschwärme. Diese Giganten waren in der kalten Einöde praktisch unsichtbar und nur ihre blinkenden Positionslichter deuteten ihre Größe an.

»Passieren Augurgrenze«, meldete Aneela und lenkte die Spiderwidow durch den Schatten einer Abwehranlage in das verzerrende Schwerkraftfeld einer zweiten Orbitalplatte. »Schleichmodus aktivieren?«

»Nein, dieses Mal nicht«, erwiderte Crowl leicht abgelenkt vom Spektakel um sie herum. Die Choreografie der archaischen Konstruktionen, die sich still in der Leere des Raums drehten und über den verschmutzten Planeten in der Tiefe wachten, strahlte eine unwiderstehliche Erhabenheit aus. »Sie wissen, dass wir kommen.«

Spinoza warf einen Blick auf ihre Kontrollkonsole und betrachtete das Ziel auf dem Pictschirm. Es handelte sich um einen mittleren, kaum vier Kilometer langen Raumfrachter mit gerippten Frachtmodulen unter einer gedrungenen Kommandosektion. Seine erdbraune Lackierung war nach unzähligen Warpsprüngen versengt und vom ungefilterten Gleißen zu vieler Sonnen ausgeblichen.

»Wir werden gerufen«, sagte Aneela, als der Flieger den Sog der Orbitalplatte hinter sich ließ und in den offenen Raum glitt. Für das bloße Auge war die *Rhadamanthys* noch immer nicht mehr als ein Lichtpunkt zwischen den Sternen, der jedoch rasch größer wurde. »Wie reagieren wir?«

Gorgias begann aufgeregt auf und ab zu schweben, als wäre er in eine Gravfalle geraten. »*Hereticus-majoris. In stellam negatoriam,* jagt sie, jagt sie. *Omnia eritis infernis.*«

Crowl ignorierte den Schädel.

»Richtet dem Kapitän unsere Grüße aus und bittet um Erlaubnis, an Bord kommen zu dürfen.« Er drehte sich in seinem Sitz zu Spinoza um. »Es ist so weit«, sagte er. »Legen wir los.«

Handelskapitän Thalek Arjanda verfolgte über den Vidschirm, wie der Inquisitionsflieger im Flughangar 9 zur Landung ansetzte. Er sah zu, wie Fliox, sein erster Offizier, den Vertreter der Inquisition in Empfang nahm und durch die Schiffskorridore führte. Der Weg zur Brücke war nicht lang und ihm blieben nur wenige Minuten, um ihren Gast einzuschätzen. Er war groß gewachsen, blass und legte das Verhalten aller Inquisitoren an den Tag – als hätte jeder, dem er begegnete, Schuld auf sich geladen und den Flammentod verdient.

Er trug eine vortreffliche Rüstung, die gewiss recht kostspielig gewesen sein musste. Damit ließe sich in den äußeren Regionen was verdienen, schoss es Arjanda durch den Kopf.

Und dann, allzu bald, leuchtete die Kontrollkonsole der Brückentür auf und er musste sich aus seinem Kommandothron erheben und seine Pflicht erfüllen. Er richtete sich auf, klopfte die letzten Überreste einer hastigen Mahlzeit von seiner Uniform und warf einen letzten Blick in den kleinen Handspiegel, um sich zu vergewissern, dass keine Krümel in seinem ausladenden Schnauzer und gegabelten Bart zurückgeblieben waren.

Arjanda war ein Handelskapitän alter Schule. Seine Uniform war makellos und seine hohen Stiefel mit den stählernen Schnallen bestanden aus echtem Leder. Über seinem Bauch spannte sich eine Weste mit vergoldeten Bronzeknöpfen. Seine weichen Handschuhe waren mit Katzenfell gefüttert und sein halblanger Umhang, den er nach einer lukrativen Fahrt auf Tentrion erstanden hatte, war mit Goldfäden durchwirkt.

Diese Aufmachung unterstrich für gewöhnlich seine autoritäre Erscheinung. Die Mannschaften heuerten gerne bei einem Handelskapitän an, dessen Erfolg offensichtlich war, denn sie waren am Profit beteiligt. Doch angesichts dieses wandelnden Schattens, der nicht knausern, handeln und feilschen musste, um sich derartige kleine Kostbarkeiten leisten zu können, fühlte er sich plötzlich aufgeblasen und verwundbar.

Vielleicht erging es jedem so, der einem Inquisitor begegnete. Zumindest jedem, der noch bei Verstand war.

Arjanda griff nach seinem juwelenbesetzten Gehstock und schritt über die breite Brücke. Die Tür öffnete sich und Fliox geleitete die hagere Gestalt hinein, vorbei an Cogitatorbänken in dicken Metallgehäusen, an denen freie Matrosen und verpflichtete Knechte arbeiteten. Das hohe Kuppeldach war mit astronomischen Konstellationen und den Siegeln alter Navigatorenhäuser verziert. Zehn Meter tiefer befanden sich die schmalen Realraumschirme, auf denen der blassgraue Bogen der terranischen Atmosphäre zu sehen war.

»Ich grüße Euch, Inquisitor«, sagte Arjanda und verbeugte sich. »Ich hoffe, Eure Reise verlief ohne Zwischenfälle.«

Der blasse Inquisitor nickte kaum merklich. Seine Bewegungen waren präzise und bemessen wie die eines versierten Schwertkämpfers. Aus der Nähe war die Kunstfertigkeit seiner Rüstung deutlich zu erkennen; die schwarz-silbernen Platten schmiegten sich wie eine zweite Haut an seinen Körper und die leistungsstarken Servosysteme waren kaum zu vernehmen. Das Haar über seiner hohen Stirn war streng zurückgekämmt, seine Lippen waren schmal und seine Augen leer. Der Klang seiner Stimme war ungewöhnlich trocken und seine Aussprache präzise, besaß jedoch einen stärkeren niedergotischen Akzent, als seine Erscheinung vermuten ließ.

»Habt Ihr Zwischenfälle erwartet, Kapitän?«

»Nein, nicht im Geringsten.«

»Erzählt mir etwas über Euer Schiff.«

Arjanda schluckte. Er spürte, wie Schweiß seinen Rücken herabrann. Fliox war in der Nähe und der Rest der Besatzung warf ihnen neugierige Blicke zu.

»Dieses alte Ding?«, fragte er und wagte ein halbherziges Lachen. »Es ist vierhundert Jahre alt, hat aber noch Feuer. Hatte nie Probleme damit. Es ist nie beschlagnahmt worden und hat nie an größeren Gefechten teilgenommen. Im Laufe der Jahre gab es einige Zusammenstöße mit Piraten, doch wir haben nie mehr als ein paar Lackkratzer davongetragen. Ihr könnt Euch umschauen, wenn Ihr wollt.«

»Welche Fracht habt Ihr geladen?« Der Inquisitor blickte ihn unverwandt an. Es lag etwas Schreckliches in diesen Augen, etwas schwer Greifbares, das ein leichtes Schwindelgefühl in Arjanda auslöste.

»Alle möglichen Dinge.« Arjanda deutete auf eine der Cogitatorbänke, vor der ein Knecht geschäftig auf eine Runentastatur einhämmerte. »Ihr könnt das Ladungsverzeichnis einsehen, wenn Ihr wollt. In erster Linie haben wir Nahrungsmittel aus dem Crag-Gürtel geladen. Wir transportieren aber auch Industrieteile, verschiedene chemische Substanzen und Treibstoff. Jede Ladung ist dokumentiert.«

»Befördert Ihr Waffen?«

»Das wäre verboten, Exzellenz. Wir sind kein sanktionierter Versorger der Kriegsflotte und haben daher keine Lizenz für den Transport von Waffen.«

Crowl lächelte, was ein schauriger Anblick war. »Irgendwelche Versäumnisse, Kapitän? Irgendein Fehler im Papierkram? So etwas kann selbst dem sorgfältigsten Schreiber passieren.«

Arjanda versteifte sich und spürte die kühle Feuchtigkeit des Schweißes auf seinem schütteren Haupt. Er hoffte, dass es nicht auffiel. »Niemals«, sagte er im Versuch, einigermaßen überzeugend zu klingen. »Niemals. Überprüft die Logbücher.«

Crowl nickte, doch der Ausdruck auf seinem Gesicht verriet, für wie verlässlich er die Logbücher der *Rhadamanthys* hielt. »Wann ist dieses Schiff in die Umlaufbahn eingetreten?«

»Vor achtzehn Standardtagen.«

»Letzter Hafen?«

»Hesperus.«

»Zusammensetzung der Fracht?«

»Neunzig Prozent Getreidederivate zur Weiterverarbeitung, acht Prozent diverse Maschinenteile – die genaue Aufstellung könnt Ihr einsehen – und zwei Prozent Leerraum.«

»Das ist ein recht großer Leerstand.«

»Einer der Lieferanten hat uns hängen lassen und wir mussten unseren Zeitplan einhalten. Man kann das Planungskonzil nicht warten lassen, sonst –«

»Keine Verzögerungen unterwegs?«

»Ein kurzer Halt vor Luna. Rückstände bei der Abfertigung, wie man uns sagte.«

Crowl nickte. »Es wurden Kontrollen der Stufe vier durchgeführt. Sind Inspektoren an Bord gekommen?«

»Ja.«

»Wer?«

Arjanda wurde zunehmend nervöser. Der Inquisitor stellte seine Fragen mit höflicher, ruhiger Stimme, doch eine nach der anderen und in schneller Folge. »Ein Inspektionstrupp des Professmarschalls. Ich habe ihre Namen vergessen. Fliox? Er wird sie Euch heraussuchen.«

»Haben sie irgendeine Unregelmäßigkeit festgestellt?«

»Selbstverständlich nicht.«

Zum ersten Mal, seit er die beengte und überfüllte Brücke betreten hatte, wandte Crowl den Blick vom Handelskapitän ab und schaute sich mit kalten Augen um. Er betrachtete die ramponierten Stationen, das zerkratzte Metall und die schartigen Schotten, als würde er abzuschätzen versuchen, wie effizient sich all das zerstören ließe.

Arjanda umklammerte den Knauf seines Gehstocks und spürte, wie sich die elfenbeinerne Spitze in seine Handfläche bohrte. Niemand wagte es, zu sprechen. Die Besatzung gab vor, ihren Pflichten nachzugehen, doch ihre Anspannung war nur allzu offensichtlich.

Schließlich atmete Crowl tief durch. Es schien ihm Schmerzen zu bereiten, denn der Hauch eines Zuckens huschte über seine strenge Miene.

»Ihr habt Euch erboten, mir Einblick in die Schiffsprotokolle zu gewähren«, sagte er. »Zeigt mir, was Ihr habt.«

KAPITEL ZWÖLF

Eine Threadneedle-Enterkapsel war ein abscheuliches Ding, entworfen von einem Wahnsinnigen und entwickelt von Sadisten. Das Konzept entsprang dem Nachlass des ketzerischen Techpriesters Xho-Xho von Targaron V. Seine Inspiration verdankte er, Gerüchten zufolge, der nicht sanktionierten Analyse eines fehlerhaften Standardtechnologiekonstrukts für eine Entertorpedovariante, deren Aufbau er drastisch verkleinert und um mehrere selbst entwickelte Systeme erweitert hatte. Das Mechanicus sah es nicht gern, wenn seine Priester blindlings die Initiative ergriffen – was vermutlich auch der Grund für Xho-Xhos abruptes Ableben gewesen war – und sorgte dafür, dass das Konzept für die nächsten dreitausend Jahre still und heimlich in den verborgenen Archiven des Mars verschwand. Erst Mitte des 41. Jahrtausends, als das Imperium den langen Krieg gegen seine Widersacher allmählich zu verlieren drohte und das Gebot der Verzweiflung ein neues Interesse an zuvor verbotenem Wissen weckte, stießen radikale Vertreter der Priesterschaft auf die Blaupausen und machten sich daran, den Entwurf umzusetzen. Das Chaldea-Projekt zielte ursprünglich darauf ab, dem Adeptus Astartes und Teilen der Skitarii die Mittel für individuelle Enterangriffe zur Verfügung zu stellen, doch Xho-Xhos Konzept erwies sich als zu instabil für diese Aufgabe. Daraufhin wurde der Entwurf für die Bedürfnisse bestimmter Elemente des Adeptus Terra – Assassinen, Spionen und Agenten der Inquisition – angepasst und umfunktioniert.

Spinoza wusste nichts über diese bewegte Geschichte, doch als sie im Innern der höllisch klappernden Maschine in ihren Haltegurten hin und her geworfen wurde, stieß sie lästerliche Flüche gegen deren Schöpfer aus.

Sie konnte nichts sehen. Alles, was sie hörte, war das Brüllen der Plasmabrennkammer, das ihr trotz des Gehörschutzes beinahe die Trommelfelle zerriss. Der Innenraum der Kapsel, deren Wände kaum eine Handbreit von ihrem Gesicht entfernt waren, war so eng, dass sie Arme und Beine anziehen musste. Dicht über ihrem Kopf hingen elektromechanische Apparaturen, die piepsend und brummend eintreffende Sensordaten verarbeiteten. Ihre Maschinengeister waren grausame Seelen, so mürrisch und boshaft wie die Systeme, in denen sie eingepfercht waren, und Spinoza war überzeugt, dass sie ihr den Flug absichtlich so unangenehm wie möglich machten.

Ein richtiger Entertorpedo war zehnmal größer als eine Threadneedle und verließ sich auf brachiale Wucht und Melterladungen, um Schiffswände zu durchschlagen. Dieses Ding war langsam, wie ein Messer im Dunkeln, und glitt ungesehen durch die Leere. Das Erste, was Spinoza vom Aufprall mitbekam, war ein leises Knirschen, gefolgt vom einsetzenden Heulen der Panzerskalpelle. Augurtäuscher surrten und störten die Sensorsysteme in der Aufprallzone. Die Maschine bebte, zitterte und schob sich langsam vorwärts, was darauf hindeutete, dass ihr der Durchbruch gelungen war. Spinoza lauschte angestrengt dem gequälten Kreischen des berstenden Metalls, bevor sich die verdammte Plasmabrennkammer endlich abschaltete. Sie spürte einen letzten Ruck und rotes Licht flutete durch das Innere der Kapsel, als die Außenluke aufsprang.

Erleichtert deaktivierte Spinoza mit einem Blinzeln die Halterung des Sicherungsgurtes. Die Synthlederriemen gaben sie frei und fuhren zurück, sodass sie die Luke ganz aufstoßen konnte. Sie mühte sich aus der engen Röhre hervor, drückte sich mit den Fersen ab und kletterte auf Händen und Knien durch die Luke, bis sie die Kapsel verlassen hatte und sich umsehen konnte.

Die Threadneedle hatte den anvisierten Zielpunkt erreicht – ein verlassenes Zwischendeck unter den großen Frachträumen der *Rhadamanthys*. Der Durchbruch im Schiffsrumpf durchmaß weniger als zwei Meter und wurde vom temporären Schleier eines schimmernden Abschirmungsfeldes versiegelt. Die Kapsel mochte eine abscheuliche Konstruktion sein, aber sie hatte ihre Aufgabe erfüllt und sich unter den Augen der Sensoranlagen einen Weg durch den Rumpf des Frachters gebohrt und das Leck abgedichtet. In der Dunkelheit des Zwischendecks klopfte Spinoza widerwillig auf die frostbedeckte Außenhülle.

Daraufhin schwebte Gorgias durch die Luke, dessen Auge orientierungslos grün schimmerte. Der Schädel prallte gegen einen tief hängenden Querbalken, wirbelte hektisch herum und entsicherte seine Nadelpistole.

»Sei still!«, zischte Spinoza und bedeutete ihm, sich zu beruhigen. »Dein Orientierungssystem ist durcheinander. Konzentriere dich. Crowl hat mir versichert, dass du nützlich sein würdest.«

Gorgias drehte sich wieder um und hing vor ihrem Gesicht in der Luft. Im roten Schein der Kapsel bemerkte sie, wie alt der Knochen zwischen den Antriebssystemen und Augurgehäusen des Mechanicus war. Der Wirbelfortsatz strich über das Ceramit ihres gepanzerten Unterarms.

»*Interio?*«, fragte der Schädel.

»Sieht ganz danach aus. Wie fühlst du dich?«

Der Schädel zögerte, während sein Auge allmählich wieder die gewohnt rote Färbung annahm. »Crowl *ingressus, ergo* fix-fix.«

Spinoza setzte sich in Bewegung, während sie ihre genaue Position zu bestimmen versuchte. Sie hatte ihre volle Rüstung angelegt, doch trotz all der Sensorsysteme ihres Helms konnte sie das Gefühl nicht abschütteln, lebendig begraben zu sein.

Das Zwischendeck war nur wenige Meter lang und befand sich zwischen dem Schiffsinneren und der Außenhülle. Vor ihr befand sich eine verrostete Wartungsluke, die offensichtlich schon sehr lange nicht mehr benutzt worden war. Sie zog einen Riegelknacker aus ihrem Gürtel, befestigte ihn über dem Schließmechanismus und wartete auf das knackende Brechen der Haltebolzen. Dann stemmte sie sich gegen die Luke, deren rostige Scharniere sich ihr anfänglich widersetzten, und zog sie langsam auf. Als es ihr schließlich gelungen war, kletterte sie hindurch.

Das Innere des unbeladenen Frachters glich einer riesigen, hallenden, dunklen Höhle, beinahe so leer wie der schwarze Weltraum jenseits der Bordwände. Spinoza schlich über den Plaststahlboden des verlassenen Decks. Über ihr ragten adamantiumgepanzerte Trennwände bis zur hohen Decke auf, unter der die Schienen von Lastenhebern hingen. Die gesamte Konstruktion war modular und zwanzig Meter hohe Markierungsrunen schälten sich in regelmäßigen Abständen aus der Dunkelheit. Sie konnte sich kaum vorstellen, wie viele Millionen Container die beladenen Frachträume der *Rhadamanthys* fassen konnten, denn im Augenblick waren sie so leer wie eine geplünderte Gruft.

Spinoza begann mit dem Auspex ihres Helms die Wände abzutasten. Gorgias schwebte vor ihr und seine Lumen leuchteten wie Sterne im Dunkeln.

Hier und dort stieß sie auf ultraviolette Markierungen, die von den Arbitratoren während der planmäßigen Kontrollen hinterlassen worden waren. Die Inspektionstrupps waren gründlich gewesen, hatten jedes Frachtmodul überprüft und mit Auspexsiegeln markiert. Zu jenem Zeitpunkt war der Frachter offensichtlich noch beladen gewesen.

»*Nihil*«, plapperte Gorgias ein Stück vor ihr, bevor er hinter der nächsten Trennwand verschwand. »Dum-di-dum.«

»Wir haben gerade erst angefangen«, sagte Spinoza, obwohl sie seine Bedenken im Grunde teilte. Crowl hatte im Vorfeld dieses Einsatzes einige Nachforschungen angestellt, in die sie nicht eingeweiht war. Vielleicht war seine Entscheidung begründet, aber sie kannte ihn noch nicht lange genug, um darüber ein Urteil fällen zu können. Sie wusste nicht einmal, wonach sie Ausschau halten sollte. Wenn hier etwas versteckt gewesen wäre, hätten die Arbitratoren es sicherlich entdeckt – eine Überprüfung der Stufe vier war ein ernstes Unterfangen, das von gewissenhaften Inspektoren durchgeführt wurde, die für jeden Fehler mit ihrem Leben bürgten.

Trotz ihrer Bedenken kamen sie schnell voran. Die Besatzung eines Frachters war relativ klein, meistens nicht mehr als einige Dutzend angeheuerte Matrosen, und diese hatten keinen Grund, sich in den leeren Frachträumen herumzutreiben. Der Schädel tastete die Umgebung großräumig ab, während sie das Schiff Modul für Modul, Frachtraum für Frachtraum durchkämmten.

Schon bald erreichten sie die hintersten Sektionen, die schäbiger als die vorhergehenden Frachträume waren und in denen noch der Geruch der gelöschten Ladung in der Luft hing. Kleine Haufen aus Getreidekörnern und gefriergetrockneten Weizenähren rotteten in den Schatten vor sich hin. Hinter der nächsten Trennwand gelangte Spinoza in einen Raum, der sich nicht sehr von den anderen unterschied. Sorgfältig tastete sie die Wände ab.

Auch hier fand sie nichts. Die Auspexsiegel waren in Ordnung und alles war überprüft worden. Erschöpft schaute sie sich um und hielt nach Gorgias Ausschau. Der Schädel schwebte auf halber Höhe vor der gegenüberliegenden Wand.

»Wir machen Schluss«, voxte sie und bedeutete ihm, ihr zu folgen. »Uns bleibt nicht mehr viel Zeit.«

Gorgias blieb, wo er war. *»Iterum.«*

»Das ist zwecklos. Ich habe bereits alles abgetastet.«

Gorgias wirbelte zu ihr herum und sein Auge flackerte wütend rot. *»Stupidus!* Keine *universa arma* Augurmatrix, nein, nein.«

Spinoza blieb stehen. »Hast du etwas entdeckt?«

Der Schädel begann aufgeregt auf und ab zu hüpfen. *»Locus hic.«*

Gorgias schwebte zwanzig Meter über ihr. Spinoza suchte die Kontrollkonsole des nächsten Lastenzugs und aktivierte ihn. Ein Motor erwachte brummend zum Leben und eine Plattform senkte sich herab. Sie stieg auf und das Zahnstangengetriebe setzte sich Bewegung. Als sie auf Gorgias' Höhe war, blickte sie auf eine nichtssagende Wandsektion, die sich in keiner Weise von den anderen unterschied und mit einem ultravioletten Siegel markiert war.

»Hier ist nichts«, sagte sie.

»Blind! *Iterum.*«

Spinoza musterte das UV-Siegel und tastete es in verschiedenen Wellenbereichen ab. Erst bei der Spektralanalyse entdeckte sie eine Auffälligkeit. Das Siegel wies ein abweichendes Profil auf. Optisch war es identisch und wirkte echt, aber die chemische Zusammensetzung war anders.

Gorgias flog einige Male gegen das Wandsegment, bevor er ein Stück nach oben schwebte und den Vorgang wiederholte. Spinoza stellte sich vorsichtig an den Rand der Plattform. Das Wandsegment war wie alle anderen – zwanzig Meter breit, zehn Meter hoch und mit Rillen versehen, in denen sich die Frachtcontainer befestigen ließen. Als die Arbitratoren den Raum durchsucht hatten, war die Stelle hinter einem Berg aus verladenen Güterkisten verborgen gewesen.

Die Auspexwerte zeigten keine Unregelmäßigkeit und alle empfangenen Daten lagen innerhalb der normalen Toleranzen. Frustriert schlug sie gegen das Wandsegment. Es gab nicht nach, aber sie hörte ein leises Klicken auf der anderen Seite. Spinoza sah zu Gorgias auf, der ihren Blick erwiderte.

»Aus dem Weg«, warnte sie ihn, zog ihr Crozius und aktivierte das Energiefeld. Argentum knisterte und der blaue Schein des elektrischen Feldes fiel auf die düstere Wand. Spinoza packte die Waffe mit beiden Händen, stemmte sie gegen die obere Kante des Segments und drückte fest dagegen.

Energieentladungen zuckten knisternd über die stählerne Wand. Das Segment hielt den Blitzen mehrere Sekunden lang stand, bevor es unter der extremen Hitze nachzugeben begann. Es riss, wellte sich und barst. Spinoza konnte sich gerade noch halten, als die Halteklammer zersprang und das gesamte Segment nach innen schwang. Im Licht des Energiefeldes entdeckte sie einen Hohlraum hinter der Wandverkleidung.

Überrascht hielt Spinoza eine Sekunde inne. Hinter der Stützwand hätte sich eine solide Isolierschicht befinden sollen, doch stattdessen blickte sie in eine Kammer. Die Wände, der Boden, die Decke – sie alle waren blutverschmiert. Die dunkelroten und braunen Flecken waren alt und verkrusteten das Metall wie Ruß das Innere eines Ofens. Sie entdeckte auch andere Spuren an den Wänden: Furchen wie von Energieklauen, Brandspuren und die schimmernden Pockennarben ätzender Substanzen.

»Verderbnis«, fauchte Gorgias und schwebte mit klickender Picterlinse ins Innere. *»Hereticus-majoris-extremis.«*

Der Raum stank übler als alles, was Spinoza je gerochen hatte, was nicht allein am schalen Blutgeruch in der stickigen Luft der versiegelten Kammer lag. Ein stechender, unbeschreiblicher Gestank hing in der Luft, der sie würgen ließ. Speichel strömte in ihren Mund und sie schluckte ihn herunter.

»Was ist das hier?«, fragte sie nur halb an Gorgias gerichtet. Die Kammer war leer, aber die Werte ihrer esoterischen Sensoren sprengten fast die Skala. Eine genauere Auswertung war erforderlich, denn nichts davon ergab irgendeinen Sinn.

Dann bemerkte sie das blinkende rote Licht in der Ecke der Kammer. Sie kniete sich hin, schob den Kopf durch die Öffnung und schaltete die Auspexanzeigen ab.

Ein Alarmsensor, der mit der zerstörten Halteklammer verbunden gewesen war und sich aktiviert hatte.

Spinoza richtete sich auf und eilte zur Kontrollkonsole der Plattform zurück.

»Aneela«, voxte sie, ohne ihr Crozius zu deaktivieren, als sich die Plattform wieder zu Boden senkte. »Wir wurden entdeckt. Informiert Lord Crowl und macht die Waffen scharf.«

* * *

Crowl ließ sich Zeit und musterte den konvexen Pictschirm, über den unscharfe phosphorgrüne Runen flimmerten. Das Ladungsverzeichnis, die Schichtpläne, die Warpstationen – nichts davon war auffällig oder hätte den Verdacht eines Inspektors erregt. Zweifellos hatten die Arbitratoren die Protokolle bereits sorgfältig geprüft, aber man konnte nie wissen. Vermutlich hatten sie zuvor bereits einhundert Schiffe kontrolliert und selbst psychokonditionierte Inspektoren waren irgendwann erschöpft.

Arjanda schaute ihm über die Schulter und er spürte in seinem Nacken den schweren Atem des Handelskapitäns, der seine Aufregung zu verbergen suchte. Seine Angst war offensichtlich, ebenso wie die seiner Besatzung. Das war zu erwarten. Einst hätte er darin ein Anzeichen für Schuld gesehen, aber wie er es bereits Spinoza erklärt hatte, fürchtete sich jeder, ob kriminell oder unschuldig, vor einem Inquisitor. Das erleichterte seine Arbeit nicht, sondern erschwerte sie. Spinoza hatte diese Wahrheit noch nicht ganz erkannt, aber er hoffte, dass sie es im Laufe der Zeit tun würde.

Während er über seine neue Akolythin nachdachte, flimmerten die Datenkolonnen der Schiffsprotokolle vor seinen Augen vorbei. Er erinnerte sich daran, als er vor einigen Monaten zum ersten Mal mit Revus über Spinoza gesprochen hatte. Die Informationen über sie waren nicht leicht zu beschaffen gewesen, aber Huk hatte sich bei der Suche als sehr kreativ erwiesen. Sie alle arbeiteten schwer für ihn, die ganze Familie, und das war ein kleiner Trost in dieser Welt der Enttäuschungen.

Hätte er größere Gewissensbisse haben sollen? Vielleicht. Vielleicht aber auch nicht. Er lebte schon so lange in einem Zustand moralischer Leere, dass er sich immer schwächer an die alten Anstandsregeln erinnern konnte. Obwohl Tur sie stark geprägt hatte, machte sie vielversprechende Fortschritte.

»Kann ich Euch in irgendeiner Form unterstützen, Inquisitor?«, erkundigte sich Arjanda missmutig.

Crowl rief das nächste Protokoll auf, ohne den Blick vom

schmierigen Glas zu nehmen. Sofort begannen neue Runen in endlosen Kolonnen aufzuflackern.

»Wie lange dauerte die Verzögerung vor Luna?«, fragte er beiläufig.

»Zwei Tage«, antwortete Arjanda.

»Zwei Tage?«, fragte Crowl und drehte sich schließlich zum Handelskapitän um.

Arjanda zuckte die Schultern in schlecht geheuchelter Unbeschwertheit. »Ich sage den Inspektoren nicht, wie sie ihre Aufgaben erledigen sollen.«

Crowl wandte sich wieder der Konsole zu. »Hier haben wir es. Ich habe mir die Flugprotokolle für das Sol-System angesehen. Alles ist so, wie Ihr es mir erzählt habt, bis auf eine kleine Unregelmäßigkeit – vielleicht könnt Ihr mir weiterhelfen. Eure Auguren haben zum Zeitpunkt 456-56-13 ein Schiff registriert. Laut den Daten des Augurprotokolls befand sich dieses Schiff im Raumsektor 4569, was ein ganzes Stück von Luna entfernt ist. Doch laut Positionsschreiber lag die *Rhadamanthys* zu diesem Zeitpunkt keine fünftausend Kilometer von Lunabasis Chraeses entfernt vor Anker. Damit wären Eure Auguren entweder unglaublich leistungsstark oder eines dieser beiden Protokolle ist fehlerhaft. Was davon trifft zu?«

Crowl bemerkte, dass Arjanda zitterte. Das war keine ungewöhnliche Reaktion. Ungewöhnlich war jedoch die Pistole, die der Handelskapitän auf Crowl richtete. Schweiß rann über das Gesicht des Mannes, sodass sein ausladender Schnauzbart feucht glänzte.

Die Matrosen in der Nähe hatten ebenfalls Schusswaffen gezogen – in erster Linie Schrotflinten und veraltete Lasergewehre, wie man es von der Besatzung eines Frachters erwarten würde.

»Beim Thron, ich wünschte, Ihr wärt nicht an Bord gekommen«, sagte Arjanda, der aussah, als würde er jeden Augenblick einen panischen Heulkrampf bekommen. »Glaubt Ihr, dass ich das tun will? Glaubt Ihr, dass ich das verdammt noch mal tun *will*?«

Crowl überlegte, wie er darauf reagieren sollte. Seine Hand war weit vom Griff seines Revolvers entfernt, aber es waren nicht die Waffen, die ihn beunruhigten, sondern vielmehr der Umstand, dass sie es wagten, überhaupt Gebrauch von ihnen zu machen.

»Begreift Ihr, was Ihr da tut?«, fragte Crowl leise.

»Verdammt noch mal, das tue ich!«, kreischte Arjanda und versuchte, das Zittern seiner Arme unter Kontrolle zu bringen. »Wer auch immer sich in meinen Frachträumen herumtreibt, er hat einen Alarmsensor ausgelöst. Ich kann Euch nicht gehen lassen. Keinen von Euch. Sie werden mich finden, versteht Ihr? *Sie* werden mich finden … Er wird mich finden, und ich kann nicht … Ich werde nicht …« Der Lauf der Waffe zitterte unkontrolliert, als sich die Muskeln des Mannes verkrampften. »Ich werde als Erster sterben! Ich werde als Erster sterben. Nichts, was Ihr mir antut, könnte schlimmer sein als das. *Nichts.*«

Crowl blickte am Lauf der Waffe vorbei in das gequälte Gesicht des Handelskapitäns. »Ihr seid ein guter Mann, nicht wahr, Kapitän? Ihr liebt das Imperium, das spüre ich, aber Ihr seid da in eine beängstigende Sache hineingeraten. Ihr solltet mir jetzt einige Namen nennen, das wäre eine heldenhafte Entscheidung.«

Arjanda begann zu lachen. Seine Schultern bebten unter dem bitteren Gelächter. »Was kümmert mich das? Wenn Ihr gesehen hättet, was ich gesehen habe … Heiliger Thron, ich bin ohnehin verdammt, das sind wir alle, auch Ihr. Was spielt es also für eine Rolle, ob –«

Crowl hatte geduldig auf den richtigen Moment gewartet, während seine Rüstung schnelligkeitssteigernde Substanzen in seinen Kreislauf injizierte. Unterstützt von den Systemen seiner Rüstung steigerten sie seine Reaktionszeiten so sehr, dass seine Bewegungen mit dem bloßen Auge kaum noch zu verfolgen waren. Er riss seinen Revolver aus dem Holster und feuerte auf Arjandas Schulter, woraufhin der Handelskapitän, noch bevor er begriff, was vor sich ging, auf das Deck stürzte. Während er vor Schmerz aufheulte, hatte sich Crowl bereits der Besatzung zugewandt und wich panisch abgefeuerten Schrotladungen aus. Zwei Matrosen stürzten wild schießend auf ihn zu. Er duckte sich und schmetterte seine gepanzerte Faust in ein Gesicht, bevor er seinen Ellbogen in einen ungeschützten Nacken rammte.

Der Rest ergriff die Flucht und stürzte auf die Brückentür zu. Crowl packten einen am Kragen und schleuderte ihn so hart zu Boden, dass er die Wirbelsäule brechen hörte. Einen anderen schoss er mit dem Revolver nieder – ein gezielter Schuss in den Hinterkopf, der in einer Fontäne aus Blut und Knochensplittern zerplatzte.

Seine glänzend schwarze Rüstung wirbelte herum, sodass er den restlichen Matrosen den Weg versperrte. Ohne eine Möglichkeit zur Flucht richteten sie mit ängstlich zitternden Händen wieder ihre Waffen auf ihn und wichen langsam zurück. Crowl gab ihnen keine Gelegenheit, den Abzug zu drücken. Er sprang auf sie zu und lud im Rausch der schnelligkeitssteigernden Substanzen seine Waffe nach.

Als er die panischen Matrosen erreichte, trat er dem ersten gegen das Brustbein, während er einen zweiten an den Haaren packte und sein Gesicht in eine Cogitatorbank schmetterte. Mit gnadenloser Präzision schoss er zwei andere nieder. Er fuhr wie ein rachsüchtiger Geist der alten Dunkelheit mit wehendem Umhang durch die Überlebenden und beendete ihre Schreie mit gezielten, harten Schlägen. Der letzte Matrose versuchte ihm zu entkommen, indem er auf das schräge Panzerglasfenster zusprang, als wäre er imstande, es zu zerschmettern und durch die Leere des Raums zu flüchten, doch Crowl packte ihn und zog ihn zurück, bog ihm den Arm auf den Rücken und drückte zu. Das widerliche Knacken hallte über die Brücke, gefolgt vom dumpfen Aufprall des Körpers auf dem Deck.

Crowl schaute sich um und versuchte, wieder zu Atem zu kommen. Blut floss zäh über den zersplitterten Pictschirm einer Cogitatorstation. Nur die Servitoren an den Konsolen gingen mit ausdrucksloser Miene weiter ihren Pflichten nach.

Crowl betrachtete seinen Revolver, strich über den Elfenbeingriff und lud nach. Dann ging er auf Arjanda zu, der sich noch immer vor Schmerzen am Boden wand. Er kauerte sich neben den Handelskapitän, legte eine geballte Faust auf seine Wunde und drückte zu.

»Sag nichts, sondern hör mir jetzt aufmerksam zu«, sagte Crowl mit leiser Stimme zu ihm. »Dein Tod ist sicher, das weißt du, aber es kann noch immer ein schmerzloser Tod sein. Dein Name muss nicht auf den Rollen der Verdammten erscheinen. Hast du Familie? Sie muss nicht für deine Sünden büßen. Ich kann dich von hier fortbringen und dich beschützen. Hilf mir und du kannst einen guten Tod sterben.«

Arjanda begann zu lachen und Schaum quoll über seine Lippen. »Selbst wenn … ich … Euch glauben würde …«, keuchte er unter Schmerzen.

Blut schoss ihm in die Augen und Krämpfe begannen seinen Körper zu schütteln. Crowl verringerte den Druck auf die Wunde und sah zu, wie sich das Gesicht des Handelskapitäns violett färbte. Die Schusswunde konnte nicht dafür verantwortlich sein – der Kapitän musste irgendeine Substanz geschluckt haben, um seinem Leid ein Ende zu setzen. Eine Tat, die abscheulicher war als alle anderen Frevel, die er begangen hatte.

»Ein Name«, sagte Crowl und blickte auf den zuckenden Körper herab. »Gib mir nur einen Namen.«

Bedauern trat auf Arjandas schmerzverzerrtes Gesicht. »Er wird es *wissen*. Selbst auf … der anderen Seite. *Er wird es wissen.*«

Dann hustete er bittere Galle, sein Rücken krümmte sich und seine Adern traten hervor, bevor er schließlich starb. Als sein Körper erschlaffte, prallte etwas klappernd auf Metall. Crowls Blick fiel auf den Gehstock, der über das Deck rollte. Er griff danach und bemerkte die sanft blinkenden Juwelen auf dem Knauf; vermutlich eine Art Transmitter.

Die Lumen der Brücke färbten sich plötzlich rot und Alarmsirenen begannen zu schrillen, während Warnmeldungen auf den Pictschirmen der Konsolen aufleuchteten.

Crowl trat an die nächste Cogitatorstation und rief ein Diagnoseprogramm auf, um in Erfahrung zu bringen, wie lange es dauern würde, bis die überlasteten Plasmatriebwerke das Schiff zerreißen würden.

Er warf dem toten Arjanda einen finsteren Blick zu.

»Schäbiger Bastard«, sagte er.

Spinoza sprintete den Korridor entlang und spürte, wie das Deck unter ihren Stiefeln vibrierte. Die Wände bebten und Nieten flogen wie Geschosse durch die Luft. Eine streifte Gorgias und der Schädel prallte gegen eine Wand, woraufhin er auf Hochgotisch konfuse Flüche ausstieß.

»Lord Crowl!«, voxte sie dringlicher als zuvor. Aneela war es nicht gelungen, den Inquisitor zu erreichen, und das Schiff brach auseinander. Irgendwo tief in seinem Innern erklang ein Grollen und hallte durch die Wartungsschächte wie das ferne Tosen einer Boviniherde. Es würde noch schlimmer werden. Sie erinnerte sich an das Wrack eines Großfrachters, das sie einmal gesehen hatte; nachdem das Plasmafeld seines Antriebs kollabiert war, hatten die Bergungstrupps nicht mehr viel zu tun gehabt.

Sie erreichte eine Kreuzung und rannte um die Biegung, während sie spürte, wie sich die Luft hinter ihr immer weiter aufheizte. Die Vibrationen unter ihren Füßen wurden spürbarer und die Metallplatten begannen sich zu wölben. Feine Risse bildeten sich in den Wänden.

Als sie schließlich die Brücke erreichte, ließen schwere Erschütterungen das gesamte Deck erzittern und Lumenröhren zersprangen in einem Funkenregen. Die Tür war verschlossen und verriegelt, weshalb sie mit dem Crozius auf den Türspalt einschlug, um die verstärkten Eisenbolzen zu zerschmettern. Sie brauchte drei Schläge, bis die Bolzen dem Disruptorfeld nachgaben und sie den linken Türflügel aufdrücken konnte.

Leichen waren über das Deck verstreut, hingen zusammengesunken über den Konsolen oder lagen in den Servitorgruben.

Ein Teil der Decke war eingestürzt und Kabelstränge hingen zwischen den gebrochenen Balken herab. Qualmende Cogitatorbänke knisterten und implodierten; schwarzer Rauch hing in der Luft. Dazwischen entdeckte sie Crowl, der über eine noch funktionierende Konsole gebeugt konzentriert auf eine Runentastatur einhämmerte.

»Lord Crowl!«, rief Spinoza und eilte zu ihm. »Das Schiff bricht auseinander! Wir müssen sofort verschwinden!«

»Einen Moment noch, Spinoza«, sagte Crowl, ohne den Blick vom Pictschirm abzuwenden.

Spinoza starrte ihn einen Augenblick lang fassungslos an. Krachende Explosionen erklangen auf den Unterdecks und trugen zu der Zerstörung bei, die den Rumpf des Schiffes am Ende zerfetzen würde.

Sie lief in Richtung Bug zu den schmalen Panzerglasfenstern. »Aneela«, voxte sie. »Positionsdaten und Statusmeldung.«

Nur Rauschen erklang auf dem Voxkanal. Die heftigen Energieentladungen auf der Brücke störten den Empfang.

»Exzellenz, wir müssen –«

»Einen *Moment.*«

Eine Explosion hinter der aufgebrochenen Tür schleuderte die beiden über das Deck. Der Boden auf der anderen Seite der Brücke wurde aufgerissen und Flammen schlugen aus dem klaffenden Spalt. Das Grollen in der Tiefe schwoll an und bahnte sich einen zerstörerischen Pfad durch die Decks nach oben. Ihnen blieben nur noch Sekunden.

Spinoza fluchte und zog zwei Sprenggranaten aus ihrem Gürtel, aktivierte den Zünder und warf sie vor das Panzerglasfenster. Anschließend verstaute sie ihr Crozius und lief auf den Inquisitor zu, der bereits wieder vor der Konsole stand, um ihn notfalls mit Gewalt von der Station wegzuzerren. Als sie ihn erreichte, griff er bereits nach seinem Helm und setzte ihn auf.

»Ihr scheint beunruhigt zu sein, Spinoza«, sagte er, als sich die hintere Wand unter einer heftigen Explosion wölbte. Auf der gesamten rechten Seite der Brücke bildeten sich Risse, aus denen Flammen schlugen.

»*Jetzt,* Exzellenz«, rief sie über den Lärm und zog ihn in Richtung Bug. Die kleinen Sprengsätze detonierten kurz hintereinander und das Panzerglas zersprang in einem Splitterregen. Zusammen mit der künstlichen Atmosphäre der Brücke wurden sie durch die Flammen in das Vakuum des Raums gesaugt.

Selbst in ihren versiegelten Rüstungen war es ein heftiger Schock. Spinoza wurde in einem Wirbel aus Gliedmaßen und Sternen umhergeschleudert. Obwohl die Rüstungssysteme den plötzlichen Temperaturabfall zu kompensieren versuchten, raubte ihr die Kälte den Atem. Ihr Herz raste. Trümmerteile schossen an ihr vorbei und nur der klaustrophobische Rhythmus ihres keuchenden Atems dröhnte in ihren Ohren. Sie war orientierungslos und spürte ihren Körper nicht, während vor ihren Augen Sterne umherwirbelten.

Dann kam Terras schneegrauer Horizont in Sicht, gefolgt vom gewaltigen Schatten der brennenden *Rhadamanthys*. Sie erblickte Crowl, beinahe unsichtbar in seiner schwarzen Rüstung, der mit ausgestreckten Armen an ihr vorbeischwebte.

Die Spiderwidow tauchte mit geöffneter Einstiegsluke aus dem Raum auf und korrigierte mit ihren Schubdüsen geschickt den Flugwinkel, um sie an Bord zu nehmen. Crowl verschwand im Truppabteil, bevor Aneela den Flieger in Spinozas Richtung lenkte.

Die Interrogatorin prallte heftig gegen die Wand des Abteils und wäre beinahe wieder zurück in die Leere gestürzt, doch Crowl bekam sie zu fassen und drückte sie ohne Umschweife in einen der Sitze. Gorgias schoss auf seinem Antriebssystem in das enge Abteil, bevor Aneela die Luke schloss und den Flieger wendete. Luft strömte in den versiegelten Raum und brachte das Grollen des Antriebs und das Prasseln kleinerer Trümmerteile mit sich.

»Das war viel zu knapp«, bemerkte sie und warf Crowl einen tadelnden Blick zu, während sie sich in den Haltegurt schnallte.

»Ich hatte vollstes Vertrauen in Eure Fähigkeiten«, erwiderte Crowl völlig entspannt.

Die Spiderwidow jagte mit lodernden Schubdüsen davon und ließ den Raumfrachter hinter sich. Eine Sekunde später wurde der Flieger von einer Detonationswelle erfasst und mitgerissen. Einschläge ließen den Rumpf erzittern, als schwere Objekte auf ihrem Weg in die planetare Atmosphäre gegen die Panzerung prallten. Die Gravkompensatoren fielen aus und der Flieger geriet ins Trudeln. Minuten schienen zu vergehen, während unaufhörlich Trümmerteile gegen den Rumpf schmetterten und sie in der toxischen Atmosphäre zu verglühen drohten.

Dann jedoch ließ die Kraft der Stoßwelle nach und Aneela gelang es, den Flieger zu stabilisieren. Ihre sachliche Stimme erklang auf dem Bordvox.

»Der Vorfall hat Aufmerksamkeit erregt«, meldete sie aus dem Cockpit. »Patrouillenschiffe sind auf dem Weg und ein Kriegsschiff macht seine Geschütze klar.«

»Weicht ihnen aus, Aneela«, wies Crowl die Pilotin an, während er die Verriegelung seines Helms löste. »Bringt uns hier weg, bevor jemand unser Signal auffängt. Sie werden die Sache als Unfall abhaken.«

Spinoza setzte ebenfalls ihren Helm ab und funkelte Crowl wütend an. Das Adrenalin schoss noch immer durch ihren Körper.

»War es das wert?«, fragte sie und versuchte, nicht zu schreien. Insgeheim sehnte sie sich danach, die Hände um seinen Hals zu legen und ihn zu erwürgen.

Crowl erwiderte ihren Blick und lächelte.

»Durchaus, Spinoza«, sagte er. »Wie es aussieht, kommen wir endlich voran.«

KAPITEL DREIZEHN

Trotz ihrer Erschöpfung fand sie keinen Schlaf. Selbst hinter Courvains dicken Mauern konnte sie dem Lärm der Welt draußen nicht entkommen. Nachdem sie eine Stunde lang vergeblich versucht hatte, ihren aufgewühlten Geist durch Meditation zu beruhigen, zog sie sich wieder an und verließ ihr Quartier, bis sie sich auf einem der vielen Balkone des Turms wiederfand.

Die Dämmerung war nicht mehr fern, doch der Himmel über den Tausenden Opferfeuern war noch schwarz. Die Trommeln lärmten jetzt unaufhörlich und ihr dumpfer, rhythmischer Klang hallte von den Fassaden der Türme zwischen den gewundenen Straßenschluchten wider.

Spinoza lehnte sich gegen das Geländer. Selbst in der Stunde vor dem Sonnenaufgang war die Luft auf Terra drückend. Ihre Kehle hingegen war trocken und mit jedem Schlucken würgte sie mehr vom Schmutz dieser Welt hinunter. Die Flammen beleuchteten die dichte Wolkendecke über ihr, deren blutrot brodelnde Masse nur von den tintenschwarzen Türmen der Weltenstadt durchbrochen wurde.

Weit unter ihr war das Gedränge auf den Straßen noch dichter geworden und Pilger schrien wie im Fieber ihre Verehrung hinaus. Sie wussten, dass ihnen die Zeit davonlief – wer sich jetzt noch im Salvator-Sektor befand, hatte kaum eine Chance, den Palast noch rechtzeitig zu erreichen. Den meisten von ihnen war der Weg ohnehin nicht bekannt. Ohne Führung würden sie sich bald in den Straßenschluchten verirren und vom Angesicht der Welt in eine der vielen Gruben des Vergessens stürzen.

Auch der Luftraum über ihnen füllte sich. Zwischen den Landestegen pflügten mit Wimpeln und Spruchbändern behängte Luftschiffe durch den Dunst und riefen die Massen auf, dem Laster abzuschwören und sich der Frömmigkeit zuzuwenden. Flieger des Ministorums schwebten auf tosenden Gravdüsen tief über dem Boden und verkündeten aus blechernen Voxaugmittern die Botschaften des Sanguinalafestes. Meterhohe Bildnisse des gefallenen Primarchen mit golden bemalten Masken und krummen Schwingen wurden durch den stickigen Tumult getragen.

Spinoza lockerte ihre Muskeln, eine Partie nach der anderen, wie sie es nach ihrem Eintritt in die Inquisition gelernt hatte. Sie erinnerte sich kaum noch an die Begeisterung jener frühen Tage, nachdem sie aus der Dunkelheit in eine Welt des Schreckens und der Wunder getreten war. Seitdem hatte sie Dinge gesehen, die ihr unvergleichliche Freude bereitet hatten, aber auch Grausamkeiten, deren Anblick ihr den Magen umgedreht hatten.

Sie hatte sich selbst nie als geeignete Kandidatin betrachtet. Es hatte andere in der Schola gegeben, die für die strengen Heiligen Ordos eher in Betracht gekommen waren, zumindest war sie davon überzeugt gewesen. Diejenigen aus hochwohlgeborenen und einflussreichen Familien, die die Fäden im Hexenspiel der imperialen Diplomatie zogen. Für sie, das Waisenkind ohne Förderer, das auf Empfehlung eines Colonels des Astra Militarum mit einem Militärtransporter eingetroffen war, waren die Aussichten weniger strahlend gewesen. Nachdem sie ihre Hingabe für die ekklesiarchalen Rituale entdeckt hatte, hatte sie sich zunächst dem

Missionarus Galaxia zuwenden wollen – inspiriert von den abenteuerlichen und frommen Geschichten hatte sie davon geträumt, erfüllt vom Glauben in die entlegensten Winkel der Galaxis zu reisen und das Licht des Imperators jenen Teilen der Menschheit zurückzubringen, die vorübergehend seiner Umarmung entglitten waren. Es wäre ein würdiges Leben gewesen und sie hätte nicht nur die Grenzen des Reiches beschützt, sondern es aktiv erweitert.

Es war eine regnerische Nacht auf Astranta gewesen, als sich ihr eine Alternative geboten hatte. Der stämmige Agent war schweigsam gewesen, als wären Worte nicht sein bevorzugtes Handwerkszeug. Die Meister der Schola hatten sie geweckt und in die Kammer der Disziplin im Nordturm gebracht, durch dessen Fenster man auf die wellengepeitschten Felsen der Eisenbergküste herabblicken konnte.

»Liebst du den Imperator?«, hatte der Mann sie gefragt und sie, in ihrem Nachthemd, hatte zitternd vor Kälte mit geballten Fäusten geantwortet: »Mit meiner ganzen Seele und von ganzem Herzen.«

Das zumindest hatte sich nicht geändert. Im Laufe der folgenden Jahre, nachdem sie die sturmgepeitschte Welt ihrer Ausbildung verlassen und die Prüfungen der Ordos überstanden hatte, war ihre Hingabe stark geblieben. Als sie ihren ersten Menschen tötete – in jener kalten Zelle, sein Gesicht vermummt und ihre einzige Waffe ein stumpfes Messer – hatte sie diese Worte wie ein Mantra ständig wiederholt, um die Kraft dafür zu finden. Als sie ihrem ersten Xenos begegnete – einem Schrecken mit violetten Gliedern und gekrümmten Krallen, angekettet in Regitas Kerkern –, hatte sie diese Worte gemurmelt, um sich nicht auf der Stelle zu erbrechen. Während aus der ernsten Schülerin des Imperialen Kultes allmählich eine gefährliche Waffe wurde, hatten sich diese Worte nicht geändert.

Mit meiner ganzen Seele und von ganzem Herzen.

Auch die Massen sangen die ständig gleichen Mantras. Für die Verzweifelten war Glaube ein billiges Gut. Wert besaß er nur für jene, die seinen Zweck begriffen. Die rasende Ergebenheit der Menge ließ sich formen und nur allzu leicht auf die Verehrung einer anderen Macht lenken. Aus diesem Grund existierten die Orden des Imperiums: um das Feuer der Inbrunst zu schüren und es zu lenken. Es war Angst, die den Glauben der Massen entfachte, und es war dieser Glaube, der sie schützte, was immer Crowl auch predigen mochte.

Beim Gedanken an ihren Mentor zog sich ihr Magen vor Abscheu zusammen, wofür sie sich selbst tadelte. Er hatte seine eigenen Methoden und auf seine Art war er so fromm wie sie. Das musste er sein, denn sonst hätte er hier, im Herzen von allem, nicht überleben können. Es war diese Sonne, um die der Glaube von Billiarden kreiste.

Crowl würde sie bald rufen. Bei Anbruch der Dämmerung würde sie mit ihm und Revus die nächsten Schritte planen. Sein Instinkt hatte ihn nicht betrogen, das war unbestreitbar – etwas Schreckliches hatte sich an Bord dieses Raumfrachters befunden. Und doch …

Irgendwo dort draußen unter den Milliarden wartete *sie*. Falx, eine unerledigte Angelegenheit, ein Fleck auf dem Panzer ihrer Ehre, den sie nicht hinnehmen wollte. Auch wenn Crowl sich wenig um solche Dinge scherte, sie tat es. Ihre Zeit bei den Engeln des Todes hatte sie gelehrt, dass letzten Endes, wenn alle höheren menschlichen Emotionen von den Fluten der Entbehrung fortgespült worden waren, nur die Urinstinkte der Spezies übrig blieben – Wut, Ehre und Entschlossenheit.

Weit im Osten begannen die schwarz-roten Wolken allmählich blasser zu werden. In weniger als einer Stunde würde sich der Horizont grau färben, bis das kränkliche Licht des trostlosen Tages auf jedes Gebäude und jede Straße fiel.

Nachts war Terras Anblick erträglicher. Ohne die Zeichen des Verfalls wirkten die Türme reiner, die Statuen feierlicher und die Bogenbrücken erhabener. In der Dunkelheit, der reinigenden Dunkelheit, konnte sie sich vorstellen, wie es gewesen sein musste, als *er* noch

Teil der sterblichen Welt gewesen war und unter den Menschen wandelte, gebadet in den goldenen Schein unberührter Ewigkeit.

Crowl würde sie bald rufen. Sie musste in ihr Quartier zurückkehren und versuchen, noch eine oder auch zwei Stunden Schlaf zu finden, um den kommenden Aufgaben gewachsen zu sein.

Doch noch nicht. Sie blieb noch einen Moment länger und blickte auf das Herz der Schreinwelt herab, auf ihr Elend und ihre Herrlichkeit. Es war ein Anblick, bei dem sie sich fragte, was ihr in jener kalten Nacht auf Astranta wohl durch den Kopf gegangen wäre, wenn der wortkarge Mann ihr erzählt hätte, dass sie heute hier stehen und jene Dinge tun würde, die sie tat, so weit entfernt vom Rand der Galaxis, wie es nur möglich war.

Ihr gefiel die Vorstellung, dass sie erfreut gewesen wäre und die Chance ergriffen hätte; dass sie begriffen hätte, welche Ehre es war und für wie wenige lebende Seelen sich dieser Traum erfüllte.

Sie blickte auf das Gedränge der ewigen Stadt herab, hörte die ehrfürchtigen und ängstlichen Schreie der Menge und sah die Wimpel in der heißen Luft flattern.

Crowl würde sie bald rufen.

Die Trommeln würden niemals verstummen.

Mit meiner ganzen Seele, dachte sie.

Crowl betrat das Archivgewölbe und Huk drehte sich zu ihm um. Sie lächelte und entblößte die Zähne, während ihre Kabel über den Boden schleiften. Über ihnen hingen die Servitoren an ihren langen Ketten vor den hohen Regalen.

»Sie war hier«, sagte Huk und streckte ihm ihre eisernen Hände entgegen.

Crowl ergriff sie und nickte. »Ja, sie sagte es mir. Ich hoffe, Ihr konntet ihr helfen.«

»Das kann ich immer.« Huk warf ihm einen gespielt verletzten Blick zu. »Und jetzt seid auch Ihr gekommen. Es ist lange her.«

»Wenn es meine Zeit erlaubt, gibt es für mich keine größere Freude.«

Huk zog ihre Hände zurück. »Nur Informationen, also.«

»Dieses Mal, ja. Lord-Inquisitor Hovash Phaelias vom Ordo Xenos.«

»Ihr kennt den Namen nicht?«

»Das scheint die Leute immer wieder zu überraschen.«

Huk bedachte ihn mit einem verschwörerischen Lächeln. »Euch entgeht normalerweise nicht viel.« Dann schlurfte sie zu einer der Cogitatorsäulen. »Was wollt Ihr wissen?«

»Ich möchte ihn finden, wenn möglich. Also am besten alles, bitte.«

Huk steckte ihre augmentierten Finger in die Buchse und die Servitoren begannen an den Regalen hinaufzugleiten und mit trüben Augen die Velinetiketten zu überfliegen.

»Ist die Zeit des Festes schon gekommen?«, fragte Huk.

»Bald.«

»Ich würde es gerne sehen.«

»Ich glaube nicht, dass Ihr das wollt. Ihr bleibt besser hier.«

Huk zog ein finsteres Gesicht, zupfte an ihrer Robe und straffte die Kabel. »Manchmal, ach, manchmal ist der Hass für sie zu viel.«

»Sie dienen einem Zweck.«

»Tun wir das nicht alle?«

»Im Guten wie im Schlechten.«

Die Servitoren begannen Pergamente auf dem leeren Tisch zu stapeln. Crowl griff nach dem obersten Bündel und blätterte darin. Die meisten Dokumente bestanden aus dickem Velin, wie es die Schreiber des Adeptus verwendeten. Sie waren in verblasstes Leder gebunden und vom Ruß der Kerzen oder den Spuren des Alters geschwärzt. Sie alle trugen die blutroten Stempel der Inquisition, die sie als geheim klassifizierten, und ihre Ränder waren mit Anmerkungen der Schreiber versehen. Viele der Schriften waren altertümlich und selbst für ihn nahezu unleserlich, und er fluchte über die engstirnigen Methoden der Kopisten und ihrer obskuren Lehrgilden.

»Er schien die Öffentlichkeit zu meiden«, murmelte Crowl,

während er die Referenzen zu Phaelias in den offiziellen Jahrbüchern durchsah.

Huk kicherte. »Ist das ein Verbrechen?«

»Ich halte es für eine Tugend.« Crowl blätterte weiter durch das Pergamentbündel. »Hier sind einige weitere Namen aufgeführt. Er hatte ein großes Gefolge.«

»Wie es alle haben sollten.«

Crowl warf ihr mit hochgezogener Augenbraue einen Blick zu, bevor er sich wieder seiner Lektüre zuwandte. »Slaro Argorine, Abhumaner, Gefolgsmann dreizehnten Grades, vermutlich der Kraftprotz. Noode de Quin, ein Hierophant von den Nachtwelten. Veronika Skeld, Leibwächterin, interessant. Bors Dalamor, Waffenspezialist. Niir Khazad, Assassine, Todeskult der Shoba. Requirierte Soldaten aus verschiedenen Regimentern. Jerro Vaskadre, Gelehrter. Thron, er hatte eine Armee. Wo sind die alle hin?«

Huk beugte sich vor und betrachtete die Liste. Während sie las, bewegte sie stumm die Lippen. »Wo befand sich seine Operationsbasis?«

»Er hatte keine«, sagte Crowl, während er das nächste Dokumentenbündel in die Hand nahm. »Er war ein Wanderer. Terra erwies sich für ihn als überraschend gefährlich, wie wir bereits wissen.«

Huk kehrte zu den Cogitatorsäulen zurück und legte einige Schalter um, woraufhin sich das Licht der schwebenden Laternen verdunkelte und die Servitoren erneut in hektische Betriebsamkeit verfielen. Crowl studierte die Pergamente noch ein wenig länger und zog einige Dokumente aus den Aktenbündeln hervor. Nachdem er eine Handvoll ausgewählt hatte, legte er die ledergebundenen Pergamente zurück auf den Tisch und reichte Huk das Bündel.

»Sorgt dafür, dass Spinoza die hier liest«, sagte er. »Ich werde Courvain für eine Weile verlassen.«

Mit einer knappen Verbeugung nahm Huk das Bündel entgegen. »Ich werde Kopien anfertigen lassen. Wohin geht Ihr, oder ist das geheim?«

Crowl lächelte traurig. »Was würde Euch dieses Wissen nützen, Yulia?«

»Ich könnte es mir vorstellen, so wie einst, als Ihr den Palast besucht habt. Damals, als Ihr mir noch Dinge erzählt habt.«

»Das ist lange her.«

»Was zeigt, wie oft Ihr mich hier unten besucht.«

»Ich werde mich bessern. Wenn all das hier vorbei ist, werden wir uns unterhalten. Ich werde Euch Geschichten erzählen.«

Huk strahlte und ihre graumetallischen Zähne schimmerten. »Versprochen?«

»Wenn all das hier vorbei ist.«

Mit diesen Worten drehte sich Crowl um und ging zur Tür. Huk blickte ihm hungrig nach. Nachdem sich die Tür hinter ihm geschlossen hatte, wandte sie sich wieder den Servitoren zu. Drei von ihnen hingen mit ausdruckslosen Gesichtern vor ihr. Ihre verwitterte Haut war so trocken wie gehärtetes Leder.

»Zurück an die Arbeit, also«, murmelte sie und schüttelte den knochigen Kopf.

KAPITEL VIERZEHN

»Und so sind mir einige Dinge jetzt klar«, sagte Crowl.

Revus und Spinoza saßen mit ihm an einem sechseckigen Granittisch in seinem privaten Quartier. Seine Interrogatorin wirkte müde, was nach den Ereignissen der vorangegangenen Nacht kaum überraschend war. Vielleicht verlangte er zu viel von ihr, doch für Erholung blieb keine Zeit. Sie würde noch einige Tage durchhalten müssen, so wie sie alle.

Die Miene seines Captains war so steinern wie eh und je und sein kurzer Aufenthalt in der Arbitesfestung schien keine neuen Narben auf seinem Gesicht hinterlassen zu haben.

Trotz der brüchigen Morgendämmerung beleuchteten Dutzende Kerzen in kunstvollen Eisenständern die Kammer. Ein polierter Schädel, vom Alter geschwärzt, doch ehrfürchtig gehegt, lag in der Mitte des Tisches. Der Legende nach hatte er einst Inquisitor Axio, dem ersten Mitglied der Familie, gehört, was sich jedoch unmöglich beweisen ließ.

»Vor der Zerstörung der *Rhadamanthys* konnte ich noch einen Blick auf einige ihrer Sensorprotokolle werfen«, sagte Crowl. »So wie der Kapitän mir versicherte, wurde der Frachter von den Inspektoren des Professmarschalls aufgehalten, doch sie haben nichts gefunden. Zu diesem Zeitpunkt war das Schiff noch voll beladen, sodass sie leicht etwas übersehen konnten, doch die Besatzung ging kein Risiko ein.«

Crowl griff nach einer Karaffe mit Opalwein und hob fragend die Augenbrauen.

»Nein, danke«, sagte Spinoza.

Revus schüttelte den Kopf.

»Mir ist eine Unregelmäßigkeit in den Protokollen aufgefallen«, sagte Crowl, während er sich ein Glas einschenkte. »Das interne Positionsprotokoll bestätigte die Aussage des Kapitäns– das Schiff erreichte das Sol-System, wurde vor Luna zwei Tage aufgehalten und überprüft und trat anschließend in die terranische Umlaufbahn ein. Aber die Bewegungsauguren erzählten eine andere Geschichte. Laut ihnen traf sich die *Rhadamanthys* im Raumsektor 4569 kurz zuvor mit einem Systemschiff, das anschließend Kurs auf den terranischen Orbit setzte, und traf erst später vor Luna ein. Einer der beiden Einträge ist falsch. Ich tippe auf das Positionsprotokoll.«

»Es wurde also manipuliert«, sagte Spinoza.

»Vermutlich. Und hier ist der Punkt – was immer sich an Bord der *Rhadamanthys* befunden hat, wurde auf das andere Schiff gebracht, bevor die Inspektionstrupps eintrafen. Die Besatzung tat, was sie konnte, um alle Spuren zu beseitigen, was ihr jedoch nicht rechtzeitig gelang. Deshalb versiegelten sie die Kammer, markierten sie mit einem gefälschten Siegel und hofften, dass die überarbeiteten Inspektoren es nicht bemerken würden. Immerhin gab es nicht viel zu sehen, weshalb die oberflächlichen Abtastungen auch nichts entdeckten, wie Ihr und Gorgias feststellen konntet.«

»Sie waren allerdings nicht sehr gründlich«, bemerkte Revus.

»Dazu blieb ihnen nicht genug Zeit. Navradaran, der Custodes, erzählte mir, dass die Bitte um eine Überprüfung der vierten

Stufe zwei Tage vor der geplanten Ankunft der *Rhadamanthys* im terranischen Orbit erfolgte, also vor der Begegnung mit dem anderen Schiff. Das Gesuch kam von Inquisitor Phaelias, der weiter vermisst wird. Ich denke, Folgendes ist geschehen: Phaelias kam zumindest vage jemandem auf die Schliche, der die *Rhadamanthys* benutzen wollte, um eine – nennen wir es illegale – Fracht nach Terra zu bringen. Er leitete eine Untersuchung ein und ordnete die Überprüfung aller eintreffenden Schiffe an. Die Importeure durften nicht riskieren, dass ihre Fracht entdeckt wurde, und trafen Vorkehrungen, sie auf einem unauffälligeren Schiff durch den Kordon zu schmuggeln. Phaelias setzte unterdessen seine Ermittlungen fort und wurde entweder beseitigt oder folgt noch immer irgendeiner unbekannten Spur. Wir müssen jedoch davon ausgehen, dass die Fracht trotz aller Vorsichtsmaßnahmen Terra erreichte. Die *Rhadamanthys* blieb im Orbit, denn die Umleitung ihrer offiziellen Ladung hätte Verdacht erregt. Zudem musste die Besatzung nicht davon ausgehen, dass sich jemand nach erfolgreich bestandener Inspektion für das Schiff interessieren würde.«

»Es sei denn, jemandem würde die Unregelmäßigkeit in den Protokollen auffallen«, sagte Spinoza.

»Wie zum Beispiel einem Schreiber der Raumüberwachung mit einer Vorliebe für Protokollkorrekturen«, sagte Crowl. »Vielleicht machte er einen zu großen Wirbel um die *Rhadamanthys*, als ihm der zeitliche Widerspruch in den übermittelten Protokollen auffiel, und da er die Sache nicht auf sich beruhen lassen wollte, beschloss jemand, ihn zum Schweigen zu bringen.«

Crowl nippte an seinem Opalwein und spürte, wie die wärmende Flüssigkeit seine Kehle hinabrann. Er hatte noch nichts gegessen und fühlte eine nagende Leere in seinem Magen.

»Sollten wir das melden?«, fragte Spinoza.

»Was können wir denn melden?«, erwiderte Crowl mit einem trockenen Lächeln. »Valcos Aufzeichnungen sind fort, die *Rhadamanthys* ist fort und Phaelias ist fort. Sie – und wir – waren sehr gründlich, alle Spuren zu verwischen.«

»Und wir wissen noch immer nicht, was mit der Fracht geschehen ist«, bemerkte Revus.

»Nicht ganz«, sagte Crowl. »Eure Frustration auf der Brücke war gerechtfertigt, Spinoza, dafür entschuldige ich mich, aber ich habe nicht so lange gezögert, um Euch zu ärgern. Das Augurprotokoll speichert Informationen über alle aufgefangenen Signale, darunter Schiffstyp, Tonnage und Name. Es war unsere einzige Chance, etwas über den Transport zu erfahren, und ich versuchte herauszufinden, was ich konnte.« Er nahm einen weiteren Schluck. »Zuerst schien es keine brauchbaren Daten zu enthalten. Dann fand ich ein Datenfragment im Zwischenspeicher, ein Teil des Signalechos, das der Sensorstrahl an das Augursystem überträgt. Doch es ergab keinen Sinn, anstelle der Schiffskennung fand ich nur eine alphanumerische Sequenz – 00726174686F.«

»Ihr erinnert Euch noch daran?«, fragte Spinoza erstaunt.

»Details«, sagte Crowl. »Mein Fachgebiet. Aber während das Schiff um mich herum auseinanderfiel, kam mir ein Gedanke – manchmal kann Stress zu einer gewissen geistigen Klarheit führen. Ich war davon ausgegangen, dass es sich um ein imperiales Schiff handelte, dessen Signal vom Empfänger der *Rhadamanthys* verstanden und transkribiert werden konnte. Aber es befinden sich auch nicht-imperiale Schiffe im terranischen Orbit, viele Tausend sogar. Was, wenn es sich um ein marsianisches Schiff gehandelt hatte? Dann wäre die Antwort offensichtlich. Die *Rhadamanthys* hätte die Schiffskennung in ihrem ursprünglichen Format abgespeichert, eine Kodierung, die bereits Jahrtausende vor Gründung des Imperiums genutzt wurde – Runenpaare in hexadezimaler Darstellung. Zurück in Courvain suchte ich nach dem Schlüssel und konnte die Sequenz auflösen. Mein erster Versuch klang nicht sehr vielversprechend: *0ratho*. Dann wurde mir klar, dass es sich bei der einleitenden Null um ein Endzeichen handelte und die Runenpaare in gegensätzlicher Reihenfolge übertragen worden waren. Damit hatte ich den echten Namen – *Ohtar*. Es handelt sich also um ein Schiff des Mechanicus.«

Revus nickte, doch Spinoza wirkte skeptisch. »Wir haben also einen Namen«, sagte sie, »aber was nützt uns das? Die Landedaten werden garantiert in keinen Archiven auftauchen, auf die wir Zugriff haben.«

»Nein, natürlich nicht«, sagte Crowl. »Aber wir wissen, dass es Kurs auf Terra setzte, wo es nicht viele Häfen gibt, auf denen ein Schiff des Mechanicus ungesehen landen kann. Theoretisch sind es die Schiffe einer souveränen Macht und dementsprechend werden sie auch behandelt. Die marsianischen Botschaftstempel befinden sich innerhalb des Palastes und verfügen nicht über die erforderlichen Hafenanlagen für ein Raumschiff dieser Größe. Außerdem wird der Luftraum über diesem Gebiet zu stark überwacht. Doch jenseits der Palastmauern haben wir Skhallax. Es ist groß und hässlich genug, um eine ganze Flottille dort zu verstecken, wenn es denn sein muss.«

»Skhallax?«, fragte Spinoza.

»Eine Mechanicus-Enklave südlich der äußeren Palastmauern«, erklärte Revus.

»Eine Stadt innerhalb einer Stadt«, sagte Crowl. »Errichtet für die Priester des Mars, die nach dem Großen Bruderkrieg Terras Wiederaufbau unterstützten. Allerdings sind sie nicht wieder verschwunden. Nominell untersteht die Anlage der Kontrolle des Administratums, praktisch ist es jedoch ein privates Lehnsgut des Fabricator Generals.«

»Ich hätte nicht gedacht, dass solche Dinge toleriert würden«, sagte Spinoza.

»Ihr wärt überrascht, was die Hohen Senatoren alles tolerieren. Die Situation ist nicht gerade hilfreich, denn was immer die alten Abkommen besagen, eine Inquisitionsrosette ist dort nicht viel wert. Aber wir müssen einen Weg hinein finden. Phaelias kam vermutlich zum gleichen Schluss, was erklären würde, warum seitdem niemand etwas von ihm gehört hat.«

»Sie werden wissen, dass Ihr kommt«, sagte Spinoza. »Die Raumüberwachungsbehörde könnte akzeptieren, dass die Zerstörung des Raumfrachters ein Unfall war, aber *sie* werden wissen, dass jemand an Bord war. Wenn es dem Kapitän gelungen ist, ein Signal abzusetzen, kennen sie vielleicht sogar Eure Identität.«

»Ich habe dem Kapitän meinen Namen nicht genannt«, sagte Crowl. »Aber Ihr habt recht – ihnen dürfte bekannt sein, dass jemand herumschnüffelt, und sie werden herausfinden wollen, wer. Darüber hinaus haben sie keine Skrupel, einen Inquisitor zu töten, wie wir erfahren haben.« Er leerte sein Glas und füllte es erneut. »Hier also ist mein Vorschlag. Spinoza, Ihr heftet Euch wieder an die Fersen des Falschen Engels. Schlagt dabei so viel Lärm wie möglich. Nehmt Hegain und so viele Gardisten wie nötig mit. Wenn Ihr dabei diese Falx erwischt, umso besser. Ich möchte den Anschein erwecken, dass all unsere Bemühungen diesen Folterbanden gelten. Sie sind auf jeden Fall eine Gefahr und wenn Ihr dadurch Quantrain in die Quere kommt, fein, durch seine Verbindungen wird sich die Nachricht rasch verbreiten. Ich werde nach Skhallax gehen. Mit einem Großaufgebot werden wir dort ohnehin nichts ausrichten können; im Umgang mit Techpriestern ist Vorsicht geboten.« Er blickte seine Akolythin an. »Ihr habt in der Frachtkammer Sensordaten aufzeichnen können, sagt Ihr?«

Spinoza nickte. »Ich bin allerdings noch nicht dazu gekommen, sie auszuwerten.«

»Irgendeine Vermutung?«

»Keine Ahnung.« Sie zögerte. »Strahlung? Die Rückstände chemischer Waffen? Den Spuren nach zu urteilen womöglich instabil.«

»Sprecht mit Erunion«, sagte Crowl. »Das klingt wie etwas, das ihn interessieren könnte.« Er leerte sein Glas und stand auf. Nach den Strapazen auf dem Raumfrachter waren seine Bewegungen steifer als gewöhnlich. »Ich muss Euch beiden nicht sagen, dass uns wenig Zeit bleibt. In zwei Tagen wird dieses verdammte Fest den gesamten Planeten lahmlegen, sodass man sich kaum noch bewegen kann. Aber ich vertraue Euch, denn wir nehmen uns dieser Sache an und sind dazu ausgebildet worden, solche Geheimnisse aufzudecken.«

Er schob das Glas von sich. Er trank zu viel von dem Zeug und konnte dem alten Gift nur allzu rasch wieder verfallen, wenn er es übertrieb.

»Die Jagd beginnt erneut«, sagte er. »Möge der Imperator Euch den Weg weisen und uns alle zum Ruhm führen.«

Nach der Besprechung kehrte Spinoza in ihr Quartier zurück. Der Morgen war noch jung, doch ihr kam es viel später vor. Sie musste ihre Gedanken ordnen und sich überlegen, wie sie ihre Aufgabe am besten angehen sollte. Außerdem lag auf ihrem Tisch noch ein unberührter Aktenstapel, den Huk ihr geschickt hatte. Dass Crowl sie auf die Folterbanden angesetzt hatte, war ihr durchaus recht – immerhin hatte sie ihn von Anfang an dazu gedrängt – aber sie hatte keine frische Spur. Sie konnte noch einmal in das Labyrinth hinabsteigen und hoffen, dort auf etwas zu stoßen, doch die Zeit wurde allmählich knapp.

Sie erreichte ihr Quartier, öffnete die Tür und trat ein. Mit schweren Beinen schleppte sie sich zu ihrer noch immer makellos bezogenen Koje und setzte sich auf die raue Decke. Sie versuchte, sich zu entspannen, ließ den Kopf auf das Kissen sinken und schloss die Augen.

Bilder kreisten durch ihren Verstand. Die chromatischen Lithografien, auf die Crowl in dem unterirdischen Versteck gestoßen war, die Blutflecke an den Wänden und die Spuren der Folterungen. Dann sah sie das Innere der Frachtkammer vor ihrem geistigen Auge, ebenso blutig und von einem schwer definierbaren Gestank durchzogen. Dann stand Falx mit gezogenem Schwert vor ihr und die aus den Bottichen aufsteigenden Fettdämpfe glänzten wie Regentropfen auf ihrer Maske. Dann Gloch, der sie in Sicherheit zog; dann Rassilo, die sie in der Wärme ihrer prächtigen Gemächer anlächelte.

Dies ist Terra, mein Kind, auf der eine Hand gibt und die andere nimmt

Ihre Türkonsole läutete und verhinderte, dass sie in den Schlaf abglitt.

Spinoza fluchte und fühlte, wie ihr Körper wieder erwachte.

Alles, was sie brauchte, war *ein wenig* Ruhe, *ein wenig* Zeit. »Wer da?«, fragte sie.

»Yessika, Fräulein.«

Spinoza schwang die Beine über den Rand der Koje und blinzelte zweimal. »Herein«, sagte sie.

Das Mädchen schlüpfte behutsam durch den Türspalt. Der knochige Körper unter der schwarzen Kutte wirkte ebenso blass wie das letzte Mal, ebenso kränklich. Einen kurzen Moment blieb sie unsicher vor Spinoza stehen und vergrub ihre leeren Hände in dem rauen Stoff.

»Was gibt es?«, fragte Spinoza.

»Ich dachte …«, sagte sie und verstummte. »Ihr sagtet, dass …«

Spinoza ließ ihr Zeit. »Geht es dir gut?«, fragte sie schließlich. »Hat dich jemand misshandelt?«

Yessika schüttelte den Kopf. »Ich möchte Euch etwas sagen.« Sie blickte sich um, als hätte sie Angst, jemand könnte sie belauschen.

»Nur zu. Wir sind hier unter uns.«

»Er ist *krank*, Interrogatorin«, sagte Yessika leise. »Er ist sehr krank. Ich sprach mit seinen Kammerdienern und sie zeigten mir die Medizin, die sie ihm bringen. Das ist alles, was er zu sich nimmt, sagen sie. Und sein Zustand verschlechtert sich.«

Spinoza betrachtete das Mädchen aufmerksam. »Warum erzählst du mir das?«

Die Frage schien Yessika zu beunruhigen. »Ich dachte, dass …«, begann sie. »Ich dachte, das wolltet Ihr. Ich will ihm nichts Böses. Ganz und gar nicht. Seine Kammerdiener auch nicht, aber sie sind besorgt, denn die Dosierung wird immer höher. Das kann nichts Gutes bedeuten, sagen sie. Wenn er geht, dann –«

»Er geht nirgendwohin.« Spinoza stand auf und ging auf Yessika zu. Lächelnd streckte sie eine Hand aus und strich ihr eine Haarsträhne aus dem schmutzigen Gesicht. »Ein Inquisitor ist wertvoll für das Imperium, weißt du. Jeder von ihnen ist mehr wert als eine ganze Welt. Wenn er Medikamente nimmt, wird es ihm bald besser gehen. So funktionieren die Dinge.«

»Aber sie sagen –«

»Es war richtig, dass du es mir erzählt hast. Wenn du etwas hörst, das dich beunruhigt, kannst du jederzeit zu mir kommen. Das tust du doch, nicht wahr?«

Yessika, die bis jetzt unsicher gewesen war, erwiderte das Lächeln. »Das ist alles, was ich bis jetzt erfahren konnte. Aber ich werde Augen und Ohren offenhalten. Vider aus dem oberen Refektorium weiß über den Haushalt Bescheid, auch wenn ich sie nicht leiden kann, aber ich werde zuhören, wenn sie sich mit Gerog unterhält. Sie mögen einander, denke ich, auch wenn sie es geheim halten.«

Spinoza lauschte den vielschichtigen Beziehungen zwischen Courvains Bediensteten. Zweifellos standen die Rivalitäten und Eifersüchteleien in den düsteren Korridoren des Turms denen der prächtigen Paläste in nichts nach. Yessika plauderte noch eine Weile und Spinoza ließ sie reden. Das Mädchen war offensichtlich einsam. Bereits in den ersten Monaten ihrer langen Ausbildung hatte Spinoza gelernt, dass sich daraus Möglichkeiten ergaben.

»Du warst mir eine große Hilfe, Yessika«, sagte Spinoza. »Sobald sich die Gelegenheit ergibt, werde ich dich belohnen. Halte deine Augen weiter offen und lass mich wissen, wenn dir etwas auffällt. Es ist unsere Aufgabe – meine ebenso wie deine – den Inquisitor zu beschützen. Verstehst du das?«

»Das tue ich.« Yessika blickte sie mit weiten Augen arglos an. »Sie sagen, dass er nicht immer allein gewesen ist.«

»Das tun sie«, sagte Spinoza und schob sie zur Tür. »Und jetzt beeile dich, bevor dich jemand vermisst. Ich möchte nicht, dass du Ärger bekommst.«

Yessika verschwand, wie sie gekommen war – ein grauer Schatten, der leichtfüßig wie ein Staubkorn durch den düsteren Korridor huschte.

Nachdem das Mädchen fort war, schloss Spinoza die Tür und setzte sich wieder auf ihre Koje, um über die Neuigkeiten nachzudenken. Die Informationen waren vielleicht nützlich, vielleicht aber auch nicht. Ein Inquisitor, der bereits so lange diente wie Crowl, verfügte vermutlich über Augmentationen, organische Implantate und Systeme, die seine Körperchemie veränderten. Damit ein derart veränderter Körper nicht aus dem Gleichgewicht geriet, waren regelmäßige Kontrollen durch einen Medicus erforderlich. Mehr steckte höchstwahrscheinlich nicht dahinter.

Höchstwahrscheinlich.

An Schlaf war allerdings nicht mehr zu denken. Sie war wach und dachte über die Konsequenzen nach. Dann aktivierte sie das geheime Kommandomodul im Kragen ihrer Rüstung – eine Sache, die sie schon zu lange vor sich hergeschoben hatte.

»Exzellenz?«, erklang die knirschende Stimme eines Kommunikationsoffiziers, der nicht zu Courvains Besatzung gehörte.

»Spinoza, Luce«, sagte sie kalt. »Codesequenz Beta-Beta-Chimäre.«

Ein Klicken war zu hören, dann das Rascheln von Pergament und das Knacken einer algorithmischen Maschine.

»Bestätigt, Exzellenz. Audexcode wurde akzeptiert. Ich stelle Euch durch.«

KAPITEL FÜNFZEHN

Crowl und Revus bestiegen in Courvains Hangar einen Shade und verließen den Salvator-Sektor in nordwestlicher Richtung. Als sie zwischen den schmutzverkrusteten Türmen aufstiegen, zeichnete sich Skhallax als dunkler Schemen am Horizont ab. Die Feuer der Nacht waren erloschen, doch der Rauch hing noch immer in rußigen Schwaden in der Luft.

Bewaffnete Schuten schwebten über den großen Verkehrswegen und ihre Bolter folgten den zivilen Fahrzeugen in der Nähe. Es waren hässliche Flieger, alte Modelle, die zum Zwecke der Aufstandsbekämpfung mit Waffensystemen ausgestattet worden waren, mit denen sie ganze Wohnblöcke einebnen konnten. Über ihnen schossen Jagdflieger in enger Formation durch den toxischen Dunst und sicherten den Luftraum über dem Palast.

Die Wolkendecke hatte sich verdunkelt, eine Masse wie geronnene Milch, die von den heißen Winden zu unheimlichen Mustern verwirbelt wurde. Fahle Blitze zuckten über den Horizont. Die Luft war schwer und stickig, als würde sie sich jederzeit in einem Gewitter entladen. Je näher sie dem Palast kamen, desto höher ragten die Fassaden der Kapellen und Kathedralen in der hitzigen Atmosphäre auf. Von ihren Giebeln starrten augenlose Statuen herab, die bereits alles gesehen hatten – Invasionen, Wiederaufbau, Säuberungen, ein sich ständig wiederholender Kreislauf in der schwarzen Komödie der Jahrtausende.

Revus hielt den Flieger schweigend auf Kurs. Auch Crowl durchbrach die Stille nicht, während er die Auguren des Shades kontrollierte. Gorgias schwebte schlummernd hinter den Pilotensitzen.

Schon bald ragten Skhallax' Türme vor ihnen im Dunst auf. Im trüben roten Schein der Lichter konnten sie die abgestuften Konturen der Zikkurats und Schmiedetempel erkennen. Die Temperaturanzeige auf der Kontrollkonsole kletterte allmählich nach oben. Revus drosselte die Geschwindigkeit und ließ den Flieger einige Hundert Meter zwischen den Fassaden der Hab-Türme absinken.

Die mehrere Hundert Quadratkilometer durchmessende Anlage war eine Narbe aus fremdweltlerischen Bauwerken im Dschungel der Habitatblöcke. Es war eine Ansammlung aus Manufactorien, Raffinerien und rituellen Kultstätten, in denen die Techpriester dem seltsam theologischen Konstrukt des Omnissiah huldigten; eine Anlage, die über Tausende Jahre hinweg stetig gewachsen war. Große Fabriken waren auf den Fundamenten der älteren Schmieden errichtet worden, deren komplexes System aus Kabelleitungen, Rohren, Generatoren und Wärmetauschern ständig erweitert und repariert, aber nie komplett ersetzt wurde. Der größte Teil der Anlage wurde heute als heiliges, verknöchertes Relikt verehrt, das gepflegt, doch nicht länger erweitert wurde, und so wie der gesamte Planet im Laufe der letzten Jahrhunderte allmählich baufällig geworden war, hatte auch hier die Korrosion Einzug gehalten. Die steilen dunkelroten Fassaden der marsianischen Gebäude waren unter Terras mahlenden Winden zu einem einheitlichen fahlen Grau verblasst.

Die Chronos des Shades näherten sich der Tagesmitte, einer Zeit, zu der die Oberschicht der Thronwelt ein Mindestmaß an Sonnenlicht genießen konnte, aber in Skhallax blieb es dunkel.

Qualm stieg über dem Sektor auf und erschwerte die Sicht. Der Boden bebte unter dem Schlag riesiger Hämmer, die in der Tiefe dröhnten. Flammen loderten wie die Geysire der alten Erde aus den Abgasschächten hervor, brannten Minuten, Stunden oder Tage, bevor sie plötzlich wieder erloschen.

Im Zentrum des trüben Aufruhrs erhoben sich in stumpfer, brutaler Herrlichkeit monolithische Säulen mit dem Opus Machina, die von roten Scheinwerfern angestrahlt wurden. Vom Palast und den kolossalen Hallen des Ministorums abgesehen, war kein Gebäude auf dieser Hemisphäre der Thronwelt prachtvoller als die Bauwerke von Skhallax, die jeden Betrachter an die althergebrachte Hegemonie des Roten Planeten gemahnten.

Sie kamen näher. Crowl tastete die Umgebung ab und verglich die Augurwerte mit den Daten im Speicher des Shades. Die Anlage war so riesig, dass er nicht recht wusste, wo er mit der Suche beginnen sollte, doch selbst an einem Ort wie diesem gab es Einschränkungen. Systemschiffe mit einer Tonnage wie die *Ohtar* benötigten eine entsprechende Anlegestelle, was auch in Skhallax selten sein musste, denn die Anlage war nicht als Raumhafen konzipiert worden. Die Auguren zeigten ihm einige mögliche Stellen, doch eine unter ihnen stach heraus – weit ab vom roten Zentrum, westlich einiger gedrungener Raffinerien, inmitten eines halb verlassenen Fabrikgeländes am Rand der Enklave.

»Jetzt wäre der richtige Zeitpunkt für den Schleichmodus, denke ich.«

Revus ließ den Shade absinken und aktivierte das Schleichprotokoll. Die Scheinwerfer und Positionsleuchten des Fliegers erloschen, die Auspexhemmer schalteten sich ein und das Grollen der Triebwerke senkte sich zu einem Flüstern. Im Schutz der Dunstwolken war der Flieger nicht mehr als ein treibender Schatten. Das war gut, denn sie passierten die Grenze des marsianischen Hoheitsgebiets und drangen in die Bannzone ein, die von Wächterdrohnen des Mechanicus patrouilliert wurde.

Crowl spähte aus dem Cockpit. Abschüssige Wände erhoben

sich verwittert und rostig neben den rissigen Straßen. Hinter den äußeren Bastionen stießen sie auf die ersten alten Manufactorien, zwischen deren stark segmentierten, eingerüsteten Mauern Abgasschlote und Kühltürme aufragten. Brauner Qualm strömte zischend aus unsichtbaren Abluftgittern, bevor er sich im dichten Nebel verteilte wie Öl in einem Sumpf.

Sie befanden sich noch immer im Grenzgebiet. Der Shade schwebte wie ein Phantom vorsichtig zwischen den gebirgigen und baufälligen Gebäuden am Rand der Zone entlang. Halb Skhallax schien im Sterben zu liegen, zumindest auf der Oberfläche. Vermutlich gab es intakte unterirdische Anlagen, die Tausende Jahre zuvor Hunderte Meter tief in die Kruste des Planeten geschlagen worden waren. Bei der Priesterschaft des Mars konnte man nie wissen.

»Keine Echoschatten«, meldete Revus und hielt den Flieger im Schutz der treibenden Rauchschwaden.

»Versuchen wir es dort«, sagte Crowl und markierte die wahrscheinlichste Stelle auf dem Navigationssystem. »Nehmt die Route, die Euch am sichersten erscheint.«

Zwischen den Mauern regte sich nichts. Keine Raupen rollten aus den verfallenen Fahrzeughallen, keine Skitarii schritten unter den wachsamen Augen der Techpriester über die hohen Brustwehren. Das ganze Gebiet wirkte verwaist.

»Ameisen«, sagte Revus.

»Was?«

»Man sollte sich hüten, ihr Nest aufzuscheuchen.«

Crowl brummte zustimmend und richtete seinen Blick wieder auf die Umgebung, eine Landschaft mit dicken Rohrleitungen, zwischen denen in regelmäßigen Abständen Brandtürme aufragten. Weiter entfernt entdeckte er im trüben Zwielicht die Anlegestelle, die sie entdeckt hatten, große Tribünen auf Stützgerüsten neben grobschlächtigen Kontrolltürmen. Der Komplex wirkte so schwermütig und vernachlässigt wie der Rest der Anlage.

»Nicht zu nah heran«, warnte Crowl und schaltete das Navigationssignal des Maschinengeists ab. »Landet hier irgendwo.«

Revus ließ den Shade zwischen den rissigen Dächern der Gebäude herabsinken und suchte nach einer geeigneten Landestelle. Die Schubdüsen neigten sich und der Flieger setzte im Dickicht eines horizontalen Rohrsystems auf, dessen Rohre mehr als zehn Meter durchmaßen und von riesigen Stütztürmen getragen wurden.

Der Antrieb erstarb und mit ihm die Vibrationen im Cockpit. Crowl griff nach seinem Revolver, Revus nach seiner HEL-Pistole. Hier auf dem Boden war es stockdunkel. Die gedrungenen Fassaden der Gebäude zeichneten sich drohend vor dem feurigen Himmel ab.

Crowl sprang aus dem Cockpit und landete leichtfüßig auf dem fleckigen, eisenbeschlagenen Boden. Revus folgte ihm und seine Helmlinsen leuchteten blutrot in der Dunkelheit. Der erwachte Gorgias schwebte über ihren Köpfen und beleuchtete mit gedämpften Lumen die Umgebung.

Der beißende Geruch von Promethium stieg Crowl in die Nase. Der Ort wirkte völlig anders als das restliche Terra; die Geräusche, die Atmosphäre, der Geruch. Sie waren keine zwei Flugstunden von Courvain entfernt und hätten sich dennoch auf einem anderen Planeten befinden können.

»*Extraordinarius*«, plapperte Gorgias.

Crowl legte eine Umgebungskarte über seine Retinalanzeige, aktivierte den Bewegungsmelder und ließ sich eine kleine Dosis effektiver Schmerzmittel injizieren.

»Zweifellos«, sagte er, bevor sie sich auf den Weg durch die Dunkelheit machten.

Der Titan stapfte wankend über die lange Prozessionsstraße. Seine Waffenarme waren mit Wimpeln behangen und seine Antriebssysteme dampften. Der Felsbeton splitterte unter seinen schweren Schritten und die Luft waberte unter der Hitze seiner Generatoren. Ein hundeartiger Kopf ragte aus dem gepanzerten Hals hervor. Die eingeölten Megabolter und Turbolaser folgten dem Rhythmus seiner Bewegungen.

Hinter dem Titanen marschierten in unheimlicher Präzision die Bataillone der Skitarii in rot-goldenen Phalangen, gefolgt von den geheimnisvollen Secutoren und Destructoren der Auxilia Myrmidon, deren metallene Gesichtsmasken dampften. In Demonstration der unverzichtbaren Einigkeit zwischen beiden menschlichen Reichen folgten ihnen die Divisionen des Astra Militarum in ihren vielfältigen Uniformen. Infanterieregimenter flankiert von Panzerbrigaden und Panzerartilleriezügen mit rot lackierten Geschützläufen und flaggengeschmückten Türmen.

Die Parade ließ die Festungen des Löwentor-Raumhafens hinter sich und marschierte unter dem choreografierten Jubel ausgewählter Bürger an den Requisitiobasiliken des Departmento Munitorum vorbei über die breiten Straßen. Auf den Balkonen drängten sich Generäle in ihren besten Uniformen, Adjutanten mit augmetischen Monokeln und Kommissare in langen Ledermänteln und steifen Schirmmützen.

Thunderbolt-Staffeln schossen im Tiefflug vorbei und die Fassaden der Türme bebten, als sie mit donnernden Triebwerken durch die Schluchten jagten und Rauchkartuschen abwarfen, die blutrote Tentakel in die Luft zeichneten.

Die Prozession zog weiter über die heiligen Straßen der Trauer, vorbei an den Zitadellen des Imperialen Verwaltungsarchivs, den Lustschlössern des vornehmen Hofstaats, den Hyperhabitaten der Administratumzentrale für den Subsektor Solar und den düsteren Zweigstellen des Adeptus Astra Telepathica. Der Weg führte sie über säulengesäumte Prozessionsstraßen an Dorns Schanze vorbei und über die Plätze der Neun Primarchen geradewegs in Richtung des Palastes, wo sie von den Präfekten des imperialen Hofstaates empfangen wurden.

Spinoza stand am goldumrahmten Kristallflexfenster und blickte auf die vorbeimarschierenden Reihen hinab. Die parfümierte Luft roch nach Blumen und die sanften Klänge einer Spiegelharfe erfüllten den Raum. Bedienstete, deren Gesichter hinter ausdruckslosen Plastekmasken verborgen waren, schritten in dunklen Gewändern zwischen den Gästen umher. Die Anwesenden gehörten zu den höchsten Beamten des terranischen Hofes – Generaldirektoren des Administratums, Novatoren der Navigatorenhäuser, Botschafter der Subsektoren. Mit desinteressierter Langeweile betrachteten sie die vorbeiziehenden Kolonnen. Auch der Anblick des Warhound-Titanen, der diese Demonstration imperialer Schlagkraft anführte, ließ die gedämpften Unterhaltungen mit ihren hundert Verschwörungen nicht verstummen.

»Ich wusste nicht recht, ob ich kommen sollte«, sagte Spinoza und betrachtete unsicher das mit Rohrzucker bestäubte Konfekt, das ihr ein goldäugiger Jüngling mit makellos blassblauer Haut reichte.

»Ich bin froh, dass Ihr es getan habt«, erwiderte Rassilo kauend. Ihr Haar schimmerte im sanften Licht. »Ich habe die Kontaktdaten nicht ohne Grund in die Akte gelegt. Ich wollte, dass Ihr eine Anlaufstelle habt, solltet Ihr eine brauchen.«

»Und Ihr dachtet, das würde ich?«

»Vielleicht. Greift zu, keine dieser Speisen ist synthetisch.«

Spinoza stellte ihren Teller ab. »Wusstet Ihr, dass er krank ist?«

»Er dient dem Ordo bereits seit über einem Jahrhundert. Wir können den Verfall der Jahre verzögern, aber nicht aufhalten.«

»Dann wusstet Ihr Bescheid?«

Rassilo schüttelte den Kopf. »Ich war mir nicht sicher. Ich hatte Vermutungen, aber wir alle haben unsere Geheimnisse, nicht wahr?«

»Warum wollte er einen Akolythen?«

»Er nannte keinen spezifischen Grund.«

»Hat er schon immer allein gearbeitet? Die Akten waren zensiert.«

»Er diente nicht immer auf Terra.«

»Hat er irgendwelche … Verwandte?«

Rassilo hob eine gezupfte Augenbraue und verzog das von Juvenorbehandlungen starre Gesicht. »Familie. Ein altmodischer Gedanke. Die Arbeiter der Manufactorien wüssten solche Dinge zu schätzen, aber nachdem Ihr ihm begegnet seid und wisst, was er tut, haltet Ihr es da für wahrscheinlich?«

»Er ist aus Fleisch und Blut, solche Dinge kommen vor.«

»Warum fragt Ihr?« Rassilo griff nach einem silbernen Kelch in Form eines tauchenden Wals und nippte vorsichtig an der klaren Flüssigkeit darin. »Ihr seht müde aus. Ich hoffe, dass Ihr Euch in seinen Diensten nicht völlig verausgabt.«

Spinoza richtete ihren Blick wieder auf die Parade, die unter ihnen weiter auf den fernen Palast zumarschierte. Aus dieser Höhe waren die einzelnen Soldaten unmöglich zu erkennen, die in langen Regimentskolonnen über die eisengrauen Straßen zogen.

»Das kümmert mich wenig. Die Jagd in dieser unvertrauten Umgebung war bisher nicht sehr erfolgreich.«

Rassilo lachte, jedoch nicht unfreundlich. »Wem seid Ihr auf der Spur?«

»Einem falschen Engel, der sich gegen den wahren auflehnt. Banden suchen in seinem Namen die Unterwelt heim. Wir konnten einige zur Strecke bringen, doch es gibt noch weitere. Eine Art ritueller Blutkult, der mordet und foltert, doch der Anführer konnte uns bislang entkommen.«

»Sie verstümmeln ihre Opfer«, sagte Rassilo. »Sie lassen die gefolterten Körper zurück, damit die Behörden sie finden. Sie berauschen sich am Schmerz, zelebrieren ihn wie einen Ritus.«

Spinoza drehte sich zu ihr um. »Ihr verfolgt diese Sache ebenfalls?«

»Das Fest lockt sie aus der Dunkelheit. Vielleicht ist es derselbe Kult, vielleicht eine verbündete Kabale. Derart zugerichtete Opfer habe ich noch nie gesehen, nicht hier.«

»Ich bin einem Agenten begegnet – Aido Gloch. Kennt Ihr ihn?«

»Quantrains Interrogator, Ja, dem Namen nach«, sagte Rassilo.

»Er jagte eine Frau namens Falx; gut trainiert und ausgerüstet. Wenn es mehr von ihrer Sorte gibt, wäre das eine ernste Sache.«

»Wenn Quantrain seine Finger im Spiel hat, ist es das bereits.«

»Wir haben keine heiße Spur, und die Zeit läuft uns davon.«

Rassilos Hand schwebte unschlüssig über einem Tablett mit Zuckerwerk, bevor sie sich für ein leuchtend grünes Nusskonfekt entschied. Sie schob es sich in den Mund und kaute bedächtig, während sie die prachtvolle Parade verfolgte.

»Früher habe ich das Sanguinalafest genossen«, sagte sie schließlich. »Es feiert den Sieg über die Dunkelheit. Darum entzünden sie all die Opferfeuer, um die Schatten zurückzutreiben. Doch jetzt ist selbst dieses Fest nicht mehr sicher und das macht mich wütend. Nur *ein Tag* Ruhe, ist das zu viel verlangt?« Rassilo lächelte grimmig. »Ein Raumfrachter ist im Orbit explodiert. Er wurde komplett zerstört. Ein Unfall, heißt es – ein Leck im Plasmafeld. Doch der Zeitpunkt … Ich glaube nicht an Zufälle. Schicksal und Wille, das sind die Triebkräfte des Universums.« Sie stellte ihren Kelch ab. »Ich denke, Ihr habt recht. Eure Einschätzung klingt vernünftig und er weiß das gewiss zu schätzen. Unter uns gesagt, meine Agenten vermuten das Zentrum dieser Bedrohung in den Boreates-Makropolen, weshalb ich weitere Kräfte dorthin geschickt habe. Möglicherweise ist Eure Jagd dort erfolgreicher.«

Dann beugte sie sich vor und legte ihren Lederhandschuh auf Spinozas ceramitgepanzerte Hand.

»Ich respektiere Euren Mentor mehr, als Ihr ahnt«, sagte sie mit gedämpfter Stimme. »Ich würde mich weder öffentlich noch insgeheim gegen ihn stellen, aber wenn Ihr irgendetwas brauchen solltet, um dieser Sache ein Ende zu setzen, eine bewaffnete Einsatzgruppe oder irgendetwas anderes, dann wisst Ihr, wie Ihr mich erreichen könnt. Zögert nicht. Wollt Ihr mir das versprechen?«

Spinoza blickte in Rassilos unbewegtes und ernstes Gesicht.

»Ja, wenn ich etwas brauche«, sagte sie und griff schließlich nach einem Konfekt. »Versprochen.«

KAPITEL SECHZEHN

»Einschusslöcher von Projektilwaffen«, sagte Revus und kniete nieder, um die Stelle genauer zu untersuchen.

Der Himmel, soweit sie ihn hatten sehen können, war verschwunden. Sie wanderten an alten Magazinen vorbei durch schmale Gassen, über die sich leere Förderbänder spannten, deren Gurte wie Eingeweide zwischen den Schienen herabhingen. Alles war staubig und mit Geröll, Rost, alter Asche und Spänen bedeckt.

Crowl beugte sich über die Schulter des Captains. Es waren nicht die ersten Kampfspuren, die sie entdeckten. Er betrachtete das zerstörte Turbinengehäuse, dessen schützende Hülle zu grotesken Formen zerschmolzen war.

»Keine herkömmlichen Kugeln«, sagte er und musterte die besagte Stelle.

»Galvanische Projektile«, sagte Revus und fuhr mit dem Finger über den Rand eines Einschusslochs.

Crowl tastete den Bereich mit seinem Wärmesensor ab und erhielt dasselbe Ergebnis wie schon zuvor. »Einige Wochen alt«, sagte er. »Vielleicht mehr.«

Sie gingen weiter. Der Klang ihrer Schritte hallte in der Dunkelheit von den Wänden der warmen Hallen wider. Durch die Infrarotfilter ihrer Helmlinsen sahen sie alte Maschinen, die in den Schatten der größtenteils leeren Hallen verrotteten. Die schweren Ketten rostiger Lastenzüge hingen von der hohen Decke herab.

Sie erreichten ein Tor. Zwischen den schweren Torflügeln klemmten die skelettierten Überreste eines Wesens – vermutlich eines Servitors. Außer verbogenem Metall und verbrannten Organen war nicht viel übrig geblieben. Sie traten über den Körper hinweg und fanden sich unter den dunkelgrauen Wolken wieder.

Die erste Anlegestelle lag vor ihnen – eine hundert Meter breite Talsohle, umgeben von steilen Wällen und Kontrolltürmen. Dahinter entdeckten sie weitere Tribünen, die auf stark verrosteten Eisenträgern über dem Boden aufragten.

Crowl deaktivierte den Infrarotfilter und suchte die Umgebung nach verdächtigen Bewegungen ab. Ein klagender, warmer Wind wehte kleine Staubfontänen über den Boden.

»Dort drüben sind weitere Einschusslöcher«, sagte er und deutete auf eine nicht weit entfernte Wand.

Revus nickte und ging weiter. Der Boden war knöcheltief mit rotbraunem Staub bedeckt. Gorgias stieg höher und drehte sich mit klickenden Sensoren im Kreis.

»Dort, dort«, voxte er. »*Pulpitum superus.*«

Crowl und Revus durchquerten die Senke, bis sie eine Leiter erreichten, die hinauf zur ersten Tribüne führte. Sobald sie den oberen Rand erreicht hatten, fiel Crowl der Unterschied auf – kein Staub bedeckte den rußgeschwärzten Felsbeton des Landefeldes. Die Plattform war so leer wie alle anderen, doch hier war vor Kurzem ein Schiff gelandet und hatte schwarze Brandnarben auf dem Boden hinterlassen.

Crowl tastete die Spuren ab, während Revus zusammen mit dem wachsamen Gorgias die Umgebung im Auge behielt.

»Mehr oder weniger dieselbe Zeitspanne«, verkündete Crowl.

»Hier haben sie das Schiff entladen«, sagte Revus.

Crowl blickte auf. Auf der anderen Seite der Anlegestelle befand sich ein breites Wellblechtor, dessen mit schwarz-gelben Warnstreifen versehene Flügel leicht offen standen. Das Tor führte ins Innere eines Hangars, der in die Wand der Talsohle hineinreichte.

»Dann folgen wir mal der Spur«, sagte Crowl und setzte sich in Bewegung.

Der Spalt war gerade breit genug, um sich hindurchzuzwängen. Die Einschusslöcher auf den blanken Adamantiumplatten waren hier zahlreicher als draußen. Als Crowl im dunklen Hangar erneut den Infrarotfilter aktivierte, bemerkte er schwarze Schlieren auf dem Boden.

»Blut?«, überlegte er.

»Öl«, sagte Revus.

»Was hier fast dasselbe ist.«

Sie schlichen durch die Schatten der eisernen Höhle. Greifklauen hingen reglos von der Decke, doch kein Rost bedeckte ihre Gelenke – offensichtlich waren sie vor Kurzem benutzt worden. In einer angrenzenden Halle erklang das hallende Grollen einer Maschine.

»Vorsichtig weiter«, sagte Crowl. Er zog seinen Revolver und ging voran.

Während sie das Netz rechtwinklig angelegter Gänge durchquerten, häuften sich die Kampfspuren – verkrümmte und ausgeweidete Leichen von Skitarii, langläufige Gewehre auf dem Boden, einige noch in den Händen ihrer toten Besitzer.

»Hier wütete der Kampf heftiger«, sagte Revus.

»Entweder haben sie untereinander gekämpft«, spekulierte Crowl und betrachtete einen enthaupteten Soldaten des Mechanicus, »oder gegen einen überlegenen Feind.«

»So groß kann das Raumschiff nicht gewesen sein. Wie viele Soldaten hätten an Bord Platz gefunden?«

Crowl erinnerte sich an Spinozas Vermutung. *Chemische Waffen?*

»Das Mechanicus erwartet die Landung eines seiner Schiffe«, überlegte er. »Und an Bord befindet sich eine Fracht, für deren

Schutz Menschen ihr Leben geben. Wo immer sie sich befindet, fließt Blut.«

Gorgias voxte ihnen eine scharfe Warnung zu. »*Proximus*«, flüsterte er. »Marsianer.«

Sie schlichen schweigend weiter und erreichten eine gewaltige Halle, die sich wie ein Schacht in die Höhe erstreckte. Die hohe Decke war kaum zu erkennen und schmale Vorsprünge verliefen über die eckigen Wände. Crowl bemerkte eine Bewegung und blieb stehen. Revus hatte sie ebenfalls bemerkt und hob seine Pistole, doch die Ziele – zwei Gestalten, zweihundert Meter über ihnen – waren zu weit entfernt und verschwanden in einem Durchgang auf der anderen Seite des Schachtes. Nichts deutete darauf hin, dass sie entdeckt worden waren.

»Skitarii?«, fragte Crowl.

Revus nickte. Sie eilten auf einen anderen Durchgang zu und gelangten in einen kleineren Raum, eine geometrische Kammer mit glänzenden Wänden, auf denen sie weitere Einschusslöcher und schwarze Flecke entdeckten. Auf der anderen Seite der Kammer, etwa zwanzig Meter entfernt, befand sich ein weiterer Durchgang, doch dieser war verriegelt.

»Ich kann ihn aufbrechen«, sagte Revus.

»Moment.« Crowl sah sich um und musterte die Wände. Die rechtwinkligen Ecken schimmerten im Licht seines körnigen Falschfarbfilters. »Irgendetwas stimmt hier nicht.«

Er trat an die linke Wand, beugte sich herab und fuhr mit den Fingern über die Oberfläche. In das Metall war kaum sichtbar ein Symbol eingeritzt worden. Zwischen dem Geröll war es leicht zu übersehen, aber das war auch die Absicht gewesen. Es handelte sich um eine der aberhundert Siegelrunen, die von verschiedenen Zweigen der Inquisition benutzt wurden.

Revus behielt die beiden Durchgänge im Auge, während Gorgias aufmerksam über Crowls Kopf schwebte.

Crowl zog das Messer, das er in einer Scheide an seiner Wade trug, und drückte die Klinge in die Fuge der Wandverkleidung.

Staub rieselte herab, doch nichts geschah. Er versuchte es auf der anderen Seite. Die Messerspitze sank in die Fuge und er hebelte die Verkleidung vorsichtig auf. Dahinter befand sich ein kleiner Hohlraum, der anscheinend mit einem Plasmaschneider in die Wand gebrannt worden war. Zwischen dem geschmolzenen Metall entdeckte Crowl eine daumengroße, schädelförmige Kapsel, die aus Onyx zu bestehen schien.

Crowl holte sie hervor und ließ sie über seine Handfläche rollen. »Eine Voxkapsel«, sagte er.

Gorgias sank fasziniert tiefer. »Ordo Xenos«, voxte er.

Revus wich plötzlich zurück und richtete seine Waffe auf den versperrten Durchgang. »Näherkommende Signa–«, begann er.

Die Tür öffnete sich kreischend auf verrosteten Laufschienen. Eine schlangenartige Gestalt wand sich auf der anderen Seite und schoss durch den Spalt – eine rasende Hydra mit metallenen Gelenken, die sich als ein vielgliedriger Magos in einer schweren Bronzerüstung über einem ausgehöhlten Eisenskelett entpuppte. Facettenaugen glühten so grün wie brennende Smaragde im Schatten einer zerschlissenen roten Kapuze. Dann war die Kreatur in der Kammer, entrollte sich und richtete sich auf, bis sie Revus und Crowl überragte. Mechadendriten zuckten umher, deren Enden mit Kreissägen, Krallen und Nadelbohrern bestückt waren.

»Keine Bewegung!«, brüllte die Kreatur, deren Stimme aus dem Voxgitter auf ihrer Brust drang. »Lasst die Waffen fallen und ergebt euch!«

Zurück in Courvain kopierte Spinoza die Daten von ihrem Auspex und brachte sie Erunion, der neben seiner Tätigkeit als Chirurgus anscheinend auch für alle schwierigen Tech-Phänomene zuständig war.

»Ich liebe komplexe Systeme«, verriet er Spinoza, als er die Auspexdaten behutsam auf seine Diagnoseapparatur übertrug. »Menschliche Körper, das Innere von Cogitatoren, binäre Sequenzen, das ist meine Leidenschaft.«

Spinoza hatte gelächelt oder es zumindest versucht. Der alte Mann mit seinen blassroten Augen, seinem dürren Hals und dem unverwandten Starren erregte Abscheu in ihr. »Ihr habt meine Voxfrequenz, wenn Ihr etwas findet«, hatte sie geantwortet.

Froh, den Geruch nach antiseptischen Flüssigkeiten und rituellen Ölen hinter sich zu lassen, ließ sie ihn zwischen seinen Operationstischen und Maschinen zurück. Sie begab sich in ihr Quartier, wo ein Stapel Akten auf sie wartete. Ein Teil davon stammte aus Huks Archiv, der Rest waren Einsatzberichte und Verhörprotokolle aus dem Boreates-Sektor, die sie von Rassilo erhalten hatte. Nachdem sie ihre Nährstoffration und eine Tasse Kaffein zu sich genommen hatte, um wachzubleiben, begann sie die offiziellen Berichte durchzugehen. Das Format war ihr vertraut – fromme Losungen, gefolgt von Querverweisen zu anderen Fällen aus anderen Archiven, die meisten davon unauffindbar, und Transkripte der Befragungen mit geschwärzten Stellen und unverständlichen Antworten. Letztere häuften sich gegen Ende der Verhörprotokolle, bis sie mit grimmiger Zwangsläufigkeit in der formalen Formel *qui exspiravit* endeten.

Diese Akten brachten sie nicht weiter. Rassilos Agenten hatten dieselben Informationen aufgedeckt, die sie bereits besaß – der Falsche Engel trieb in den Untermakropolen sein Unwesen, doch sein genauer Aufenthaltsort blieb unbekannt. Er würde sie aus der Dunkelheit führen, sagten sie, würde gegen die Unterdrücker aufbegehren, denn die Machthaber scherten sich nicht um die Nöte der Schwachen und Kranken. Alle Befragten bestritten, für die Folterungen verantwortlich zu sein, und beschuldigten andere – zumindest bis die Werkzeuge der Befragung eingesetzt wurden und die Wahrheit zu fließen begann. Einige bereuten während der Befragung, andere blieben hartnäckig und wiesen die Verehrung des Imperators und all seines Wirkens zurück. Sie waren diejenigen, die ihr Leiden verlängerten. Während sie die Berichte las, kam Spinoza nicht umhin, die treffliche Arbeit der Wahrheitsfinder anzuerkennen.

Als sie sich den Dokumenten zuwandte, die Crowl ihr hatte schicken lassen, näherten sich die Chronos bereits dem Ende des Tages. Mit jeder Stunde, die verstrich, wuchs ihre Ungeduld. Sie dachte daran, die Pergamente liegen zu lassen und auf der Stelle einen Einsatztrupp zusammenzustellen und aufzubrechen. Widerstrebend griff sich nach dem obersten Bündel und begann zu lesen. Huk war fleißig gewesen und hatte die Akten geschickt zusammengestellt. Auf der zweiten Seite hielt sie plötzlich inne und las den Abschnitt erneut. Erst dann aktivierte sie ihr Vox.

»Sergeant, sorgt dafür, dass Euer Trupp umgehend abmarschbereit ist«, befahl sie. »Ich werde in Kürze bei Euch sein.«

Sie schob die Velinblätter zurück in ihre lederne Hülle, behielt jedoch das letzte Pergament, das sie zusammenrollte und einsteckte. Sie griff nach ihrem Helm und arretierte ihn magnetisch an ihrer Rüstung, bevor sie sich zu ihrem Crozius umdrehte, das über dem Altar in der Ecke ihres Quartiers hing. Sie nahm es ehrfürchtig an sich, wobei sie die Worte flüsterte, die Erastus sie gelehrt hatte – *Für seinen Ruhm auf Erden* – und befestigte es an ihrem Gürtel. Das Gewicht der Waffe, ein Zeugnis der Macht und Beharrlichkeit der Besten des Imperators, beruhigte sie.

Sie hätte sich erschöpft fühlen müssen, doch stattdessen waren ihre Muskeln gespannt und ihre Schritte federnd. Die Aussicht, endlich zur Tat zu schreiten, die Initiative zu ergreifen und einem Ziel zu folgen, das sie verstand, war eine starke Motivation.

Hegain wartete bereits im Hangar auf sie. Die Kampfrüstung verbarg seine Verletzungen und nur eine blasse Narbe war unter dem Visier seines Helms zu sehen.

»Habt Ihr Euch von Euren Verletzungen erholt?«, fragte sie.

»Voll und ganz, Fräulein.«

»Ihr scheint ein Talent dafür zu haben, im Einsatz verwundet zu werden.«

»Sieht ganz so aus, Fräulein. Bereits das zweite Mal in kurzer Zeit. Aber das gehört zum Geschäft, oder nicht? Also keine Sorge. Andere hat es schlimmer erwischt. Es wird uns guttun, wieder im Einsatz zu sein und selbst ein wenig auszuteilen.« Er grinste. »Aber ich habe ihn *gesehen*, Fräulein. Den Custodes. Nur einen kurzen Moment, bevor er mich überwältigte, aber es wäre den Tod wert gewesen, hätte er mich töten wollen. Unglaublich schnell, unglaublich kräftig. Hättet Ihr ihn nur sehen … Vergebt mir, die Zeit drängt.«

»Ganz recht, Sergeant«, sagte Spinoza und ging auf den aufgetankten Nighthawk zu. Der Rest von Hegains zehnköpfigem Trupp nahm Haltung an und folgte ihr. »Wir fliegen nach Boreates. Ihr übernehmt das Steuer.«

Die Gardisten schnallten sich in die Sitze, die Türen schlossen sich und die Turbinen erwachten zum Leben. Kurz darauf waren sie in der Luft und schossen über den verstopften Straßen durch den dichten Luftverkehr. Hegain flog schnell und jagte zwischen den zäh fließenden Kolonnen durch die Schluchten.

»Es werden immer mehr«, sagte er kopfschüttelnd.

»Das ist zu erwarten. Sie bereiten sich auf die Riten vor.«

Hegain nickte. »Ich weiß. Noch vor Sonnenuntergang wird Blut durch die Straßen fließen.«

Spinoza öffnete eine Voxverbindung zu Crowl. Wie sie es erwartet hatte, empfing sie nichts als Rauschen. Er hatte sie gewarnt, dass Skhallax jedes Signal blockieren würde.

»Lord Crowl«, versuchte sie es dennoch. »Ich bin auf dem Weg nach Boreates *castrum sextus* und gehe Informationen aus dem Archiv nach. Festgesetzter Absetzpunkt *pontius novus*, in Sichtweite der Hauptzugangswege. Bericht in zwei Stunden, wenn Ziel gesichtet wurde.«

Hegain warf ihr einen fragenden Blick zu, bevor er sich wieder auf den Luftverkehr konzentrierte.

Der Himmel begann sich bereits zu verdunkeln und seine nächtlich rote Färbung anzunehmen. Lumen funkelten in den schwarzen Türmen. Der westliche Horizont stand in Flammen, ein gequältes Gebirge aus glühenden Wolkenmassen, vor denen sich die dunklen Kondensstreifen der Arbitesschiffe abzeichneten.

»Ihr habt die Koordinaten«, sagte Spinoza.

»Die habe ich, jawohl, Fräulein. Aber – und ich frage aus reinem Interesse – mir liegen keine Aufklärungsprotokolle dieses Ortes vor. Was erwartet uns dort? Handelt es sich um eine ihrer Basen?«

Spinoza blickte starr geradeaus und sah zu, wie die dunklen Fassaden der Türme schemenhaft an ihnen vorbeischossen.

»Achtet auf den Verkehr, Sergeant«, sagte sie.

Schon bald kam Boreates in Sicht. Es handelte sich um einen großen Komplex – eine Ansammlung aus neun Türmen, die durch unzählige Transitbrücken miteinander verbunden waren. Einst waren solche monströsen Ballungszentren recht gefragt gewesen und visionäre Stadtplaner wie Corbus hatten mit ihren Ideen von Verbindungsbrücken im Himmel den Bau dieser architektonischen Kolosse vorangetrieben. Doch die verbundenen Türme hatten sich als größere Magneten für Gewalt und Elend erwiesen als ihre einsamen Gegenstücke und Corbus war, so hieß es zumindest, während der blutigen Herrschaft des Administratum-Magistraten Tjemen lebendig in die Fundamente eines solchen Komplexes eingemauert worden.

Doch Boreates hatte überdauert und die Türme ragten auch Tausende Jahre später noch in den Himmel, auch wenn ihre Hab-Ebenen versteinerten, ihre knarrenden Generatoren dröhnten und die Pfeiler der schwindelerregend hohen Brücken immer brüchiger wurden. Der Wind pfiff durch die Schluchten, nagte an den eisernen Stützen und schliff die Farbe vom alten Stein.

»Setzt mich dort ab«, befahl Spinoza, als die neunte Brücke des sechsten Turms aus dem Dunkel der Dämmerung auftauchte.

Hegain lenkte den Nighthawk in Richtung Brücke. »Wollt Ihr, dass der Trupp ebenfalls absitzt?«

»Nein, noch nicht«, sagte Spinoza und löste ihren Gurt. »Patrouilliert die Umgebung und überwacht die Zugänge zum Ballungsgebiet. Achtet auf bewaffnete Konvois. Das Militarum wurde hier mobilisiert – sie werden Ziele sein. Informiert mich, sobald sich irgendwas nähert.«

Hegain zögerte. Er war sich nicht sicher, was er von diesen Befehlen halten sollte, doch er gewann rasch die Fassung wieder. »Zu Befehl, Fräulein. Sobald sich irgendwer nähert, werdet Ihr es erfahren.« Er hielt den Nighthawk ruhig über der Brücke und glich mit kurzen Schubkorrekturen geschickt die heftigen Windstöße aus. »Möge der Imperator Euch in allen Dingen schützen, Fräulein. Möge er Eure Hand lenken.«

Spinoza öffnete die Tür und der trockene Wind wehte durchs Cockpit. »Ich habe nie an ihm gezweifelt«, murmelte sie und sprang auf die Brücke.

Sie blickte sich um und sah zu, wie der Nighthawk über ihr wendete und zwischen den Türmen davonschoss. Kurze Zeit später war seine Heckleuchte in der Düsternis verschwunden.

Spinoza ging ein kurzes Stück über die Brücke und verschaffte sich einen Überblick über die Abmessungen, Deckungsmöglichkeiten und die Zugänge zu den umliegenden Türmen.

Sie schätzte, dass sie sich etwa sechshundert Meter über dem nächsten Brückennetz befand, abseits der allgemeinen Luftverkehrswege. Die Brücke selbst war schätzungsweise hundert Meter lang und hing zwischen den gewaltigen Fassaden zweier kolossaler Turmspitzen. Der Wind heulte über sie hinweg und rüttelte an den Resten des brüchigen Geländers auf beiden Seiten. Seit Jahrhunderten schien sie niemand mehr betreten zu haben, was kaum verwunderlich war – die Höhe war eine Sache, das Fehlen einer intakten Brüstung und der korrodierte Boden eine andere. Es war weniger eine Brücke als ein einsamer Eisenträger zwischen zwei Zitadellen, so blank und gefährlich wie ein Wurfspeer. Lose Kabel hingen unter der Brücke und schwangen im endlosen Sturmwind hin und her. In der Tiefe funkelten die trüben Lumen der wuchernden Makropole wie billiger Modeschmuck im rußigen Dunst.

Ein Schauder schüttelte Spinoza. Die Luft war so beißend wie überall, aber hier oben hatte sie ihre peinigende Hitze verloren. Doch die Feuchtigkeit, das Ergebnis der atmenden Milliarden, die auf der klammen Oberfläche dieser verzweifelten Welt lebten, hatte nicht nachgelassen. Der Helm hing weiter an ihrer Rüstung und die feuchtkalten Böen zerzausten ihr kurzes Haar. Hin und wieder wurde sie von einem Windstoß gepackt, der sie über den Rand der Brücke zu wehen drohte.

»Komm schon«, flüsterte sie, während sie in den dunkler werdenden Nachthimmel blickte und auf das verräterische Dröhnen von Triebwerken wartete.

Doch dazu kam es nicht. Stattdessen hörte sie hinter sich das Rasseln von Metall. Spinoza wirbelte mit dem knisternden Crozius in der Hand herum. Sie sah einen langen Kletterdraht herabfallen und hob rechtzeitig den Kopf, um mit anzusehen, wie sich ihre Gegnerin von einer Brücke fünfzig Meter über ihr abseilte.

Falx ließ sich die letzten Meter zu Boden fallen und stand in geduckter Haltung vor ihr. Die Schneide ihres Schwertes schimmerte im hellen Glanz des aktivierten Energiefeldes. Der Kletterdraht löste sich aus seiner Verankerung und fuhr in sein Gehäuse zurück, dessen Klappe sich nach der letzten Sprosse schloss.

Die Chameolinbeschichtung ihrer mattschwarzen Rüstung war stumpf geworden, sodass der eng anliegende Panzer mit den leichten, widerstandsfähigen Segmenten gut zu erkennen war. Auch die Schussspuren entgingen Spinoza nicht. Das Gesicht ihrer Gegnerin war wie zuvor hinter einer Maske verborgen und das verzerrte Schnaufen ihres Atems drang aus dem dicken Voxgitter hervor.

»Diese letzte Übertragung«, sagte Falx, richtete sich auf und kam mit erhobener Klinge langsam auf Spinoza zu. »Du wusstest, dass ich zuhören würde.«

»Ich hatte es vermutet«, sagte Spinoza, ohne vor ihr zurückzuweichen. Nur wenige Meter trennten die beiden voneinander und sie standen sich im feuchtkalten Wind mit gezogenen Waffen gegenüber.

»Du hättest deine Wache nicht fortschicken sollen«, sagte Falx.

»Sie kommen wieder.«

»Nicht schnell genug.«

Spinoza lächelte. »Ich weiß, dass er dich nicht kümmert«, legte sie ihre Karten auf den Tisch. »Der Falsche Engel. Du hast nichts mit ihm zu tun. Du folgst *uns*.«

Falx regte sich nicht.

»Du hättest mich beim letzten Mal töten können«, sagte Spinoza.

»Ich kann dich immer noch töten.«

»Es würde mich interessieren, wie ich gegen eine Shoba abschneide.«

Falx kam näher, bereit vorzuschnellen, doch die Klinge verharrte reglos. In ihren Bewegungen lag ein Hauch von Unsicherheit. Trotz ihres Selbstvertrauens blieb sie vorsichtig.

»Du hättest dich mehr anstrengen sollen«, sagte Spinoza weiter, ohne das Energieschwert aus den Augen zu lassen. »Es ist ein markanter Akzent, aber ohne Huks Akte wäre ich nicht dahintergekommen. Jetzt ist es mir allerdings klar. Du bist Phaelias' Assassine. Du bist Niir Khazad.«

Mit einem Schrei sprang die Frau auf Spinoza zu. Wie beim letzten Mal bewegte sie sich unglaublich schnell und Spinoza blieb nichts anderes übrig, als das Schwert mit ihrem Crozius abzuwehren. Die Waffen prallten in einem Funkenregen aufeinander und Spinoza taumelte auf den Turm in ihrem Rücken zu.

Falx setzte ihr nach und ihre wirbelnde Klinge hinterließ leuchtende Energieschemen in der Luft. Das Crozius fuhr herab und schmetterte gegen die flache Seite der Klinge, um sie über den Rand in die Tiefe zu befördern, doch der Griff der Assassine war stark und sie riss die Waffe zurück. Sie stieß zu und Spinoza musste zurückspringen, parieren, erneut parieren, härter, schneller. Die Disruptorfelder entluden sich in einem wirbelnden Funkenregen, der vom schneidenden Wind fortgerissen wurde.

»Ich *hätte* dich töten sollen«, knurrte Falx wütend und versuchte Spinoza mit schnellen Hieben aus dem Gleichgewicht zu bringen.

»Doch dann hättest du nichts erfahren«, erwiderte Spinoza, während sie sich verzweifelt bemühte, nicht in Stücke geschnitten zu werden. »Darum folgst du uns doch, nicht wahr? Du weißt nicht, was vor sich geht.«

Falx drang weiter auf sie ein. Ihre Klinge funkelte, zuckte umher und suchte nach einer Lücke in Spinozas verzweifelter Verteidigung. »Das wisst ihr auch nicht«, fauchte sie, während sie einen Ausfall antäuschte, doch dann zutrat und Spinoza den Stiefel in den Bauch rammte. Die Interrogatorin wurde zurückgestoßen, stürzte zu Boden und rutschte auf den Rand der Brücke zu. Eine schreckliche Sekunde lang konnte sie die Lichter in der Tiefe sehen, die sie zu sich lockten.

Sie erwischte das brüchige Geländer und nutzte ihren Schwung, um sich wieder auf die Brücke zu ziehen. Falx kam auf sie zu, packte ihre Klinge mit beiden Händen und sprang in die Luft. Spinoza riss ihr Crozius nach oben und wieder prallten die Waffen krachend aufeinander. Noch immer auf dem Rücken biss Spinoza die Zähne zusammen und kämpfte gegen ihre Feindin an, die ihr den knisternden Streitkolben ins Gesicht zu drücken versuchte.

»Dumm von dir, so ganz alleine hierher zu kommen«, sagte Falx und drückte mit ihrem ganzen Gewicht zu.

»Du wärst … sonst … nicht gekommen«, keuchte Spinoza, deren Arme dem Druck zitternd standhielten.

Mit letzter Kraft bäumte Spinoza sich auf und sandte einen Energiestoß durch das Crozius, der auf die Schwertklinge übersprang. Die Detonation schleuderte Falx von ihr herunter, und Spinoza sprang auf und stürzte ihr nach. Wieder schlugen die beiden auf der schmalen Brücke aufeinander ein. Falx holte aus und ließ ihre Waffe quer auf Spinozas Kopf herabfahren. Die Interrogatorin duckte sich und warf sich nach vorn, umklammerte Falx' Brust und brachte sie aus dem Gleichgewicht. Dann wich sie zurück und knüppelte einmal, zweimal, dreimal mit Argentum auf ihre Gegnerin ein. Sie packte die Waffe mit beiden Händen und ließ sie unterstützt von ihren Rüstungssystemen beinahe so kraftvoll herabfahren, als hätte ihr alter Besitzer sie geschwungen.

Der brutale Hieb erwischte Falx seitlich am Helm und schickte sie umgehend zu Boden. Spinoza schmetterte den schweren Streitkolben in den Bauch der Assassine und Funken stoben davon. Dann ließ sie sich fallen, bohrte ihr das Knie in die Brust und presste ihr die Luft aus den Lungen. Sie stemmte das Crozius in den Hals der Agentin und drückte zu.

»Gib auf«, keuchte sie, »oder ich werde dich töten.«

Trotz der Waffe an ihrer Kehle deutete die Assassine mit einem leichten Nicken auf Spinozas Hüfte. Die Interrogatorin blickte an sich herab und bemerkte die Schwertspitze am Hüftgelenk ihrer Rüstung. Wenn sie mit dem Streitkolben die Kehle ihrer Gegnerin zerquetschte, würde das Schwert sie durchbohren.

Langsam verringerte sie den Druck, deaktivierte jedoch nicht das Energiefeld. So verharrten sie, gefangen in einer tödlichen Umarmung des gegenseitigen Todes.

»Ich habe nicht den Wunsch, dich zu töten«, sagte Spinoza langsam. »Ich habe nichts mit dem Verschwinden deines Herrn zu tun, glaub mir.«

Die Agentin schien ihr noch immer nicht zu trauen und trotzige Wut blitzte hinter den schmalen Sichtschlitzen ihrer Maske auf.

»Wenn du es zulässt«, sagte Spinoza, »versuche ich dich davon zu überzeugen.«

Langsam begann sich die Frau zu entspannen. Das Energiefeld ihrer Klinge erlosch und die Spitze zog sich ein winziges Stück zurück.

Spinoza entspannte sich ebenfalls ein wenig, behielt das Crozius jedoch in der Hand. »Ich weiß, dass er verschwunden ist«, sagte sie. »Entweder ist er tot, vermisst oder jagt der Fracht eines Orbitalfliegers hinterher. Du und ich, wir verfolgen dieselbe Sache.« Sie versuchte ihrer Stimme die schneidende Schärfe zu nehmen, was ihr nicht leicht fiel. »Wir müssen keine Feinde sein.«

Die Agentin schwieg weiter, griff jedoch mit vorsichtigen Bewegungen nach ihrem Helm und schob das Visier nach oben. Darunter kam ein kupferfarbenes Gesicht zum Vorschein, dessen rechte Wange mit rituellen Shobasymbolen tätowiert war.

»Vielleicht«, sagte Niir Khazad. »Vielleicht auch nicht. Sag, was du zu sagen hast, dann werde ich mich entscheiden.«

KAPITEL SIEBZEHN

Crowl stand auf und achtete darauf, dass seine Rosette gut zu sehen war. Die Dunkelheit in der Kammer war beinahe undurchdringlich, doch alle Anwesenden verfügten auf die eine oder andere Art über restlichtverstärkende Systeme.

»Über dieses Siegel habt Ihr keine Autorität«, sagte Crowl und deutete auf die Rosette. »Gebt den Weg frei oder stellt Euch der Anklage, den göttlichen Willen des Imperators zu behindern.«

Der Magos wich nicht zurück und seine Mechadendriten zuckten wie erhobene Skorpionstachel drohend vor und zurück. »Ihr befindet Euch nicht auf imperialem Territorium, Inquisitor. Dies ist nicht Euer Zuständigkeitsbereich. Was sucht Ihr hier?«

Gorgias folgte den hypnotisch zuckenden Gliedmaßen, die wie Schlangen durch die Luft tanzten, während Revus mit seiner Pistole ruhig auf die Facettenaugen des Magos zielte.

»Ihr verfügt nicht über die Macht, mich aufzuhalten – weder hier noch sonst wo«, sagte Crowl. »Ich diene allein dem Imperator.«

»All die Zerstörung. Es reicht. Wir reparieren noch immer die Schäden in den Haupthallen. So viel zu tun.«

»Wir sind nicht dafür verantwortlich«, sagte Crowl vorsichtig.

Der Magos richtete sich zu voller Größe auf und seine Nadelbohrer surrten schneller. »Doch Ihr seid Ungläubige«, zischte er. »Ihr habt es hergebracht und den Pakt gebrochen.«

»Welchen Pakt?«

Lichter blitzten über den kurzen Hals des Magos. »Genug geredet. Es reicht.«

»*Transmitare*«, warnte Gorgias, als er das flackernde Muster erkannte. »*Skitarii in additio*, fix-fix.«

Crowl gab Revus ein Zeichen und sie eröffneten gleichzeitig das Feuer. Der Gardist jagte hochenergetische Laserstöße in das segmentierte Gesicht des Magos, während Crowl auf den nächsten Nadelbohrer zielte und ihn mit einem Schuss zerstörte, bevor er eine der Klauen anvisierte.

Der Magos kreischte – ein schrilles Heulen binärer Wut – und stürzte wie eine gewaltige Spinne auf sie zu. Seine Mechadendriten zuckten vor und die Kreissäge verfehlte Revus' Helm nur um wenige Millimeter. Der Magos schien überall gleichzeitig zu sein, ein Wirbelsturm aus peitschenden Gliedern, scharfen Klingen und glänzendem Adamantium.

Crowl warf sich gegen die Wand, um einer Klaue zu entgehen, und schoss erneut. Er traf den Hals des Magos, der in einem Durcheinander aus Tentakeln zurückgeschleudert wurde. Gorgias sauste wild umher und feuerte grelle Salven auf den Techpriester ab, während er den scharfen Sägeblättern auszuweichen versuchte.

Revus schoss unablässig weiter und jagte eine perfekt gezielte Salve nach der nächsten in den gepanzerten Leib ihres Gegners, wodurch er Crowl Gelegenheit gab, seinen Revolver nachzuladen. Der Magos warf sich auf den Captain und umschlang ihn mit seinen metallenen Armen. Klauen schabten über die Rüstung des Gardisten und Bohrer kratzten über seinen Helm. Crowl feuerte erneut auf den Magos, dann noch einmal, zerfetzte die rote Robe, vermochte ihn jedoch nicht aufzuhalten. Revus schoss ebenfalls, bis er keinen Platz mehr hatte, seine Waffe abzufeuern. Gorgias wurde von einem Elektroflegel getroffen und in die Dunkelheit geschleudert.

Crowl steckte seinen Revolver weg, ließ seinen Kreislauf von bewegungssteigernden Substanzen fluten und warf sich in das Tentakeldickicht. Er packte den beschädigten Hals des Magos mit beiden Händen und versuchte ihm das Genick zu brechen.

Der Techpriester heulte auf, ließ von Revus ab und schlug mit seinen Werkzeugen auf Crowls gepanzerten Rücken ein. Bohrer kreischten und Sägen brüllten, während sich die Luft mit Ceramitstaub füllte.

Crowl ließ vom Hals des Magos ab und schlug auf dessen Mandibeln ein. Als der Techpriester den Kopf zurückriss, packte der Inquisitor einen dicken Kabelstrang und riss ihn in einem knisternden Funkenschauer heraus.

Der Magos taumelte und brach zusammen, während seine Mechadendriten ziellos umherzuckten. Revus schlug das Gliederdickicht mit dem Knauf seiner Pistole beiseite. Zusammen mit Crowl drückte er die Kreatur gegen den rissigen Felsbeton der Wand und sie schlugen weiter auf den Techpriester ein, bis er am Boden lag. Dann schob Revus den Lauf seiner Pistole in den freiliegenden Brustkasten und bohrte sie in den metallenen Lungenflügel, während Crowl wieder den Hals der Kreatur packte. Die gepanzerten Finger des Inquisitors drückten zu und die Nieten sprangen aus dem augmetischen Rückgrat des Techpriesters.

»Welchen … Pakt?«, fragte er erneut.

Das Licht in den Augen des Magos flackerte und Energieblitze zuckten über seinen gebrochenen Kiefer. Sein Gesicht war nicht im Mindesten menschlich, sondern eine Ansammlung aus Atemmasken, Facettenlinsen, Sensorporen und Wärmefiltern. Die Atmung klang jetzt unregelmäßig und seine Innereien rasselten wie die Ketten eines alten Kampfpanzers.

»Ihr … *wisst* es«, keuchte er.

»Nein, tue ich nicht«, sagte Crowl. »Im Grunde weiß ich sehr wenig. Da war dieses Schiff – die *Othar* – richtig? Es brachte etwas hierher. Was war es?«

»So viele … Inquisitoren«, krächzte der Magos, dessen maschinelle Stimme kaum noch zu verstehen war. »Zu wem … gehört Ihr? Zum ersten oder zum zweiten?«

Revus stieß den Pistolenlauf kräftig in den zerstörten Brustkasten und der Techpriester keuchte vor Schmerz.

»Es ist *frei*«, japste der Magos mit rasselnder, rauschender Stimme. »Nicht aufzuhalten. Es war ein Fehler. Ein kritischer Fehler.«

»Wovon sprecht Ihr? Von einem Soldaten? Einer Maschine? Es gibt schlimmere Dinge als den Ausfall Eurer Systeme, Magos, also sagt es mir.«

»*Alarum*«, warnte Gorgias und schoss auf den zerstörten Durchgang zu. »Feinde nahen.«

»Ich fürchte die Abschaltung nicht«, krächzte der Magos. »Ich fürchte nichts.«

»Dann dem Omnissiah zuliebe, getreu dem alten Abkommen. Wir beide dienen derselben Sache. *Sagt mir irgendwas, verdammt!*«

Die gesprungenen Linsen des Magos trübten sich, bevor sie in einer unregelmäßigen Sequenz zu blinken begannen. Sein Körper zuckte und wieder schlugen Funken aus dem zerfetzten Kabelgewirr.

»Zu spät«, erklang es aus seiner knisternden Voxeinheit. »Quantrain konnte es nicht aufhalten, welche Chance hättet dann Ihr?«

Der Klang von metallenen Füßen, die über metallene Bodenplatten schabten, hallte durch den Korridor. Von vielen Füßen. Crowl blickte Revus an, der seine unausgesprochene Frage mit einem Kopfschütteln beantwortete.

Crowl stand auf, zog seinen Revolver und drückte die Mündung gegen die verchromte Stirn des Magos.

»Ihr wart keine große Hilfe«, sagte er und schoss ihm in den Schädel.

Dann rannten sie durch die Hallen und Gänge zurück. Gorgias

sauste ihnen hinterher. Hinter sich hörten sie die klappernden Schritte der Skitarii und sahen die Lumen ihrer Punktvisiere in der unregelmäßigen Dunkelheit.

»Was jetzt?«, fragte Revus, während er im Laufen ohne jede Spur von Panik das Energiemodul seiner Pistole wechselte.

»Hier können wir nichts mehr ausrichten«, erwiderte Crowl, dessen Servorüstung seinen schmerzenden Beinen Kraft verlieh. »Konzentrieren wir uns darauf, lebend hier herauszukommen.«

Spinoza erzählte ihr alles. Sie erzählte ihr, was der Custodes gesagt hatte, was sie auf der *Rhadamanthys* entdeckt hatten und was Crowl in Skhallax zu finden hoffte. Khazad hörte ihr zu und saugte die Informationen hungrig auf, wobei sie aufmerksam nach möglichen Widersprüchen oder Anzeichen für irgendwelche Täuschungen suchte.

Die beiden hatten voneinander abgelassen und sich über die Brücke in den windgeschützten Schatten eines Stützpfeilers geschleppt. Die Nacht war hereingebrochen und der düstere Himmel brannte im roten Schein der Flammen. Feuer loderten zwischen den gewaltigen Türmen wie Rubine in der urbanen Weite. In der Tiefe plärrten die Sirenen der Arbitratoren und die Voxlautsprecher des Ministorums.

»Das ist alles, was ich weiß«, sagte Spinoza und lehnte sich an den Stützpfeiler. »Was ist mit dir?«

Khazad antwortete nicht sofort. Sie hatte ihren Helm abgesetzt, unter dem ein hübsches, wenn auch lädiertes Gesicht zum Vorschein gekommen war. Wie alle Eingeborenen der Todeswelt Shoba war die Haut der Assassine von tiefbrauner Farbe. Die kultischen Tätowierungen auf ihrer rechten Wange waren zahlreich, eine Mischung aus kulturellen Symbolen ihrer Heimatwelt und von den Ordos sanktionierten Schädeln und Einsatzmarkierungen. Ihre olivenförmigen Augen strahlten eine unheimliche Direktheit aus und die vollen Lippen ihres Mundes waren mürrisch verzogen.

Shobas Kultur hatte den Kampf ums Überleben zu einer Kunstform erhoben. Unter den eingeborenen Knaben rekrutierten die Iron Shades, ein Orden des Adeptus Astartes, ihre Aspiranten, während die Heranwachsenden beider Geschlechter in die Dienste der imperialen Streitkräfte traten und dort als Agenten oder Stoßtruppen spezialisierter Divisionen eingesetzt wurden. Die Jugendlichen lernten erst spät den gotischen Dialekt, da er von den Bewohnern dieser Welt nicht gesprochen wurde, nicht einmal von den Vertretern der dortigen imperialen Verwaltung. Durch die stark abweichende Intonation und unterschiedlichen Betonungsmuster beider Sprachen fiel es vielen nicht leicht, sodass geübte Ohren imstande waren, anhand der Aussprache ihre Herkunft zu erraten.

»Es ist schon einige Monate her«, sagte Khazad. »Mein Herr arbeitete schon lange an diesem Fall. Wir hatten einen Agenten im Büro des stellvertretenden Sprechers der Lizenzierten Kapitäne, der die Kommunikation zwischen den Abteilungen überwachte. Lange meldete er nichts Auffälliges, nur Gerüchte aus dem Palast. Kabalen rekrutierten und mordeten nahe den Mauern, doch sie waren schwer zu erwischen. Als der Zeitpunkt des Festes näherrückte, begann das Flüstern – eine Waffe sollte eintreffen und einen Aufstand auslösen. Statt willkürlicher Morde planten sie jetzt etwas Größeres. Wir erhielten von unserem Adepten Transkripte kodierter Voxnachrichten, doch keine Einzelheiten. Dann flog er auf.«

»Wann war das?«

Khazad dachte einen Moment nach. »Vor drei Wochen. Vielleicht mehr. Wir kamen nicht weiter, weshalb mein Herr mit dem Professmarschall sprach. Er war sich sicher, dass etwas geschehen würde. Sie einigten sich auf eine Überprüfung aller Schiffe. Weißt du, wie schwierig so etwas ist? Tausende Inspektoren, Hunderte Frachter. Aber sie bekamen Angst. Unser Agent wurde ausgeschaltet. Der Palast war in Panik. Die Custodes schalteten sich ein und mein Herr sprach mit einem von ihnen.«

Khazads Lider flatterten, während sie sprach. Ihre Wangen waren eingefallen und dunkle Ringe zeichneten sich unter ihren braunen

Augen ab. Spinoza fragte sich, wie lange sie nicht mehr gegessen, nicht mehr geschlafen hatte, wie lange sie schon auf der Flucht war.

»Dann erfuhren wir, dass die Suche erfolglos war«, sagte Khazad. »Es wurde nichts gefunden. Lord Phaelias war sich sicher, dass die Waffe irgendwie durch den Kordon schlüpfen konnte, und begann die Protokolle der Raumüberwachung zu überprüfen. Er hatte einen Gelehrten, Vaskadre. Er war gut. Sie arbeiteten schnell und bis zur Erschöpfung. Ich wurde in die Untermakropolen geschickt, um die Banden im Auge zu behalten, sollten sie vorzeitig losschlagen. Ich habe sie beobachtet und war deshalb nicht in der Nähe. Ich habe es nicht gesehen. Sie wurden getötet und ich habe es nicht bemerkt.«

»Wer?«

»Alle von uns. Es geschah schnell. Wer immer es getan hat, verfügte über zahlreiche Kräfte. Ich weiß nicht, wann sie meinen Herrn erwischten. Ich weiß nicht, wo er ist. Weißt du es?«

»Nein. Crowl – mein Inquisitor – folgte derselben Spur. Er glaubt, dass ein Schiff in Skhallax gelandet ist.«

Khazad schürzte die Lippen. »Möglich. Der Fabricator General könnte darin verwickelt sein. Wir glaubten, dass drei Leute dahintersteckten. Phaelias war überzeugt davon.«

Bei der Andeutung, dass einige der Hohen Senatoren in die Sache verstrickt sein könnten, zuckte Spinoza innerlich zusammen. Sie waren die höchste Gewalt im Imperium, unberührbar und sakral. Sie war beleidigt gewesen, als Crowl die Senatoren so beiläufig verspottet hatte, und dieser Verdacht weckte ähnliche Gefühle in ihr.

»Wer tötete deine Kameraden?«, fragte Spinoza.

»Das weiß ich nicht.« Khazad schüttelte den Kopf und einen Moment lang war die Bestürzung in ihren braunen Augen deutlich zu erkennen. »Jemand gab den Befehl, machte uns zum Ziel und erklärte uns *excommunicate traitoris*. Es hieß, dass wir Teil dieser ketzerischen Banden wären, Hexer, Xenosfreunde. Jede

Waffe richtete sich gegen uns. Ich versuchte, zu meinem Herrn zurückzukehren, und sie haben mich fast erwischt. Doch ich bin schnell. Zu schnell für sie.«

»Aido Gloch«, sagte Spinoza. »Er sagte, dass er dir gegenüberstand.«

»Wer?«

»Der Mann, vor dem du bei unserer letzten Begegnung geflüchtet bist.«

Khazad lächelte bitter. »Ich kenne nicht alle Namen. Wenn die Welt hinter dir her ist, läufst du.«

»Aber du bist uns gefolgt … Mir gefolgt.«

»Ich musste herausfinden, wer die Befehle gibt, wer die Sache beenden will. Ich folgte euch und ich folgte anderen. Agenten kriechen durch die Untermakropolen, wusstest du das? Sie alle jagen etwas.«

»Die Tränen des Engels.«

»Einige von ihnen, ja. Andere sind auf der Suche nach anderen Dingen. Ich denke, ihr Plan ist schiefgelaufen. Ich denke, die Dinge sind aus dem Ruder gelaufen. Die Waffe hat nicht ihren eigentlichen Bestimmungsort erreicht. Ich weiß es aber nicht genau.« Die Kälte ließ sie zittern. »Ich konnte nicht allzu viel herausfinden.«

Spinoza dachte über die Informationen nach. Crowl musste davon erfahren. Er würde entscheiden müssen, ob sie ihr trauen konnten und sie in Obhut nehmen würden. Für so etwas waren Prüfungen erforderlich, vielleicht auch Verhöre.

Sie prüfte die Voxverbindung, doch noch immer empfing sie nichts als Rauschen. Sie wechselte den Kanal und versuchte Courvain zu erreichen, doch auch hier war es dasselbe.

Khazad lachte. »Dafür ist es zu spät.« Sie deutete mit ihrer ausgestreckten Hand auf die von Flammen beleuchtete Stadt. »Es hat begonnen. Die Riten. Alle Voxtransmitter in einem Umkreis von fünfhundert Kilometern sind überlastet. Sie strömen zum Tor.«

Wie, um diese Aussage zu unterstreichen, erklang plötzlich Hegains verzerrte und kaum verständliche Stimme aus dem Vox.

»Konvoi des Militarums ausgemacht … wie Ihr wolltet, aber … kommen, um … sicher seid? Erbitten Bestätigung des Signals, wenn …«

»Ich erhielt einen Tipp, was Boreates betraf«, sagte Spinoza und blickte zu den Gipfeln der Türme auf, die wie eine eiserne Krone über ihnen aufragten. »Mir wurde gesagt, dass die Tränen des Engels hier besonders aktiv sind. Das war meine Mission – dein Erscheinen war eine Hypothese.«

Khazad lachte. »Und was jetzt? Bereust du es, mich nicht getötet zu haben?«

»Ich habe noch immer meine Befehle und du stehst in Acht und Bann. Es sei denn, du hilfst mir.«

Khazad blickte sie skeptisch an. »Woran denkst du dabei?«

»Du warst lange hier draußen.«

Die Assassine richtete sich mit schmerzender Miene auf. Ihr Körper musste einiges mitgemacht haben. Crowl hatte ihr gesagt, dass Phaelias seit zwanzig Tagen vermisst wurde – eine lange Zeit, wenn man sich in einer feindlichen Welt durchschlagen musste.

»Eure Quelle ist gut«, sagte Khazad. »Auf den Punkt. Seine Basis befindet sich hier, aber dort einzudringen ist nicht einfach. Wenn es das wäre, hätte ich es bereits versucht.«

»Wenn wir es tun wollen, dann jetzt«, sagte Spinoza. »Meine Gardisten sind in der Nähe, wir sind vorbereitet. Zeig mir den Weg. Es könnte dein Weg aus der Verbannung sein. Crowl schützt die Familie.«

»Die Familie?«

Anscheinend hatte es nicht lange gedauert, bis sie sich an den Ausdruck gewöhnt hatte. »Wirst du mir den Weg zeigen?«

Khazad musste nicht lange überlegen. Sie hörten bereits die heulenden Triebwerke des Nighthawks, der unter ihnen aus dem rußigen Dunst auftauchte.

»Was habe ich schon für eine Wahl?«, sagte Khazad. »Also, ja, ich werde dich zu diesem Falschen Engel führen, damit du es selbst sehen kannst.«

KAPITEL ACHTZEHN

Die Skitarii holten sie ein, bevor sie die zweifelhafte Sicherheit des Shades erreichten. Das war keine Überraschung, denn es waren augmentierte Techsoldaten, die mit dem Gelände und den verwinkelten Anlagen von Skhallax vertraut waren.

Crowl hatte es bis an den Rand der Anlegestelle geschafft, als die ersten Projektile an ihm vorbeischossen und mit grünen Energieentladungen in die Wände schmetterten. Ohne stehen zu bleiben drehte er sich um und gab zwei Schüsse ab. Einer der Verfolger schrie auf und brach in einem Durcheinander aus bronzenen Gliedern und rotem Stoff zusammen.

Weitere Skitarii folgten ihm mit langen Sätzen und legten mit ihren galvanischen Gewehren auf ihn an. Revus erreichte das Tor, das zurück in die Stadt führte, ließ sich auf ein Knie fallen und feuerte eine horizontal gestreute Lasersalve ab. Mehrere Verfolger gingen zu Boden, was Crowl und Gorgias Gelegenheit gab, das Tor zu erreichen.

»Wir haben das Nest aufgescheucht«, sagte Crowl, während er sich durch den Spalt schob und nachlud.

»Und die Ameisen kommen angerannt«, erwiderte Revus, bevor er eine letzte Salve abfeuerte und ebenfalls durch den Spalt zurückwich. Sie rannten durch die leere Halle, vorbei an den stillen Maschinen, die verlassen in der Dunkelheit standen, und rostiger Staub wirbelte unter ihren Stiefeln auf.

Revus' Schüsse hatten die Verfolger nicht lange aufgehalten. Bevor die drei die Halle zur Hälfte durchquert hatten, stürmten Skitarii durch das Portal. Weitere kletterten durch Luken unter der hohen Decke, sprangen über die Laufstege und richteten ihre langen Gewehre auf die Flüchtenden. Galvanische Projektile sausten durch die leere Halle, krachten in Wände und verrostete Kettenhaufen.

Crowl duckte sich. Er spürte, wie eine Kugel über der Schulter an ihm vorbeischoss. Ein Streifschuss traf Revus' Panzerung und riss ihn beinahe von den Beinen. Der Captain lief mit gesenktem Kopf weiter. Crowl drehte sich zu ihren Verfolgern um. Er schoss zweimal und ließ sich dabei von den Zielsystemen seiner Rüstung leiten – die erste Kugel traf, die andere verfehlte ihr Ziel.

Er rannte wieder los und schlug Haken, um den Projektilen auszuweichen, die überall um ihn herum in die korrodierten Wände krachten. Gorgias schwebte hektisch umher und feuerte mit seiner Nadelpistole um sich.

Wieder war es Revus, der das nächste Schott zuerst erreichte. Er kauerte sich zusammen und gab dem Inquisitor Feuerschutz. Crowl rannte weiter und vertraute darauf, dass sein Captain ihn nicht treffen würde. Dann war er neben ihm und ging in Deckung.

Sie befanden sich nahe der Abzweigung, die zurück zu den langen Gassen führte. Zwei leere Loren boten ihnen vorerst Schutz vor den Schüssen, jedoch nicht mehr lange. Rostflocken stoben unter den einprasselnden Projektilen der galvanischen Gewehre davon. Am anderen Ende der Halle rückten Dutzende Skitarii durch die Halle vor.

Mit ruhigen, gezielten Schüssen streckte Revus die Anführer nieder, richtete seine HEL-Pistole erst auf die Gegner am Boden, dann auf die Skitarii, die an Leitern von den Laufstegen unter der Decke herabkletterten. Crowl feuerte nicht, sondern gab eine Sequenz in die Runenkonsole auf seinem Unterarm ein. Gorgias sauste über ihnen durch den Kugelhagel. Der Servoschädel wurde getroffen, wirbelte orientierungslos durch die Luft und prallte gegen eine Wand.

»*Mamzeri!*«, kreischte er und begann wieder zu schießen.

»Die Dinger werden nicht mehr lange halten«, bemerkte Revus mit einem Blick auf ihre zerschossene Deckung. Die Skitarii kamen mit jeder Sekunde näher und ihre grünen Augen leuchteten in der Dunkelheit wie ein Insektenschwarm.

»Das müssen sie auch nicht«, antwortete Crowl, der mit der Konsole fertig war und die Verfolger mit seinem Revolver unter Feuer nahm. Kugeln peitschten über den Hallenboden und fällten drei weitere Techsoldaten, bevor das Dröhnen von Triebwerken auf der anderen Seite der Mauer in ihrem Rücken zu hören war.

»Runter!«, rief Crowl.

Noch während er sprach, rissen schwere Boltgeschosse über ihnen ein Loch in die Mauer. Trümmer wurden mehrere Meter durch die Halle geschleudert und stürzten zu Boden. Der kantige Umriss des Shades brach durch die Reste und seine Rotorkanonen eröffneten das Feuer auf die vorrückenden Reihen der Skitarii.

Crowl sprang auf und sprintete auf den schwebenden Flieger zu, griff nach einer Kufe und zog sich ins Cockpit. Der Maschinengeist hielt den Shade in der Luft und deckte die zurückweichenden Skitarii weiter mit Geschossen ein, wobei er langsam herumschwang, um seinen Feuerbereich zu maximieren. Revus folgte dem Inquisitor und schoss weiter, während er ins Cockpit sprang. Crowl packte die Steuerknüppel und lenkte den Shade zurück zur Bresche in der Wand. Kurz bevor sich die Luke schloss, sauste Gorgias ins Cockpit, und die Triebwerke des Fliegers loderten auf.

Der Shade jagte aus der Halle und die engen Gassen hinab. Die langen Rohre am Rand waren so nah, dass die angelegten Tragflächen sie fast berührten, doch noch konnten sie nicht aufsteigen.

Einhundert Meter vor ihnen befand sich die erste Öffnung – ein enger Schacht inmitten des dichten Fabrikgeländes, der hinauf in die Nacht führte.

»Näherkommende Signale«, bemerkte Crowl mit einem Blick auf die taktische Anzeige.

Revus schaltete die Bolter auf manuelle Kontrolle und aktivierte die Luftkampfzielanzeige. »Ich sehe sie.«

Sie erreichten die Öffnung, stiegen steil nach oben und schossen in die Nacht. Der Skhallax-Sektor breitete sich vor ihnen aus und seine Schlote spien wütende rote Flammen in den Himmel. Sechs Flugobjekte jagten aus dem Zentrum der Anlage auf sie zu, und hinter ihnen stiegen weitere Schwärme auf. Servitordrohnen – krabbenhafte, einstrahlige Geschützträger mit Maschinenkanonen im Bug.

Mit vollem Schub raste der Shade durch die Nacht. Crowl fuhr die Tragflächen aus und die Aufhängung der Bolter fuhr zurück. Revus zielte und jagte eine Salve aus schweren Boltgeschossen in den ersten Drohnenschwarm. Eines der Objekte wurde zerrissen, sein Panzer zersplitterte und die Steuereinheit stürzte trudelnd in das Dickicht der Schlote. Der Rest stob auseinander und ihre Schubdüsen glühten im Dunkel der Nacht.

Sie schossen auf die Sektorengrenze zu und Crowl zog den Shade höher. Auf den Wällen öffneten sich gepanzerte Luken, hinter denen massige Geschütztürme zum Vorschein kamen.

»Das könnte Ärger be–«, begann Crowl, während Revus drei weitere Drohnen vom Himmel schoss. Dann jagte der Shade knapp über die Zinnen der Grenzmauer hinweg, bevor er auf der anderen Seite scharf abfiel.

Ein Feuersturm folgte ihnen – gebündelte Laserstrahlen und großkalibrige Boltgeschosse schossen knapp über das Heckruder hinweg und an den kurzen Tragflächen vorbei. Crowl flog hektische Ausweichmanöver, riss den Flieger hart zur Seite, nur um kurz darauf die Flugrichtung erneut zu ändern. Die Steuerbordtragfläche wurde getroffen und der Flieger krachte beinahe in die

Fassade eines Hab-Turms. Crowl zog den Steuerknüppel zurück und riss ihn nach links. Der Antrieb brüllte, das Cockpit bebte und die Landekufen streiften die Antenne eines Voxturms, als sie knapp an dem Gebäude vorbeischrammten.

Nachdem sie den Turm passiert hatten, gab Crowl wieder Schub und der Shade schoss in gerader Linie durch die Straßenschluchten. Die Drohnen folgten ihnen noch eine Weile und schossen, sobald sich ihnen ein freies Schussfeld bot, doch je weiter sie in den terranischen Luftraum eindrangen, desto dichter wurde der Flugverkehr. Schließlich gaben die Drohnen auf, schossen in die Höhe und kehrten in den Skhallax-Sektor zurück.

Crowl flog weiter mit hoher Geschwindigkeit durch den dichter werdenden Verkehr. Die schiefergrauen Flanken der Türme ragten um sie herum auf und die lodernden Flammen der Opferfeuer spiegelten sich trübe in ihren stumpfen Fenstern, während sich der lärmende Pilgerzug durch das Labyrinth des Straßengewirrs wälzte.

Revus deaktivierte die Bolter, überprüfte die Munitionsanzeige und lehnte sich zurück. »War nicht gerade viel, was wir in Erfahrung bringen konnten«, sagte er, während er seine HEL-Pistole zog und die Energieanzeige kontrollierte.

Crowl reduzierte den Schub der Triebwerke und passte sich dem fließenden Verkehr an. Die taktische Konsole zeigte, dass die letzten Servitordrohnen die Enklave des Mechanicus erreicht hatten.

»Wir haben erfahren, dass sie uns umbringen wollten«, sagte Crowl nachdenklich. »Selbst hier, vor aller Augen. Man stelle sich vor, Revus – sie waren bereit, einen Flieger der Inquisition in Sichtweite großer Hab-Türme abzuschießen. So etwas könnte ich leicht persönlich nehmen.«

Crowl lenkte den Shade durch den dichten Verkehr. Die Feuer am Boden wurden zahlreicher, sodass sie den Eindruck bekamen, durch eine vulkanische Senke zu fliegen.

»Übernehmt das Steuer«, sagte Crowl und übergab Revus die Kontrolle, bevor er die Voxkapsel hervorholte, die er im Innern der Anlage gefunden hatte. »Was sollen wir davon halten? Hat die

Führung des Mechanicus den Verstand verloren? Oder handelt es sich um eine lokale Auseinandersetzung mit Skhallax? Der Priester erwähnte Quantrain; dieser Name fällt nicht zum ersten Mal.«

Revus sagte nichts. Frische Brandnarben bedeckten seine Rüstung und der Streifschuss des galvanischen Projektils hatte eine lange Kerbe auf seinem linken Schulterpanzer hinterlassen.

»Sehen wir uns an, was wir hier haben«, sagte Crowl und steckte die Kapsel in einen Sockel seines gepanzerten Kragens. Das Datenwiedergabesystem piepte und auf seiner Retinalanzeige leuchtete ein Eingabefeld auf. Blinzelnd gab Crowl den Code seiner Sicherheitsfreigabe ein. Wieder piepte das System, als es das Audex entschlüsselte. Eine Sekunde später war eine verzerrte Aufnahme zu hören.

»Zusammenfassender Bericht von Inquisitor Hovash Phaelias, Ordo Xenos, Skhallax-Sektor, Katakomben. Ich fasse mich kurz. Ich wurde entdeckt und fürchte, dass ich ihnen nicht entkommen kann. Sie haben Bors getötet und ich allein bin noch übrig.

Ich weiß nicht, auf wessen Befehl sie handeln, aber ich glaube, dass Quantrain dahintersteckt. Die Fakten belegen, dass alle Spuren in den Palast führen. Ich weiß nicht, wie viele darin verwickelt sind, aber es ist ein Verrat aus den eigenen Reihen. Die Fracht wurde hierhergebracht, dessen bin ich mir sicher, aber der Plan ist schiefgelaufen. Es gab Kämpfe. Sie haben versucht, es einzudämmen, aber es hat einigen Schaden angerichtet, und sie sind geschwächt. Ich konnte die genaue Natur der Fracht immer noch nicht in Erfahrung bringen, und das allein rechtfertigt meine Bedenken. Ich weiß nicht, wohin es von hier aus gebracht wird – vermutlich in den Palast. Ich frage mich, ob das Ewige Tor während des Festes verwundbarer ist.«

Crowl lauschte der Aufzeichnung mit finsterer Miene. Es lag keine Angst in Phaelias' Stimme, nur Resignation.

»Für den Fall, dass diese Audexeinheit gefunden wird, hier die wesentlichen Punkte: Lord-Inquisitor Flavius Quantrain ist ein Verräter am Heiligen Thron. Seine Agenten sind für die Ermordung meines Gefolges verantwortlich. Ich kenne den Grund für seine Verderbnis

nicht, aber er steht in Verbindung zu einem Ketzer, der sich der Falsche Engel nennt und in den Untermakropolen einen Aufstand vorbereitet. Quantrains Förderer sind hohe Mitglieder des Senats. Ich sage es noch einmal, Quantrains Förderer sitzen im terranischen Konzil. Meine Nachforschungen wurden immer wieder behindert. Ich habe keine Beweise, aber ich vermute, dass der Fabricator General des Mars und der Sprecher der Lizenzierten Kapitäne die eigentlichen Drahtzieher sind.«

Revus, der die Aufzeichnung ebenso gut hören konnte wie Crowl, verzog keine Miene. Gorgias' Linse trübte sich zu einem ungläubigen Rotbraun.

»Falls ich an diesem Ort den Tod finden sollte, noch eine letzte Sache. Das Schicksal meiner Shoba-Assassine Niir Khazad ist weiterhin unklar, aber sie ist eine treue Dienerin des Throns und ich wünsche mir, dass sie verschont wird.«

Die Audexaufnahme endete mit einem gedämpften Dröhnen, das klang, als würde jemand eine versperrte Tür aufzubrechen versuchen.

»Mir bleibt keine Zeit mehr. Ich vertraue darauf, dass eine loyale Seele diese Einheit findet, sollte es nötig sein. Ave Imperator. Tod seinen Feinden.«

Ein Krachen, dieses Mal lauter, dann brach die Aufzeichnung ab.

Weder Crowl noch Revus sagten etwas. Der Shade flog weiter, wenn auch etwas unruhig nach dem Tragflächentreffer.

»Also, wohin?«, fragte Revus schließlich. Sie näherten sich bereits den südlichen Ausläufern des Malliax-Sektors. Salvator war die nächste Ballungszone, bevor die Bauwerke dahinter allmählich immer höher und prächtiger wurden, bis die Megalithen des Äußeren Palastes in Sicht kamen.

Crowl antwortete nicht sofort. Gorgias schwebte betroffen im hinteren Teil des Cockpits und hielt sich zurück.

»Hereticus«, stieß Crowl schließlich gepresst hervor. Seine Wut war geradezu spürbar. »Quantrain ist Mitglied meines Ordos. Wenn irgendetwas davon wahr ist …«

»Es sind nur Vermutungen«, gab Revus zu bedenken.

»Nein, es ist mehr als das«, sagte Crowl. »Er wurde gejagt. Wir werden gejagt.« Sein Gesicht, in dem sonst so viel Gelassenheit lag, verfinsterte sich wie die Gewitterwolken am Himmel. »Ein Makropolbewohner liest einen geächteten Text und wir häuten ihn bei lebendigem Leibe. Ein terranischer Lord hinterlässt eine Blutspur, die von hier bis zu den heiligen Stufen reicht, und aus Angst um unsere verdammten Seelen können wir ihm nichts anhaben. Nein, das lasse ich nicht zu. Er muss sich dafür verantworten, und wenn ich mich selbst verdammen muss, um sein Geständnis zu hören.«

»Dann jagen wir ihn?«, fragte Revus mit einer Ruhe, die nicht einmal der Befehl, den Flieger ins Auge des Schreckens zu lenken, erschüttert hätte.

Crowl lachte. »Er befindet sich im Palast. Wisst Ihr, was das bedeutet? Selbst ich habe ohne einen triftigen Grund dort keinen Zutritt, und wenn wir die Sache öffentlich …« Er verstummte, als ihm ein Gedanke kam. »Aber das Tor. Das Fest endet vor dem Ewigen Tor. *Dort* liegt die Gefahr.«

Gorgias begann aufgeregt auf und ab zu hüpfen. »Brenne-brenne«, krächzte er. »Tötet *in toto hereticus maleficare*.«

»Ganz deiner Meinung«, sagte Crowl. »Revus, setzt Kurs auf den Imperialen Palast. Und wenn sie ihre Abwehrlaser auf uns richten, wir müssen den Palast erreichen, bevor die Riten enden.«

»Zu Befehl«, erwiderte Revus und lenkte den Shade nach Norden. »Ihr wisst, dass sie die Abwehrlaser auch abfeuern?«

»Sorgt dafür, dass wir die Palastmauern erreichen«, sagte Crowl, der in seine Unterarmkonsole bereits die Voxsequenz eintippte, die ihn – hoffentlich – mit Navradaran verbinden würde. »Ich kümmere mich darum, dass wir hineingelangen.«

Hegain schien nicht sehr glücklich über Khazads Anwesenheit zu sein. Er musterte sie mit unverhohlener Abscheu und hielt seinen Finger demonstrativ in der Nähe des Abzugs. Khazad ließ sich dadurch jedoch nicht aus der Ruhe bringen.

»Und Ihr seid Euch sicher, Fräulein?«, fragte Hegain, dessen Stimme im Lärm des dröhnenden Nighthawks beinahe unterging.

»Voll und ganz, Sergeant. Sie kennt den Aufenthaltsort unseres Ziels.«

»Ich habe den Militarum-Konv–«

»Die Befehle haben sich geändert. Überprüft Eure Helmanzeige.«

Hegain nickte und kehrte ins Cockpit zurück. Sein Kampfgeschirr klapperte gegen die Panzerplatten seiner Rüstung, als er am Lufteinlass der Turbinen vorbeiging.

Spinoza warf Khazad einen Blick zu. »Bereit?«

Die Assassine nickte, strich ihr kurzes Haar zurück und setzte den Helm auf. »Es ist nicht weit.«

Die beiden stiegen ins Truppabteil und überließen Hegain die Steuerung des Fliegers. Die Luken schlossen sich und die Turbinen heulten auf, als der Nighthawk bebend abhob. Hinter der Brücke stürzte er steil in die Tiefe.

»Könnte schwierig werden«, warnte Khazad und inspizierte das Energiemodul ihres Schwertes. »Er hat viele Gefolgsleute dort unten. Wie viele genau, kann ich nicht sagen. Einige sind kampferfahren.«

»Wie lange bereiten sie sich schon vor?«

»Schon lange.«

»Was haben sie vor?«

»Keine Ahnung. Aber die Zeit des Festes ist beinahe gekommen.«

Spinoza überprüfte den Sitz ihres Panzerhandschuhs, der während des Kampfes verrutscht war. »Konntest du jemals eines ihrer Rituale beobachten?«

»Die Folterungen? Ich habe die Spuren gesehen, die Leichen in den Untermakropolen.«

»Was wollen sie damit bezwecken? Schöpfen sie daraus Kraft? Sind es Hexenrituale?«

Khazad lachte. »Das fragst du mich? Ich bin die ganze Zeit fortgerannt. Vielleicht gefällt es ihnen einfach, Leute zu foltern. Einige Menschen sind so.«

Der Nighthawk schoss mit hohem Tempo in die Tiefe. Die Wände des Truppabteils vibrierten und die Gardisten wurden in ihren Haltegurten durchgeschüttelt. Sie alle ignorierten geflissentlich die Assassine in ihrer Mitte.

»Also, was ist das für ein Ort?«, fragte Spinoza.

»Eine unterirdische Halle, was sonst?«, sagte Khazad. »Sie sind noch nicht lange dort, vermutlich wurden sie aus ihrem letzten Versteck vertrieben. Sie haben ihre Lektion gelernt, denn sie bewachen ihren Unterschlupf.«

»Ich will ihn lebend«, sagte Spinoza.

»Das geht ihm sicherlich genauso«, sagte Khazad und lachte leise; das Geräusch klang überraschend rau hinter ihrer Maske. »Ich kann uns in die Nähe bringen. Aber wir werden kämpfen müssen. Sie sind nicht dumm.«

Ein dumpfes Knacken wies darauf hin, dass die Scheinwerfer und Positionsleuchten des Fliegers erloschen, während die grollenden Triebwerke leiser wurden. Hegain fing den Sturzflug ab und setzte zur Landung an.

»Nähern uns der angegebenen Position, Fräulein«, erklang Hegains Stimme auf dem Bordvox.

»Der gesamte Trupp rückt ab«, sagte Spinoza. »Wir versiegeln den Flieger.«

»Zu Befehl.«

Mit einer letzten Drehung setzte der Nighthawk knirschend auf und seine Landekufen gaben federnd unter dem Gewicht nach. Die Seitentüren öffneten sich und Spinoza sprang zusammen mit den Gardisten heraus. Hegain verließ den Flieger zuletzt und versiegelte das Cockpit, bevor er mit dem HEL-Gewehr in der Hand zu ihnen aufschloss.

Sie rannten durch die Dunkelheit. Große Metallsäulen, jede so hoch wie ein Imperator-Titan, ragten alle hundert Meter auf. Knisternde Energieleitungen hingen aus verbeulten, wieder und wieder geflickten Schächten in der hohen Decke herab. Der Boden war ein enges Metallgitter über einem gähnenden Abgrund. Die

Luft war heiß und trocken und hinter den Wänden brummten unterirdische Generatoren.

»Die Kühlanlagen«, sagte Khazad, ohne langsamer zu werden.

Der Makropolturm erhob sich Ebene um Ebene über ihren Köpfen. Die Kühlschächte, einige von ihnen mehrere Kilometer lang, führten das gesamte Bauwerk hinauf. Große Triebwerke pumpten zähe Flüssigkeiten durch die Arterien der Türme und leiteten die Abgase in die großen Schlote, die über die windigen Gipfel aufragten. Hier unten befand sich der von arthritischen Promethiumöfen gespeiste und von riesigen Pfahlrammen angetriebene Kern dieser Anlage.

Hegain gab kurze Handzeichen und der zehnköpfige Trupp verteilte sich. Unter dem Gitterboden wogten Flammenwolken – die Abwärme der großen Maschinen – den Abgrund hinauf. Das Kühlsystem einer Makropole war ebenso groß und komplex wie das Maschinarium eines Kriegsschiffes und bedurfte einer ebenso großen Wartungsmannschaft. Tausende schufteten und schwitzten in der heißen Dunkelheit zwischen den obskuren Maschinen und sorgten dafür, dass die Luft in der Makropole nicht zu giftig und die Temperaturen nicht zu unerträglich wurden.

Khazad führte sie immer weiter in die Tiefe, vorbei an eingerüsteten Stützsäulen und Wartungstrupps, die mit funkenden Bogenschweißern in den schwieligen, ungeschützten Händen und mit triefenden Augen von ihrer Arbeit aufsahen. Blinde Industrieservitoren zerrten mit Gerüstbalken beladene Karren an ihnen vorbei.

Sie gelangten zu einem kreisrunden Schacht, und als sie sich näherten, stürzten Felsbetonbrocken vom brüchigen Rand in die Tiefe. »Dort unten«, verkündete Khazad, während sie ihren Kletterdraht entrollte. »Am Ende des Kühlschachtes.«

Spinoza nickte und bedeutete den Gardisten, geeignete Punkte zur Befestigung der Seile zu suchen. »Wie tief ist der Schacht?«

»Dreißig Meter, nicht mehr.«

Die Gardisten feuerten Haltehaken in den spröden Felsbeton, befestigten die Kletterseile und stellten die Meterzähler ein.

Spinoza entdeckte eine stählerne Steigleiter, die in den dunklen Schacht hinabführte. Sie beugte sich über den Rand und musterte die Konstruktion. Der Grund des Schachtes war von düsteren Schatten verborgen.

Mit kurzen Handgesten bedeutete sie Hegain, zwei Blendgranaten scharfzumachen und den Zünder auf drei Sekunden einzustellen; dann gab sie das Signal.

Die beiden Blendgranaten stürzten den Schacht hinab. Die Gardisten schwangen sich über den Rand und seilten sich ab. Spinoza sprang und das Seil in ihrer Hand straffte sich, bevor sie sich mit den Füßen von der Wand abstieß und weiter in die Tiefe glitt. Vor ihrer Retinalanzeige zählten die Sekunden herunter.

Die Blendgranaten explodierten mit einem grellweißen Blitz, der die mit Flechten überwucherten Fundamente erleuchtete. Die Gardisten waren durch ihre Helmvisiere geschützt, aber ein schmerzerfülltes Heulen verriet, dass die Wächter am Boden es nicht waren.

Spinoza erreichte den Grund, löste sich von ihrem Kletterseil und wirbelte mit gezogener Waffe herum. Sechs Menschen und ein Abhumaner wanden sich mit tränenden Augen auf dem Boden. Die Gardisten erledigten sie mit präzisen Kopfschüssen. Auf der nördlichen Seite des Schachtes befand sich eine verschlossene Metalltür, die Hegain bereits mit Sprengladungen versah.

Die Haftminen detonierten mit einem gedämpften Knall und der rechte Türflügel wurde in einem Regen aus glühenden Trümmerteilen zerfetzt. Hegain warf Nervengasgranaten durch den scharfkantigen Spalt, bevor er hinterher stürmte. Spinoza folgte ihm, begleitet von Khazad.

Sie fanden sich in einem langen Korridor wieder, der in den blanken Fels geschlagen worden war. Die Wände vibrierten, als würde sich eine große grollende Maschine unter ihren Füßen befinden. Drei weitere Wächter lagen auf dem Boden, würgten im grünen Dunst der Nervengasschwaden und zerkratzten ihre aufgedunsenen Hälse. Der Trupp eilte den Korridor hinab und die Helmlinsen der Gardisten glühten in der phosphoreszierenden Gaswolke. Sie sprengten eine weitere Tür auf und überrannten einen weiteren Posten, bevor die Wächter überhaupt wussten, was geschah. Sie kamen an mehreren Kammern vorbei, die auf beiden Seiten des Ganges in den Fels getrieben worden waren. In einigen stapelten sich Rationskisten, während in anderen Waffen gelagert waren, größtenteils primitive Pistolen und Flinten, wie sie von den Banden der Untermakropolen verwendet wurden, aber auch Lasergewehre des Militarums und Kisten mit Sprengminen und Fragmentgranaten befanden sich darunter.

Sie rückten weiter durch den langen, schrägen Tunnel vor, als sich plötzlich die abhumane Gestalt eines Ogryns in der Düsternis abzeichnete, dessen unnatürlich geschwollene Masse den engen Gang versperrte. Über seinen Fäusten waren Kettenklingen befestigt, die über Kabel mit dem Kortexgehäuse auf seinem buckligen Rücken verbunden waren. Das Monster brüllte in drogenumnebelter Wut und stürzte auf den Trupp zu. Einer von Hegains Gardisten schoss ihm in den Hals und zerfetzte das sehnige Fleisch, doch das Ungetüm wurde nicht einmal langsamer. Es packte einen anderen Gardisten, schmetterte ihn gegen die Tunnelwand und stieß die surrenden Klingen in seinen zuckenden Leib.

Spinoza zielte mit ihrer Laserpistole auf sein sabberndes Gesicht und drückte ab. Das Ungetüm taumelte zurück. Hegain zog sein Kampfmesser und rannte auf den Ogryn zu. Er sprang und bohrte die Klinge zwischen die Rippen des Abhumanen. Schwarzes Blut spritze aus der Wunde, als Hegain wieder zurückwich, um den ungezielten Schwüngen der Kettenfäuste zu entgehen. Laserstrahlen zuckten durch die Dunkelheit, während Khazad mit gezogenem Energieschwert vorsprang und auf das Monstrum einschlug. Der blutende, halb blinde Mutant versuchte sie mit seinen knurrenden Fäusten zu packen, doch sie sprang beiseite, stieß ihre Klinge nach oben und bohrte ihm die Spitze durch das Kinn in den Schädel.

Krämpfe schüttelten den aufgespießten Körper des Abhumanen,

bevor Khazad ihre Klinge mit einer schwungvollen Bewegung zurückriss, beiseite trat und den massigen Leib zu Boden fallen ließ.

»Schnell weiter«, befahl Spinoza, die ein Stück den Korridor hinab einen weiteren Wächter entdeckte und mit einem gezielten Schuss zu Fall brachte.

Die Wände um sie herum bebten und die Luft wurde zunehmend heißer. Es kam ihnen vor, als würde der gesamte Tunnel glühen. Sie erreichten eine T-Kreuzung und bogen ungehindert in den rechten Gang ab. Das dumpfe Poltern wurde lauter.

»Was *ist* das?«, voxte Spinoza, während sie auf die Tür am Ende des Ganges zusprinteten.

Sie erhielt keine Antwort. Khazad war dicht hinter ihr, sagte jedoch nichts. Vielleicht waren die alten Anlagen hinter den dicken Wänden immer noch in Betrieb, was auch die Störungen der Augursysteme und Kommunikationssignale erklären würde.

»Mehrere Signale voraus«, meldete Hegain mit einem Blick auf das Handauspex, als sie die Tür fast erreicht hatten. »Hier gibt es starke Interferenzen, aber ich … Heiliger Thron. Das sind keine Interferenzen. Rückzug!«

Doch Spinoza hatte die Tür bereits eingetreten und stürmte mit gezogener Waffe hindurch. Khazad folgte ihr, das knisternde Energieschwert in der Hand. Die Gardisten – deren Zahl nun auf neun geschrumpft war – brachen daraufhin ebenfalls durch die Tür und suchten mit ihren HEL-Gewehren nach Zielen.

Keuchend blieben sie stehen. Nackte Felswände ragten um sie herum auf, doch ob diese Höhle natürlichen Ursprungs oder mithilfe längst vergessener Verfahren in die Kruste des Planeten getrieben worden war, ließ sich nicht erkennen. Die Felswände waren mit Bannern behängt, auf denen die kruden Abbildungen blutiger Engel zu sehen waren. Flammen tosten in löchrigen Metallfässern und tauchten den Fels in wütend rotes Licht. Das andere Ende des mehr als fünfzig Meter breiten Gewölbes, das eine lange Kluft im felsigen Boden bildete, war im Qualm kaum zu erkennen.

Hoch über ihnen brannten die Promethiumöfen der Makropole,

doch sie waren ebenso wenig die Quelle des tosenden Lärms wie die lodernden Flammen in den Fässern. Das Tosen, so tief wie die alten Ozeane und so schwer wie brodelndes Blut, entsprang den Tausenden Menschen, die sich in dieser Höhle versammelt hatten. Sie riefen, schrien und streckten die Fäuste in die heiße, verqualmte Luft, während sie Parolen skandierten, die Spinoza nicht verstehen konnte. Sie alle waren bewaffnet – die meisten mit den improvisierten Waffen des Abschaums der Untermakropolen, einige jedoch mit Armeegewehren oder weitaus gefährlicheren Dingen. Sie alle trugen das eine oder andere rote Kleidungsstück über ihren wollenen Arbeitsanzügen – zerfetzte Umhänge, gefärbte Schärpen, Kapuzen oder rot gestrichene Rüstungsteile. Beleuchtet vom Flammenschein prangte über ihnen das gewaltige, düstere Zeichen des Falschen Engels – die zwanzig Meter hohe Blutzeichnung eines geflügelten Kadavers.

»So viele«, flüsterte Khazad.

Geschockt von diesem Anblick konnte Spinoza sich einen Moment lang nicht rühren. Crowl wäre dieser Fehler nicht unterlaufen. Er wäre vorsichtiger gewesen. Andererseits war der Inquisitor nicht hier und das war etwas, wofür sie alles in allem recht dankbar war.

Die ersten Gesichter wandten sich ihnen zu. Waffen wurden erhoben und Hass funkelte in mordlüsternen Augen.

Sie steckte ihre Pistole ins Holster, zog ihr Crozius und entzündete das Disruptorfeld.

»Für ihn auf Erden«, voxte sie ihrem Trupp.

KAPITEL NEUNZEHN

Obwohl Crowl Terras Superlative gewohnt war, übermannte ihn beim Anflug auf den Palast ein Gefühl unwillkürlicher Ehrfurcht. Die Morgendämmerung war nicht mehr fern, doch unter der dichten Rauchglocke war der Himmel so schwarz wie die Leere des Weltraums. Qualm stieg in dichten Schwaden zwischen den mächtigen Konturen der breiten Türme auf. Die Gipfel ragten immer höher in den Himmel und die Triumphbögen spannten sich über immer tiefere Schluchten. Aquilas mit dem Schädelmotiv des Adeptus Terra starrten blind über die kolossale Landschaft. Es hieß, dass zehn Milliarden Adepten für die Verwaltung der Palastbezirke nötig waren. Crowl hatte diese Zahl immer für maßlos übertrieben gehalten, bis er die Ausläufer des Palastes viele Jahre zuvor zum ersten Mal mit eigenen Augen gesehen hatte. Der Anblick dieser mächtigen Mauern aus angelaufenem Adamantium, die wie die Schultern eines geologisch unmöglichen Berges in den rußigen Himmel aufragten, immer weiter hinauf, jede Bastion mächtiger als die letzte, verlieh dieser Angabe eine gewisse Glaubwürdigkeit.

Die unermessliche Größe war atemberaubend. Zehntausend

Jahre der Hegemonie und der Abgaben, die von jedem Planeten im riesigen Reich der Menschheit erhoben wurden, fanden hier ihren Ausdruck. Das Land selbst war durchbrochen und ausgehöhlt worden, sodass sich die Verliese und Gänge ebenso weit in die Tiefe erstreckten, wie die mächtigen Bauwerke über ihnen in die Höhe ragten.

Der Shade jagte mit Höchstgeschwindigkeit Richtung Norden, vorbei an gotischen Bauten mit Rosenfenstern, Stunde um Stunde, bis ihre Zahl und Größe betäubende Ausmaße erreichten. Der Palast selbst, ein Tempelkontinent von titanischen Proportionen, über dessen Silhouette die Blitze des unablässigen Sturms zuckten, wurde am Horizont allmählich größer. Schwärzer als die Nacht zeichnete sich das kolossale Sanctum Imperialis unter dem sturmgepeitschten Himmel ab, eine Kuppel von derart unbegreiflichen Dimensionen, dass sie ihr eigenes Mesoklima besaß, und deren Fundamente sich tief in den vergessenen Fels des Himalasia gruben.

Die Pilgerscharen unter ihnen waren zu einem lebenden Ozean aus rot gekleideten Menschen angeschwollen. Sie strömten millionenfach aus den Tunneln auf die Unbefleckten Alleen, ergossen sich über jede freie Fläche und marschierten in schmutzigen, taumelnden Reihen auf den Palast zu. Eine unüberschaubare, unaufhaltsame Masse – ein Heer der Frommen, die von ihren rückständigen Welten ins goldene Herz des Imperiums geströmt waren. Erschöpft und ausgelaugt nach Monaten ohne genügend Nahrung und Wasser, geschwächt von Infektionen, die sie sich während der Reise in stinkenden Frachträumen alter Raumschiffe zugezogen hatten, starben sie dort unten in Scharen und erstickten im Gedränge. Trotzdem drängten sie weiter, riefen nach Erlösung und schwangen die offiziellen Blutlaternen, für die sie ihre letzten Münzen ausgegeben hatten. Sie schnauften die Hymnen des Geopferten, bis sie kraftlos zu Boden sanken und unter den Füßen der Tausenden zertrampelt wurden, die ihnen folgten.

Die Arbitratoren in ihren schwebenden Raptor-Wachfliegern

konnten diesem Strom des blinden Fanatismus, der in Richtung Palast zog, nur hilflos zusehen. Millionen Soldaten des Astra Militarum waren mobilisiert worden und säumten in Fünferreihen die Straßen und hohen Plätze, doch sie hätten die Energiemodule ihrer Lasergewehre zehnfach leeren und die Scharen dennoch kaum lichten können.

Die Habitatzonen blieben zurück und der Shade flog jetzt fast allein zwischen den hohen Türmen dahin, während er seine Legitimationscodes auf allen Voxkanälen sendete, um von den Schwärmen der Wachschiffe unbehelligt gelassen zu werden. Revus lenkte den Flieger durch eine lange, zwei Kilometer breite Schlucht, die von gewaltigen Statuen gesäumt wurde. Weit vor ihnen war bereits der große Brückenbogen zu sehen, die breite Straße, die zum ersten der drei großen Tore führte, hinter denen sich das Allerheiligste befand, wo der Imperator gefangen im Schmerz der Unsterblichkeit jede Stunde mit dem ewigen Willen hungriger Götter um die Seele seines Volkes rang.

Die äußere Mauer tauchte aus den treibenden Dunstschwaden auf – eine lange Silhouette aus geschwärztem Eisen, höher als ein Makropolturm. Dieses Bollwerk war aus den adamantenen Pfeilern des ersten Palastes errichtet und seine Fundamente vom Primarchen Rogal Dorn selbst angelegt worden. Vor dieser Festungsmauer, die jetzt über die Gipfel der Weltenstadt blickte, hatte sich einst der Morast des Krieges ausgebreitet, und sie trug noch immer die Narben jener Zeit. Auf Geheiß der Senatoren waren die Spuren des Kampfes nie getilgt worden und entstellten auch heute noch die gotische Wehrmauer, glatt geschliffen von den nagenden Winden, doch eine weithin sichtbare Erinnerung an die Konsequenzen des Zweifels.

»Unser Flug wird verfolgt«, meldete Revus und zog den Shade etwas höher.

»Wie viele aktive Aufschaltsignale?«

Revus warf einen Blick auf die Konsole. »Dreihundertvierundsiebzig.«

Crowl lächelte. »Sie erledigen nur ihre Pflicht.«

Er aktivierte das Voxsystem in seinem Kragen und überflog die Kanalrunen, die über seine Retinalanzeige flimmerten.

Sie näherten sich der Mauer. Die Prachtstraßen waren voller Menschen, zwischen denen die sanktionierten Läufer der Ekklesiarchie aufragten. Ein gewaltiger Raupenzug bahnte sich mit qualmenden Schloten seinen Weg durch die Menge und überrollte alle Pilger, die nicht klug genug waren, ihm rechtzeitig auszuweichen. Priester schwebten auf Gravkanzeln über ihrer Herde und brüllten durch hallende Voxaugmitter ihre Mahnungen auf die Gläubigen herab. Entlang der Straße standen sich zwei Warhound-Titanen der Legio Ignatum mit bannergeschmückten Geschützen gegenüber und blickten mit ihren stumpfen Pilotenkanzeln auf die vorbeiströmenden Scharen hinunter.

»Wir werden gewarnt«, sagte Revus.

»Bleibt auf Kurs. Ich arbeite daran.«

Der Shade schoss über die Titanen hinweg, ein einsamer Punkt über dem Gedränge in der Tiefe. Weitere Warnrunen leuchteten auf der Konsole auf, in erster Linie von den Posten der Arbitesfestungen, andere jedoch mit dem Signum des Astra Militarum oder von verschlüsselten Quellen unbekannter Herkunft.

Die Mauer war nicht mehr fern. Weitere Details erschienen auf dem Auspexschirm. Ihr Ziel, der Löwentor-Raumhafen, schälte sich im Schein der Flutlichter aus der pechschwarzen Düsternis, während unter ihnen ein trübes rotes Meer aus Blutlaternen wogte.

Lange Schatten senkten sich herab, als schwere Varianten der Wachflieger mit glühenden Schubdüsen und feuerbereiten Geschützen in Sicht kamen.

»Wir werden jetzt von siebenhundert Waffensystemen erfasst«, verkündete Revus ruhig. »Eines von ihnen wird jeden Moment feuern.«

»Kurs halten.«

Crowl arbeitete sich durch die Voxprotokolle und suchte nach einem passenden Kanal. Selbst mit Navradarans Kanalcode war es nicht leicht, eine passende Frequenz zu finden – unzählige Kanäle öffneten und schlossen sich jede Sekunde, überschwemmten die alten Relaistürme und füllten die Nacht mit rauschenden Signalstörungen. Crowl arbeitete sich mit seinen persönlichen Autorisationscodes durch die symbolischen Protokollsysteme und hangelte sich von einer Berechtigungsanfrage zur nächsten.

Nach terranischen Maßstäben überflogen sie ein offenes Gebiet, ein weitläufiges Feld aus Plätzen und Terrassen. Das Löwentor war einst der zentrale Raumhafen der Thronwelt gewesen, ein Hunderte Quadratkilometer großes Areal, auf dem die gewaltigen Landeschiffe der Kreuzzugsära angelegt hatten. Den Legenden zufolge hatten hier während des Bruderkriegs einige der heftigsten Kämpfe getobt, als sich Verräter und Loyalisten um die Kontrolle der Landezone gegenseitig zerfleischt hatten. Selbst heute noch waren viele der alten Stätten mit ihren Brandspuren und Granattrichtern Zentren der Verehrung, die vom Ministorum geschützt und von Armeen aus versklavten Knechten akribisch konserviert wurden.

»Energiespitzen entdeckt«, bemerkte Revus, der jetzt direkt auf das schattenverhangene Löwentor zuhielt.

»Verstanden«, sagte Crowl, ohne seine Arbeit zu unterbrechen. »Bleibt auf Kurs.«

Hinter der Frontscheibe ragte die mit Geschütztürmen gespickte Mauer wie ein Berghang über dem alten Raumhafen auf. Die kolossalen Torflügel, jedes von ihnen über zweihundert Meter hoch, waren wie seit zehntausend Jahren geschlossen. Ihre Beschläge aus gehämmertem Ceramit zeigten Szenen der Schlachten, die hier stattgefunden hatten, idealisierte Reliefs der Engel des Todes, deren Klingen von einer Patina des Alters überzogen waren. In ihrer Mitte prangten zwei immense Abbilder, die den heiligen Primarchen Jaghatai Khan und einen namenlosen Dämon mit einer Sense zeigten.

»Passieren die Bannzone«, sagte Revus mit leidenschaftsloser Stimme. »Laut Warnung werden sie in fünf Sekunden das Feuer auf uns eröffnen.«

Crowl sah, dass es keine leere Drohung war. Die Laserkanonen auf den Zinnen richteten sich auf den Shade und Runen blinkten hektisch über die Konsolen, während über das Vox eine Warnung nach der nächsten eintraf. Die Inquisitionscodes würden ihnen etwas Zeit verschaffen, jedoch nicht viel.

Er arbeitete sich weiter durch die symbolischen Frequenzebenen. Irgendwo hier, im Dickicht der einander überlagernden astrologischen Schemata, war der Schlüssel verborgen.

»Die Zeit ist um«, sagte Revus, als er den Energieanstieg des Lasergeschützes bemerkte. Er wurde weder langsamer noch änderte er den Kurs.

Crowl brach durch den Frequenzschleier und auf seiner Retinalanzeige blinkte die Botschaft *Verbindung hergestellt.* »Ihr wolltet mich sehen«, voxte er. »Ruft Eure Hunde zurück.«

Die Energiespulen der Laserkanonen glühten weiter im elektrostatischen Glanz. Sie waren dem Tor so nahe, dass sie bereits mit bloßem Auge einzelne Details auf seiner Oberfläche erkennen konnten. Einen Moment lang flogen sie weiter über die künstlichen Ebenen auf eines der gepanzerten Portale in den Torflügeln zu, während stumme Geschütze ihrem Kurs folgten.

Dann sanken die Laserkanonen herab und ihre Energiespulen erloschen, während die schweren Wachschiffe abdrehten.

»Ihr seid früh dran, Inquisitor«, erklang Navradarans Stimme, jedoch nicht über eine der überfüllten Voxfrequenzen, sondern direkt über das Audexsystem seiner Rüstung.

»Ich habe einiges über Phaelias herausgefunden«, sagte Crowl. »Auch andere Dinge. Deshalb muss ich mit Euch sprechen.«

Einen Augenblick herrschte Schweigen auf der anderen Seite. »Folgt dem Leitstrahl und weicht nicht ab. Innerhalb des Palastes geben die Posten keine Vorwarnung.«

Eines der Portale vor ihnen öffnete sich und ein rotgoldener Lichtstrahl brannte sich durch die giftige Atmosphäre. Revus korrigierte den Kurs.

»Kein sehr freundlicher Empfang«, bemerkte er.

Crowl starrte aus dem Fenster, während sie das Portal passierten und sich der Innere Palast in all seinem prachtvollen Schrecken vor ihnen ausbreitete.

»Wir fangen gerade erst an«, murmelte er.

Es war keine Zelle, keine Kabale, kein unorganisierter Haufen. Es war eine Armee.

Am anderen Ende der Höhle, hinter der wogenden Menge und halb verborgen im rußigen Rauch der Flammen, befand sich ein großer Torbogen auf einem erhöhten Podest. Eine maskierte Gestalt in roter Robe stand dort mit erhobenen Armen, flankiert von Dutzenden Ogryns und gepanzerten Wächtern, in einem Ring aus Voxaugmittern. Sie hatte zu der Menge gesprochen, sie aufgepeitscht, doch jetzt richtete sie den Blick auf die Neuankömmlinge, die in ihr unterirdisches Königreich eingedrungen waren. Die Gestalt deutete mit einer dunkel gepanzerten Hand auf die Eindringlinge, während sich die lodernden Flammen auf ihrer glänzenden Maske spiegelten.

»Dort sind eure Verfolger!«, rief sie mit verzerrter Stimme. »Ergreift sie.«

Die Menge stürzte auf sie. In ihrem Eifer, die Neuankömmlinge zu packen, rannten sich die Kultisten einander beinahe über den Haufen. Hegain und seine Gardisten eröffneten das Feuer und wichen langsam zurück. Die vorderen Reihen sackten getroffen zu Boden. Spinoza drehte sich um und sah, dass weitere Kultisten aus dem Gang strömten und ihnen den Rückweg versperrten. Wächter in schweren Plattenpanzern blockierten andere Ausgänge entlang der Höhle. Waffen richteten sich auf sie, doch es gab keine Deckung, kein Entkommen vor der zornigen Menge, die ihnen mit weit aufgerissenen Augen entgegenstürmte.

Khazad wirbelte ihre Energieklinge durch die Luft. »Er ist die zentrale Gestalt«, voxte sie und nickte Richtung Podest.

Spinoza wusste nicht, was sie tun sollte. Es waren mehr, als sie für möglich gehalten hätte. *Hunderte* mehr.

Reiß dich zusammen, rügte sie sich selbst.

Wenn sie nichts unternahmen, würden sie hier einen sinnlosen Tod sterben. Sie mussten irgendwie in die Nähe des Kultistenführers gelangen, um die Sache vielleicht doch noch zu retten.

»Wir konzentrieren uns auf den Anführer«, voxte Spinoza. Hegain reagierte sofort und trat zwischen sie und Khazad. Zusammen mit den Gardisten stürmten sie der anbrandenden Masse entgegen. Die Assassine sprang mit einem Salto zwischen die vorderen Reihen der Kultisten. Ihr Energieschwert sauste umher und trennte Köpfe von Schultern, während sie sich mit harten Tritten und geübten Stößen ihrer Angreifer erwehrte.

Spinoza wählte den direkteren Weg. Laserschüsse brannten über ihre Rüstung, während sie mit ihrem Crozius auf die Kultisten einschlug. Die Gardisten deckten ihre Flanken, wie es ihre Aufgabe war, und schossen die Angreifer mit präzisen Salven nieder. Aus nächster Nähe schlugen sie brutal und schonungslos zu, brachen Knochen und verschafften sich Platz, um erneut gebündelte Laserstrahlen in die Menge zu feuern.

Unter ihrer gnadenlosen Gegenwehr brach der Schwung des Angriffs zusammen. Ihre Gegner waren gewöhnliche Sterbliche – krank, schwach, ohne Kampferfahrung und unzureichend ausgerüstet. Die Soldaten der Inquisition rissen breite Schneisen in die Menschenmenge und rückten stetig auf das Podest zu, auf dem der Falsche Engel sie erwartete. Er machte keine Anstalten, ihnen zu entkommen, sondern sah ruhig zu, wie seine Getreuen niedergemacht wurden.

Dann wurde der erste Gardist von acht Kultisten oder mehr zu Boden gezogen. Sie entrissen ihm das Gewehr und zerfetzten die Kabel seines Energiemoduls. Die Formation zerbrach und kurz darauf wurden drei weitere Soldaten abgedrängt und kämpften umringt von Kultisten um ihr Leben.

»Weiter«, befahl Spinoza mit einem Blick auf das große Podest. Sie zerschmetterte einem Kultisten den Schädel und stieß seinen Körper mit einem Tritt zurück, bevor sie sich dem nächsten zuwandte.

Khazads Bewegungen wirkten jetzt weniger geschmeidig – offensichtlich war sie verletzt. Hegain brüllte frustriert, als sie immer langsamer vorankamen und die schwerer gepanzerten Wächter in den Kampf eingriffen. Sie kämpften sich weiter voran, doch es kostete sie alle Mühe. Zwei weitere Gardisten wurden von fanatischen Händen zu Boden gerissen.

Fünfzig Meter trennten sie noch von ihrem Ziel. Spinoza schaute sich um und suchte nach einem Weg, in die Nähe des Podestes zu gelangen. Kultisten stürzten auf sie zu. Helle Zähne blitzten in Gesichtern, die von rituellen Narben entstellt waren.

Mit einem wütenden Schrei schwang sie Argentum in einem weiten Bogen durch die Luft und trieb einen Teil der Angreifer zurück. Sie näherte sich einer der großen Kohlepfannen. Während Khazad und Hegain weiter gegen die Kultisten kämpften, steckte sie das Crozius in den Gürtel, zog ihre Laserpistole und zielte auf die Gestalt auf dem Podest. Einen kurzen Moment lang begegneten sich ihre Blicke. Die Maske des Kultistenführers war spiegelblank und seine roten Gewänder mit goldenen Fäden gesäumt. Er suchte keine Deckung und die beiden Zielraster ihrer Helmanzeige kreuzten sich über seiner Stirn.

»Möge deine Seele für alle Ewigkeit brennen«, flüsterte Spinoza und drückte ab.

Sie hatte gut gezielt und der Laserstrahl schoss auf den Kopf des Mannes zu. Doch bevor er sich in die Spiegelmaske bohren konnte, wurde die Gestalt von einem Kokon aus blauem Licht umhüllt, der die Energie knisternd absorbierte.

»Kraftfeld«, spie Khazad hervor, die immer noch verbissen kämpfte, sich dem Podest jedoch nicht weiter nähern konnte.

Wieder mit dem Crozius in der Hand kämpfte sich Spinoza zu ihren bedrängten Kameraden durch. Sie konnte Crowls geduldiges, zynisches Gesicht vor ihrem geistigen Auge sehen, das sie enttäuscht musterte. Die Vorstellung machte sie wütend.

»Für den Imperator«, schrie sie und schlug zwei weitere Kultisten nieder. Immer wieder hieb sie um sich, doch die Menge drang weiter auf sie ein, zerrte an ihren Gewändern, kratzte über ihre Rüstung und brüllte ihre Abscheu hinaus.

Hegain ging zu Boden, dann die restlichen Gardisten. Khazad wurde überwältigt und von den Füßen gerissen. Spinoza blickte in das Gesicht eines stämmigen Mannes, der sich mehrere Bolzen in die blutige Stirn getrieben hatte. Sie schmetterte ihm den Streitkolben ins Gesicht, packte die Waffe mit beiden Händen und wirbelte zum nächsten Angreifer herum. Mehrere Sekunden lang hieb sie weiter auf die Kultisten ein, während Schläge auf ihre Rüstung einprasselten und das Disruptorfeld des Crozius in der schattigen Höhle aufloderte.

Dann krachte ein schwerer Schlag auf ihren Hinterkopf und sie taumelte. Laserschüsse brannten sich in ihren Brustpanzer und weitere Schläge hämmerten auf ihren Rücken ein, bis sie schließlich in die Knie ging. Sie versuchte die Schläge mit ihrem Crozius abzuwehren, doch die Anzeige ihres Helmvisiers versank in rauschenden Störungen. Die Waffe wurde ihr entrissen und ein weiterer wuchtiger Hieb schickte sie zu Boden. Sie versuchte aufzustehen, doch die Mündung einer Waffe bohrte sich in ihren Hals. Sie versteifte sich und wartete auf einen Schuss, der niemals kam.

Langsam klärte sich das Bild ihrer Helmanzeige. Sie blinzelte die taktischen Daten fort und starrte in die Spiegelmaske des Kultistenführers. Er beugte sich über sie. Akolythen umringten sie, richteten Waffen auf ihren Kopf oder drückten ihre Arme und Beine auf den Boden.

Sie spürte Hände, die nach ihrem Helm griffen und ihn ihr vom Kopf zogen. Die Luft roch nach Schweiß und Wahnsinn.

Der Falsche Engel kauerte sich neben sie und setzte seine Maske ab. Darunter kam ein menschliches Gesicht ohne das geringste Anzeichen der Verderbnis zum Vorschein. Eine einzelne Tätowierung zierte die linke Wange des Mannes, doch darüber hinaus war seine Haut unversehrt.

»Ihr habt uns gejagt«, sagte der Falsche Engel. Ohne den verzerrenden Voxaugmitter der Maske klang seine Stimme klar und kultiviert. Ein Gipfelbewohner also, kein Abschaum aus den Arbeiterzonen. »Ihr habt uns Schmerzen bereitet.«

Er gab einem seiner Leibwächter ein Zeichen, der ihm daraufhin eine lange Spritze reichte. Spinoza wehrte sich im Griff ihrer Häscher, doch ohne Erfolg.

Der Falsche Engel stieß ihr die Nadel in den Hals.

»Ich existiere, um die Rechtschaffenen zu beschützen und die Sünder zu bestrafen«, sagte er mit einem traurigen Lächeln. »Es gibt noch so viel, das Ihr nicht versteht. Es ist Zeit, dass wir Euch erleuchten.«

Mit diesen Worten drückte er den Kolben der Spritze herunter. Im ersten Augenblick spürte sie nur das Brennen des Einstichs und spuckte ihm ins Gesicht.

»Der Imperator beschützt«, fauchte sie.

Der Falsche Engel lächelte, während der Speichel über seine Wange rann.

»In der Tat«, sagte er und zog die Nadel vorsichtig heraus. »Wenn Ihr ihn nur lassen würdet.«

Dann setzte der wahre Schmerz ein. Spinoza krümmte sich im Griff der Kultisten, als ihre Glieder taub wurden und sich ein erdrückendes Gewicht auf sie herabsenkte. Ihre Augen rollten zurück und sie blickte zur Höhlendecke hinauf.

»Der … Imp…«, stieß sie hervor, als die Dunkelheit kam und ihr Bewusstsein fortriss.

KAPITEL ZWANZIG

Die lange Galerie befand sich weit oben auf der östlichen Seite der Basilika Torrentes. Die schmalen Buntglasfenster erstrahlten in vielfältigen Farben, als das Licht der Morgendämmerung durch die Wolken brach und goldene Strahlen über den dicken roten Teppich warf. Die Wand auf der anderen Seite war in barockem Überfluss mit filigranen goldenen Mustern bedeckt. Astrologische Gebilde drängten sich in einer langen Folge neben Abbildungen von Rittern zwischen Sternenschiffen inmitten fantastischer Bestiarien über die gesamte zweihundert Meter lange Galerie und bildeten ein Fries, dessen Fertigstellung Jahrzehnte gedauert haben musste.

Abgesehen davon war es unsagbar hässlich, fand Crowl. Revus, der im Hangargewölbe ein wachsames Auge auf den Shade hatte, verpasste nicht viel. Die Stiefel des Inquisitors sanken im dicken Teppich ein – ein seltsames Gefühl, nachdem er sein ganzes Leben über den harten Asphalt und Felsbeton der unteren Makropolebenen geschritten war. Navradaran, dessen fast lautlose Servorüstung im Licht der Morgensonne glänzte, begleitete ihn. Crowl bemerkte, dass der Schaft seines Speers das weiche Gewebe des Teppichs nie berührte.

Sie waren allein und ihre Stimmen hallten sanft durch die Galerie, diese golden funkelnde Zuflucht vor dem Gedränge ungewaschener Leiber, in die der Straßenlärm nicht vorzudringen vermochte.

»Ihr habt viel Zeit in Salvator verbracht, Crowl«, bemerkte der Custodes. Seine Stimme war so tief und volltönend wie zuvor.

»Mir gefällt es dort.«

»Ihr habt dort eine Festung.«

»Ich habe sie geerbt.«

»Wie oft besucht Ihr das Zentrum?«

»Selten.« Crowl warf einen Blick auf die hohen Fenster, in deren Scheiben die Namen von Welten eingeätzt worden waren, um die am anderen Ende der Galaxis blutige Kriege geführt worden waren. Von den meisten Welten hatte er nie etwas gehört. »Es ist nicht gerade leicht, hier Zutritt zu erlangen.«

»Das höre ich gern.«

»Aber Phaelias war hier, habe ich recht?«

Der Custodes blieb vor einem Obsidiansockel stehen, auf dem eine Skulptur der heiligen Katarina des wundertätigen Grabtuches stand. »Phaelias war ein Lord-Inquisitor des Ordo Xenos. Er genoss gewisse Privilegien.«

»Seine Operationsbasis befindet sich allerdings nicht auf Terra«, sagte Crowl, während er verdrießlich die übertriebenen Konturen der Statue betrachtete. »Was hat er hier überhaupt gesucht?«

»Wir standen in Kontakt.«

»Er hat für Euch gearbeitet?«

»Er diente dem Thron. Aber wir teilten gewisse Bedenken, ja.«

Navradaran setzte sich wieder in Bewegung. Sein schwerer, gleichmäßiger Schritt schien im Einklang mit dem Rhythmus der Welt zu sein. Wenn Crowl ihn nicht bereits kämpfen gesehen hätte, wäre er vermutlich dem Irrtum erlegen, die Bewegungen des Custodes als schwerfällig zu bezeichnen, doch die Schwere war Teil der Täuschung.

»Es herrscht die irrige Vorstellung, dass die Hüter des Palastes nichts über die Ereignisse vor den Mauern mitbekommen würden«, sagte Navradaran. »Doch wir wären schlechte Wächter, wenn es so wäre. Eure Orden sind nicht die einzigen, deren Agenten sich über das gesamte Imperium verteilen – auf unsere Weise hören wir eine Menge, sei es durch die Gezeiten der Träume oder die unablässig plappernden Nachrichten auf den Voxfrequenzen.«

»Dann ist etwas geschehen, nicht wahr?«

Navradaran drehte sich zu ihm um. Sein Flügelhelm strahlte tief golden und in den Linsen spiegelte sich das Licht, sodass sie wie Rubine funkelten. »Sagt, was Ihr mir zu sagen habt. Meine Pflichten sind zahlreich und der Tag wird lang.«

Crowl griff in seine Gürteltasche, zog die Voxkapsel hervor und reichte sie dem Custodes. »Hört Euch die Aufnahme an. Sie erklärt, was Phaelias zugestoßen ist. Er äußert einige Vermutungen und erwähnt Quantrain. Ist Euch dieser Name geläufig? Jeder scheint ihn zu kennen. Er ist hier irgendwo. Ich muss ihn finden.«

Navradaran verstaute die Kapsel in seiner Rüstung und ging weiter. »Quantrain ist ein einflussreicher Mann. Wie lautet die Anschuldigung?«

»Dass eine Waffe nach Terra gebracht wurde und Mitglieder des Konzils in die Sache verwickelt sind.« Crowl lächelte trocken. »Er klang ernst und äußerst besorgt. Ich denke, Ihr wisst, warum. Wir müssen auf jeden Fall mit ihm sprechen. In den Hab-Zonen fließt Blut, darunter das von Inquisitoren. Quantrain hätte die Unverschämtheit und die Macht, so etwas zu inszenieren. Ihr habt Phaelias' Aussage. Hört sie Euch an.«

Navradaran trat vor ein hohes Bogenfenster und öffnete es. Toxisch beißende Luft wehte ihnen entgegen, als sie vor der niedrigen Brüstung standen und im Osten die Sonne über den Tempeldächern aufsteigen sahen. Blasse Schatten krochen im schwachen Licht über die Türme und Kuppeln der grauen, seelenlosen Bauwerke.

»Wenn Ihr glaubt, dass ich Euch Quantrain einfach ausliefern kann, liegt Ihr falsch«, sagte Navradaran.

»Wo ist er?«

»Ich folge nicht jedem Höfling durch den Palast und der Ruf des Lord-Inquisitors gibt mir keinen Anlass, ihn überwachen zu lassen.«

»Darum kann er all das tun. Er schickt seine Agenten in die Untermakropolen – meine Interrogatorin ist einem von ihnen begegnet. Phaelias sagte, diese Waffe – vielleicht ist es auch ein Krieger oder etwas anderes – sei verschwunden und dass sie ebenso auf der Jagd danach sind wie wir. Ihr wisst, um was es sich handelt, nicht wahr?«

»Ich gebe Euch mein Wort, dass ich nichts darüber weiß.«

»Was wisst Ihr *dann*?« Crowls Frust verlieh seiner Stimme einen schneidenden Unterton. »Es wäre falsch, etwas vor mir zurückzuhalten.«

Der Umhang des Custodes bewegte sich in der Brise. Vor ihnen erhoben sich die Kampanile einer hohen Kathedrale, aus deren Schornsteinen der Rauch verbrannter Opfergaben quoll.

»Diese Worte aus dem Mund eines Inquisitors zu hören, entbehrt nicht einer gewissen Ironie«, sagte er. »Ihr seid ein ungewöhnlicher Mann, Crowl. Ein ungewöhnlicher Vertreter Eurer Zunft.«

»Das haben auch andere schon gesagt. Erzählt es mir.«

Der Wächter mit dem goldenen Helm zögerte noch einen Moment, bevor er schließlich nachgab.

»Phaelias kam zu mir«, begann der Custodes. »Er war im Subsektor Laurentis auf die Spur eines Freihändlers namens Naaman Vinal gestoßen. Phaelias glaubte, dass Vinal seinen Kaperbrief missbrauchte und verbotene Xenostech hortete, statt sie im Depot des Adeptus Mechanicus auf Laurentis Primus abzuliefern. Deshalb ächtete er ihn. Vinal war schwer zu finden und Phaelias war nie imstande, seinen Verdacht zu beweisen, denn als er das Schiff des Händlers schließlich im Torquatus-Nebel aufspürte, trieb es verlassen und antriebslos im Raum. Der Rumpf war schwer beschädigt und Phaelias registrierte die Energiesignaturen von Xenospiraten, weshalb er den Fall anfänglich schließen und sich anderen Dingen zuwenden wollte. Eine spätere Analyse offenbarte jedoch Waffensignaturen imperialer Herkunft, weshalb er das Schiff unter Quarantäne stellte und durchsuchte.«

Crowl hörte ihm aufmerksam zu und merkte sich jeden einzelnen Punkt.

»Abgesehen von den widersprüchlichen Kampfspuren fand er jedoch zunächst nichts Auffälliges«, sagte Navradaran. »Dann stieß er in Vinals persönlicher Speichereinheit auf ein kodiertes Kommunikationsprotokoll. Es ist unklar, warum es nicht wie alle anderen Daten gelöscht wurde – vielleicht wollte Vinal es behalten. Der Inhalt ließ sich nicht entschlüsseln, aber der Empfänger ließ sich ermitteln – eine hochrangige Astropathin namens Cassandara Glucher, die für den Sprecher der Lizenzierten Kapitäne arbeitete. Ein Freihändler, der in regelmäßigem Kontakt mit einer solch hochgestellten Beamtin stand, war für Phaelias Grund genug, nach Terra zu reisen, wo er herausfand, dass Glucher bereits seit fünf Jahren tot war. Als er etwas über die Umstände ihres Ablebens zu erfahren versuchte, schlugen ihm zunächst Ausflüchte, später offene Feindseligkeit entgegen.

Nach mehreren Monaten ergebnisloser Untersuchungen kam er schließlich zu mir. Ich werde nichts über die Umstände unseres Treffens sagen und ein großer Teil seiner Untersuchungen ist mir bis heute nicht ganz klar, aber er schien eine Übereinkunft mit dem Professmarschall zu haben und konnte die Durchsuchung der eintreffenden Schiffe durchsetzen. Ich sah in der ganzen Sache ein Spiel innerhalb des Konzils – Animositäten zwischen den Hohen Senatoren sind nicht ungewöhnlich und das Verhältnis zwischen dem Marschall und dem Sprecher war angespannt. Doch der Vorwurf war eklatant – was immer Vinal erworben hatte, war in die Hände der Agenten eines terranischen Senators gelangt und sollte heimlich auf die Thronwelt gebracht werden. Das war das letzte Mal, dass ich mit ihm gesprochen habe.«

»Und Ihr habt seiner Aussage keine große Bedeutung beigemessen.«

»Wir hören viele Anschuldigen.«

»Doch jetzt hat sich etwas geändert.«

»Wie Ihr selbst bemerkt habt.«

»Die Fracht eines Raumfrachters wurde in Skhallax abgeladen«, sagte Crowl. »Dort ist ein Kampf entbrannt – ich habe die Spuren gesehen – und die Techpriester toben vor Wut. Jetzt ist es mehr als eine bloße Vermutung. Etwas ist hier, auf freiem Fuß, und Quantrain schreckt auch vor Mord nicht zurück, um die Spuren zu verwischen.«

»Wir werden Quantrain finden. Aber Ihr überrascht mich, Crowl – er ist ein Mitglied Eures Ordens und Ihr seid nicht imstande, ihn aufzuspüren?«

»Ich habe mich lange Zeit in Salvator aufgehalten. Aber eine Sache gibt mir zu denken – Ihr sagtet, das Fest würde vor dem Ewigen Tor enden. Ich habe mir nicht viel dabei gedacht, aber dann sagte Phaelias etwas Ähnliches. Das ist Eure Furcht, nicht wahr? In den Untermakropolen rotten sich Banden zusammen und eine Milliarde Pilger zieht in Richtung Tor. Es ist unmöglich, sie alle zu überwachen. Nur einer muss das Tor erreichen, über das kein Engel mehr wacht, dort ein Inferno entfesseln und Ihr könnt sie nicht rechtzeitig aufspüren.«

Navradaran hob seine gepanzerte Hand von der Brüstung und drehte sich von Crowl weg. Vielleicht war es unklug gewesen, den Namen eines heiligen Primarchen so leichtfertig zu gebrauchen, dachte Crowl ein wenig zu spät.

»Ihr sprecht über Dinge, von denen Ihr nichts versteht«, sagte der Custodes. »Vielleicht wandelt Ihr bereits zu lange in den Schatten und habt vergessen, ins Licht zu blicken.«

Navradaran ging fort und Crowl blickte ihm nach. »Wie soll es weitergehen?«, rief er ihm nach. »Überlasst Ihr mir die Jagd?«

Der Custodes wandte sich um.

»Ihr seid kein Narr, Crowl, also verhaltet Euch auch nicht wie einer«, sagte er. »Ihr sprecht vom Ewigen Tor und wisst doch gar nichts. Unzählige Sterbliche würden bereitwillig sterben, um es zu sehen, und Ihr steht hier und führt blasphemische Reden.«

Er begann sich wieder in Bewegung zu setzen.

»Ich werde es Euch kein zweites Mal anbieten«, sagte Navradaran. »Folgt mir und ich werde Euch zeigen, wo der Engel stand. Vielleicht kann das Eure Leichtfertigkeit mildern.«

Als sie erwachte, waren ihre Füße und Handgelenke gefesselt und an einen schweren Eisenstuhl gebunden. Spinozas Schläfen pochten und das Blut floss durch ihre Venen, als wäre es irgendwie dicker als sonst.

Sie blinzelte einige Male, um die schlimmsten Auswirkungen ihrer Benommenheit abzuschütteln. Sie prüfte ihre Fesseln und stellte fest, dass sie äußerst stramm verschnürt war. Man hatte ihr die Rüstung abgenommen und ihr nur den gepolsterten Anzug und ihre Beinschienen gelassen. Ein metallischer Geschmack lag auf ihrer Zunge und das Schlucken fiel ihr schwer. Sie konnte die Quetschungen an ihrem Rücken, ihrem Hals und der linken Seite ihres Gesichts spüren.

»Ihr seid schnell zu Euch gekommen«, erklang eine Stimme in der Dunkelheit. »Sie sagten, dass es einige Stunden dauern würde, aber ich habe mir schon gedacht, dass Ihr zäh seid.«

Spinoza versuchte etwas im Zwielicht zu erkennen. Es dauerte eine Weile, bis sich ihr Blick weit genug geklärt hatte. Sie befand sich in einem engen Raum, dessen Wände aus dem nackten Fels geschlagen worden waren. Das einzige Licht kam von einer fleckigen Lumenröhre, die kaum heller als eine Kerze schien und die Dunkelheit nicht vertreiben konnte. Schwere Eisentüren waren in die Wände eingelassen.

Vor ihr stand der Mann, der sich als der Falsche Engel bezeichnete. Er hatte seine Maske und sein Gewand abgelegt und trug die Kleidung eines gewöhnlichen imperialen Bürgers – eine dunkelgraue Tunika über einem schwarzen Körperanzug, einen halblangen Umhang und abgetragene Stiefel aus Synthleder. Mit überkreuzten Beinen lehnte er lässig an der gegenüberliegenden Wand.

Spinoza versuchte zu schlucken, ihren Kiefer zu bewegen. Ihr Herz schlug zu schnell und ihr Atem war zu flach. Die Worte alter Litaneien kreisten durch ihren Verstand und stählten ihren Mut.

Er ist ewig. Durch ihn ertrage ich alle Widrigkeiten.

Sie machte sich keine Illusionen, was als Nächstes geschehen würde. Sie hatte die Lithografien gesehen, die Autopsieberichte, die Leichen aus den Untermakropolen.

»Wo sind die anderen?«, krächzte sie.

»Die Assassine und der Sergeant sind am Leben. Sechs der Soldaten ebenfalls. Der Rest wurde im Audienzsaal getötet, aber macht das meinen Leuten nicht zum Vorwurf, denn Ihr habt viele, viele mehr getötet. Tatsächlich habt Ihr ganz schön unter ihnen gewütet.« Er stieß sich von der Wand ab und kam auf sie zu. »Wie heißt Ihr?«

»Luce Spinoza, Interrogatorin des Ordo Hereticus.«

Der Mann lächelte. »Name, Rang, Ordo. Und das ist alles, was Ihr mir sagen werdet, richtig?«

»Ich bin eine Agentin der Heiligen Orden der Inquisition des Imperators. Man wird nach mir suchen.«

»Aber nicht heute Nacht. Nicht für eine ganze Weile, angesichts des Wahnsinns, der diese Welt infiziert. Vorerst bleiben wir unter uns, Interrogatorin.«

Spinoza blickte ihn an. Ihre Atmung beruhigte sich allmählich. Die schlimmsten Effekte der Droge begannen abzuflauen und ehrlichem, körperlichem Schmerz zu weichen.

»Wer seid Ihr?«, fragte sie und hob ihr zerschlagenes Kinn.

Der Mann ging vor ihr in die Hocke, stützte seine Ellbogen auf die Knie und das Kinn auf seine Hand. Sein Gesicht war wettergegerbt, sein Körper muskulös und seine glatte Haut rein. Es war nicht die Erscheinung eines Mannes, der in lichtlosen Habitaten aufgewachsen war.

»Der Name, der mir bei meiner Geburt gegeben wurde, lautet Salvor Lermentov. Wisst Ihr, wie sie mich jetzt nennen? Den Falschen Engel. Lächerlich, nicht wahr? Ich habe keine Ahnung, woher dieser Name kommt – vermutlich ein Spitzname, den mir die Arbitratoren gaben. Aber wir haben ihn übernommen, ihn in etwas verwandelt, woran die Leute glauben konnten. Denn darum geht es bei dieser Sache – um den Glauben.«

Spinoza kniff die Augen zusammen. Unauffällig prüfte sie wieder ihre Fesseln, spannte ihre Muskeln gegen den schweren Stuhl. »Ihr glaubt an gar nichts. Ich habe gesehen, was Ihr tut.«

Lermentov lächelte trocken. »Was *wir* tun? Ich habe gesehen, was *Ihr* tut. Eure Hände sind die Blutigsten, Interrogatorin.«

»Wir tun, was wir tun müssen. Es bereitet uns kein Vergnügen. Eure Rituale sind abscheulich.«

»Rituale.« Der Begriff schien Lermentov zu amüsieren. »Ihr sprecht von den Predigten, von Sünde und Rechtschaffenheit. Vergesst das alles. Es bedeutet nichts. Wir tun es nur, um die Massen zu motivieren. Nach zehntausend Jahren des Aberglaubens ist ihr Denken etwas festgefahren. Aber wir arbeiten mit dem, was wir haben.«

Spinoza begann sich leicht gegen den Stuhl zu drücken und suchte nach einer Schwäche. In den Worten des Mannes lag keine Spur von Wahnsinn. Sie waren überlegt, kühl, vorsichtig, was aus mehreren Gründen äußerst problematisch war.

»Und natürlich seid Ihr unschuldig und habt keine Verbrechen begannen«, sagte sie, um sich etwas Zeit zu verschaffen. Sie fragte sich, wo Khazad und die anderen gefangen gehalten wurden.

Lermentov faltete die Handflächen wie zum Gebet. »Nein, keineswegs. Es gab Verbrechen. Aber andere, als Ihr uns vorwerft.« Er stand auf. »Wie lange dient Ihr bereits auf Terra? Ich vermute, erst seit kurzer Zeit. Euch fehlt dieser Ausdruck in den Augen.«

»Es spielt keine Rolle, was –«

»Doch, *das tut es*.« Kurz flackerte Wut in Lermentovs Augen auf. »Überall um uns herum, über uns, in den Habitaten, sterben Menschen. Und sie sterben qualvoll, Interrogatorin, und langsam. Sie leiden Schmerzen, wie ich sie nur ansatzweise …« Er verstummte und suchte nach Worten. »Und Ihr glaubt, dass wir die Schuld daran tragen.«

»Mitglieder Eurer Zellen haben es bestätigt.«

Lermentov lachte bitter. »Ja, Eure ausgefeilten Methoden der Wahrheitsfindung. Lasst mich raten – zuerst leugnen sie, dann holt Ihr Eure Instrumente hervor und schon bald erzählen sie Euch alles, was Ihr hören wollt, und am Ende lest ihr Eure blutigen Protokolle und tröstet Euch mit dem Gedanken, eine große Verschwörung unter Euren Füßen aufgedeckt zu haben.« Er schüttelte verächtlich den Kopf. »Wenn ich wollte, Interrogatorin, könnte ich Sägen und Nervennadeln holen und bevor eine Stunde vergangen ist, würdet Ihr mir erzählen, dass der Imperator selbst ein Dämon des tiefsten Abgrundes sei.«

»Das ist Ketz–«

»Ihr irrt Euch, was uns betrifft. Ihr habt Euch am Anfang geirrt und Ihr irrt Euch auch jetzt. Ihr alle, die Ihr unsere Leute jagt und unsere Versammlungsorte ausbrennt, seid dem Kern der Sache kein Stück näher gekommen. Selbst wenn Ihr uns lebend erwischt, könntet Ihr nichts in Erfahrung bringen, denn Ihr stellt die falschen Fragen. Wie könnt Ihr so weit daneben liegen?« Lermentov beugte sich über sie. »Weil die Menschen hier unten etwas anderes mehr fürchten als Euch. Es ist unwichtig, wie viele Ihr von uns in Eure Festungen schleift, denn es gibt noch mehr, die wissen, dass der Feind kein abstraktes theologisches Konstrukt ist, sondern sich in diesem Augenblick *mitten unter uns* befindet. Also suchen sie nach jemandem, der sie beschützt. Sie wissen, dass die Arbitratoren es nicht tun werden, auch die Mächtigen in den hohen Turmgipfeln nicht, also müssen sie sich selbst schützen. Deshalb bewaffnen wir uns, organisieren uns und gewinnen an Macht. Wir stehen bereit, die Ordnung in den Untermakropolen zu schaffen, die hier vonnöten ist.«

Spinoza gab es auf, gegen ihre Fesseln anzukämpfen. Sie waren zu fest, der Stuhl zu stabil und in ihrem geschwächten Zustand hatte sie keine Chance, sich zu befreien.

»Strukturen außerhalb des Adeptus Terra zu bilden, ist ein Verbrechen«, sagte sie. »Dafür allein habt Ihr den Tod verdient, aber diese anderen Dinge – die Überfälle auf sanktionierte Vertreter des Imperators, das Horten von Waffen –«

»Und wie sollten wir unsere Ziele ohne das nötige Werkzeug verwirklichen?« Lermentov lächelte wieder, doch es lag keine Fröhlichkeit darin. »Das Fest wird schon bald seinen Höhepunkt erreichen und die Priester werden der Menge vor dem Ewigen Tor predigen, dankbar für all das zu sein, was sie besitzt. Die Mächtigen werden lächeln, geschützt von den Millionen, die sie vor dem Schlimmsten bewahren, aber wofür sollen *diese* Menschen dankbar sein? Sie lieben den Imperator. Das tun sie, wirklich. Wir achten darauf, nur die wahrhaft Frommen zu rekrutieren, die ebenso bereitwillig für ihn sterben würden wie Euresgleichen. Aber nicht für die Hohen Senatoren. Nicht mehr. Sie werden genug zu essen haben, genug Kleidung. Doch vor allem werden sie vor dem Schrecken sicher sein. Darum kommen sie zu mir und darum tun wir, was wir tun.«

Spinoza hörte ihm aufmerksam zu und versuchte herauszufinden, welcher Art seine Ketzerei war. Vielleicht war Lermentov nur ein Sozialrevolutionär, der dumm genug war zu glauben, durch Mitgefühl die Nöte der Menschen verschwinden lassen zu können.

»Ihr habt keine Ahnung, wovor wir Euch schützen«, sagte sie.

»Oh, tatsächlich?«

»Nicht im Geringsten.«

Lermentov bedachte sie mit einem herablassenden Blick und trat vor die Eisentür in der linken Wand. Er legte seine Hände auf einen rostigen Hebel, der neben der Tür im Stein eingelassen war, und warf ihr einen Blick zu.

»Das ist es, womit wir leben«, sagte er. »Ich frage mich, ob Ihr es erkennt.«

Er drückte den Hebel herunter und die schwere Tür sprang mit einem metallischen Quietschen auf. Dahinter befand sich ein mit grellen Lumenröhren beleuchteter Raum. Etwas hockte dort, etwas Großes, Abscheuliches. Als die Tür sich auf kreischenden Angeln öffnete, erhob sich das Ding, streckte die Glieder und richtete sich auf. Ein metallumhüllter Kopf wandte sich der quietschenden Tür zu und blassgraue Haut wölbte sich unter dem harten Licht.

Spinozas Augen weiteten sich. Der Anblick dieses Dings war entsetzlich. Es war größer und breiter als ein Mensch, und seine Rippen traten unter der nässenden Masse seiner vernarbten Haut hervor. Seine Taille war dünn wie die einer Wespe, Brust und Schenkel unverhältnismäßig geschwollen. Die Hände der Kreatur waren entfernt und durch Klauen aus irgendeinem glänzenden Metall ersetzt worden. Mit Flüssigkeiten gefüllte Zylinder ragten zwischen den knöchrigen Graten aus dem Rücken der Abscheulichkeit. Nadeln steckten in ihrer Haut und Haken spreizten offene Wunden. Die Kreatur zischte, als sie das blinde Gesicht hin und her drehte, bevor sie plötzlich auf die offene Tür zusprang. Schwere Ketten strafften sich und hielten sie zurück, während sie rasend an ihren Fesseln zerrte. Aus dem Raum wehte der Gestank von Elend, Enge und … etwas anderem.

Spinoza hatte diesen Geruch bereits an Bord der *Rhadamanthys* gerochen. Vielleicht nicht exakt diesen Gestank, aber genauso abscheulich. Sie würgte und schluckte schwer, um ihre Übelkeit niederzukämpfen, als sich das Ding in seinen Ketten wand.

»Erschreckend, nicht wahr?«, sagte Lermentov, der seine Abscheu ebenfalls kaum verhehlen konnte. »Wisst Ihr, wie diese Kreaturen genannt werden? Wir hatten keinen Namen dafür, nicht bevor wir es Eurer Assassine zeigten. Aber sie gehört dem Ordo Xenos an und wusste sofort, was sie da vor sich hatte.«

Spinoza konnte ihren Blick nicht von der Kreatur abwenden. Alles an ihr war abstoßend. Sie litt offensichtlich Schmerzen – jede ihrer zitternden Bewegungen wirkte unnatürlich – aber es brannte auch eine bösartige Wut in ihr. Ihre Glieder waren schrecklich aufgequollen, als wären ihre Knochen gebrochen und schlecht wieder gerichtet worden. Ihre Muskeln wölbten sich in obszönen Knorpelbergen unter der von Adern durchzogenen Haut.

»Ich kann es Euch verraten«, sagte Lermentov düster. »Dieses Ding war einst ein Mensch – ob Mann oder Frau, lässt sich jedoch nicht mehr feststellen. Es wurde in etwas verwandelt, was Eure Assassine als Xenostyp Eldar-beta, Unterart *Groteske* bezeichnet. Diese Kreaturen jagen durch die Dunkelheit der Tunnel hier unten. Die Blutrituale, die Ihr untersucht? Sie sind dafür verantwortlich. Sie morden ungehindert. Nichts kann sie aufhalten – sie sind schnell und können selbst in absoluter Dunkelheit sehen. Sie sind stärker als unsere Ogryns. Sie sind *schrecklich*.«

Das glaubte sie nur zu gern. Die Groteske versuchte sich immer noch zu befreien und zerrte an den rasselnden Ketten. Speichel tropfte in glänzenden Fäden aus ihrem verborgenen Mund, während ihre Klauen klapperten.

Lermentov drückte den Hebel wieder in seine ursprüngliche Position und die schwere Tür schloss sich mit einem dumpfen Knall. Spinoza sagte nichts. Gedanken rasten durch ihren Verstand, doch kaum einer davon erschien irgendeinen Sinn zu ergeben.

»Dagegen kämpfen wir«, sagte Lermentov. »Darum wenden sich die Leute auf der Suche nach Erlösung an uns. Sie wissen, was diese Kreaturen ihnen antun, wenn sie allein sind. Doch das sind nicht die schlimmsten Ängste, denn wir kennen jetzt die Herkunft dieser Monster. Wenn Ihr diese blutigen, grauenhaften Bilder entdeckt oder auf zerfetzte Körper und blutverschmierte Gänge stoßt, dann denkt über den Grund dafür nach. Wir sind nicht die Täter, Interrogatorin – wir sind die Opfer.« Er kam wieder auf sie zu und sie entdeckte in seinen Augen den befriedigenden Funken der Rechtfertigung. »Also beschaffen wir uns Waffen und organisieren uns, und wenn unsere Leute von Euresgleichen erwischt werden, täuschen und verbergen sie so viel sie können, selbst wenn die Messer hervorgeholt werden, denn jeder von uns weiß, dass wir entweder zusammenstehen oder alle Hoffnung aufgeben müssen.«

Spinoza dachte über die Dinge nach, die sie bereits wusste. Nach Crowls Informationen war die Ladung der *Rhadamanthys* vor zwanzig Tagen gelöscht worden.

»Wann sind diese … Kreaturen aufgetaucht?«, fragte sie.

Lermentov zuckte die Schultern. »Ich weiß es nicht«, sagte er.

»Wir bereiten uns seit Monaten darauf vor, unsere Chance zu nutzen, sobald alle Augen auf das Tor gerichtet sind. Aber diese Kreaturen haben alles verändert. Die ersten Morde bemerkten wir vor … drei Wochen? Mehr können es nicht sein, aber seitdem wurde es immer schlimmer. Dies ist die einzige Kreatur, die wir fangen konnten, und Dutzende sind dabei gestorben. Sie vermehren sich rasch und bald wird es nicht mehr möglich sein, sie auszurotten.«

»Ihr hättet es melden müssen.«

»Ha!« Lermentov klatschte in die Hände. »Den Behörden, ja? Der erste von uns, der es versuchte, wurde als Fantast verdammt, als Xenoskultist verurteilt. Seine Familie ist kurze Zeit später verschwunden. Ihr versteht es wirklich nicht, oder? Die Leute fürchten sich vor genau drei Dingen – vor den Monstern, vor einander und vor Euch.«

Spinoza erinnerte sich an Crowls Worte.

»Aber ich habe Euch nicht getötet«, fuhr Lermentov fort. »Selbst nach all dem Schmerz, den Ihr uns gebracht habt, ging ich das Risiko ein. Aus einem Grund. Wir wissen, wo diese Kreaturen erschaffen werden. Heute Nacht werden wir losziehen, um sie auszuräuchern. Viele werden sterben.« Er blickte ihr unverwandt in die Augen. »Es wäre sicherer für uns, wenn ich Euch töten würde. Viele meiner Getreuen drängten mich dazu, bevor noch mehr von Euresgleichen hier auftauchen. Ihr habt so viele von uns getötet, Luce Spinoza, und es fällt ihnen schwer, Euch nicht zu hassen. Warum habe ich es also nicht getan?« Er zuckte mit den Schultern. »Weil ich mir keine Illusionen darüber mache, mit was wir es zu tun haben. Wir werden jede Unterstützung brauchen und dennoch stehen unsere Chancen nicht gut. Ich beginne zu glauben, dass der Imperator uns zusammengeführt hat. Jetzt, da Ihr all diese Dinge gesehen habt, Interrogatorin, könnt Ihr Euch sicherlich denken, vor welche Wahl ich Euch stelle. Ihr könnt hier sterben oder Ihr könnt Eure Pflicht tun und uns helfen.«

Spinoza blickte ihn scharf an. Lermentov schien es völlig ernst zu meinen. Er zog einen Schlüssel an einer schweren Kette hervor und ließ ihn langsam vor ihrem Gesicht hin und her schwingen.

Jeder Instinkt in ihr lehnte sich dagegen auf. Dieser Mann – dieser *Ketzer* – machte sie beinahe ebenso krank wie die Kreatur hinter der Eisentür. Er war ein Fanatiker, ein Rebell, zu stolz, um den Weg in die Verderbnis zu erkennen, auf dem er sich befand. Er hatte sich einen Platz auf dem Scheiterhaufen verdient, ebenso wie jene, die seinen giftigen Lügen lauschten.

Aber was Crowl jagte, befand sie *hier*, begraben unter den kolossalen Türmen, schwärte im Dunkeln, während die unbekümmerten Pilgerscharen durch die Straßen in Richtung Palast zogen. Dies waren die Dinge, die sich an Bord der *Rhadamanthys* befunden hatten, und wenn sie die Quelle fanden, würden sie die Antworten auf all ihre Fragen erhalten.

»Die anderen«, sagte sie. »Khazad, Hegain – wurden sie vor dieselbe Wahl gestellt?«

»Ihr seid ihre Anführerin. Sie werden es tun, wenn Ihr es ihnen befehlt.«

»Ich billige nichts von dem, was Ihr getan habt.«

Lermentov lächelte nachsichtig. »Ja, das wäre eine sehr törichte Hoffnung gewesen.«

Sie brachte es kaum über sich, ihn anzusehen. Ihr Stolz, ihre Ausbildung, ihr Urteilsvermögen, all diese Dinge rangen miteinander, doch hier stand etwas Größeres auf dem Spiel.

Zähneknirschend nickte sie. »Solange diese Kreaturen atmen, werde ich Euch unterstützen.«

»Schwört Ihr das auf den Heiligen Thron?«, fragte Lermentov ernst. »Ich weiß, was solche Schwüre Euresgleichen bedeuten. Ihr will es hören, bevor ich Euch diese Fesseln abnehme.«

Jetzt war es Spinoza, die lächelte, wenn auch innerlich. Worte bedeuteten nichts, das hatte Tur ihr beigebracht. Aber wenn sich Lermentov dadurch wohler fühlte, schadete es nichts, ihn in dem Glauben zu lassen.

»Wie Ihr wollt«, sagte sie und drehte die Handgelenke so, dass er die Schlösser erreichen konnte. »Sagt mir, was Ihr hören möchtet.«

KAPITEL EINUNDZWANZIG

Navradaran sagte auf dem Weg kein Wort. Sie bestiegen einen Flieger und flogen durch enge, verlassene Schluchten. Weit und breit war kein anderer Atmosphärenflieger zu sehen. Die Gebäude, die sie passierten, waren älter und bestanden aus echtem Stein, der aus dem Boden der alten Erde geschlagen worden war – Granit, Marmor, verwitterter Kalkstein und abgeschliffener Sandstein, kunstvoll und sorgfältig zu geschwungenen Bögen und gestuften Kolonnaden zusammengesetzt. Ihre Größe war immer noch beeindruckend, doch die Kunstfertigkeit war bewundernswert – es waren die ersten Prototypen eines architektonischen Stils, der sich eines Tages über jede Welt der Galaxis verbreiten sollte, die ersten gotischen Türme, die ersten Giebelschädel, die ersten düsteren Statuen vermummter Engel, die mit dem Schwert in der Hand schweigend wachten. Einige dieser Gebäude waren bereits alt gewesen, als der Imperator sein Volk zum ersten Mal zu den Sternen führte. Jetzt waren sie Relikte, Fossile eines fremden Zeitalters, die letzten Fäden zu einer Vergangenheit ungetrübter Kraft.

Lärm und Hitze des Äußeren Palastes wichen einer schläfrigen

Ruhe. Noch immer drängten Menschen durch die Straßen, aber statt Fremdweltler waren es hochrangige Adepten, die ihren Pflichten in gedämpfter Stille nachgingen. Türme und Bergfriede ragten überall in die Höhe, verbunden durch lange, schlanke Hochstraßen und Brücken, die die Straßen unter ihnen in ewige Schatten tauchten. Aquilae prangten auf jedem Giebel, düster statt stolz, und die hohlen Augen der Statuen weinten grüne Flechten.

Navradarans Flieger trug sie sanft über die verfallende Landschaft. Die Sonne stieg höher und bleichte die grauen Dunstschleier um die Turmspitzen und Bannerstangen. Sie näherten sich dem Ursprung der Blitze, die in dünnen, gegabelten Linien aus den schweren Wolkenwirbeln herabzuckten und den brüchigen Stein erleuchteten.

Das Sanctum Imperialis kam in Sicht, bis sein Anblick alles andere dominierte. In seiner Silhouette glich es den großen Zikkurats auf dem Mars, wenn auch dunkler, größer und mit dolchartigen Glockentürmen aus getriebenem Ceramit. Der höchste von ihnen war der *Turris Virorum*, der Turm der Helden, dessen achtseitige Fassade mit alten Brandspuren bedeckt war, über denen eintausend Embleme der Orden des Adeptus Astartes prangten. Es hieß, dass der einzige Weg zu seiner umwölkten Spitze über die Unversehrte Treppe führte, die sich im Innern des hohlen Monoliths hinaufwand und deren Stufen von den Füßen unzähliger Priester abgenutzt waren, die zum Gedenken an die Seelen verlorener Helden seine große Glocke läuteten. Der trauernde Schlag dieser Glocke war auf der gesamten Welt zu vernehmen.

Dichtere Sturmwolken ballten sich über ihnen zusammen. Das Epizentrum des Wirbels, eine träge Spirale über dem Scheitelpunkt des Sanctums, war bereits mit bloßem Auge erkennbar. Blitze durchzuckten die Wolken, untermalt vom unablässigen Grollen einer gequälten Welt. Die Luft war schwer und drückend. Als Crowl seine Hände auf die Armlehnen seines Sitzes legte, tanzten elektrostatische Entladungen über seine Panzerhandschuhe.

Er konnte es fühlen. Er konnte spüren, wie die abgestrahlte aktinische Kraft um ihn herum zunahm, den Sturm aufpeitschte und die gewaltigen Konstruktionen bis in ihre verborgenen Wurzeln erschütterte. Er konnte beinahe das Flüstern der Millionen an diesem weiten Ort hören – das Murmeln der angehenden Astropathen, die zu den Amphitheatern in der Stadt des Sehens geführt wurden; das Tuscheln der Höflinge, die durch die samtenen Schatten der geäderten Marmorhallen schritten; die leisen Gebete der Kardinäle vor den barocken Altären – allesamt kurzlebige Erscheinungen im Umkreis der einzigen Seele, die tief begraben unter all der Pracht und Herrlichkeit wirklich von Bedeutung war; die *dort* war, es von Anfang an gewesen war und bis zum Ende sein würde, und deren unsterbliche Wirklichkeit alles um sich herum zu einem unbeständigen Gespinst verblassen ließ.

Er stellte fest, dass sein Herz schneller schlug. Je länger er auf das Sanctum herabblickte, je näher sie dem kolossalen Mausoleum kamen, desto drückender wurde die Luft, desto größer die Hitze, desto schneller sein Puls. Er dachte an den Injektor seiner Rüstung, bezweifelte jedoch, dass die Beruhigungsmittel Wirkung zeigen würden. Was er fühlte, hatte wenig mit physischen Empfindungen zu tun, sondern entsprang der schrecklichen Macht – grauenerregend und großartig, schmerzhaft und ekstatisch zugleich –, die in jenem Grabtempel eingebettet war.

Der Flieger landete anmutig auf dem Vorplatz einer Brücke, die zum drohend vor ihnen aufragenden Sanctum hinaufführte. Sie standen im Schatten desjenigen der neun Titanolithen, der den theologischen Insignien zufolge Vulkan den Torwächter darstellte.

Erst jetzt wandte sich Navradaran wieder an ihn. »Den Rest des Weges laufen wir. Dies ist heiliger Boden.«

Dessen war Crowl sich durchaus bewusst. Er fragte sich, was der Custodes mit dieser Sache bezwecken wollte. Ihn einschüchtern? Ihn für seine unbedachten Worte bestrafen? Er verließ das Cockpit des goldenen Fliegers und atmete die elektrostatisch aufgeladene Luft ein, die nach beißendem Weihrauch und altem, moderndem Gestein roch.

Weiß gekleidete Priester mit weißen Masken, deren Kaseln mit mystischen Abbildungen des Unter-Uns-Wandelnden-Imperators bestickt waren, empfingen sie auf dem Vorplatz und geleiteten sie über die Brücke. Entlang der Brüstung standen Wächter mit verspiegelten Masken und schwarzen Plattenpanzern, deren Energiespeere im schwachen Sonnenlicht schimmerten. Hoch über ihnen, auf den Terrassen des Sanctums selbst, schritten golden gerüstete Gestalten über die alten Wehrgänge. Aus der Tiefe drang das dumpfe Murmeln ritueller Segnungen an Crowls Ohren, ein endloses Brummen, das aus der Erde selbst zu kommen schien.

Sie schritten über die mächtige Brücke, die sich in den Himmel hinaufwölbte und die barocken Fassaden des Sanctums mit den Landeplätzen verband. Auf dem Weg betrachtete Crowl die breiten Prozessionswege vierhundert Meter unter ihnen, auf denen sich die Pilgerscharen drängten. Sie waren die Erwählten, die Glücklichen, die am Ende ihrer langen Reise das Löwentor passiert hatten und jetzt über die gesegneten Wege zum Allerheiligsten strebten. Nur einem Bruchteil dieser Pilger war es bestimmt, das große Spektakel des Festes selbst zu erleben, und dennoch war es für sie das Ende aller Wege, an dem sie einen flüchtigen Blick auf das Antlitz der Göttlichkeit selbst erhascht hatten. Wer überlebte, würde als geachteter Heiliger auf seine Heimatwelt zurückkehren und Terras Wunder jenen schildern, die noch nicht einmal geboren waren, als er an Bord eines Sternenschiffes zur Thronwelt aufgebrochen war.

Doch sie waren noch weit vom Ziel ihrer Träume entfernt. Keiner von ihnen würde in Sichtweite des Ewigen Tores gelangen, bevor die Blutglocken in zwei Tagen läuteten und Sanguinala seinen Höhepunkt erreichte. Die Astropathen und die Hüter des Kalendariums würden dafür sorgen, dass zu diesem Zeitpunkt die Glocken auf jeder Welt des Imperiums läuteten, und doch würde der Eifer hier, im Zentrum des Reiches, am größten sein, denn dies war der Boden, auf dem die drei erhabenen Primarchen um das Überleben der menschlichen Spezies gekämpft hatten.

Das Sanctum kam näher, umringt von Feuerschalen, deren Qualm endlos in den rußigen Himmel aufstieg. Der schwere, tiefe Schlag gewaltiger Trommeln war zu hören – *bumm, bumm, bumm* –, ein unablässiger Rhythmus, der ewig und unerreichbar durch die lichtlosen Schluchten hallte und die Pfeiler und Streben vibrieren ließ.

Crowl empfand Furcht. Aufrichtige Furcht. Im Laufe seiner Karriere hatte er so viel Verdorbenheit gesehen, dass die Last seinen Körper niedergedrückt und seine Seele ausgedorrt hatte, doch nicht einmal hatte er in der Tiefe seines Herzens wahre Furcht empfunden. Doch hier war sie, schlich sich wie ein Dieb an ihn heran, vorbei an allen Schranken, die er errichtet hatte, und nährte seine sterblichen Schwächen.

»Ihr fürchtet Euch«, sagte Navradaran in diesem Moment.

»Es gibt keinen Grund, sich zu fürchten«, sagte Crowl, während er versuchte, das Gefühl abzuschütteln.

»Das ist nicht wahr«, sagte Navradaran. »Kämpft nicht dagegen an.«

Sie erreichten das erste Portal. Custodes bewachten es, jeder einzelne so gewaltig und imposant wie Navradaran. Sie würdigten Crowl keines Blickes, sondern standen wie seelenlose Statuen zu beiden Seiten des vergoldeten Eingangs. Die zwanzig Meter hohen Flügel des Messingtores öffneten sich langsam und ein staubiger Hauch schlug ihnen aus der Dunkelheit hinter dem Portal entgegen. Auf dem Türsturz prangten in überlebensgroßen Lettern die Worte *Eius sacrificio, nostram vitam*. Stumme Servoschädel schwebten herbei, musterten sie prüfend und huschten wieder in die Düsternis davon.

Sie traten ein. Der Klang der Trommeln wurde lauter und diffuser, als würde er durch einen tiefen Schacht hallen. Klagende Gesänge erhoben sich unter der gewölbten Decke und schwebten wie Geister die langen Säulengänge entlang. Mit Wimpeln und schartigen Schwertern geschmückte Bögen ragten in die Höhen und verloren sich im trüben Dunst.

Der Boden unter ihren Füßen bebte und die Hitze war beinahe unerträglich. Als sich das Portal hinter ihnen mit einem leisen Krachen schloss, legte sich drückende Dunkelheit über sie. Navradaran ging voran, seine Rüstung ein goldener Schimmer zwischen pechschwarzen Schatten. Crowl erhaschte nur vage Eindrücke von den Hallen, die sie durchquerten – Schächte, die bis ins Herz der Welt hinabreichten; schwindelerregend hohe Kirchenschiffe, die sich in der Ferne verloren; gewaltige Planetenmodelle und Planetarien, die von vermummten Adepten gewartet wurden; kniende Priester vor versengten Reliquiaren mit alten Rüstungen, alten Waffen, alten Knochen, ledrigen Hautfetzen in dunklen Kristallen …

Er spürte den kalten Hauch aufsteigender Panik in seiner Kehle. Sein Atem kam flach und kurz. Er fühlte, wie die Unermesslichkeit seiner Umgebung, ihr Alter, ihre Qual, ihn zu Boden drückten, ihn überwältigten und unter sich begruben.

Es war ein irrationales Gefühl. Er hatte diese Empfindungen lange hinter sich gelassen, und doch wuchs der Schrecken weiter an. Jeder Schritt fiel ihm schwerer als der letzte. Seine Handflächen schwitzten und er musste sich zwingen, weiterzugehen. Navradaran war eine stumme, brütende Präsenz an seiner Schulter und führte ihn mit schweren Schritten durch Gewölbe und Querschiffe. Sein Gang war so sicher und fest wie die schimmernden Basaltsäulen, die sie umgaben. Dann führte der Weg hinab über lange Wendeltreppen, die kein Ende zu nehmen schienen. Der letzte Lichtschimmer der Welt über ihnen blieb zurück und wich dem düsteren Flackern der Opferkerzen.

Schließlich erreichten sie ein weiteres Portal. Auf einen Wink von Navradaran öffneten sich die Torflügel wie von selbst. Dahinter befand sich ein schmaler Balkon, vor dem ein gähnender Abgrund zweihundert Meter in die Tiefe stürzte. Crowl merkte, wie der letzte Rest seiner Zuversicht in sich zusammenfiel, und blieb auf der Schwelle stehen, doch der Custodes winkte ihn weiter und er folgte ihm.

Der Balkon war kaum drei Meter breit und zehn Meter lang.

Schwere, staubige Seidenvorhänge hingen zu beiden Seiten. Der alte vergoldete Putz zerfiel unter der leichtesten Berührung. Sie waren allein.

»Seht dort«, sagte Navradaran. »Das Ziel der Verschwörer.«

Einen Moment lang vergaß Crowl bei diesem Anblick zu atmen. Als seine Lungen sich wieder gierig mit Luft füllten, schlug sein Herz nur umso schneller. Er packte das Geländer und hatte das Gefühl, über die Brüstung zu stürzen. Er spürte, wie seine Lippen sich bewegten, und erkannte, dass er betete. Die Worte kamen unwillkürlich über zynische Lippen, die den heiligen Versen vor langer Zeit abgeschworen hatten.

Er blickte auf die niedrigen Stufen am südlichen Ende der düsteren Halle herab. Der graue Marmor war unter schweren Stiefeln gesplittert oder gesprungen, die Kanten gebrochen, doch niemand hatte ihn repariert.

Auf beiden Seiten der Treppe hingen Banner, deren Stangen sich wie die Bäume eines urzeitlichen Waldes Reihe um Reihe in der Dunkelheit erhoben. Es waren so viele, dass der Verstand ihre Zahl kaum fassen konnte. Einige waren nicht mehr als blutige, fadenscheinige Fetzen an rußigen Querstangen. Andere waren unversehrt und hingen stolz von eisernen Pfählen herab. Auf diesen Feldstandarten prangten Skelette, geflügelte Löwen, flammende Schwerter und maskierte Engel, alle mit makelloser Sorgfalt in das dicke Gewebe gestickt. Ein feiner Nebel hing über den endlosen Reihen der Bannerstangen, zwischen denen ein leichter Windzug seufzte.

Jede Standarte war vom Staub fremder Welten bedeckt. Einige Regimenter hatten vor langer Zeit ihr Ende gefunden und die Kriege, in denen sie gekämpft hatten, waren nur noch halb vergessene Legenden. Andere Verbände kämpften noch immer in der Tiefe des Raums, während ihre alten Feldzeichen hier in der Dunkelheit verrotteten. Viele Embleme waren Crowl unbekannt. Kein lebender Mensch konnte all die Wappen in diesem grenzenlosen Wald des Gedenkens, dieser uferlosen Zurschaustellung interstellarer Trauer kennen.

Engel mit kindlichen Gesichtern flatterten hoch über den flüsternden Standarten und schwangen Weihrauchfässer an dicken Ketten. Die metallenen Augen in ihren metallenen Gesichtern schweiften über diese Landschaft der Trauer und weinten metallene Tränen. Ihre stählernen Flügel bewegten sich in mechanischer Ruckartigkeit, während sie träge unter der Decke kreisten und zarte Rauchschwaden hinter sich herzogen.

Die Wände der Halle verloren sich in halbdunklen Schatten und das rußbedeckte Gestein verschmolz mit den wallenden Dunstschwaden. Crowl konnte die Bögen der tragenden Pfeiler, die schwach beleuchteten Konturen düsterer Säulenreihen, die Gänge und Kapellen in der Tiefe gerade noch erkennen. Er entdeckte Hunderte Gestalten in den Schatten. Sie alle trugen die verzierten Goldrüstungen der Custodes und ihre Wächterspeere glühten wie Sterne in der irdenen Schwärze.

Die lange Treppe am Ende der gewaltigen Halle führte hinauf zum Ewigen Tor, dem Portal zum Allerheiligsten, dessen Kunstfertigkeit von einer derart unerhörten Herrlichkeit war, dass sie selbst auf einer Welt der Herrlichkeiten die Seele des Betrachters zu überwältigen drohte.

Crowl wusste um die Natur des Tores, so wie jedes gebildete Kind im Imperium davon wusste – reines, dreifach gehärtetes Adamantium mit Intarsien aus Ceramit, von Titanlegierungen verstärkt, die hektargroße Front vergoldet und mit fünfhundert Metern hohen Basreliefs verziert. Sie zeigten den Herrn der Menschheit, gerüstet, jugendlich und schrecklich, der umgeben von Tierkreiszeichen und den okkulten Symbolen seines Pantheons mit Speer und Schild die Horusschlange erschlug.

Zu Füßen des Tores hielten die Reihen der Custodes mit gezogenen Waffen schweigend Wacht und die diffusen Reflexionen ihrer Helme verschmolzen zu einer goldenen Aura. Neben ihnen ragten zwei schreckliche Titanen der Reaver-Klasse auf. Das Licht ihrer Kanzeln schwelte in der schattenverhangenen Düsternis und ihre Geschütze waren mit Bannern behängt, auf denen die verwobenen Embleme des Adeptus Terra und Adeptus Mechanicus, der Thronwelt und der Schmiedewelt, prangten.

»Dort ist es«, sagte Navradaran mit leiser Stimme. »Das heiligste Portal im gesamten Imperium, beschützt von sichtbaren und unsichtbaren Wächtern. Euer Herz pocht. Eure Hände schwitzen. Ihr wollt Euch zu Boden werfen und Eure Seele demjenigen weihen, der sich hinter diesem Portal befindet.«

All das entsprach der Wahrheit. Crowl versuchte, langsamer zu atmen.

»Und Ihr seid ein Mitglied der Heiligen Orden, Crowl«, fuhr Navradaran fort. »Euch wurde beigebracht, den Schwächen des Körpers und des Geistes zu trotzen. Ihr habt die schwierigsten Prüfungen gemeistert und lebt jeden Tag im Wissen um die Schrecken, die uns erwarten, sollten wir jemals wanken.«

Es war schwer, sich an all das zu erinnern. Die Luft um ihn herum war ein elektrisch aufgeladener Sud aus Räucherwerk und dem Geruch unzähliger verrottender Banner.

»Und Ihr behauptet, dass eine Waffe, die an Bord eines Schiffes nach Terra gebracht wurde und irgendwelchen Kabalen in die Hände fiel, diesem Ort gefährlich werden könnte«, sagte Navradaran. »Diesem Ort, an dem der Engel stand, durch den die Fluten der Finsternis wogten und zurückgeworfen wurden.«

Nichts konnte dieses Tor durchbrechen. Keine Armee, keine Macht, kein Verstand konnte es durchbrechen – damals nicht, heute nicht und nicht in alle Ewigkeit.

»Wenn Phaelias das glaubte, dann irrte er sich«, sagte Navradaran. »Wenn Ihr es immer noch glaubt, dann irrt auch Ihr. Wenn die Erwählten vor dieses Tor treten, werden sie so sicher sein wie an keinem anderen Ort im heiligen Reich der Menschheit. Dies ist die letzte Bastion. Dies ist der Bann gegen die Äußere Dunkelheit.«

»Deshalb habt Ihr mich hierher gebracht?«, stieß Crowl mit einiger Mühe hervor. »Um mir das zu demonstrieren?«

»Ich habe Euch hergeführt, um Euch zu zeigen, wie die Dinge stehen.«

»Wart Ihr schon einmal … auf der anderen Seite?«

»Das war ich.«

Crowl wollte ihm noch weitere Fragen stellen. Trotz aller Professionalität wollte er erfahren, was für ein Gefühl es gewesen sein mochte. Selbst hier konnte er die titanische Macht jenseits des Tores spüren; eine Macht, die seinen Verstand benebelte und ihm Übelkeit bereitete.

Er riss sich zusammen. »Aber es existiert eine Bedrohung«, sagte er entschieden. »Phaelias war ihr länger als jeder von uns auf der Spur und überzeugt davon, dass ihr Ziel das Tor sein würde.«

»Dieser Ort wurde errichtet, um Armeen zu widerstehen«, verkündete Navradaran. »Es gibt einen Grund, warum Titanen das Tor bewachen, denn es ist die einzige Passage im Innern des Palastes, die eine Gottmaschine beschreiten kann. Aber Ihr kennt Terra, Inquisitor. Ihr wisst, dass es Pfade unterhalb der prächtigen Wege gibt.«

Schließlich begriff Crowl. Sein Blick richtete sich wieder auf die stummen Wächtertitanen. »Dorthin werden sich alle Augen richten«, sagte er.

»Wir können nicht jede Spalte in allen Gewölben überwachen. Millionen strömen in den Palast, und obwohl nur ein Bruchteil von ihnen diesen Ort erreichen wird, müssen unsere Augen auf ihnen allen ruhen, was umso mehr an unseren Kräften zehrt.«

»Aber Ihr müsst imstande sein –«

»Wenn wir die Zeit hätten, Inquisitor, könnte ich Euch so viele Dinge zeigen«, sagte Navradaran. »Schächte unter der Kruste verborgener Berge, von denen viele noch nie erkundet worden sind. Ganze Städte, die sich unter den Krypten unserer Kathedralen ausbreiten; einige von ihnen noch immer bewohnt und die Ruhestätte von Relikten, für die ganze Sektoren in den Krieg ziehen würden. Zehntausend Jahre alte Tunnel, die nie verschlossen wurden. Ich denke, Ihr versteht, was ich damit sagen will.«

Crowl konnte sich nicht vom Anblick der Titanen losreißen. Irgendwie wirkten sie inmitten der stillen Schatten noch beeindruckender als auf dem Schlachtfeld. »Ich weiß nicht, wo ich suchen soll«, sagte er grübelnd, ob er in Phaelias' Bericht irgendeinen Hinweis übersehen hatte.

»Ebenso wenig wie ich«, gestand der Custodes. »Keiner meiner Agenten konnte bisher etwas Genaueres herausfinden.«

Crowls Blick glitt über den Bannerwald und richtete sich schließlich auf den Custodes. »Es landete in Skhallax«, sagte er nachdenklich. »Danach blieb es verborgen, bewegte sich weiter, jedoch im Dunklen.«

»Und Quantrain?«

»Wir müssen ihn finden, doch selbst dadurch werden wir unserem eigentlichen Ziel nicht näher kommen.« Crowl lachte verbittert. »Es ist ihm entkommen, versteht Ihr? Es ist ihm durch die Finger geschlüpft. Er sucht garantiert ebenso verzweifelt danach wie wir.« Er schüttelte den Kopf. »Nein, Ihr hattet bei unserer ersten Begegnung recht. Die Morde, die seit der Ankunft dieses Dinges immer weiter zugenommen haben, sind der Schlüssel. Ich wollte es nicht glauben, das alles passte viel zu gut zusammen, aber nach Skhallax habe ich meine Meinung geändert.«

»Ich habe die Schauplätze dieser Gräueltaten katalogisiert«, sagte Navradaran. »Meine Gelehrten haben eine Woche lang alle Berichte zusammengetragen und nach einem Muster gesucht.«

»Sie werden keines finden«, sagte Crowl. »Keines, das sie verstehen. Sie verbringen Ihr ganzes Leben in diesen Tempeln und haben keine Ahnung, wie es dort draußen zugeht.«

»Umso besser, dass Ihr uns jetzt unterstützt, Inquisitor.«

Crowl lächelte. »Zeigt mir, was Ihr habt.« Dann blickte er ein letztes Mal auf die dämmrige Halle hinab und spürte den numinosen Druck in seinen Schläfen. »Aus dieser Nähe ist das Gefühl überwältigend«, sagte er leise. »Ich begreife nicht, wie Ihr es ertragen könnt.«

Navradaran griff nach den schweren Vorhängen und zog sie vor der Brüstung zusammen.

»Und ich begreife nicht, wie ein Mensch ohne dieses Gefühl leben kann«, antwortete er.

* * *

Zum ersten Mal in seinem Leben widersetzte sich Hegain einem direkten Befehl.

»Dieser Mann ist ein Ketzer, Fräulein«, protestierte er.

»Er weiß um den Ursprung dieser Grausamkeiten«, sagte Spinoza.

»Bei allem Respekt, Fräulein, dann entreißt ihm dieses Wissen und macht es Euch zunutze. Kontaktiert Lord Crowl, wenn dafür noch Zeit bleibt, und fordert weitere Gardisten an. Sanktionierte Soldaten, Fräulein, Krieger, denen man trauen kann.«

»Es ihm entreißen? Wir sind nur noch am Leben, weil er es so wollte. Und Ihr habt das Problem selbst erkannt – uns bleibt keine Zeit. Lord Crowl glaubt, dass die Waffe zum Einsatz kommt, sobald die Prozession das Ewige Tor erreicht, und wir wissen, wie skrupellos die Täter sind.«

Khazad blieb stumm. Sie saß in einer Ecke der Zelle auf dem Boden und hatte die Arme um die Knie geschlungen. Ihre Wunden waren bandagiert worden, doch sie schien in keiner guten Verfassung zu sein. Trotz all ihrer Fähigkeiten war sie nach ihrer langen Flucht durch die Untermakropolen geschwächt.

Die anderen Gardisten sagten nichts und überließen ihrem Sergeant das Wort. Ihr Blick verriet jedoch, wie sie über ein Bündnis mit den Tränen des Engels dachten.

»Ich habe gesehen, was diese Leute tun, Fräulein«, sagte Hegain, der sich sichtlich unwohl fühlte, ihr zu widersprechen, doch auch nicht nachgeben wollte. »Und Ihr auch. Meine Soldaten und ich haben einen Eid geleistet und Ihr verlangt, dass wir ihn brechen.«

»Ich *verlange* überhaupt nichts«, sagte Spinoza, während sie die Reste ihres Einsatztrupps musterte. Sie waren mitgenommen, aber einsatzfähig. »Hört mir zu. Ich vertraue diesem Mann nicht. Er hat viele Sünden begangen und dafür wird er bezahlen. Aber jetzt, in diesem Augenblick, haben wir ein wichtigeres Ziel. Lord Crowl war dieser Sache auf der Spur. Wenn er Erfolg hatte, wird er bereits dort sein. Wenn wir jetzt nicht handeln, bringen wir alles in Gefahr, was er getan hat. Hunderte folgen Lermentov, vielleicht noch mehr, aber Ihr habt gesehen, wie sie kämpfen – es sind Habitatbewohner, Arbeiter, keine Soldaten.«

»Und für welche Sache kämpfen sie, Fräulein?«

»Für ihre eigene, und das ist ein Frevel, aber im Moment haben wir dasselbe Ziel. Wir unterstützen ihre Jagd auf die Xenoskreaturen, die so viel Leid über Terras Bewohner gebracht haben, und anschließend folgen die Dinge wieder ihrer gewohnten Ordnung.«

»Das ist gefährlich, Fräulein.«

»Das Leben ist gefährlich, Sergeant. Und genau so gefällt es uns.«

Bei diesen Worten zeigte sich das alte Lächeln in Hegains Gesicht. »Thron, ich wusste es schon, als ich Euch das erste Mal sah«, brummte er widerwillig. »Das Fräulein weiß sich zu verkaufen, sagte ich.«

»Wir haben es mit Dark Eldar zu tun«, sagte Khazad grimmig. »Es braucht mehr als einen bewaffneten Haufen, um sie zur Strecke zu bringen. Mehr als dich und mich. Grotesken sind nicht die Herren.«

»Es können nicht viele sein«, sagte Spinoza. »Es landete nur ein Frachter.«

Khazad lachte verächtlich. »Sie waren es nicht, die zur Oberfläche gebracht wurden. Ich habe es schon Lermentov gesagt, diese Kreaturen wurden *erschaffen*. Hier auf Terra, vielleicht vor einer Woche, vielleicht vor zwei. Vielleicht sind es mittlerweile Dutzende. Vielleicht sogar Hunderte. Aber sie sind nicht das Schlimmste. Bist du schon einmal einer Hekatari begegnet?«

»Noch nicht. Aber ich habe mich gegen eine Shoba-Kultistin behauptet, also bin ich zuversichtlich.« Spinozas Blick glitt über die Anwesenden. »Wir haben unsere Rüstungen und Waffen. Lermentovs Haufen ist bereits auf dem Weg und wir werden uns ihnen anschließen. Genug geredet. Denkt an Eure Eide und kommt in die Gänge – die Zeit wird knapp.«

Hegain und seine Gardisten gehorchten. Welche Bedenken sie auch hegten, sie unterwarfen sich ihrer Autorität und folgten ihren Befehlen. Khazad kam langsam auf die Beine.

»Also, wo ist es?«, fragte sie.

»Armengand. Sagt dir der Name etwas?«

Khazad schüttelte den Kopf und ging an ihr vorbei zur Zellentür. »Warum sollte er?«, fragte sie. »Dies ist nicht meine Welt. Es ist deine.«

Es ist deine.

Vielleicht war sie das jetzt. Wie rasch sich die Dinge änderten.

KAPITEL ZWEIUNDZWANZIG

Navradaran führte Crowl auf dem Weg zurück, den sie gekommen waren, durch die Hallen des Sanctum Imperialis und hinauf in die weiten Querschiffe der riesigen Basiliken. Allmählich kehrte das Leben um sie herum zurück – das Gewühl eiliger Adepten, das mechanische Rasseln der Geschützservitoren, die schweren Schritte der Palastwache. Hier und dort, selten und stets in der Ferne, entdeckte Crowl einen Custodes jenseits der einen oder anderen gähnenden Schlucht, der einen bedeutenden Ort bewachte.

Je weiter sie sich vom Sanctum entfernten, desto leichter fiel ihm das Atmen. Die toxische Luft war immer noch stickig, doch das schrecklich drückende Gewicht ließ nach und das elektrostatische Knistern verlor sich. Sie passierten einen Hof, über dem der von Blitzen durchzuckte dunkle Wolkenwirbel hing. Lange Zeit hatte Crowl angenommen, dass der ewige Sturm ein chemisches Phänomen war, die Folge der giftigen Atmosphäre einer überbevölkerten Welt, aber jetzt fiel es ihm schwerer, sich an diese Überzeugung zu klammern. Die Präsenz unter ihren Füßen, der Gott auf dem Seelenthron, gekettet an ein Leben immerwährender Qualen – *er* war dafür verantwortlich. Wie der Splitter in einer Wunde, der das Fleisch entzündete, ließ er die Elemente selbst in endloser Stagnation verkümmern.

Wir werden, was er ist, dachte Crowl. *Wir alle schweben zwischen Leben und Tod.*

Crowls Audexeinheit erwachte knisternd wieder zum Leben und empfing Datenströme. Er suchte nach einer Nachricht von Spinoza, fand jedoch keine. Dann bemerkte er den dringlichen Ruf von Erunion. Er hatte die Nachricht vor einer Stunde gesendet, doch das Signal war durch den Tumult der überlasteten Kommunikationsnetze geirrt und dann bis zur Aktivierung seines Audex zurückgehalten worden. Er öffnete sie auf dem Weg und arbeitete sich schweigend durch die Sicherheitsprotokolle.

»*Lord Crowl*«, erklang Erunions übertragene Voxaufzeichnung. *»Ich habe erfolglos versucht, Interrogatorin Spinoza zu erreichen. Euch konnte ich ebenfalls nicht kontaktieren. Der Thron soll diese verdammten Voxnetze holen. Wie auch immer, anbei die Analyse der Auspexdaten, die die Interrogatorin an Bord des Frachtschiffes sammeln konnte. Vielleicht helfen Euch die Ergebnisse weiter, wenn die Nachricht irgendwann durchkommt. Die aufgefangene Strahlung ist nicht-menschlichen Ursprungs. Ich habe nicht die nötige Ausrüstung für eine volle Diagnose, aber ich schätze, dass sie mit siebzigprozentiger Sicherheit dem Xenostypus Eldar entspricht. Genauer, der Beta-Fraktion dieser Spezies, den Schmerzbringern. Wir können also davon ausgehen, dass es sich um eine Xenoswaffe handelt. Den aufgefangenen Sporen zufolge sind auch Vertreter dieser verderbten Splittergruppe anwesend gewesen. Mehr konnte ich anhand der Daten nicht herausfinden, aber Euer Wissen übertrifft das meine in diesen Belangen bei Weitem. Seid auf der Hut, Lord Crowl. Ich muss Euch nicht sagen, was ihre Anwesenheit auf Terra bedeutet.«*

Die Aufzeichnung endete in einem Rauschen. Äußerlich blieb Crowl gefasst, innerlich fluchte er. Dark Eldar auf Terra – so etwas hatte man seit hundert Lebensspannen nicht mehr gehört. Phaelias hätte gewusst, wie er mit ihnen fertig werden würde. Hatte er gewusst, mit was er es zu tun hatte? Fraglich, denn die Aufnahme aus Skhallax hatte keinen Hinweis darauf enthalten.

Sie passierten eine lange Bogenbrücke, die sich mehrere Hundert Meter über den Prozessionsstraßen spannte, durch die sich die Pilgerscharen drängten. Navradaran blieb auf einem Platz vor einem hohen Gebäude mit bronzenen Türen und marmornen Säulen stehen. Ein großes Rundfenster dominierte die westliche Fassade. Die Buntglasscheiben waren rußverschmiert, doch die Darstellungen der Aquilae und verschiedenen okkulten Symbole waren noch erkennbar.

Crowl bemerkte, dass für Navradaran keine Tür im Palast verschlossen zu sein schien. Auf einen einfachen Wink des Custodes öffneten sich leise all die Palisandertüren, goldbeschlagenen Portale und schweren Adamantiumtore, denen sie sich näherten. Es war, als würde sich der Palast selbst seinem Geheiß beugen.

»Was ist das für ein Ort?«, fragte er.

»Ihr sucht Informationen«, sagte Navradaran. »Dort drin findet Ihr sie.«

Sie schritten durch das Tor in die Basilika und der vertraute Geruch eines imperialen Archivs schlug Crowl entgegen – das Aroma verrottender Pergamente, Velinbündel und Ledereinbände gemischt mit dem Qualm heruntergebrannter Talgkerzen. Sie durchquerten einen langen Gang, bis sie die Haupthalle erreichten, ein hohes Kuppelgewölbe mit bleigerahmten Buntglasfenstern. An den Wänden erhoben sich Regale mit brüchigen Schriftrollen und zerfallenen Folianten mit goldzarten Titeln auf dem Rücken. Ganze Schwärme trällernder Servocherubim schwirrten durch die Luft, während sich auf dem Boden Hunderte Schriftgelehrte über Manuskriptbündel beugten und mit eisernen Händen und dicken Federn ihren Inhalt akribisch auf unversehrte Velinblätter übertrugen. Rote Linsen glühten unter ihren Kapuzen und beleuchteten blasse Haut und verkrustete Augmentationen.

Am anderen Ende des riesigen Hauptschiffes rezitierte ein Priester Passagen aus dem Regularium des Administratums, wobei er sich dicht über den großen Voxaugmitter beugte, als wolle er in seiner Umarmung versinken.

»… so ist der Akt der Duplikation dem Akt der Schöpfung vorzuziehen, denn Duplikation ist die Mehrung sanktionierter Dogmen, während Schöpfung durch die Prinzipien sterblicher Fehlbarkeit rechtschaffene Lehren in potentia zerstört und fragwürdige Bekenntnisse hervorbringt. So lasst Vorsicht walten und weicht nicht ab vom Pfad der …«

Sie schritten durch das Kuppelgewölbe und ignorierten die arbeitenden Schreiber. Navradaran führte Crowl in eine Seitenkapelle, wo sich große Karten auf einem beinahe acht Meter breiten Marmortisch stapelten. Hololithische Darstellungen flackerten wie Geister über den gefalteten Velinbögen und zeigten nach Aktivierung der entsprechenden Glyphen dreidimensional rotierende Nachbildungen der Palastsektoren. Servitoren machten ihnen mit ruckartigen Bewegungen Platz, bevor sie sich wieder methodisch ihren Aufgaben widmeten und Pergamente sortierten, fortbrachten, glätteten und schabten.

Crowl beugte sich über die Pergamentstapel und staunte über die Komplexität der Darstellungen. Die verblassende Tinte auf den Karten war handgezeichnet und mit frommen Symboliken und Zitaten der Reinheit versehen, über denen die roten Stempel der verschiedenen Prüfungsbehörden des Administratums prangten. Die Details waren fantastisch. Ein Schreiber mochte gut und gerne sein ganzes Leben an einem einzelnen Bogen arbeiten, indem er sorgfältig die alten Architekturpläne und kaum zugänglichen Gewölbe des Mechanicus nach verschollenen Aufzeichnungen durchsuchte, bevor er die gefundenen Daten in einem solchen Kunstwerk zusammentrug. Crowl begann die dicken Pergamente durchzublättern und verlor sich eine Weile in diesem Schatz seltenen Wissens.

»Ihr behaltet das Beste für Euch«, murmelte er. »Wenn wir dort draußen über diese Daten verfügen würden …«

»Danach habt Ihr gesucht«, sagte Navradaran, griff nach einer großen Karte und breitete sie über dem hohen Stapel aus. Das Hololith tastete die Glyphen am Rand der Karte ab und ein Phantombild des südlichen Palastbezirks leuchtete zwischen ihnen in der rauchverhangenen Luft auf.

Die räumliche Darstellung rotierte langsam. Auf den ersten Blick war die Fülle an Informationen unmöglich zu erfassen. Die terranische Weltenstadt erhob sich nicht auf einer flachen Ebene, sondern reichte ebenso weit in die Tiefe hinab, wie sie in den Himmel aufragte. Alles war in einer irrsinnigen Umarmung unübersichtlicher Komplexität miteinander verwoben. Nur ein Faktor stach fest und unverkennbar aus diesem Morast heraus – die Mauer, die wie eine stumpfe Axtklinge das Gehölz der aufragenden Türme spaltete. Sobald man sich von ihr leiten ließ, sich an ihr orientierte, begann der Rest der Darstellung allmählich einen Sinn zu ergeben.

»Ich zeige Euch, wo wir die gefolterten Opfer entdeckt haben«, sagte Navradaran. Während er sprach, leuchteten Lichtpunkte im Umkreis der Mauer auf dem Hololith auf.

»Und wo ist Skhallax?«, fragte Crowl.

Navradaran hob die Enklave hervor und sofort wurde klar, dass eine blutige Spur von Skhallax' nördlichem Rand zu den Hab-Komplexen südlich der Mauer führte. In der Nähe des Palastes wurde das Muster hingegen diffuser, als hätte, was immer für die Toten verantwortlich war, seinen Schwung verloren und sich zerstreut.

»Wie habt Ihr auf diese Informationen reagiert?«, fragte Crowl.

»Wir haben die Bereiche nahe dem Palast beobachtet«, sagte Navradaran. »Zusätzliche Patrouillen wurden entsendet und Gruben wurden ausgelotet. Der gesamte südliche Rand zwischen den Bastionen dreizehn und einunddreißig wurde mit psychogemusterten Einheiten des Militarums verstärkt. Sechs meiner Kameraden wurden vom Tor abgezogen, um die Aufstockung der Palastwache zu überwachen. Der Palast ist nach allen regulären Kriterien undurchdringlich.«

Crowl betrachtete aufmerksam die antiken Karten. Auf dem

Hololith waren einige der alten Katakomben zu erkennen, die sich wie leuchtende Würmer in die Erdkruste wanden. Der Custodes hatte recht – die unerforschten Tiefen waren gefährlich. War jemand entschlossen genug, mochte er mit genügend Zeit, ausreichend Einfluss und etwas Glück einen Weg ins Innere finden. Er musterte die Stellen, die Navradaran hervorgehoben hatte, und bemerkte, wie nah sie dem Labyrinth des Tunnelsystems zu Füßen der alten Mauern waren. Beinahe hatte er den Eindruck, als würde eine Hand vorsichtig nach einer Schwäche tasten.

»Warum töten sie so viele?«, überlegte Crowl.

Navradaran musterte ihn. »Was meint Ihr damit?«

Crowl betrachtete die rotierenden Lichtpunkte mit wachsendem Unbehagen. »Schickt die Servitoren hinaus«, sagte er. »Ist dieser Raum sicher?«

Navradaran scheuchte die wankenden und schlurfenden Archivservitoren durch die Tür. Nachdem der Custodes sie geschlossen hatte, drehte er sich zu Crowl um. »Absolut.«

Crowl deutete nacheinander auf die Fundorte der Leichen. »Wir haben hier Flüchtige, die einen Weg in den Palast suchen. Dass dieser Ort schwer bewacht wird, wäre eine groteske Untertreibung, und um Erfolg zu haben oder auch nur zu überleben, müssen sie im Verborgenen bleiben. Dennoch hinterlassen sie eine blutige Leichenspur.«

»Es handelt sich um Ritualmorde. Sie könnten Kraft daraus schöpfen.«

»Natürlich, aber wäre das genug? Wirklich? Die Bannzeichen des Palastes sind stark genug, um die größten Diener des Erzfeindes zurückzuhalten – mit der rituellen Opferung einiger Sterblicher wäre ihnen nicht beizukommen.« Er umrundete den Kartentisch und trommelte abwesend mit den Fingern auf die Platte, während er die Topografie des Äußeren Palastes studierte. »Wir sind auf der Suche nach Xenos oder nach jemandem mit einer Xenoswaffe«, sagte er.

»Woher wisst Ihr das?«

»Es gab Hinweise an Bord der *Rhadamanthys*. Dark Eldar. Bedenkt, was das bedeutet. Es können nicht viele sein, also werden sie keines der großen Tore stürmen. Ihre Absichten haben nichts mit Hexerei zu tun, denn ihre Spezies scheut davor zurück. Außerdem sind die Schutzmaßnahmen gegen unheilige Zauber beträchtlich. Daher bleibt ihnen nur Verstohlenheit. Also frage ich erneut: Warum töten sie so viele?«

»Es heißt, sie würden sich am Schmerz laben.«

»Ja, so heißt es.« Crowl rieb sich mit der Hand über die Stirn. Er spürte, wie der Schmerz zurückkehrte, wagte es jedoch nicht, seine Gedanken durch Schmerzhemmer zu trüben. »Sie könnten überall jagen. Tief in den Tunneln, wohin sich keine Arbitratoren wagen. Lagen wir vielleicht falsch, was die Tränen des Engels betrifft?«

Crowl spürte, wie sein Geist träge wurde, möglicherweise eine Nachwirkung seiner Erlebnisse vor dem Ewigen Tor, und versuchte, seine Gedanken zu schärfen.

Die Tränen des Engels. Was sind das für Leute? Egal. Konzentriere dich auf diese Sache. Versetz dich in ihre Lage. Sie wollen ins Innere, doch alle Wege sind versperrt. Wie gehen sie vor?

Er betrachtete die Brustwehr mit ihren Geschütztürmen und gewaltigen Laserbatterien, die auf dem glühenden Phantombild zu sehen waren. Navradaran hatte gewiss recht – ein Angriff musste unterirdisch erfolgen, durch die Fundamente alter Zitadellen, die unter dem Gewicht der Bauwerke bröckelten, die in den letzten zehntausend Jahren über ihnen errichtet worden waren. Damit mussten sie ein mehrere Hundert Kilometer durchmessendes Tunnelnetz absuchen.

»Ihr habt mir vor Augen geführt, dass das Ewige Tor eine Ablenkung ist«, sagte er schließlich. »Alle Augen werden auf ihm ruhen. Das ist auch hier der Fall. Sie sorgen für Aufruhr und verbreiten Schrecken, damit sich die Augen der Behörden auf die Tatorte richten. Die Xenos stärken sich durch die Morde, das ist wahr, aber in ihnen liegt keine tiefere Bedeutung. Wenn der Angriff kommt, der *wahre* Angriff, wird es fernab dieser Orte geschehen.

Es wird ein Ort mit dicken Mauern sein, der undurchdringlich scheint, von dem Wächter abgezogen wurden, um die blutigen Schauplätze dieser Morde zu überwachen.«

»Keine Mauer ist unbewacht.«

»Millionen Wächter beschützen diesen Ort und dennoch reicht ihre Zahl nicht aus. Das habt Ihr selbst gesagt.«

Crowl betrachtete das Muster der Tatorte, ihre Lage zu Skhallax, die Arterien, die Tunnel, die unglaublich verworrenen Straßen und Schächte. In seiner Gesamtheit war das Gebiet unmöglich zu durchsuchen. Aber es gab Einschränkungen – die Fracht war vor zwanzig Tagen gelandet. Alle Morde hatten in einem Umkreis von einhundert Kilometern um die Enklave stattgefunden. Vielleicht gab es einen Grund dafür. Vielleicht konnten sie sich nicht weiter entfernen, weil sie dort etwas bauten, an etwas arbeiteten oder …

»Sie laben sich nicht nur am Schmerz«, sagte Crowl plötzlich mit wachsender Zuversicht. »Sie benutzen ihn. Sie können Ungeheuer erschaffen, Kreaturen, die ihnen helfen, aber dafür brauchen sie Zeit. Deshalb können sie sich nicht frei bewegen.« Er umrundete weiter den Kartentisch, während auf der langsam rotierenden Darstellung weitere Einzelheiten zum Vorschein kamen. Er betrachtete die langen unterirdischen Transittunnel, die unter den kolossalen Fundamenten der Makropolkomplexe in einer geraden Linie von Norden nach Süden verliefen – Boreates, Romandus, Clytemstrata und dann weiter durch die industriellen Ödlande von Armengand bis zu den Abfallgruben von Xericho.

»Sie müssen sich verborgen halten«, murmelte er und sah, was sie gesehen hatten. »Fern von den Schauplätzen ihrer Morde, doch wenn der Zeitpunkt kommt, brauchen sie Zugang zu den südlichen Mauern. Irgendwo … dort.«

Navradaran trat neben ihn. »Dort reichen die Fundamente tief«, sagte er. »Keine bekannten Schwachstellen.«

»Das ist der Punkt. Könnt Ihr Truppen dorthin schicken?«

»Nicht in nächster Zeit. Die meisten wurden schon zum Ewigen Tor geschickt.«

»Und das ist das Problem.« Crowl kniff die Augen zusammen und prägte sich den Grundriss ein. »Ich werde mich dort umsehen. Sorgt dafür, dass ich die nötigen Genehmigungen erhalte. Wenn mich jemand erschießt, wäre ich darüber sehr ungehalten.«

»Was habt Ihr vor?«, fragte Navradaran wenig überzeugt.

»Was ich immer tue. Ich gehe auf die Jagd.«

»Dieses Ding hat viele getötet.«

»Das habe ich auch. Außerdem ist Revus bei mir, wenn Ihr ihn nicht wieder eingesperrt habt.«

»Das wird nicht genügen.«

»Dann kommt mit.«

Navradaran blickte ihn lange durch die rubinroten Linsen seines ausdruckslosen Helms an. Zum ersten Mal, seit er dem Custodes begegnet war, spürte Crowl Zweifel in ihm, widersprüchliche Instinkte. Navradaran war in einer Welt unumstößlicher Regeln aufgewachsen und durchdrungen von den arkanen Ritualen des Inneren Palastes. Das heilige Sanctum während des großen Festes zu verlassen, zu einem Zeitpunkt, an dem die Bevölkerung eines ganzen Planeten zum Epizentrum seines strengen Glaubens pilgerte … Vielleicht verlangte er zu viel.

»Als ich Euch das Tor zeigte, wollte ich Euch bestrafen«, sagte der Custodes schließlich. »Ich wollte Euch testen, denn nur die Frommen können vor ihm bestehen. Trotz allem, was Ihr der Welt glauben machen wollt, habt Ihr die Prüfung bestanden. Jetzt bin ich es, der auf die Probe gestellt wird. Auf diese Weise offenbart sich sein Wille.«

Crowl lachte. »Bedeutet das ja oder nein?«

»Ich werde Euch zurück zu Eurem Flieger bringen«, sagte Navradaran, bevor er seinen Wächterspeer ergriff und sich zur Tür wandte. »Bis wir dort ankommen, habe ich mich entschieden.«

Die Jäger brachen im Schatten von Boreates aus den Katakomben hervor, verteilten sich und eilten durch die engen Tunnel. Das Licht schwacher Lumen auf provisorischen Helmen beleuchtete die pechschwarze Finsternis und helle Flecke tanzten über die verfallene Umgebung. Die Jäger rannten sicheren Schrittes, denn ihre Augen waren die ewige Düsternis gewohnt. Ihre Füße hasteten über den schlüpfrigen Metallboden und durch giftige Schlammlachen. Wie zuvor trugen sie improvisierte Waffen – Gewehre, Flinten, Messer, aus Werkhallen entwendete Energiesägen, Steinbohrer und Klauenhämmer.

Lermentov führte den Großteil seines Haufens nach Nordosten, durchquerte die kaum besiedelten Bandengebiete, bis die Vorhut einen alten Abwasserkanal erreichte, der in die Industriezone von Armengand führte. Während seine Leibwächter, stämmige Abhumane mit Schockstäben, durch das enge Labyrinth stürmten, flüchteten sich die leichenblassen Bewohner in die Schatten und mit Stoff umwickelte Füße huschten im Dunkeln durch zähflüssige Pfützen.

Spinoza, Khazad und die Gardisten waren bei ihnen. Der Falsche Engel hatte sein Wort gehalten und ihnen ihre Rüstungen und Waffen zurückgegeben. Einer von Lermentovs Gefolgsleuten hatte ihr das Crozius gebracht und unter dem Gewicht der Waffe geschwitzt. Mit kalter Befriedigung hatte sie die Waffe mit einer Hand entgegengenommen. Der Falsche Engel selbst trug eine Militarumuniform, die aus einer Splitterschutzweste, einem geschlossenen Helm und Synthlederstiefeln bestand, und war mit einem Lasergewehr M35 bewaffnet.

»Ihr seid ein Armeeangehöriger«, bemerkte Spinoza, nachdem sie aufgebrochen waren.

Lermentov nickte keuchend. »Das war ich.«

»Wie kommt es, dass Ihr hier unten gelandet seid?«

»Ich diente zehn Jahre lang«, sagte er. »Habe im gesamten Sektor gekämpft. Dann kam ich nach Terra.« Er lachte stumpf. »Ich war ein Pilger, könnt Ihr das glauben? Ich habe einen Antrag auf Fronturlaub eingereicht und er wurde bewilligt. Wir waren zuvor in schwere Kämpfe verwickelt gewesen, unser Kommissar war tot – sie wussten, dass die Sache gelaufen war. Ich sagte, dass ich zurückkommen würde.« Er rannte weiter durch den Abwasserkanal, dessen stinkendes Wasser von den Füßen seiner Gefolgsleute aufgewühlt wurde. »Ich kehrte nie zurück. Es ist nicht schwer, hier zu verschwinden. Aber wenn man nichts hat, sieht man, wie diese Welt wirklich ist.«

Eine Weile rannten sie schweigend weiter. Spinozas taktische Anzeige war während des Kampfes in der Versammlungshalle beschädigt worden und ihr Voxempfang war gestört. Sie versuchte, Crowl zu erreichen, stieß jedoch auf eine Wand aus Rauschen. Dann versuchte sie es mit Rassilo und erhielt zu ihrer Überraschung ein schwaches Signal.

»Lord-Inquisitorin«, voxte sie über einen verschlüsselten Kanal, der die Übertragung vor Lermentov verbarg. »Dies ist eine Nachricht von Luce Spinoza, Interrogatorin in Lord Crowls Diensten. Positionsdaten sind dieser Übertragung beigefügt. Ich nehme Euch beim Wort und fordere sofortige Unterstützung an. Ich habe den Beweis, dass sich Xenos unter Armengand aufhalten. Vermutlich in großer Zahl, weshalb eine schlagkräftige Einsatzgruppe erforderlich ist. Ich befinde mich in Gesellschaft einer irregulären Miliz und mache mir ihre Zahl zunutze. Ich bitte Euch respektvoll, sie nicht auszuschalten, bevor die Xenosgefahr neutralisiert werden konnte. Ende der Übertragung.«

Das war alles. Sie hatte keine Bestätigung, ob die Nachricht übertragen worden war. Einen Augenblick später ergriff Lermentov wieder das Wort.

»Ich wollte all das nicht«, sagte er. »Warum sollte ich auch? Aber sie waren gut zu mir, als mich das Glück verließ. Nicht alle Bewohner der Untermakropolen sind Abschaum oder Bandengesindel. Es gibt ein besseres System und wir zeigen ihnen, wie es aussehen kann.«

»Versucht nicht, Eure Taten zu rechtfertigen«, sagte Spinoza. »Ich will es nicht hören.«

»Nein, natürlich nicht.«

»Wie weit ist es noch?«

»Dieser Kanal führt unter Armengand hindurch. Der Ort befindet sich im westlichen Teil der Zone. Es ist nicht mehr weit.«

»Diese … Kreaturen. Sie werden Eure Leute zerfetzen.«

»Das wissen sie.«

Hier unten, wo das Leben in wenigen Dekaden gemessen wurde und die Sonne niemals schien, machte sich niemand irgendetwas vor. Dennoch stürmte der Haufen enthusiastisch seinem Ziel entgegen, denn die Leute wussten, was Untätigkeit sie kosten würde. Spinoza hatte Lermentov nicht verraten, welchen Verdacht Crowl bezüglich der ganzen Sache hegte – und es hätte auch keinen Zweck gehabt, denn der Haufen wollte Rache und das war zumindest etwas, was Spinoza akzeptieren konnte.

Sie rannten und die Luft wurde kalt und feucht. Seit ihrer Ankunft auf diesem heißen, verrauchten Planeten hatte Spinoza nicht mehr gefroren, und so fühlte sich die Luft seltsam fremd an. Der Geruch wurde überwältigend – wenn die Abwassertunnel einst mit aktiven Filterstationen verbunden gewesen waren, dann waren die Systeme vor langer Zeit ausgefallen. Die schrägen Wände und die niedrige Decke waren mit einer schwach leuchtenden organischen Schicht bedeckt und strähnige Kreaturen huschten geschmeidig durch das seichte Wasser. Spinoza war von all den lebenden Dingen umgeben, die auf dieser alten, dreckigen Welt gedeihen konnten – Menschen, Ratten und Algen.

Der Weg führte steil nach unten. Das Wasser wurde zäher und schlammiger, die Tunnel enger und brüchiger. Ganze Teile der Decke waren eingestürzt und Risse zeigten sich in den Wänden, hinter denen nichts als schwarze Leere zu erkennen war. Die Jäger kamen dennoch gut voran, obwohl die Schwächeren bereits zurückfielen, als die Dämpfe dichter wurden und ihre unterernährten Körper nicht mehr mit der Kraft ihrer Kameraden mithalten konnten.

Spinoza atmete tief ein. Zwischen dem Gestank des Drecks entdeckte sie noch etwas anderes – den unerträglichen Moschusgeruch, den sie auf dem Raumfrachter gerochen und den auch die Kreatur in Lermentovs Zelle verströmt hatte. Ihr Ziel war nicht mehr fern.

»Bleibt in der Nähe«, befahl sie Hegain über den geschlossenen Truppkanal. »Die Xenos sind das primäre Ziel. Wenn wir einen gefangen nehmen und uns zurückziehen können, dann werden wir es tun.«

»Zu Befehl«, erwiderte Hegain. »Was ist mit Lord Crowl?«

»Ich versuche weiter, ihn zu erreichen, aber wir sind tief unter der Oberfläche.«

»Ja, da könntet Ihr recht haben. Tiefer, als ich jemals gewesen bin, möchte ich sagen. Hier ist es kalt. Man stelle sich vor, es ist *kalt*. Davon habe ich Tage und Nächte lang geträumt. So, jetzt ist es heraus.«

Spinoza lächelte. Hegain schien wieder ganz der Alte zu sein. Nur Khazad war weiter stumm und rannte verbissen neben ihnen durch die Dunkelheit. Ihre Bewegungen waren weniger geschmeidig als zuvor, doch immer noch kraftvoll.

»Du hättest gehen können«, voxte Spinoza.

»Und wohin?«

»Das hier ist nicht deine Sache.«

»Doch, dieser Sache war Phaelias auf der Spur. Genug gesagt, ich habe mich entschieden.«

Spinoza trennte die Verbindung. Das Ausmaß an gegenseitigem Misstrauen war geradezu amüsant und das einzige verbindende Element war die Aussicht auf weitere Ungeheuer, die sie – sollten sie zahlreich genug sein – alle hier unten in der Dunkelheit, fernab jeder Hilfe, umbringen würden.

Der Tunnel begann wieder ebener zu verlaufen. Vor ihnen lag eine Halle und ihre Schritte hallten seltsam von den Wänden wider. Die schwachen Lumen der Jäger glitten über das verfallene Mauerwerk der feuchten, stinkenden Katakomben. Mit einer dicken Schleimschicht überzogene Schienen rosteten auf dem Boden vor sich hin.

Mehrere von Lermentovs Leuten begannen zu würgen, als ihnen der stechende Gestank in die Nase stieg. Von der Halle zweigten mehrere Durchgänge ab, viele kaum mehr als Mauerdurchbrüche so schwarz wie alte Galle. Die Abhumanen aus Lermentovs Haufen, deren Einfältigkeit keinen Platz für Furcht ließ, schoben sich an den durchbrochenen Gittern vorbei und verschwanden grunzend in der Dunkelheit.

»Halt«, rief Khazad und lief auf einen der Durchbrüche zu. Die Klinge ihres Schwertes schimmerte in der Düsternis der ewigen Nacht. »Sagt ihnen, sie sollen hierbleiben.«

Die Reste von Lermentovs Haufen erreichten nach und nach die Halle, viele von ihnen hinkend und außer Atem. Die Nachzügler würden noch etwas länger brauchen. Lermentov hob eine geballte Faust und Alvia, die so etwas wie seine reche Hand zu sein schien, rief die Ogryns zurück und brachte etwas Ordnung in die restlichen Gruppen.

»Was ist los?«, fragte Lermentov, der sich vorsichtig einem der Durchbrüche näherte.

»Könnt Ihr es nicht riechen?«, fragte Khazad und ging wachsam weiter.

Spinoza bedeutete Hegain, ihr zu folgen, und die Gardisten setzten sich zusammen mit Lermentovs Leibwächtern in Bewegung. Der Bogengang hinter dem Durchbruch war teilweise eingestürzt und Mauerbrocken lagen zwischen den Abwasserlachen, doch der Weg war immer noch breit genug, damit sie in Zweierreihen vorrücken konnten. Fahle Flechten bedeckten das verrottende Mauerwerk. Inmitten des glänzenden Schleims entdeckten sie im Schein ihrer Lumen dunkle Flecken und lange Kerben im brüchigen Gestein.

»Irgendwelche Bewegungssignale?«, erkundigte sich Spinoza, da sie sich nicht auf ihre gestörten Helmsysteme verlassen wollte.

»Nichts«, erwiderte Hegain neben ihrer Schulter. Der Lumenstrahl seines HEL-Gewehrs huschte durch den verfallenen Gang.

Die Kühle wich allmählich einer lähmenden Kälte und der Atem kondensierte vor den Helmen der Gardisten in der feuchtkalten Luft. Spinoza spürte, wie die dünnen Eisschichten am Rand der Pfützen unter ihren Stiefel knackten. Der Geruch war unerträglich – ein toxischer Gestank, der ihr juckend unter die Haut kroch. Je stärker er wurde, desto mehr wollte sie schreien.

Dann änderte sich plötzlich der Luftdruck und die Lumenstrahlen verloren sich über ihnen in der Höhe. Dinge hingen in der tropfenden Dunkelheit und prallten dumpf aneinander.

»Ich kann nicht das Geringste sehen«, sagte Lermentov und wandte sich an einen seiner Leute. »Sorg für etwas Licht.«

Der Mann hob eine Signalpistole und feuerte sie ab. Das Leuchtgeschoss stieg in die Höhe und zog eine lange Funkenspur hinter sich her, bevor es in einer schwelenden Phosphorkugel detonierte, die langsam wieder zu Boden fiel.

Sie befanden sich in einer großen Höhle, mehr als fünfzig Meter hoch und doppelt so lang, deren Decke mit schweren Balken abgestützt war. Auch hier waren die Wände mit dem allgegenwärtigen Schleim bedeckt, einem nässenden Teppich aus Schimmel, doch niemand beachtete die Wände.

Bei den herabhängenden Dingen handelte es sich um Körper. Augenlose Leichen hingen von den Gewölbebögen herab, die Kehlen von Dornenketten aufgerissen. Der Boden war ebenfalls mit verkrümmten und zerschundenen Leichen bedeckt. Knochen funkelten weiß zwischen feucht glänzenden Muskelsträngen hervor. In einigen Kadavern steckten noch die Instrumente ihrer Folter, ragten wie Eiszapfen aus ihrer zerfetzten Haut, während die Wunden von anderen vernäht worden waren. Einige Leichen schienen sogar zu bizarren Arrangements zusammengefügt worden zu sein.

Einer von Lermentovs Gefolgsleuten riss sich den Helm vom Kopf und übergab sich würgend. Andere wichen zurück; sie schienen plötzlich weit weniger selbstsicher zu sein und die Strahlen ihrer Lumen huschten unruhig umher.

»Bleibt hier«, befahl Lermentov mit grimmigem Gesicht, während das Leuchtgeschoss allmählich verglühte. Dann wandte er sich an Spinoza. »Seht Ihr? Seht Ihr *das*?«

Spinoza schritt zwischen diesem Teppich aus Gliedmaßen umher und suchte zwischen den Leichenteilen nach Spuren. Der Anblick erinnerte sie an die Lithografien. Keines der Opfer war schnell gestorben. Der Sadismus war in seiner Vielfalt selbst für jemanden mit ihrer Ausbildung beängstigend.

»Khazad«, voxte sie, während sie vorsichtig weiterging. »Kannst du irgendetwas erkennen?«

»Gehen wir weiter«, erwiderte Khazad. »Wir werden noch mehr finden.«

Sie behielt recht und sie stießen auf zahlreiche weitere Leichen. Bald waren es so viele, dass das Ausmaß der zugefügten Schmerzen ihre Sinne betäubte. Sie wanderten über einen grausigen Schlachthof, zwischen aufgeschichteten Haufen aus gefrorenen Körperteilen umher. Einige Leichenteile wiesen Bissspuren auf, andere lange Risse oder chirurgisch präzise Schnitte, doch alle waren mit tintenschwarzen Blutspuren bedeckt.

»Was … geht hier vor?«, voxte Hegain. Seine sonst so gelassene Stimme klang erschüttert.

»Das da«, sagte Khazad und bahnte sich einen Weg zwischen den Leichen hindurch.

Spinoza und Lermentov folgten ihr und standen plötzlich vor einer Reihe metallener Käfige, die nahe der Wand in der Dunkelheit hingen. Ihr Aussehen wirkte auf Spinoza seltsam fremdartig – geschwungen, gezackt, mehr dornige Kokons als künstliche Konstruktionen. Jeder dieser Käfige war groß, mindestens drei Mal so hoch wie ein Mensch. Ihre Türen standen offen. Das Innere war mit einem halb gefrorenem Schlick bedeckt, der sich aus Eiter, Blut und klaren Flüssigkeiten zusammenzusetzen schien. Leere, tropfende Schläuche hingen von den Dächern der Käfige herab, von denen viele mit Glaszylindern verbunden waren.

Khazad drehte sich zu Lermentov um. »Dieses Ding, diese Groteske, wurde hier erschaffen, in diesen Käfigen. Mit Fleisch gefüttert und mit Chemikalien vollgepumpt. Seine Erschaffung hätte Jahre dauern sollen, aber anscheinend haben sie einen Weg gefunden, den Prozess zu beschleunigen.«

Lermentov zählte die Käfige. In der Dunkelheit war es nicht leicht, ihre genaue Anzahl festzustellen. Bei dreißig hörte er auf zu zählen. »Sorg dafür, dass unsere Leute das hier nicht zu Gesicht bekommen«, wies er Alvia an. »Sucht einen anderen Weg.« Dann wandte er sich wieder an Khazad. »Diese Kreaturen, sie sind nicht mehr hier. Wo sind sie hin? Können wir ihnen folgen?«

In seiner Stimme lagen Abscheu und Hass. Seine Wut war größer als seine Angst, das musste Spinoza ihm lassen.

»Wenn Ihr nicht allzu blind und dumm seid, könnt Ihr ihnen folgen«, sagte Khazad. »Sie verstecken sich nicht länger, sie wurden von der Leine gelassen. Seht dort, ihre Spuren sind deutlich zu erkennen.«

Sie setzte sich in Bewegung. Knochen knackten unter ihren Stiefeln, als sie in die Dunkelheit wanderte. Die Höhle schien kein Ende zu nehmen, bis sie schließlich auf mehrere dunkle Tunneleingänge stießen, die weiter in die Tiefe führten. Spinoza und Lermentov folgten der Assassine zusammen mit den Gardisten und den robusteren Leibwächtern aus Lermentovs Gefolge.

Spinoza überprüfte mit dem Helmsensor die Richtung. Sie bewegten sich nach Norden und waren bereits ein ganzes Stück gekommen. In dieser Richtung befand sich nur ein mögliches Ziel und der Gedanke daran jagte ihr einen Schauer über den Rücken.

»Wir müssen uns beeilen«, drängte sie die anderen. Vor ihrem geistigen Auge sah sie die Schrecken, die von ihren Erschaffern durch diese Tunnel getrieben wurden. Um eine dieser Kreaturen einzufangen, war eine ganze Armee nötig gewesen. Es war eine beunruhigende Vorstellung, was sie in größerer Zahl anrichten konnten.

Vor den Tunneleingängen fiel ihr plötzlich eine Bewegung ins Auge. Mit der Hand auf dem Crozius wirbelte sie herum. Eine der Leichen hatte sich bewegt. Sie glitt von einem der feucht glänzenden Haufen herunter und unter ihr kam eine zitternde Hand zum Vorschein. Wie ein grausiger Parasit der Tiefe schob sich eine menschliche Schulter am Ende des Arms aus der Masse.

»Biiitteee«, krächzte ein von Schwären bedecktes Gesicht. Die Gestalt versuchte sich aus dem eitrigen Fleischhaufen herauszuwinden.

Spinoza ging auf sie zu und streckte ihre Hand aus. Der Oberkörper einer Frau kam zum Vorschein, oder eher die zu einer grausigen Skulptur verformten Überreste einer Frau. Phiolen pulsierten gleichmäßig zwischen den freiliegenden Organen und bebenden Hautfetzen.

Das Gesicht der Frau war schmerzverzerrt, beinahe wahnsinnig vor Qual und Grauen, ihre milchigen Augen waren blind und ihre blutigen Finger zitterten unter dem Schock ihrer traumatischen Erlebnisse.

»Empfange seine Gnade, Schwester«, sagte Spinoza leise, zog ihre Laserpistole und drückte der Frau die Mündung auf die Stirn. Ein kurzer Lichtblitz und das Zittern endete.

Spinoza drehte sich wieder um und bemerkte, dass Lermentov sie beobachtet hatte.

»Seht Ihr es jetzt?«, fragte er wieder. Die Empörung in seiner Stimme war nicht zu überhören.

»Wir werden sie finden«, sagte sie nur, als sie an ihm vorbeiging. »Wir werden sie finden.«

KAPITEL DREIUNDZWANZIG

Revus grüße Crowl mit einem knappen Nicken. Gorgias schwebte herbei und sein Auge pulsierte in ungeduldiger Entrüstung.

»*Molto tempus*«, verkündete der Schädel. »Lange-Langeweile.«

Das Landefeld erstreckte sich über die gesamte Spitze des Wachturms hoch über dem südlichen Wall einer großen Wachbastion. Die Sonne sank bereits tiefer und verkündete das Ende eines weiteren Tages frommer Raserei. Lichter begannen entlang der großen Mauer aufzuleuchten und Suchscheinwerfer glitten durch die heraufziehende Dämmerung. Ein schwerer Truppentransporter schoss über ihnen vorbei auf den Löwentorhafen zu. Die Trommeln erklangen wieder und dröhnten durch die Straßenschluchten, während die Blitze heftiger aus dem Wolkenwirbel herabzuckten. Es war warm, so wie immer, und eine fiebrige Atmosphäre lag über allem.

Die weiß gewandeten Palastwächter wachten über den Shade. Nicht weit entfernt landeten weitere Flieger, deren Triebwerke die trockene Luft aufwirbelten. Hochrangige Würdenträger des Ministorums stiegen aus einer goldverzierten schwarzen Barkasse und die Gewänder über ihren fetten Leibern flatterten im warmen Wind.

»Habt Ihr die Zeit gut genutzt?«, erkundigte sich Crowl auf dem Weg zum Flieger.

»Nicht so sehr, wie wir es gehofft haben, aber zum Teil«, antwortete Revus.

Sie stiegen ins Cockpit und Gorgias folgte ihnen, bevor sich die Luke schloss. Revus übernahm das Steuer und fuhr die Triebwerke hoch.

»Und Ihr?«, fragte er den Inquisitor.

»Ich habe … Dinge gesehen.« Es fiel Crowl schwer, darüber zu sprechen. »Und einiges entdeckt.«

»Wohin?«, erkundigte sich der Captain.

»Ins Grenzgebiet von Xericho. Ich schicke die Koordinaten an die Navigationskontrolle.«

Revus gab Schub. Der Shade erhob sich in die Luft und kleine Wirbel tanzten über das Landefeld. Er schwenkte den Flieger leicht herum und die Abwinde der Triebwerke zerrten an den Roben der wankenden Kardinäle.

Crowl lachte schnaubend. »Wohlan«, sagte er.

Dann stieg der Shade über dem Landefeld in den Abendhimmel auf. Ein goldener Schein umgab die Kuppeln der großen Kathedralen und wetteiferte mit den blutroten Schwaden, die von den qualmenden Opferfeuern aufstiegen. In der Ferne konnte Crowl den Titanolithen des heiligen Primarchen Corax erkennen, über dessen hagere Züge die letzten Strahlen des sterbenden Tageslichts glitten.

»Dann bin ich gespannt auf Euren Bericht«, sagte Crowl.

»Wir wurden die ganze Zeit beobachtet«, sagte Revus. »Aber der Schädel konnte sich nützlich machen.«

»*Tergiversatio*«, sagte Gorgias. »*Subterfugio*. Kein Verdacht.«

»Und was habt Ihr herausgefunden?«

»Nichts Konkretes«, erwiderte Revus. »Quantrains Quartier befindet sich tief im Palast. Selbst in fünfzig Jahren würden wir nicht in seine Nähe gelangen. Aber der Schädel konnte sich Zugriff auf die Kommunikation des Turms verschaffen, einige Frequenzen anzapfen und verschlüsselte Kanäle dechiffrieren.«

»Und Ihr habt die Codes geknackt, weil …«

»… es sich um Verschlüsslungen des Ordo Hereticus handelte. Ihr müsstet jetzt Zugriff haben, doch ich kann es nicht garantieren.«

»Das ist zumindest ein Anfang. Her damit.«

Gorgias schwebte herbei und fuhr seine Ätherresonanzantenne aus. Crowls Voxaugmentation fing das Signal auf und mehrere Frequenzcodes erschienen auf seiner Retinalanzeige. Die leuchtende Informationsflut verschlimmerte seine pochenden Kopfschmerzen nur noch und er stöhnte leise. Seine Waden pochten schmerzhaft und seine Gelenke schienen in Flammen zu stehen. Doch er weigerte sich weiterhin, auf Schmerzmittel zurückzugreifen.

»Unbrauchbar«, murmelte Crowl, während er die Liste durchging. »Das hier ist uralt. Das hier erkenne ich nicht einmal. Das hier … Moment, hier. Das hier ist sehr gut.«

Er rief die Frequenz auf und gab den Zugangscode ein, um an die internen Protokolldaten zu gelangen. Es dauerte einige Zeit, denn selbst innerhalb des Palastes waren die Netze stark überlastet. Dann kam die Verbindung zustande. Es handelte sich um eine alte einseitige Audexleitung, eine Notfrequenz, die zweifellos nur von Quantrains Gefolge benutzt wurde.

»Verehrter Lord Flavius«, voxte Crowl. »Hier spricht Inquisitor Erasmus Crowl, Ordo Hereticus. Ihr habt etwas verlegt, wie ich hörte. Ich denke, ich habe es gefunden. Ihr findet mich am Fuße der Xericho-Mauer. Die genaue Position ist mir noch unbekannt, aber ich denke, Ihr wisst, wonach Ihr Ausschau halten müsst. Bringt ein paar von Euren Freunden mit – Eure Gäste erweisen sich als ziemliche Störenfriede.«

Revus lachte, als Crowl die Verbindung trennte. Der Captain lachte nur selten und es war kein angenehmer Klang. »War es weise, ihm das zu verraten?«

»Ich möchte ihm ins Gesicht sehen«, sagte Crowl ohne jede

Spur von Freundlichkeit. Er streichelte abwesend den Griff seines Revolvers. »Ich will ihm ins Gesicht sehen, wenn ich ihn nach dem Grund frage.«

Der Shade flog auf seinem Weg nach Osten im Tiefflug über das Durcheinander aus Kuppeln und Türmen hinweg. Die Sonne versank zusehends hinter dem Horizont und Tageslicht wich dem knisternden Flammenschein in der Tiefe. Crowl blickte über die Schulter auf das Mausoleum des Sanctum Imperialis zurück, das sich zwischen den dicht gedrängten Gebäuden erhob.

»Verständlich«, sagte Revus und erhöhte die Geschwindigkeit. Die schwarzen Wälle der Mauer ragten vor ihnen wie Hänge aus Feuerstein aus dem urbanen Morast in die Höhe. Abwehrtürme schälten sich zwischen gotischen Dächern aus dem Dunst, aus deren Scharten die Läufe von Laserkanonen und Vulkangeschützen ragten. »Aber bei allem Respekt, wir sind nur zu zweit.«

»*Tertio*«, berichtigte ihn Gorgias.

»Nicht ganz«, sagte Crowl und lehnte sich in seinem Sitz zurück. »Werft einen Blick auf die Umgebungssensoren, Punkt vier-fünf-null.«

Revus schaltete die Konsole auf die genannten Koordinaten und entdeckte ein goldenes Signal auf dem Schirm. Er blickte Crowl überrascht an und korrigierte den Kurs des Fliegers, um näher an die Quelle des Signals zu gelangen.

Ein großer, schwer bewaffneter Flieger tauchte neben dem Cockpit auf. Seine massigen Schubdüsen zogen eine rußige Qualmspur hinter sich her und auf seinen breiten, abgeschrägten Tragflächen prangten die Embleme des Adeptus Terra umgeben von sagenhaften Arkana aus Rubinen und Silberdraht. Die Maschinenkanonen unter den Tragflächen wetteiferten mit den schweren Boltern neben dem tiefen Cockpit unter der funkelnden Rückenflosse. Der Flieger war größer als ein Thunderhawk und stärker verziert als die Barkasse eines Kardinals – er glich mehr einer fliegenden Kapelle als einem Kampfflieger und dennoch stand seine Schlagkraft außer Frage.

»Beeindruckend, nicht wahr?«, sagte Crowl lächelnd. »Oder obszön, je nach Geschmack.«

»Der Custodes, mit dem Ihr Euch angefreundet habt?«, fragte Revus. Der Shade flog jetzt parallel zu dem goldenen Flieger.

»Ich würde ihn nicht als Freund bezeichnen. Noch nicht, zumindest«, sagte Crowl und richtete seine Aufmerksamkeit wieder auf die Mauer. »Gorgias, ich brauche dich. Befindet sich in deinem Speicher noch die Strahlungssignatur, die du an Bord der *Rhadamanthys* registriert hast?«

»*Affirmativo*, ja-ja.«

»Lade sie bitte in das Augurnetz des Shades. Das ist es, wonach wir Ausschau halten. Irgendwo dort unten, tief unter der Oberfläche. Ich schalte das Auspex in den Umgebungsmodus.«

Er spähte durch das schmale Panzerglasfenster und sah zu, wie die Mauer näherkam. Abgesehen vom Shade und dem Custodesflieger war der Luftraum im Augenblick verlassen und es gab keine Hinweise auf Inquisitionsflieger, die sich ihrer Position näherten. Die letzten Strahlen des Sonnenlichts erloschen und tauchten die Stadt in lumenbeleuchtete Dunkelheit. Die Straßen waren wie flammende Arterien im Leib der nächtlichen Stadt.

»Neuigkeiten von Spinoza?«

»Ich konnte sie noch nicht erreichen«, sagte Revus.

Crowl nickte, ohne den Blick von den ewigen Wällen abzuwenden, jenen Wehrgängen, von denen Terras Krieger einst auf die Legionen des Kriegsherrn herabgeblickt hatten. Sie schienen unüberwindbar zu sein, geschaffen in einem Zeitalter der Wunder und verstärkt in Jahrtausenden der Wachsamkeit. Keine Armee war ihnen seit jenen halb vergessenen Tagen nahe gekommen und der Blick der Wächter war seitdem nur auf die allmählich verrottende Stadt gefallen.

Bedauert nicht, dass der Krieg zum natürlichen Zustand unserer Spezies geworden ist, rief sich Crowl die angeblichen Worte des Primarchen Rogal Dorn ins Gedächtnis. *Die Bedrohung ist unser Freund, denn sie verleiht uns Kraft. Konflikt ist Stärke; Umsicht ist Verfall.*

»Irgendwo dort unten«, murmelte Crowl nachdenklich. »Vor unseren Blicken verborgen.«

Von den Gewölben unter Armengand führte Lermentov sie weiter durch breite, tiefe Abwasserstollen, die von rostigen Eisenstreben gestützt wurden und vor langer Zeit ausgetrocknet waren. Der Weg führte sie durch riesige Schächte unter den Wurzeln der ewigen Stadt. Der Haufen rannte durch die Dunkelheit und das Licht der Helmlumen beleuchtete gewölbte Wände.

Spinoza überließ die Führung dem Falschen Engel. Seitdem sie den Schlachthof verlassen hatten, war Lermentov in grimmiger Schweigsamkeit mit entsichertem Lasergewehr durch die Tunnel gelaufen. Khazad hatte recht behalten – es war einfach gewesen, dem Weg der Abscheulichkeiten zu folgen. Schleim und Blut bedeckte die Wände und vermischte sich mit dem Schutt und Abfall der Untermakropole. Sie waren sogar auf eine der Xenoskreaturen gestoßen, die von ihren Erschaffern zurückgelassen worden war – ein todgeweihter Schrecken, dessen Transformation zur Groteske noch nicht abgeschlossen zu sein schien. Spitze Rippen hatten die Brust der Kreatur durchbohrt und Organe hatten unter feucht glänzendem Gewebe pulsiert. Aufgeputscht von chemischen Substanzen, die gnadenlos in ihren unfertigen Kreislauf gespritzt worden waren, hatte sie versucht, gegen die Menschen zu kämpfen, doch ihre Sehnen waren gerissen, noch bevor sie ihre Krallen heben konnte. Die Ogryns hatten die Abscheulichkeit niedergerungen und ihr mit eisenbeschlagenen Stiefeln den Schädel zertrümmert. Trotzdem hatte es lange gedauert, bis die schreiende Kreatur schließlich verendet war.

Dann waren sie wieder unterwegs. Der süßliche Gestank wurde wieder intensiver und füllte ihre schmerzenden Lungen. Spinoza warf einen Blick über ihre Schulter, um zu sehen, wie sich Lermentovs Haufen schlug. Die Ogryns stapften schnaubend so energisch voran wie eh und je. Die meisten Tränen des Engels an der Spitze des Haufens hielten mit, doch andere fielen allmählich zurück.

»Sie werden nicht lange durchhalten«, voxte sie an Khazad.

»Nein«, stimmte ihr die Assassine zu. »Wir müssen die Erschaffer der Grotesken töten, dann haben wir eine Chance.«

»Wenn wir sie in die Finger kriegen.«

Der Boden begann anzusteigen. Bald führte er steil nach oben und die gemauerten Wände wichen alten Steinplatten. Es wurde wärmer und Spinoza begann zu schwitzen. Der Gestank, die klaustrophobischen Tunnel, die grenzenlose Dunkelheit – sie waren so endlos und abscheulich wie alles andere auf dieser verdammten Welt.

Sie stießen auf die ersten Leichen. Wie in den meisten Katakomben im Schatten der Mauer hatten sich Menschen eine Zuflucht in diesen finsteren Löchern geschaffen. Jetzt lagen ihre leblosen Körper zerfetzt und ausgeweidet in der Finsternis; viele waren in rasendem Irrsinn an den Wänden zerschmettert worden. Sie mussten versucht haben, den Xenos zu entkommen, die plötzlich aus der Tiefe gestürzt waren, doch vergebens.

»Nähern uns der Mauer, Fräulein«, meldete Hegain mit einem Blick auf das Auspex. »Dies war also ihr Ziel. Lord Crowl –«

»– hatte recht, Sergeant«, sagte Spinoza. »Dessen bin ich mir bewusst. Ist der Trupp bereit? Die anderen werden uns wohl keine große Hilfe sein.«

»Bereit, Fräulein. Wir sind alle bereit und in *Stimmung*, Fräulein, wenn Ihr versteht, was ich meine.« Hegains Stimme klang grimmig. »Ich freue mich schon darauf, diese Kreaturen vor den Lauf zu kriegen. Ich freue mich schon sehr darauf.«

Der Weg wurde steiler. Bald eilten sie im Schatten halb verfallener Galerien grob gehauene Stufen hinauf, die Alter und Erosion glatt geschliffen hatten. Die Luft roch stickig – das modrige Aroma jahrtausendelanger Enge. In diese Gerüche mischte sich der Gestank von Perversion und Leid, die Ausdünstungen der Xenosbruten.

»Ich kann sie hören«, voxte Khazad.

Spinoza hörte es ebenfalls – ein hohes Heulen hallte beinahe unerträglich schrill vor ihnen durch die Tunnelschächte.

»Leuchtgeschosse«, befahl Lermentov. Selbst im Schein der Lumen fühlten sie sich in der allumfassenden Dunkelheit verwundbar.

Der bewaffnete Haufen hastete über loses Geröll und gesplitterte Stufen durch die gewundenen Tunnel. Sie achteten nicht auf die düsteren Statuen der Engel und Dämonen in den Alkoven, die noch vor dem Erscheinen des Herrn der Menschheit erschaffen worden waren und wie versteinerte Ghule über die leeren Gewölbe wachten. Ihre Herzen pochten und ihre Handflächen schwitzten.

»Denkt an Eure Befehle«, ermahnte Spinoza die Gardisten auf der geschlossenen Truppfrequenz. »Wir wollen vor allem den Erschaffer, alle anderen Ziele sind sekundär.«

Sie passierten einen letzten verfallenen Torbogen und gelangten in eine gepflasterte Säulenhalle. Auch hier war es dunkel und die Lumenstrahlen glitten über gesprungene Steine und halb erkennbare Reliefs.

»Signalpistolen abfeuern!«, brüllte Lermentov und Leuchtgeschosse schraubten sich zur hohen Decke empor, wo sie sich entzündeten und die Dunkelheit aus der gewaltigen Felshalle vertrieben.

Mit dem flackernden Licht kam das Grauen, ein Schlangennest aus fremdartigen Leibern. Schwarz glänzende Masken wandten sich den Neuankömmlingen zu. Wespentaillen drehten sich, soweit es das verkrümmte Rückenmark zuließ. Klauen öffneten und schlossen sich um lange, gezackte Klingen. Krallen endeten in einem Dickicht aus tropfenden Spritzen. Blutunterlaufene Augen starrten verwirrt und ausgehungert unter den Masken hervor.

Lermentov zögerte, ohne das Gewehr in seinen Händen zu heben. Der Haufen strömte in die Felshalle, wurde langsamer und blieb schließlich stehen. Selbst die Ogryns, die zu stumpfsinnig waren, um Angst zu empfinden, wurden langsamer.

»Für den Imperator«, rief Spinoza und ihr Crozius flammte bläulich auf. Zusammen mit den Gardisten stürmte sie los und ein grelles Lasergewitter brach aus den Mündungen der HEL-Gewehre hervor. Khazad folgte ihnen, nahm Anlauf und sprang in die Reihen der Schrecken.

Sie rissen die Menge aus ihrer Starre. »Für den Thron!«, rief Lermentov und eröffnete das Feuer. Die Leibwächter folgten seinem Beispiel und feuerten sengende Lasersalven in die Masse der Abscheulichkeiten. Die Abhumanen stürmten brüllend auf die Kreaturen zu und die Menge folgte ihnen. Hunderte, die sich durch die Dunkelheit der Tiefe geschleppt hatten, um die Albträume zu vernichten, die ihnen aufgelauert hatten, strömten aus den Tunneln den Xenosbruten entgegen.

Vor ihnen stieg die gewaltige, gewölbte Wand aus schwarzem Adamantium bis zur einhundert Meter hohen Felsendecke auf – die Fundamente der Palastmauer, deren Wurzeln hinabreichten in die verrottenden Kadaver begrabener Städte, älter als das Imperium selbst. Es waren die Grundmauern, deren Verlauf der Imperator persönlich festgelegt und die der gesegnete Dorn errichtet hatte und die jetzt als Zeichen der Beständigkeit und Herrschaft aus den wabenförmigen Tiefen der vergessenen menschlichen Reiche emporragten.

Zwischen der Menge und dem Fundament der Mauer standen die Xenosbruten, eine siedende Masse aus grauhäutigen Riesen unter schwarzen Masken. Es mussten mehr als sechzig dieser gebeugten, massigen und verzerrten Kreaturen sein. Als die Laserstrahlen ihre Körper versengten, schrien sie ihren blinden Hass heraus und stürzten sich mit ruckartigen Bewegungen auf die Menschen.

Es waren riesige, grausige Schrecken, die die Menschen um das Dreifache überragten und ihnen an Kraft und Schnelligkeit überlegen waren. Dornen, Schläuche und Haken ragten aus ihren rasenden, blutgierigen Leibern hervor. Spinoza schlug mit ihrem Crozius auf die vorderste Xenoskreatur ein. Der Streitkolben prallte auf eine gepanzerte Hand, versengte das Metall und schleuderte den Arm des Schreckens beiseite. Hegains Gardisten jagten sengende Laserstrahlen in die Kreatur, die ihre geschundene Haut verbrannten und die mit leuchtenden Flüssigkeiten gefüllten Phiolen bersten ließen.

Dennoch kämpfte die Abscheulichkeit weiter und schrie mit einer Stimme, die entfernt menschlich klang. Hegain schoss Salve um Salve in ihren Leib. Spinoza knüppelte weiter mit ihrem funkensprühenden Crozius auf die Kreatur ein, während Khazad ihr auf den Rücken sprang, Glaszylinder zerschmetterte und auf das freiliegende Rückgrat einstach.

Noch immer wehrte sich das Monster, stieß einen Gardisten beiseite und hämmerte seinen dornenbewehrten Panzerhandschuh in einen von Lermentovs Leibwächtern. Blut rann über seine schleimig glänzende Brust und sehnigen Arme, doch es schlug weiter um sich und riss einem Unglücklichen den Kopf von den Schultern, während sich Laserstrahlen in seine schreiende Maske brannten. Spinoza trieb ihren Streitkolben in die Wade der Kreatur, zermalmte Muskeln und Knochen, während eine Disruptorentladung die Wunde kauterisierte. Hegains Gardisten schossen ohne Unterlass und verbrannten ihre blassgraue Haut mit sengenden Salven.

Doch der Schrecken kämpfte weiter, stieß Spinoza zur Seite und stürzte sich mit wankenden Schritten zwischen die Menschen, unter denen er in einem selbstvergessenen Blutrausch wütete.

Hegain kauerte sich neben Spinoza und feuerte weiter auf die grausigen Xenos. »Zähe Hunde«, rief er durch zusammengebissene Zähne.

Khazad gab nicht auf und sprang auf die nächste Groteske zu. Ihr Schwert zuckte wild umher und begegnete den kraftvollen Hieben des Ungetüms. Lermentovs Haufen wogte über den Boden der Felskammer auf die Kreaturen zu. Die Ogryns waren die Einzigen, die den Xenosbruten körperlich gewachsen waren, und warfen sich ihnen auf der linken Flanke entgegen. Der Rest wurde von den Kreaturen zerfetzt.

Spinoza kam wieder auf die Beine. Weitere Grotesken kamen ihnen mit ruckartigen, raschen Schritten entgegen.

»Wo ist ihr Erschaffer?«, rief sie.

Die Masse der Ziele verschwamm auf dem Auspexsensor ihres Helms zu einem weißen Schemen. Weitere Leuchtgeschosse erhellten die Felshalle und enthüllten die blutigen Ungetüme im Meer aus wimmelnden Körpern. Über ihnen, hoch an der Mauer, ging etwas vor. Die Grotesken hielten die Angreifer zurück, während sich die Luft elektrisch aufzuladen begann.

»Wir müssen dorthin«, stellte Spinoza fest. Hegain nickte und die überlebenden Gardisten rückten enger zusammen. »Wir versuchen es auf der rechten Flanke. Los.«

Sie rückten auf eine breite Treppe vor, die in die Felswand der Halle geschlagen war. Die Grotesken stürzten sich auf sie, doch zwischen den dicht gedrängten Massen kamen die Kreaturen nur langsam voran. Eine Xenosbrut warf sich mit ausgestreckten Klauen auf Spinoza, ging jedoch im Blitzgewitter der HEL-Gewehre zu Boden. Spinoza sprang vor und ließ das Crozius auf den Nacken der Groteske niederfahren. Das Energiefeld loderte in gleißender Hitze. Hegain stand an ihrer Seite und schoss aus nächster Nähe auf die Kreatur, die sich Spinozas Hiebe zu erwehren versuchte. Die Groteske verkrampfte sich und chemische Flüssigkeiten spritzten aus ihrem Hals, während die Laserstrahlen ihre Brust verbrannten.

Spinoza ließ von der Xenosbrut ab und rannte weiter. Die Gardisten und Khazad folgten ihr, wobei sie den wuchtigen Hieben der Grotesken auswichen, die sie aufzuhalten versuchten.

Spinoza erreichte die Treppe und sprang die Stufen hinauf. Von hier oben sah sie etwas hinter den tobenden Xenosbruten, undeutlich und verborgen, doch emsig. Ranken aus pechschwarzer Energie züngelten über das Gestein die Mauer hinauf.

»Schießt es nieder!«, befahl sie, ließ sich auf ein Knie sinken und zog ihre Laserpistole.

Die Gardisten eröffneten das Feuer, doch die Xenosbruten warfen sich in den Weg der sengenden Salven und stürzten sich wie eine Flutwelle aus zischender Bösartigkeit den Gardisten entgegen. Spinoza versuchte das Ding hinter den entsetzlichen Körpern zu erkennen – eine schwebende, ausgemergelte Gestalt mit langem Hals, deren Augen ebenso schwarz waren wie ihre flatternden Gewänder.

Plötzlich bebte die Welt. Ein elementares Krachen breitete sich um das Epizentrum herum aus und ließ den Fels unter ihren Füßen erzittern. Weitere schwarze Blitze zuckten über die Mauer, leckten wie flackernde Kerzenflammen über das Gestein. Die Luft schien aus der Felshalle zu entweichen und von einer unsichtbaren Singularität fortgerissen zu werden, während das schrille Heulen unerträglich wurde. Schwarze Funken jagten und wirbelten über das Adamantium, bevor sie sich zu einem dunklen Pulsar vereinten.

»Nein …«, keuchte Spinoza und streckte die Hand aus, als könnte sie so die drohende Gefahr irgendwie aufhalten.

Die Realität flimmerte und die gesamte Halle wankte, bevor sie sich plötzlich verformte, als Ranken aus schwarzer Materie aus dem Nexus wuchsen und saugend über die Mauer krochen. Das Adamantium gefror, splitterte und verzerrte sich, bevor es wie Wasser durch einen Abfluss nach innen gesaugt wurde.

»Unmöglich«, keuchte Khazad neben ihr, als sich das unzerstörbare Material verflüssigte und durch den schwarzen Wirbel ins Nichts gerissen wurde. Die schwarz glühenden Ränder eines kreisrunden Tunnels erschienen im dunklen Gestein.

»Ich muss dorthin«, sagte Spinoza, richtete sich auf und schoss. »Beim Thron, wir müssen es aufhalten.«

Die Hälfte der Grotesken strömte auf die runde Bresche zu, deren Rand von einer tosenden Korona aus schwarzer Elektrizität umgeben war. Die hagere Gestalt folgte ihren versklavten Ungetümen in den finsteren Tunnel. Der Rest der Xenosbruten blieb in der Felshalle zurück und wütete weiter unter Lermentovs Gefolge.

Spinoza blickte den Grotesken und ihrem Erschaffer nach. Das Grauen zerrte an ihren Nerven. Ihr Blick glitt durch die Halle über tobende Ungetüme und sterbende Menschen, während die letzten Leuchtgeschosse zu hoffnungsloser Schwärze verglühten.

Es ist im Innern.

KAPITEL VIERUNDZWANZIG

Der Shade sank auf der Innenseite der großen Mauer an den Wehrgängen vorbei in die Tiefe und der diffuse Schein von Millionen Lumen jenseits der Barriere verschwand. Der Flieger kreiste zwischen den mächtigen Abwehrtürmen mit ihren Bolterbatterien immer tiefer.

Der goldene Flieger folgte mit dröhnenden Triebwerken. Die Custodes schienen sich vorerst damit zufriedenzugeben, Crowl zu folgen.

»Hast du schon was entdeckt?«, fragte Crowl und wandte sich zu Gorgias um.

Der Schädel piepste undeutlich, bevor er antwortete: »*Veritas*, ja-ja, *momentario*, dann … nichts.«

Revus fluchte leise und versuchte, den Shade im turbulenten Sog der schweren Schubdüsen des anderen Fliegers ruhig zu halten. Sie sanken rasch immer tiefer und die unteren Suchscheinwerfer der Abwehrtürme blieben zurück.

»Wir haben noch immer keinen Zielpunkt«, murmelte der Captain, während er mit dem Steuerknüppel rang. »Arbeite schneller, Schädel.«

Gorgias' Auge flammte wütend auf. »Gemeinheit! Flieg –« Dann drehte er sich ruckartig zur Seite. »*Affirmitivo*. Signal entdeckt, *longa via*, unten-unten.«

Die Konsole des Shades flackerte, als Gorgias die Koordinaten an den in ihr gefangenen Maschinengeist sendete. Revus reagierte sofort und drückte den Bug des Fliegers nach unten. Sie schossen am Fuße der Mauer entlang.

Crowl lehnte sich zurück und keuchte unter dem Druck der Beschleunigung. »Wie weit ist es entfernt?«, fragte er. »Um was für ein Signal handelt es sich?«

Revus griff auf die Auspexdaten zu, die Gorgias übermittelt hatte. »Ich habe nicht die geringste Ahnung«, sagte er zögernd. »Sieht aus wie … Nein, ich habe nicht die leiseste Idee.«

Crowl warf einen Blick auf die Konsole. »Verstehe. Das ist tatsächlich unmöglich.« Er schaute durch die Scheibe und versuchte etwas auf dem Boden zu erkennen. »Aber es ist immerhin *etwas*. Also los.«

Sein Audex erwachte knisternd zum Leben. »Wir empfangen nichts«, erklang Navradarans unerschütterlich ruhige Stimme. »Erbitten Bestätigung, Inquisitor.«

»Wir fangen eine Strahlensignatur auf«, erwiderte Crowl. »Ihre Verfallswerte entsprechen der Strahlung, die wir an Bord des Raumfrachters entdeckten. Sie ist schwach, aber es ist unser Ziel – vertraut mir.«

Die beiden Flieger gingen tiefer, bis sie sich unter den Garnisonsebenen und Übungsplätzen befanden. Suchscheinwerfer glitten über ihnen durch die Nacht und beleuchteten die schwebenden Kanonenboote der Eingreiftruppen in den weiß-goldenen Lackierungen der Palastwache.

»Werdet Ihr weitere Kräfte anfordern?«, erkundigte sich Crowl bei Navradaran, als der Shade in einen Schacht schoss, der alles Licht verschluckte.

»Negativ.«

Crowl zögerte. »Es gibt Hunderte –«

»Negativ. Bereitmachen zum Absitzen, wir nähern uns dem Mauerfundament.«

Sie befanden sich weit unter den Ebenen der großen Hallen und prächtigen Türme am Fuße der inneren Mauer.

Revus drehte sich zu Crowl um. »Was haltet Ihr davon?«

Crowl griff nach seinem Revolver. »Er verheimlicht uns immer noch etwas«, erwiderte der Inquisitor.

Die Scheinwerfer des Shades leuchteten auf und ihre grellen Strahlen glitten über dunklen Felsbeton. Sie passierten Wohneinheiten mit leeren Fenstern und verschütteten Zugängen. Feuer schwelten unter ihnen auf schmutzigen Plattformen und rissige Säulen ächzten unter dem unvorstellbaren Gewicht der oberen Ebenen.

Die Flieger landeten auf dem verwitterten Sockel einer alten Statue, die einen geflügelten Ritter mit leeren Augen darstellte, der in der verrußten Dunkelheit einem unsichtbaren Feind entgegenschritt. Die Landedüsen des Shades wirbelten Staubwolken auf, die sich noch nicht gelegt hatten, als Crowl nach der Cockpitverriegelung griff.

Der goldene Flieger setzte einige Meter entfernt auf und der Sockel zitterte unter seinem Gewicht. Crowl beobachtete, wie Navradaran zusammen mit vier weiteren Custodes die Rampe herabschritt. Jeder von ihnen war von Kopf bis Fuß in eine makellos goldene Rüstung gehüllt, unter der ein schwarzes Gewand in den Abwinden der Turbinen flatterte. Sie alle trugen Wächterspeere, deren Klingen in der Dunkelheit kalt glänzten.

»Nur vier?«, fragte Crowl.

»Es wird genügen.«

Zweifel schien für Navradaran ein unbekanntes Konzept zu sein.

»Es ist ein langer Weg nach unten«, sagte Crowl mit einem Blick auf das Auspex und deutete auf den Rand eines tiefen, viereckigen Schachtes. Eine Steintreppe führte an den Felsbetonwänden in die Tiefe. Es gab kein Geländer, keine Brüstung, nur die heißen Winde, die boshaft aus der dunklen Tiefe heraufwehten. Über ihnen hockten Wasserspeier in der ewigen Düsternis und bleckten grinsend die Zähne. Der verstrahlte Himmel war hier unten nicht mehr als eine Erinnerung der oberen Ebenen.

Navradaran ging auf die Stufen zu und bedeutete Crowl, voranzugehen.

»Verlieren wir keine Zeit«, sagte er.

Spinoza schüttelte das Trauma ab. Sie erblickte Lermentov umgeben von Ogryns und seinen fähigsten Kämpfern in der Mitte der Felshalle. Die bedrängte Gruppe konnte sich gerade so gegen die Xenosbruten behaupten.

»Die Mauer«, voxte sie ihm. »Wir müssen die Mauer erreichen.«

Sie sah, dass er zu ihr hinaufsah. Sein blutverschmierter Helm wippte in einem Nicken auf und ab. Ein voxverstärkter Befehl übertönte die Schreie und das Brüllen, dann warfen sich die Ogryns nach vorn und trieben einen Keil in die Reihen der Xenosbruten. Spinoza sprang die Stufen herab und kämpfte sich zusammen mit den Gardisten an den Klingen und Haken der Ungetüme vorbei zu ihm durch.

»Wir werden dabei draufgehen«, stieß Lermentov keuchend hervor, während er immer wieder gezielte Salven auf die Xenos abfeuerte. Die Ogryns warfen sich mit selbstmörderischer Brutalität auf den Feind.

»Wir sind bereits tot«, sagte Spinoza kalt, zog erneut ihr Crozius aus dem Gürtel und begann auf die Grotesken einzuschlagen. »Der Erschaffer, er ist alles, was jetzt zählt.«

Ihre Verluste waren schrecklich. Die Abhumanen fielen in Scharen, als die Waffen der Xenosbruten ihre massigen Körper mit chirurgischer Präzision in Streifen schnitten. Den Menschen erging es noch schlimmer, denn ihre Panzerungen waren zu schwach und ihre Waffen zu primitiv. Dutzende wurden von den gezackten Klingen zerfetzt. Schreie endeten abrupt. Ohne eine Intelligenz, die sie leitete, kämpften die Grotesken jedoch ohne jede Strategie. Alles, wonach es ihnen verlangte, war Blut, Schmerz und Gemetzel, und es kümmerte sie nicht, wo sie es bekamen. In der Menge fanden sie genügend Opfer, um ihr blindes Verlangen zu stillen.

Damit konnte es einer disziplinierten Gruppe gelingen, an ihnen vorbei zur Mauer zu gelangen. Spinoza und Lermentov bildeten die Spitze, unterstützt von Hegain und den letzten vier Gardisten. Das Opfer der Abhumanen genügte, um durch die Xenosbruten zu brechen, und während der letzte Ogryn unter den scharfen Krallen der Kreaturen fiel, eilten sie auf die Mauer zu.

Spinoza erreichte den Tunnel zuerst und sprang umtanzt von den Energien seiner Erschaffung in den schwarzen Schacht. Argentums Disruptorfeld beleuchtete die unmöglich perfekte Innenseite der Tunnelwand – der kreisrunde Schacht durchmaß mehr als zehn Meter und war so gerade, als wäre er mit einem Feinbohrer in das Adamantium getrieben worden. Weit vor sich konnte sie die Eindringlinge erkennen, die sich immer weiter durch die Mauer bohrten und nicht auf Verfolger zu achten schienen.

Lermentov war bei ihr. Weniger als fünfzig Mitglieder seiner Vorhut hatten es bis zur Mauer geschafft. Hinter ihnen wütete das Gemetzel unaufhörlich weiter, da immer noch Nachzügler aus den Tunneln in die Felshalle strömten.

»Wir können nichts mehr für sie tun«, sagte Spinoza, packte Lermentov und stieß ihn grob durch den Tunnel.

Hegain und Khazad folgten ihnen und gemeinsam rannten sie den Schacht hinab. Mit dem knisternden Crozius in der Hand erkannte Spinoza den Wahnsinn ihrer Tat. Vor ihnen befanden sich etwa dreißig der riesigen Xenosbruten, die ins Zentrum des Palastes einzudringen versuchten. Ohne die Ogryns war Lermentovs Haufen ihnen nicht einmal ansatzweise gewachsen, und selbst wenn die Jäger sie rechtzeitig erreichten, würden sie rasch überwältigt werden.

Aber es gab keine Alternative. Was für eine Techhexerei die Gestalt auch einsetzte, sie hatte den physikalischen Gesetzen getrotzt und durch reines Adamantium einen Tunnel gebohrt, der die Xenosbruten in den Palast führte. *In den Palast.*

Sie lief schneller. Der Tunnel durch die zweihundert Meter dicke Mauer schien kein Ende nehmen zu wollen. Als sie das andere Ende erreichte, hatten die Xenosbruten bereits einen großen Vorsprung und sprangen über den verlassenen Boden einer weiteren staubigen Halle auf das nächste Tunnellabyrinth zu. Die Grotesken rannten zielstrebig vergessene Stufen hinauf und feuchte Balustraden entlang. Augenscheinlich wussten sie, wohin sie wollten, während Spinoza nicht einmal sagen konnte, wo sie sich befand. Die Sensoren ihres Helms waren immer noch gestört und während ihres Marsches durch die lumenerhellte Dunkelheit hatte sie völlig die Orientierung verloren. Sie rechnete jeden Moment damit, dass sie eine bevölkerte Sektion erreichten, wo die Wächter des Palastes ihnen entgegentreten würden … Aber vielleicht waren sie zu tief. Vielleicht befanden sie sich in einem Bereich, der so alt, abgelegen und vergessen war, dass niemand mehr über ihn wachte.

Ihre Lungen brannten und ihre Beine pochten. Sie rannten bereits eine ganze Weile und die Kreaturen vor ihnen waren kräftig und anscheinend unermüdlich. Aus der Ferne beobachtete sie, wie die Xenosbruten über eine lange, schmale Brücke liefen, die über einen tiefen Schacht führte. Am anderen Ende befand sich ein mit Grünspan bedecktes Bronzetor in Gestalt eines klaffenden Drachenmauls. Die Gestalt – der Erschaffer – blieb nur kurz stehen, bevor die Barriere von unnatürlichen Energieranken zerschmettert wurde, doch es kostete die Xenos Zeit. Spinoza erkannte ihre Chance und rannte schneller, um zu den Xenos zu gelangen. Khazad war an ihrer Seite. Zusammen erreichten sie das zerstörte Tor und gelangten in die dahinterliegende Halle.

Eine dichte Staubschicht bedeckte alles in diesem Raum. Der mit Schädelsäulen gesäumte achteckige Boden erstreckte sich in alle Richtungen und war mit Aberhunderten Statuen gefüllt, die halb fertig mit blinden Augen in die ungestörten Schatten starrten.

Albtraumhafte Xenosbruten wandten sich ihren Verfolgern zu und kurz erhaschten sie einen Blick auf den verdorrten Schrecken in ihrer Mitte.

Khazad und die anderen blieben abrupt stehen und nahmen die Grotesken mit grellen Laserstrahlen unter Beschuss. Im ersten Moment begriff Spinoza nicht, warum die Bestien sich jetzt zum Kampf stellten – sie hätten bereits einen viel größeren Vorsprung haben können. Die Grotesken schrien. Sie hatten ihren Schwung verloren und ihre fahlen Glieder zuckten in den flackernden Schatten. Laserstrahlen brannten sich durch den Raum und hinterließen schwarze Brandspuren auf den alten Wänden.

Etwas zischte aus der Audexeinheit ihres Helms, bevor plötzlich ungefilterter Lärm aus dem beschädigten Empfänger hervorbrach. Sie wollte ihn gerade abschalten, als die Übertragung wieder verständlich wurde.

»…worten Euren Ruf. Nach links, sucht Deckung – wir werden uns um sie kümmern. Dem Thron sei Dank, Kind, wir hatten die Hoffnung schon aufgegeben.«

Die Stimme gehörte Rassilo. Spinoza kniff die Augen zusammen und blinzelte im Gleißen der Laserentladungen, bis sie schließlich den Grund für das Feuergefecht erkennen konnte – etwa zweihundert Inquisitionsgardisten hatten auf der anderen Seite der Halle Position bezogen und feuerten aus ihrer Deckung in disziplinierten Salven auf die Xenosbruten. Die Lord-Inquisitorin war bei ihnen und gab mit rauchender Boltpistole in der gepanzerten Faust Befehle.

Gelobet sei der Imperator, dachte Spinoza erleichtert. Rassilo hatte ihre Nachricht erhalten und eine Verteidigung organisiert, um die Monster daran zu hindern, tiefer in den Palast einzudringen.

»Nach links!«, brüllte sie ihren Begleitern zu. Sie wusste, dass ihnen das Kreuzfeuer der Gardisten nur wenig Zeit erkaufte. Die Grotesken reagierten bereits und warfen sich mit typischer Hemmungslosigkeit auf die Menschen, die sie umstellt hatten. Es waren immer noch viele, vielleicht zu viele, aber zumindest kämpften sie jetzt.

»Lord-Inquisitorin!«, rief Spinoza, als sie sah, dass Rassilo sich zu ihr durchzuschlagen begann. »Wie konntet Ihr –«

»Nicht jetzt, Kind«, erwiderte Rassilo kalt, während sie auf dem Absatz herumwirbelte und sich ein neues Ziel suchte. »Wenn es Euch nichts ausmacht, dürft Ihr Euch gern am Kampf beteiligen.«

»Ich höre sie«, sagte Navradaran und beschleunigte seine Schritte.

Der Custodes lief mit der kräftigen, geschmeidigen Anmut einer Rüstung, die weit prachtvoller und fortschrittlicher war als Crowls eigene. Sein Trupp sprintete durch das Labyrinth der unteren Ebenen und ihre Stiefel wirbelten den Staub der Jahrtausende auf. Ihre Helmlinsen glühten leuchtend rot und die Konturen ihrer Rüstungen glänzten golden im Dunkeln.

Crowl hatte Mühe, mit ihnen mitzuhalten. Es kam ihm vor, als würden rostige Klingen über seine Lungen schaben, und sein Atem kam keuchend. Er konnte das Hinken seines rechten Beins nicht länger verbergen, rannte jedoch trotz aller Schmerzen weiter. Gorgias schwebte über ihm durch die dämmrigen Hallen, während Revus ihm nicht von der Seite wich.

Er konnte den Blick nicht von seiner Umgebung losreißen. Aus den Augenwinkeln betrachtete er die mit Spinnennetzen verhangenen dunklen Gänge, Alkoven und Vestibüle. Alles hier unten war so alt wie das Imperium selbst, vielleicht sogar älter. Ein Freihändler mochte sein ganzes Vermögen hergeben, nur um einige Minuten ungestört durch diese Räume streifen zu können; ein Herrscher der äußeren Welten mochte sein Reich, ein Kardinal seine Diözese opfern – und doch blieb ihm keine Zeit, all diese Wunder zu betrachten, sie zu bestaunen und zu studieren, und das brach ihm das Herz.

Es war die Tragik dieser Zeit. Terra besaß so viele Reichtümer, deren Ruhm zwar verblasst sein mochte, doch immer noch größer war als all die Pracht eintausend anderer Welten zusammen. Und doch waren sie den Blicken entzogen und verfielen, ohne dass sich jemand an sie erinnerte. Wenn etwas den Forscherdrang der Spezies neu entfachte, wenn sie die Angst vor dem Neuen abschüttelte und sich dem schrecklichen Griff des Mechanicus und seiner Priesterschaft entzog, würden ihr die Schätze hier unten wertvolle Dienste leisten.

Doch dazu würde es nie kommen, nicht mehr. Alles, was ihnen übrig blieb, war das endlose Ringen um zehn oder zwanzig weitere Jahre der Existenz, gefangen im atemlosen Schrecken und umgeben von Bestien. Die menschliche Anwesenheit in diesen Hallen war eine aus Verzweiflung geborene Abnormität, und wenn sie fort waren, würden die Schatten sich wieder herabsenken, um vielleicht nie wieder gestört zu werden.

»Signale voraus«, meldete Revus.

Crowl legte mit einem Blinzeln den Bewegungssensor auf seine Retinalanzeige. Hunderte Signaturen drängten sich vor ihnen. Er warf einen Blick auf Navradaran, der es ebenfalls bemerkt haben musste, doch der Custodes sagte nichts und lief ohne zu zögern weiter. Die Wächterspeere des Trupps waren aktiviert und ihre silbernen Disruptorfelder leuchteten wie brennende Fackeln im Dunkeln.

Plötzlich entdeckte er Spinozas Auspexsignatur, dann Hegains und die einiger anderer seiner Gardisten. Sein Herz machte einen Sprung und neue Kraft durchflutete seine schmerzenden Muskeln.

»Wir kommen noch rechtzeitig«, versicherte er Revus ebenso sehr wie sich selbst. Schnaufend zog er seinen Revolver.

Sie gelangten in eine weite Halle, deren Inneres von einer gespenstischen Prozession halb fertiger Statuen gesäumt wurde. Alte Elektrowerkzeuge lagen vergessen im dichten Staub, von lange toten Steinmetzen zurückgelassen, die ihre Arbeit nicht mehr hatten beenden können.

Lasersalven zuckten zwischen den steinernen Wächtern hin und her, versengten Granitköpfe und gemeißelte Körper. Schatten tanzten über den staubigen Boden. Crowl sah riesige Silhouetten zwischen den Statuen, zu groß, als dass es sich um Menschen handeln konnte, die mit schnellen Bewegungen durch den Mahlstrom aus Lärm und Chaos eilten. Er zielte, doch ein Gardistentrupp war ihm im Weg. Überall schossen Soldaten der Inquisition auf die Monster, die sich ihnen entgegenwarfen.

Die Custodes stürzten sich ohne zu zögern in den Kampf und ihre flammenden Gleven trieben die Schatten zurück. Sie waren ebenso flink wie die albtraumhaften Kreaturen, und ebenso stark. Ihre schweren Stäbe krachten ein ums andere Mal mit brutal effizienten Hieben in die Kreaturen, deren Blut auf die Statuen spritzte. Zwei Custodes folgten den Xenosbruten, die in die Dunkelheit flohen, während die beiden anderen gemeinsam mit ihrem Captain unter dem Rest wüteten.

»Ich sehe sie!«, rief Revus und rannte feuernd an der rechten Wand zwischen den zerschossenen Statuen entlang. Crowl folgte ihm und wich gerade noch rechtzeitig einer Schädelsäule aus, die unter den unablässigen Schüssen nachgab und einstürzte. Im Licht der flammenden Wächterspeere konnte er Spinozas blutrote Rüstung sehen. Sie stand im dichtesten Kampfgetümmel und schwang ihr Crozius mit knochensplitternder Kraft. Zusammen mit anderen kämpfte sie vor einem großen, schweren Steinaltar und versuchte, die Xenosbruten zurückzutreiben. Immer wieder entdeckte er das eine oder andere Detail inmitten des Gewühls – eine Assassine, die Überreste von Hegains Trupp, einen verletzten Mann in einer Uniform des Astra Militarum und weitere Inquisitionsgardisten, die sich gegen die übermächtigen Kreaturen zur Wehr setzten.

Unter ihnen befand sich auch Lord-Inquisitorin Rassilo – *Rassilo* – und kämpfte im düsteren Schatten gegen eine verhutzelte dunkle Gestalt.

»Dort drüben«, rief er Revus zu und deutete auf die verdorrte Kreatur.

Revus reagierte sofort und zielte auf die zerlumpte Gestalt. Crowl versuchte sie ebenfalls anzuvisieren, doch die Kreatur schien von einer verzerrenden Aura umgeben zu sein, einem Schimmer gebrochener Realität, die jeder ihrer Bewegungen folgte. Er zielte auf den Kopf, drückte ab und musste mit ansehen, wie die Kugel im Nichts verschwand.

Die Kreatur entfesselte ein Spinnennetz aus kinetischer Energie, dessen Wucht Rassilo zusammen mit einem Dutzend Gardisten zu Boden schleuderte. Dann warf sie sich schneller, als das Auge folgen konnte, mit einer gekrümmten Klinge in einer ihrer vielen Händen auf Spinoza. Crowl, der noch immer zu weit entfernt war, um etwas dagegen zu unternehmen, schoss erneut, doch auch diese Kugel löste sich auf, als sie das realitätsverzerrende Feld erreichte.

Er würde zu spät kommen. Nichts konnte die gekrümmte Klinge aufhalten, deren Schneide Dimensionen zerteilte, um ihre Opfer zu vernichten.

Nichts außer Navradaran. Der Custodes wirbelte mit der Gewalt eines Schmiedehammers durch die Xenos, um die Gestalt zu erreichen. Er war ein Gott in goldener Rüstung, deren Runen im ungebundenen Ätherlicht schimmerten und verschwammen. Er sprang auf die zerlumpte Kreatur zu, seine Hand schoss durch das Verzerrungsfeld und packte sie am Hals, bevor er sie zu Boden riss. Das Wesen kreischte und versuchte, sich gegen den Custodes zu wehren, doch Navradaran war unerbittlich und schmetterte ihm die Faust ins zerbrechliche Gesicht. Der Xenos schlug mit langen Armen, die direkt seinem Rückgrat zu entwachsen schienen, auf Navradaran ein, doch der Custodes brach ihm die Knochen und riss die blutenden Reste aus ihren Gelenken.

Er zerrte den armseligen, verletzten Xenos auf die Beine und warf seinen geschundenen Leib auf die Altarplatte, drückte das blutende Fleisch auf den Stein und zerschmetterte das realitätsverzerrende Feld in schwarze, scharfkantige Splitter.

Crowl kam hinkend näher. Er konnte seine Augen nicht von dieser Zurschaustellung brutaler Überlegenheit abwenden. Die verbliebenen Grotesken wurden von den anderen Custodes überwältigt und von den Klingen der Wächterspeere durchbohrt, bevor sie in die Dunkelheit zurückweichen konnten, während die überlebenden Inquisitionssoldaten sich sammelten.

Doch der Erschaffer dieser Albträume war noch am Leben. Crowl näherte sich dem Altar und spürte, wie Wogen des Abscheus von seinem zerstörten Leib ausgingen. Spinoza stand plötzlich in ihrer blutigen Rüstung und mit knisterndem Streitkolben neben ihm.

»Ihr hattet recht, Lord Crowl«, stieß sie schnaufend und leicht wankend hervor. »Die *Rhadamanthys* war –«

»Später, Spinoza«, sagte Crowl, legte ihr eine Hand auf die Schulter und musterte sie von Kopf bis Fuß. »Geht es Euch gut? Seid Ihr verletzt?«

Sie schüttelte schwach den Kopf. Navradaran drückte den Xenos wie ein Opferlamm auf den Altar. Er hob seine Klinge, um den Xenos zu enthaupten, und das harsche Licht enthüllte das Gesicht der Kreatur, der es gelungen war, so tief in die heiligste Stätte der Menschheit vorzudringen.

Nach menschlichen Maßstäben war sie hager und so schmal, dass sich die Knochen wie eiserne Dauben unter der straff gespannten Haut abzeichneten. Unter der Haut war ein schwarzes Netz aus schwach pulsierenden Adern zu sehen. Das Rückgrat der Kreatur war ebenso gekrümmt wie das der Grotesken und von Klingen und gefährlich gebogenen Apparaturen durchbohrt, von denen die meisten Navradarans Wut zum Opfer gefallen waren. Unter ihrem ledernen Gewand waren mit stählernen Stiften besetzte Beinschienen zu erkennen und Ketten hingen von ihrer unmöglich schmalen Taille herab, an denen mit giftig gellen Flüssigkeiten gefüllte Kristallgefäße befestigt waren.

Das Gesicht der Kreatur war blutüberströmt und ihre Wangenknochen waren gebrochen. Der Unterkiefer schien entfernt und durch eine fleckige Stahlmaske ersetzt worden zu sein, die durch funkelnde Metallringe mit ihren Wangen verbunden war. Ihr Schädel war kahl und mit den geheimnisvollen Symbolen ihrer verkommenen Xenoskultur tätowiert.

Doch ihre Augen waren das Schlimmste. Nichts in den tiefen Gewölben des Palastes schien so dunkel zu sein wie sie. Sie waren wie Gruben im faltigen Fleisch ihrer mit Drähten durchstochenen Haut, Abgründe der niederträchtigen Leere. Crowl hatte im Laufe seiner Karriere in viele Augen geblickt und in ihnen all die Charakterzüge gesehen, die sie verrieten, doch hier entdeckte er nicht mehr als eine entsetzlich hungrige Langeweile, ein hoffnungsloses Nagen, das schon lange keine Befriedigung mehr erfuhr. Diese Augen hatten Dinge gesehen, die kein lebendes Wesen jemals hätte sehen sollen; Grausamkeiten, die alle Gräuel in den Tiefen der Untermakropolen überflügelten und deren Spuren sich in die konzentrischen Ringe der schwarzen Iriden eingebrannt hatten.

Die Kreatur atmete noch, als Navradaran ihr die Klinge an den Hals legte. Der röchelnde Xenos starrte seinen Henker an, während ölig blutiger Schaum über seine schmalen Lippen quoll. In seinem zerschlagenen Gesicht lagen weder Hass noch Verzweiflung, nur geringschätzige Verachtung.

»Tötet es«, drängte Crowl den Custodes.

Aber Navradaran bewegte sich nicht.

»Tötet es!«

Crowl drehte sich um und suchte nach einem Grund, der den Custodes zögern ließ.

Rassilo war wieder auf den Beinen und hatte ihre Boltpistole auf Navradaran gerichtet. Aus dieser Entfernung würde das Geschoss selbst seine einzigartige Rüstung mühelos durchschlagen. Der Rest ihres Gefolges, das auch nach dem Kampf gegen die Grotesken noch über einhundert Gardisten zählte, hatte seine Waffen auf Navradarans Begleiter gerichtet, deren Aufmerksamkeit auf die Grotesken gerichtet gewesen war und die so die Gefahr nicht rechtzeitig erkannt hatten.

»Adamara?«, fragte Crowl misstrauisch. »Was ist hier los?«

»Ich bringe die Sache zu Ende, Erasmus«, sagte sie. Die Mündung ihrer Boltpistole wich keinen Augenblick von Navradaran. Hinter ihr kamen Dutzende Gardisten langsam näher. »Tretet von diesem Xenos zurück, Custodes. Ihr hättet Euch nicht auf die Suche nach ihm machen sollen. Er gehörte von Anfang an mir.«

KAPITEL FÜNFUNDZWANZIG

Die letzten Laserstrahlen waren verglüht und die letzten Schreie in den Gewölben verhallt, doch die Atmosphäre war noch immer aufgeheizt. Erschöpfung umnebelte Spinozas Sinne, als ihr Blick erst zu Crowl, dann zu Rassilo und dann wieder zurück zu Crowl wanderte.

Sie stand zwischen ihren Gardisten und den Resten von Lermentovs Haufen, einem kläglichen Überrest der Gruppe, die in Boreates aufgebrochen war. Rassilos Soldaten – mit HEL-Gewehren und Karabinern bewaffnete Gardisten in schweren Plattenpanzern – hatten sie umstellt. Khazad, die härter als alle anderen gekämpft hatte, stand keuchend mit dem schimmernden Energieschwert in der Hand neben ihr. Die strahlend silbernen Energiefelder der fünf Wächterspeere beleuchteten die Katakomben. Selbst während des Kampfes war es unmöglich gewesen, sich der Pracht ihrer Träger zu entziehen. Die Custodes waren etwas anderes – imposant in ihrem heraldischen Glanz waren sie die lebende Leugnung des allmählichen Niedergangs der menschlichen Spezies.

Und doch standen sie jetzt reglos in den Fadenkreuzen der zahllosen HEL-Gewehre. Rassilo, Spinozas Förderin und Vertraute, hielt ihre Waffe weiter auf den Helm des Custodes gerichtet.

»Ich lasse nicht zu, dass diese Kreatur am Leben bleibt«, sagte der Custodes, machte jedoch keine Anstalten, die Klinge in das Fleisch des Xenos zu stoßen.

»Und doch wird sie nicht durch Eure Hand den Tod finden«, sagte Rassilo so gefasst wie immer und ihre Stimme hallte scharf von dem Bogengewölbe wider. »Diese Kreatur steht unter dem Patronat der Heiligen Orden der Inquisition.«

»Dies ist der Palast, Lord-Inquisitorin.«

»Das macht keinen Unterschied.«

Spinoza starrte sie ungläubig an. Khazad war auf die Knie gesunken und behandelte eine Wunde, die sie sich während des Kampfes zugezogen hatte, während Lermentov der Unterredung müde und verwirrt folgte. Nur Crowl, der mit gezogenem Revolver neben Revus stand, blieb gelassen.

»Seid keine Närrin, Adamara«, sagte er. »Es ist vorbei. Ich rate Euch, ihn nicht zu verärgern.«

Rassilo würdigte ihn keines Blickes. Anspannung und Konzentration zeichneten ihr strenges Gesicht. »Nehmt die Klinge von seinem Hals«, forderte sie den Custodes auf. »Zweifelt nicht daran, dass ich schießen werde, wenn Ihr dem Xenos etwas antut.«

Spinoza ging einen unsicheren Schritt auf sie zu. Das Crozius in ihrer Hand knisterte noch immer vor Energie. »Lord-Inquisitorin –«, begann sie, nachdem sie sich entschieden hatte, an welchen der beiden Inquisitoren sie sich wenden wollte.

»Schweig, Kind«, fuhr Rassilo sie an. »Ihr seid Mitglied des Ordos, also tut Eure Pflicht.«

Das stimmte. Spinoza war verpflichtet, den Befehlen ihrer Vorgesetzten Folge zu leisten, ein Instinkt, der durch jahrelange Psychokonditionierung geschärft und gefestigt worden war. Ohne einen bewussten Gedanken packte sie Argentum fester und richtete ihren Blick auf die beeindruckende Gestalt in der barocken Rüstung, die noch immer regungslos neben dem Xenos stand.

Crowls Lachen brach den Bann. Es war das trockene Krächzen, das sie bereits in seinem Quartier gehört hatte, so zynisch wie ungerührt.

»Und ich dachte, dass Quantrain dahinterstecken würde«, sagte er, während er langsam seinen Revolver nachlud. »Denn das war der Name, der immer wieder auftauchte. Ich habe ihn sogar aufgefordert, hierherzukommen.«

Bei der Erwähnung von Quantrain hob Khazad den Kopf und Hass loderte in ihren braunen Augen. Einer von Rassilos Gardisten, den Insignien seiner Rüstung nach zu urteilen ein Captain, bemerkte ihren Blick und stellte sich schützend vor die Inquisitorin, während seine Waffe weiter auf den Custodes zielte.

»Ich irre mich nicht oft«, fuhr Crowl fort und ließ die Trommel seines Revolvers einrasten. »Deshalb könnt Ihr Euch sicher vorstellen, wie ich mich jetzt fühle, da ich die Sache durchschaut habe.«

Er hob die Pistole und schoss. Rassilos Captain taumelte gegen eine Säule und sackte benommen zu Boden, während das gesprungene Visier seines Helms herabfiel. Spinoza stellte überrascht fest, dass sie das bärtige Gesicht darunter erkannte.

»Gloch«, flüsterte sie.

»Wie hätte er meiner Aufforderung auch folgen können?«, sagte Crowl und richtete den Revolver auf Rassilo. »Das konnte er nämlich nicht. Nur auf Terra ist es möglich, dass jemand, der so bekannt ist wie Quantrain, nicht einmal existiert. Oder genauer gesagt, seine Existenz mit jemandem teilt. Und zwar mit Euch, Adamara.«

Mit hassverzerrter Miene stürzte sich Khazad auf Rassilo. Crowl sprang nach vorn, um ihr den Weg zu versperren, doch zu spät. Rassilo drehte sich um und schoss, verfehlte die Assassine jedoch, die sie zu Boden stieß.

Die Gardisten eröffneten das Feuer und die Custodes taumelten unter den Schüssen. Gloch kam schwankend wieder auf die Beine und feuerte mit seiner Automatikpistole auf Khazad, während er ein Kampfmesser zog. Die Halle versank in Lärm und grellem

Licht. Gefangen inmitten dieses Gewaltausbruchs warfen sich Lermentovs Leute zu Boden und suchten Deckung, während die Gardisten gegen die Custodes vorrückten.

Im ersten Moment wusste Spinoza nicht, was sie tun sollte. Hegain blickte sie fragend an, unsicher, wie er sich verhalten sollte. Sie konnte ihm keine Antwort geben. Gloch schoss Khazad in den Arm, bevor er sich mit gezogener Klinge auf sie stürzte. Rassilo war zwischen den blitzenden Lasersalven und umhereilenden Menschen verschwunden. Die Custodes schlugen zurück und hieben mit ihren Wächterspeeren auf die Gardisten ein. Spinoza war beiden Parteien verpflichtet und hatte doch keine Ahnung, warum sie aufeinander losgingen.

»Wie lauten Eure Befehle, Fräulein?«, rief Hegain.

Sie sah, wie Gloch inmitten der vorrückenden Gardisten auf Khazad einprügelte. Die Assassine war nicht in der Verfassung, ihm ernsthaft Widerstand zu leisten, wehrte sich jedoch, so gut sie es vermochte.

»Sucht Lord Crowl und beschützt ihn«, befahl Spinoza schließlich, bevor sie Gloch nachsetzte. »Ich kümmere mich um den Riesen.«

Crowl gab jede Zurückhaltung auf und injizierte sich eine großzügige Dosis schnelligkeitssteigernder Substanzen. Als er sich in Bewegung setzte, schoss reiner Schmerz durch die kranken Muskeln seiner Beine hinauf bis zu seinem geplagten Herzen, doch er musste handeln.

Er hatte einen Fehler begangen, als er Rassilo vor der Assassine bloßgestellt hatte. Allerdings hatte er erst in diesem Moment erkannt, dass es sich um Phaelias' Akolythin handeln musste, die durch ihren Hass auf Quantrain zu dieser verzweifelten Tat getrieben worden war.

Der Xenos hatte den allgemeinen Aufruhr ohne zu zögern genutzt und sich in einen Mantel aus Dunkelheit gehüllt, um im dichten Kampfgewühl zu entkommen. Seine körperliche Gebrechlichkeit war nicht mehr als eine Illusion gewesen, eine kunstvoll gespielte Schwäche, und jetzt war er entkommen; ohne sein Gefolge zwar, doch weiter entschlossen, sein Ziel zu erreichen.

Die Rufe und Schreie des Kampfes blieben hinter Crowl zurück. Er hatte die Kreatur aus den Augen verloren, doch die Tunnel führten nur in eine Richtung. Egal wie listig der Xenos gewesen sein mochte, Navradaran hatte ihn übel zugerichtet, was selbst eine Kreatur mit seinen perversen Fähigkeiten ein wenig verlangsamen musste.

Der Weg führte ihn hinab in die tiefen Kapillaren, die sich durch das Felsgestein schlängelten. Die Hitze wurde immer drückender, wie er es zuvor im Sanctum Imperialis erlebt hatte. Die gewölbten Decken sanken mit jedem Schritt tiefer und die Luft wurde unter dem Druck der wuchtigen Fundamente immer stickiger.

Er war allein. Revus kämpfte zusammen mit Navradaran, während Gorgias spurlos verschwunden war. Ihm war keine Zeit geblieben, die beiden zu sich zu rufen, und jetzt war es zu spät; er war bereits zu tief in das verworrene Labyrinth unter den Wurzeln der alten Berge vorgedrungen. Sein Körper ließ ihn im Stich – er spürte, wie die alten Wunden an seinen Kräften zehrten und die künstlichen Stims sein Blut verklumpten.

Es wird ein schlechtes Ende nehmen, schoss es ihm durch den Kopf, während er keuchend durch die tiefen Tunnel rannte.

Tiefer, immer tiefer führte ihn sein Weg, während er instinktiv und ohne zu zögern dem Gestank der Verdorbenheit folgte. Er stapfte enge Wendeltreppen hinab und eilte durch alte, verlassene Gewölbe. Er passierte große, eisenbeschlagene Tore, auf denen Runen unbekannter Herkunft prangten. Statische Entladungen knisterten in der tiefen Dunkelheit über die Decke. Er musste so tief unter der Oberfläche sein, wie die Türme über ihm in den Himmel ragten. Er fühlte sich wie ein Insekt, das durch die Schlacke der Schmiede der Menschheit kroch.

Er verlor jedes Gefühl für Zeit und Raum. Immer wieder verlor er jede Orientierung und stolperte blind durch die Finsternis. Ein tiefes Grollen drang aus der Tiefe an seine Ohren, als würden Kontinentalplatten übereinander schaben. Der Fels unter seinen Füßen wurde so heiß, dass er die Hitze selbst durch die Sohlen seiner Stiefel spürte. Geräusche hallten durch die Dunkelheit – gespenstische Klagelaute, das hallende Rasseln höllischer Maschinen und der langsame Herzschlag der Welt.

Wahnsinn drohte ihn zu vereinnahmen. Er spürte, wie die Erschöpfung ihn an diesem irrsinnigen Ort übermannte. Rote Runen, äonenalte Glyphen des Schutzes, tanzten trüb schimmernd vor seinen Augen durch die Dunkelheit.

Dann war er aus den Tunneln heraus. Er spürte, wie das Gefühl der Beklemmung von ihm abfiel und der Luftdruck spürbar nachließ. Vor ihm erstreckte sich eine steinerne Ebene, an deren Ende ein tiefer Spalt in einer gewaltigen Granitwand klaffte. Reliefs legendärer Bestien und Helden bedeckten die Wand und erinnerten Crowl an die okkulten Darstellungen, die er auf dem Ewigen Tor gesehen hatte. Im Zentrum sah er zwanzig Ritter, die den gebieterischen Imperator auf seinem Thron umgaben. Einige dieser Ritter erinnerten ihn an die sanktionierten Darstellungen der heiligen Primarchen, doch warum waren zwanzig in das Granit geschlagen worden?

Der Spalt war mehr als fünfzig Meter breit. Weit über ihm stützten die gotischen Bogenpfeiler eine hohe Decke. Gewaltige Rohre und dicke Kabelstränge, auf denen das unverwechselbare Symbol des Mechanicus prangte, führten durch das Gestein. Ein Brummen lag in der Luft, kaum vernehmbar, doch so tief und durchdringend, dass es von einer unsagbar gewaltigen Apparatur erzeugt werden musste. Ein schwaches Glühen, wie die erste Röte der Morgendämmerung, ging von der dunstverhangenen Decke aus. In gigantische Säulen geschlagene Stufen führten zu jenen hoch gelegenen Gaden empor, die sich in der Dunkelheit zwischen den hohen Strebebögen verloren.

Erstickender Staub lag wie eine glanzlose Decke aus grauem Schnee über allem. Die Hitze war unerträglich und das Gefühl der

Enge absolut. Crowl verspürte den überwältigenden Drang, auf die Knie zu sinken und aufzugeben, damit sein pochendes Herz Ruhe finden und seine keuchenden Lungen rasten konnten, doch das konnte er nicht, denn er war nicht mehr allein. Vor ihm, am Rand des Spalts, standen sich zwei Gestalten gegenüber.

Rassilo war ihm zuvorgekommen und hatte den Xenos gestellt. Die Kreatur schien angeschossen zu sein und eine unheimliche Klinge lag schwach in ihrer Hand. Mit grimmiger Miene überprüfte Crowl die Trommel seines Revolvers und schritt auf die beiden zu. Er richtete die Waffe auf Rassilo.

»Bleibt, wo Ihr seid!«, rief er, während er auf sie zuging. Es fiel ihm schwer, sich zu konzentrieren.

Rassilo bewegte sich nicht. Der Xenos sank auf die Knie und richtete seine starren nachtschwarzen Augen auf Crowl.

»Wie soll ich Euch nennen?«, fragte Crowl grimmig. »Welcher Name gefällt Euch besser?«

Rassilo lächelte. »Wie immer es Euch beliebt, Erasmus. Aber Ihr seht nicht gut aus. Warum setzt Ihr Euch nicht für eine Weile?«

Crowl zielte mit seinem Revolver auf ihre Stirn, während sie ihre Boltpistole weiter auf den Xenos gerichtet hatte, der die beiden Menschen mit hungrigen Blicken anstarrte.

»Ihr wollt diese Kreatur nicht töten«, sagte Crowl. »Sie war Eure Fracht. Warum?«

»Ich hatte meine Befehle«, sagte Rassilo. »Die Sache wurde vor langer Zeit in Gang gesetzt. Ich spiele nur ein kleine Rolle darin und Ihr eine noch kleinere. Wenn Ihr glaubt, es aufhalten zu können, dann irrt Ihr Euch, fürchte ich.«

»Ich will den Grund erfahren.«

»Und wenn nicht? Werdet Ihr mich dann erschießen? Kommt schon, unser Freund hier wird Euch erledigen, noch bevor mein toter Körper den Boden berührt.«

Der Xenos entblößte schwarze Zähne und weißes Zahnfleisch in einem schiefen Grinsen.

»Um der Vergangenheit willen, Adamara«, sagte Crowl. »Was

immer Ihr vorhattet, es ist vorbei. Sagt es mir, sie werden Euch die Wahrheit früher oder später ohnehin entreißen.«

Rassilos Lächeln verschwand. »Oh, Erasmus«, sagte sie. »Ich war schon immer der Ansicht, dass Ihr zu viel Zeit in Salvator verbringt. Der Kampf wird hier, innerhalb des Palastes geführt, während Ihr Eure Talente dort draußen verschwendet.« Ihre Boltpistole wankte nicht. »Ich habe ihnen davon abgeraten. Sagt es ihnen, wenn all das hier vorbei ist. Ich habe ihnen gesagt, dass dieser Kreatur nicht zu trauen ist, doch sie ließen sich nicht beirren. Aber ich habe recht behalten. Wir haben sie bis nach Terra geschafft und wurden verraten.«

»Diese Kreatur konnte Euch nicht *verraten*«, sagte Crowl. »Sie ist der Feind.«

»Es gab Garantien, was immer sie taugen mögen«, sagte Rassilo. »Pakte wurden geschlossen. Viele Seelen wurden übergeben und ich will mir nicht vorstellen, was mit ihnen geschehen ist. Alles, damit diese Kreatur nach Terra kommt und uns bei dem Projekt unterstützt.«

»Dem Projekt?«

»Ein Akt der Verzweiflung. Sagt ihnen auch das. Sagt ihnen, wenn es eine andere Möglichkeit gegeben hätte, wäre es nicht so weit gekommen.«

»Ihr sprecht in Rätseln. Raus mit der Sprache.«

»Sie können den Thron nicht reparieren, versteht Ihr? Begreift Ihr, was das bedeutet? Deshalb suchen sie nach einer Alternative, etwas anderem als den Apparaturen der marsianischen Priesterschaft. Botschaften wurden geschickt. Verträge wurden geschlossen. Technologie, Seelen, Planeten – all das wurde angeboten. Um festzustellen, ob … *sie* uns wirklich helfen können, mussten wir einen von ihnen hierher bringen, damit er mit jenen sprechen konnte, die sich um den Erhalt des Throns kümmern, damit sie ihm die Mängel zeigen können. Und obwohl wir die Risiken kannten und wussten, dass einige Mitglieder des Konzils dem niemals zustimmen würden, wurde der Befehl erteilt.«

Crowl hörte ihr ungläubig zu. »Dann habt Ihr Euch selbst verdammt«, sagte er.

»Das haben wir, aber bedenkt die Alternative.«

»Nichts weiter als Gerüchte.«

»Gerüchte, ja, aber von den Lippen der Hohen Senatoren. Könntet Ihr sie ignorieren? Ich konnte es nicht.«

Crowl schluckte. Er spürte, wie Blut an der Innenseite seines Brustpanzers herablief, und ihm wurde schwindlig. Er packte den Griff seines Revolvers fester.

»Tötet den Xenos hier und jetzt.«

»Das kann ich nicht. Ich werde ihn mitnehmen.«

»Eure Befehle sind hinfällig. Der Palast ist alarmiert. Ihr werdet nicht weit kommen.«

»Ich muss es versuchen.«

»Verdammt, Adamara!«

»Bleibt wachsam, der Hunger dieser Kreatur richtete sich auf uns beide.«

Er konnte spüren, wie sein Bewusstsein schwand. Der Xenos bemerkte es und begann unter Rassilos wachsamem Blick unruhig zu werden. Wenn er seinen Revolver auf den Xenos richtete, würde Rassilo ihn überwältigen. Wenn er Rassilo erschoss, würde der Xenos ihm an die Kehle springen. Sein Kopf schwamm und ein taubes Kribbeln breitete sich unterhalb der Knie in seinen Beinen aus.

»Ihr könntet dem abschwören, selbst jetzt noch«, sagte er vorsichtig. »Ich könnte Euer Fürsprecher sein.«

Rassilo lachte. »Erasmus«, sagte sie traurig. »Ihr seid ein so kluger Mann und wisst doch so wenig.«

»Mehr als Ihr, wie es scheint.«

Sie blickte ihn an und tiefes Bedauern stand in ihrem fein geschnittenen Gesicht. »Vielleicht ist es schon immer so gewesen«, sagte sie.

Dann richtete sie die Pistole auf ihn.

Crowl zog instinktiv den Abzug durch und schoss ihr eine Kugel in den Kopf. Noch bevor sie zu Boden sackte, noch bevor er sich zum Xenos umdrehen konnte, sprang ihn die Kreatur mit beängstigender Schnelligkeit an und stieß ihn zu Boden. Crowl schlug um sich, während ihn der stechende Geruch des Schreckens einhüllte. Er spürte, wie spitze Dinge in seinen Brustkorb bissen.

Er schrie auf und schlug mit seinen gepanzerten Fäusten zu. Der Revolver rutschte über den Boden und blieb am Rand des Spalts liegen. Dann starrte er in das grausige Gesicht des Xenos.

»Kluger Mann«, wiederholte das Ding mit einer Stimme, die ein bizarres Zerrbild menschlicher Worte formte. »Ich zeige dir den *Schmerz.*«

KAPITEL SECHSUNDZWANZIG

Tobender Wahnsinn wogte durch die Halle. Die Gardisten hatten ihre Befehle und befolgten sie, auch wenn sie dabei den Tod fanden. Spinoza sah Körper, die durch die Luft geschleudert wurden, und hörte das hallende Krachen der Energiegleven, die wie Schlachtermesser umhersausten. Als sie sich einen Weg durch das Gewitter der Lasersalven zu Gloch bahnte, wurde ihr klar, dass der Wahnsinn bald vorbei sein würde.

Khazad stand noch, doch sie wankte bereits. Sie wehrte sich gegen Glochs brutale Schläge und wich zurück, während der Riese sie vom Zentrum des Kampfes fort in die Schatten trieb.

»Mörder!«, brüllte sie ihm ins Gesicht und ihre Stimme zitterte vor Hass. »Verräter!«

Gloch sagte nichts, sondern parierte den Stoß ihres Energieschwertes mit seinem Kampfmesser, stieß sie zurück und hob seine Automatikpistole. Der Schuss traf ihre Schulter und schleuderte sie rücklings zu Boden. Er setzte ihr nach und hob die Hand zum tödlichen Schlag.

Dann war Spinoza bei ihm und schwang ihren Streitkolben. Der wuchtige Hieb riss ihn von den Füßen und schleuderte ihn gegen eine Säule. Obwohl die Rüstung den größten Teil des Schlages absorbierte, hatte er Mühe, wieder auf die Beine zu kommen.

»Lass sie in Ruhe«, schrie Spinoza ihn an und stellte sich schützend vor Khazad.

Gloch grinste; es war ein abscheulicher Anblick unter dem halb zerstörten Helm. »Dann hast du mich also gefunden«, lachte er. »Gut. Ich wusste, dass du was drauf hast.«

Er schoss, bevor er sich mit erhobener Klinge auf sie stürzte. Spinoza spürte, wie das Projektil an ihr vorbei jagte, als sie mit dem Crozius zum Schlag ausholte. Sie schlug Glochs Arm beiseite und das Messer entglitt seiner tauben Hand. Wankend hob er wieder die Pistole, doch sie ließ ihm nicht genug Platz und deckte ihn mit brutalen Hieben ein, die seine Plattenrüstung zerbeulten und aufbrachen. Sie steckte all ihre Kraft in die Schläge und genoss grimmig jeden Treffer. Blut verkochte knisternd im Disruptorfeld des Streitkolbens. Sie schlug weiter auf den Riesen ein und trieb ihn zurück, bis er mit dem Rücken wieder gegen die Säule stieß.

Erneut versuchte er die Pistole zu heben, doch sie drückte seine Hand mit dem Crozius gegen den Stein. Mit einem Schrei ließ Gloch die Waffe in den Staub fallen. Spinoza zog den Streitkolben zurück und rammte ihm die Waffe in die Brust. Seine Panzerung splitterte und er glitt zu Boden. Sie ballte die Faust und schlug ihm einmal, zweimal ins Gesicht, bis sein Kieferknochen brach. Blut strömte über seine Halsberge.

»Ich habe gesagt, du sollst sie in Ruhe lassen«, knurrte Spinoza und holte zum nächsten Schlag aus.

Er versuchte zu sprechen, doch sie schlug ihn so hart, dass sein Kopf mit dem Knacken brechender Knochen zurückgerissen wurde und er das Bewusstsein verlor. Dann rannte sie durch den Lärm aus fauchenden Laserstrahlen und Schreien der Wut und des Schmerzes zurück zu Khazad, die in einer Blutlache am Boden lag. Spinoza ging neben ihr in die Knie.

»Halt durch«, sagte sie. »Crowl wird dafür sorgen, dass der Gerechtigkeit Genüge getan wird.«

Khazad lächelte sie an. Erst jetzt bemerkte Spinoza, wie schwer ihre Verletzungen waren. »Das ist bereits geschehen.« Sie streckte eine zitternde Hand nach Spinoza aus. Ihr Energieschwert lag schimmernd im Staub. »Ich habe gesehen, was du getan hast«, murmelte sie undeutlich. »Du bist eine wahre Shoba.«

Dann wurde ihr Arm schlaff und die Hand fiel herab. Spinoza legte sie behutsam auf den Boden und drehte sich um.

Die Custodes brachten weiter Rassilos Gardisten um, doch die Inquisitorin war nirgends zu sehen. Spinoza suchte nach ihrem Signal, fand jedoch nichts. Sie war fort, ebenso wie Crowl. Gloch war bewusstlos und Khazad war dem Tode nahe. Lermentov, wenn er noch lebte, hatte hier keine Befehlsgewalt.

Damit blieb nur sie.

Spinoza eilte zurück ins Zentrum der Halle und versuchte nicht einmal, sich vor den Custodes zu verbergen. Sie schaltete das Disruptorfeld ihres Crozius auf maximale Leistung und ließ seine blau strahlende Aura das Gewölbe fluten.

»Genug!«, schrie sie und die Voxaugmitter ihrer Rüstung verstärkten den Befehl. »Feuer einstellen! Alle Soldaten der Inquisition, sofort *das Feuer einstellen*, verdammt!«

Die Kämpfe wüteten noch eine Sekunde länger – mehr Zeit brauchten sie nicht, um zu erkennen, dass die Inquisitorin nicht länger zugegen war und der Befehl vom höchstrangigen Vertreter des Ordos kam. Das Laserfeuer erlosch und eine unruhige Stille senkte sich über die Halle.

Dutzende Körper waren über den Boden verstreut, einige bewegten sich noch, andere nicht. Zwischen ihnen standen die Custodes. Blut tropfte von den Klingen ihrer Wächterspeere und Brandspuren verunstalteten ihre goldenen Rüstungen. Der nächste Custodes drehte ihr das behelmte Gesicht zu und ließ seine Gleve sinken.

»Inquisitorin Rassilo ist geflohen«, sagte sie und ging auf ihn zu. »Es ist vorbei.«

Der Custodes schüttelte den Kopf. »Noch nicht.«

Erst da bemerkte sie, dass der Xenos ebenfalls fort war. Ein ungutes Gefühl breitete sich in ihrem Magen aus und sie setzte sich in Bewegung.

»Wo ist Euer Captain?«, rief sie und stürmte an dem Custodes vorbei.

Der goldene Riese ergriff ihren Arm und hielt sie zurück. Sie hob den Kopf und blickte in die Linsen des reglosen Helms.

»Was glaubt Ihr?«, sagte er.

Sein fauliger Atem roch nach verwesendem Fleisch. Crowl fühlte, wie sich Krallen durch seine Rüstung bohrten, als wäre sie aus weichem Leder. Hektisch schlug er mit seiner gepanzerten Hand auf den Xenos ein und traf ihn seitlich am Kopf. Dann krachte seine Faust ein zweites Mal in das abscheuliche Gesicht, das noch immer die Spuren von Navradarans Schlägen zeigte. Es gelang ihm, die Kreatur weit genug von sich fortzustoßen, um sich aus ihrem Griff befreien zu können.

Doch sie kroch ihm über den Steinboden hinterher. Der Revolver war zu weit entfernt und die Xenoskreatur sprang mit gieriger Bosheit in den schwarzen Augen auf ihn zu.

Crowl blinzelte und feine Nadelgeschosse jagten aus der Unterarmschiene seiner Rüstung in den weniger als eine Armlänge von ihm entfernten Xenos.

Die Kreatur zuckte zurück und ihre Adern begannen hervorzutreten. Sie würgte. Crowl schob sich keuchend auf die Knie. Sein Herz raste. Die in den Pfeilen enthaltene Giftdosis war stark genug, um einen Ogryn auszuschalten, doch der Xenos blieb bei Bewusstsein und hustete schwarze Galle aus seiner geschwollenen Kehle. Er blickte Crowl an, grinste und schluckte. Die Haut der Kreatur schien im Licht von Crowls Rüstungslumen dunkler und härter zu werden, als sie sich langsam regenerierte.

Crowl hob erneut den Arm mit dem Nadelwerfer, doch die Xenoskreatur musterte ihn ohne jede Spur von Furcht.

»Tu es«, krächzte sie. Die Worte, die ihre Lippen formten, klangen seltsam fremdartig.

Der Xenos schien schwer verletzt zu sein. Die Gliedmaßen, die aus seinem Rückgrat ragten, hingen nutzlos herab, die Sehnen gerissen und die Knochen gebrochen. Sein ledernes Gewand war zerfetzt und sein hagerer Leib mit tiefen Schnitten übersät. Dunkle Tropfen rannen seinen knochigen Hals herab.

Und doch atmete er, auch wenn seine Lungen befremdlich rasselten. Sein stählerner Kiefer war intakt und zumindest einer seiner Arme war noch kräftig genug, um den langen, gebogenen Dolch zu halten. Der Schmerz hielt ihn zurück, doch das würde nicht lange so bleiben. Die Kreatur schien Kraft aus der eigenen Zerstörung zu schöpfen.

Dann taumelte sie und hustete. Die Hand mit dem Dolch zitterte. Crowl ließ seinen Arm nicht sinken und versuchte sich auf den Beinen zu halten.

»Du stirbst, Mensch«, krächzte der Xenos. »Dein Blut riecht nach Tod.«

Crowl versuchte, gegen den Schmerz anzukämpfen. Ein grotesker Akzent färbte die grausamen Worte der Kreatur, deren Lippen diese Laute nicht gewohnt waren, und doch sprach sie verständliches Gotisch. Sie versuchte, sich zu erheben, doch es gelang ihr nicht. Ihre Glieder zitterten, als sich ihr Mund zu einem reumütigen Lächeln verzog.

»Ich wollte ihn sehen«, murmelte sie. »Den Leichenthron. Bevor er stirbt.«

»Du lügst.«

»Die ganze Zeit.« Das Lächeln wurde breiter und wieder hustete sie schwarze Galle. »Ich wollte eurem Imperator ins Gesicht sehen. Nur er und ich. Wir beide leben schon so lange. Und dann …«

»Dazu wäre es nie gekommen.«

»Und doch ist es mir fast gelungen.« Die Xenoskreatur kroch ein Stück näher und Crowl sah, wie ihre Augen ihn in der Dunkelheit musterten. »Es gibt noch mehr von uns.«

»Ich will Namen«, sagte Crowl, der spürte, dass sein Arm immer schwerer wurde.

»Dieses Wissen ist gefährlich.«

»Ich bin so gut wie tot, also sag es mir.«

Der Xenos warf ihm einen seltsamen Blick zu, als würde er über eine neue Art der Folter nachsinnen oder als hätte er unvermutet eine interessante Entdeckung gemacht.

»Es sind drei. Sie waren –«

Ein Speer flog pfeifend durch die Dunkelheit und durchbohrte die Brust der Kreatur. Sie wurde über den Steinboden geschleudert. Sie zuckte und schrie, konnte sich jedoch nicht erheben.

Crowl versuchte aufzustehen, brach jedoch sofort wieder zusammen und hustete Blut. Seine Muskeln waren schwer, viel zu schwer. Er nahm kaum wahr, wie Navradaran an ihm vorbei auf die Xenoskreatur zuschritt, um ihrem Leben ein Ende zu setzen. Alles drehte sich vor seinen Augen und seine Kräfte ließen nach. Dann bemerkte er, wie die schrillen Schreie des Xenos plötzlich verstummten.

Er rollte sich schwer atmend auf den Rücken. Weit oben, viele Hundert Meter über ihm, hinter den Kabeln und Rohren und Querstreben, sah er wieder den schwachen goldenen Schein, der wie Regen auf ihn herabfiel.

Doch auf Terra regnete es nie.

Navradaran kam zu ihm. Hunderte Brandnarben versengten seine schwere Rüstung. Der Custodes kniete sich neben ihn.

»Ihr hättet ihn ausreden lassen können«, murmelte Crowl.

»Es ist vorbei«, sagte Navradaran.

Crowl fühlte, wie seine Kräfte schwanden. Er versuchte, sich dagegen zu wehren, doch die Welt wurde schwarz. »Ich bin zu alt für diese Dinge«, murmelte er, ohne den goldenen Nimbus weit über sich aus den Augen zu lassen. »Vielleicht werde ich einfach hierbleiben.«

»Ihr habt den Tod bereits verdient«, sagte Navradaran. »Wenn ihr bleibt, werde ich das Urteil vollstrecken.«

Crowl drehte den Kopf und warf ihm einen gleichermaßen amüsierten wie verärgerten Blick zu. »Den Tod verdient? Weil ich eine Verräterin und einen Xenos zur Strecke gebracht habe?«

»Dies ist heiliger Boden.«

»Dies ist der Palast. Sie haben den Thron nie erreicht.«

Navradaran sagte nichts.

Das Lächeln auf Crowls Gesicht verblasste und sein Blick glitt am Custodes vorbei zur Granitwand. Er betrachtete die alten Reliefs der zwanzig Helden. Dann wanderte sein Blick langsam hinauf zu den Kabeln und Rohren der gewaltigen Apparatur über ihm. Er sah die Stufen, die zum goldenen Schleier hinaufführten. Er hörte das unaufhörliche Brummen, das jede Oberfläche vibrieren ließ und bemerkte die elektrostatische Spannung in der Luft. Weit, *weit* oben entdeckte er vage Schemen im goldenen Nimbus, gefangen in einem brennenden Hitzeschleier und unmöglich zu erkennen, die in ihm ein Gefühl der Ehrfurcht wachriefen.

Er hob seinen Arm und streckte die Hand nach ihnen aus.

»Oh, mein –«, begann er.

Dann waren seine letzten Kraftreserven erschöpft und sein Kopf sank zurück auf den harten Steinboden. Die Wände verschwammen und die Welt stürzte fort, der goldene Schleier erlosch und das Vergessen umfing ihn.

KAPITEL SIEBENUNDZWANZIG

Jubelschreie stiegen zum Himmel auf. Millionen Stimmen vereinten sich zu einem Chor, der in der toxischen Atmosphäre durch die engen Straßenschluchten wogte und von den Fassaden der endlosen Türme widerhallte. Trommeln ertönten, Fanfaren erklangen und ganze Batterien gewaltiger Abwehrkanonen schossen Salut. In jeder Kathedrale brachten die Priester blutige Opfer auf ihren Altären dar, während ihre Gemeinden weinten und brüllten. Lumenanlagen so groß wie Kriegsschiffe warfen über dem Sanctum Imperialis eine Säule aus blutrotem Licht in den Nachthimmel und projizierten ein geisterhaftes Mahnmal, das jedes Auge im Umkreis von einhundert Kilometern um den Palast sehen konnte.

Spinoza sah dem Spektakel von Courvains höchster Ebene aus zu. Ihre Verletzungen waren versorgt worden, doch ihr überanstrengter Körper schmerzte noch immer. Sie hatte seit Tagen nicht mehr vernünftig geschlafen und fühlte sich fiebrig. Dennoch spendete ihr der Anblick der Lichtsäule etwas Trost. Das Fest war auf seinem Höhepunkt und die Prozession hatte das Ewige Tor erreicht. Dort drängten sich die Auserwählten, um einen kurzen

Blick auf die Pracht der unzähligen Banner, die Titanen und die großen goldenen Torflügel zu werfen, bevor sie wieder fortgeschickt wurden. Erschöpft und aufgeregt wie sie waren, sahen die meisten von ihnen nicht einmal das. Nur wenige blieben weit genug bei Sinnen, um zu begreifen, dass sich hinter den Toren die ewigen Hallen des Imperators selbst befanden. Sie würden die hololithische Projektion des Sanguinius sehen, der trotzig auf der Schwelle stand, und ihre fromme Hingabe würde ihren Höhepunkt erreichen.

Weihrauchgeschwängerter Wind strich über die Prellungen auf ihrem Gesicht. Millionen Lampions stiegen von Terras trägen Luftströmen getragen in den dunklen Himmel auf. Für einen Moment, einen kurzen Moment, hatte die Menge ihre Ängste vergessen. Gesprungene Lippen flüsterten inbrünstig Gebete und schickten sie zusammen mit den schwebenden Lichtern in die Nacht.

Rassilos Worte kamen ihr in den Sinn.

Darum entzünden sie all die Opferfeuer, um die Schatten zurückzutreiben.

Es war ein urzeitlicher Brauch, wie er seit den frühesten Tagen der Spezies zelebriert wurde, und die Menschheit würde an diesem Brauch festhalten, solange sie in dieser feindseligen Galaxis existierte.

»Beeindruckend, nicht wahr?«, sagte Crowl und trat neben sie.

Sie hatte ihn bereits gehört. Selbst ohne Rüstung war sein schlurfender Gang für sie unverkennbar geworden, doch das behielt sie für sich.

Vermutlich wusste er es ohnehin.

»Ein erhebender Anblick«, sagte Spinoza, was der Wahrheit nahe genug kam.

Crowl nickte. Seine grauen Augen wanderten die Lichtsäule hinauf.

Spinoza warf ihm einen verstohlenen Blick zu. Sein Gesicht, das schon immer hager gewesen war, wirkte ausgezehrt. Die Schnitte auf seiner Haut heilten nur schlecht und seine Lippen waren rissig und rau.

»Ihr solltet Euch eine Zeit lang erholen, Exzellenz«, sagte sie.

»Ebenso wie Ihr.«

Zwischen dem Wald aus Türmen schwebte ein Trawler der Ekklesiarchie durch den lichterfüllten Himmel. Hymnen plärrten aus seinen Voxaugmittern, die von der wimmelnden Menge am Boden enthusiastisch aufgegriffen wurden. Die Manufactorien schwiegen, die Schmiedeöfen waren kalt und die Fertigungsbänder des Munitorums standen still. Ganz Terra feierte auf den Plätzen und in den Straßen, Bürger fielen sich in die Arme und lobten frenetisch den Gott-Imperator.

»Mir ist aufgefallen, dass Ihr Lord-Inquisitorin Rassilo beim Vornamen angesprochen habt«, sagte Spinoza vorsichtig, »Ich habe darüber nachgedacht und es erschien mir ungewöhnlich.«

»Tatsächlich?«

»Hattet Ihr ein … enges Verhältnis zueinander?«

»Kümmert Euch um Eure eigenen verdammten Angelegenheiten.«

Sie lächelte. In der fiebrigen Nacht erschienen geisterhafte Projektionen im roten Licht –Primarchen, Heilige, große Helden des Adeptus Astartes. Jede Darstellung rief neue Begeisterungsstürme hervor und der Jubel übertönte das immerwährende Brummen der urbanen Generatoren.

»Ich habe einige Dinge gelernt«, sagte Spinoza schließlich.

»Ach ja?«

»Was Ihr mir über Furcht erzählt habt; ich denke, ich verstehe es jetzt.«

»Gut.«

»Doch wenn ich offen sein soll, gefallen mir Eure Methoden nicht. Eure frevelhafte Respektlosigkeit ist beunruhigend.«

»Ihr klingt wie jemand, den ich kenne.« Crowl stützte sich auf die Balustrade. »Habt Ihr noch etwas anderes auf dem Herzen, Spinoza, oder wären das alle Beschwerden für diese Nacht?«

»Eine Sache wäre da noch. Es ist nicht gut, wenn die Diener des Imperators allein arbeiten, denn es braucht viele Augen, um charakterliche Verkommenheit aufzuspüren.«

Crowl hob eine Augenbraue. »Ich verstehe.«

»Und wir würden einander gut ergänzen«, sagte sie. »Das ist alles.«

»Ich sagte Euch einst, dass Ihr aussprechen sollt, was Ihr denkt«, sagte Crowl zerknirscht. »Ich beginne diese Worte zu bereuen.«

»Wie Ihr wollt, Exzellenz.«

»Und würdet Ihr um die Liebe zum Thron willen bitte aufhören, mich so zu nennen.«

»Ich werde es versuchen.«

Crowl schnaufte und seine vernarbten Hände umklammerten die Balustrade fester. Spinoza hatte Fragen, über die sie in den seltenen Verschnaufpausen seit ihrer Ankunft auf der Thronwelt nachgedacht hatte. Es kam ihr nicht richtig vor, sie jetzt zur Sprache zu bringen, während die gesamte Welt in seltener Dankbarkeit schwelgte, allerdings konnte sie nicht sagen, ob sie später noch Gelegenheit dazu bekommen würde.

»Ich habe mich nach Euch erkundigt«, sagte sie. »Und überall hörte ich dasselbe.« Sie drehte sich zu ihm um. »Es heißt, Ihr seid nicht immer allein gewesen.«

Crowls hageres Gesicht blickte weiter auf die Lichter im Himmel.

»Nein, nicht immer«, sagte er. »Aber das ist lange her.« Vielleicht lag es an den Verletzungen, die er davongetragen hatte, aber er sah schlimmer aus denn je. »Über einige Verluste kommt man nur schwer hinweg. Wir sind Menschen, Spinoza. Einige von uns zumindest.«

Spinoza wusste nicht, wie sie darauf reagieren sollte. Zuvor hätte sie in diesen Worten nicht mehr als ein nachsichtiges Eingeständnis gesehen, doch jetzt schien es ihr, als würde mehr dahinterstecken.

»Was ist passiert?«, fragte sie.

»Euer ehemaliger Herr, der Schlächter von Forfoda.« In Crowls starrem Gesicht spiegelte sich alter Kummer. »Wie immer hat er sich nicht mit Fragen aufgehalten. Es war sinnlos und es war ein

Fehler, aber das interessierte ihn nicht. Sie war unschuldig. Wie hätte sie es auch nicht sein können, denn sie und ich waren …« Er verstummte und schüttelte den Kopf. »Noch bevor ihr Körper verbrannt war, entzündete er schon den nächsten Scheiterhaufen. Dann den nächsten und den nächsten. Sie säumten seinen blutigen Weg durch die Galaxis. Ein anderer Mann hätte nach Rache getrachtet, aber ich war zu langsam und hatte Pflichten, denen ich nachkommen musste. Doch der Kummer nagte seitdem an mir.«

Spinoza wandte den Blick ab. »Tur starb auf Karalsis.«

»So heißt es«, sagte Crowl. Er atmete tief und keuchend durch. »Und ich werde mich ihm schon bald anschließen. Ihr wisst sicherlich mittlerweile, dass ich das Ende des Jahrtausends nicht erleben werde.« Er betrachtete seine Hände. »Nachdem er fort war, dachte ich über mein Leben nach, über meine Einsamkeit. Immer wieder durchlebte ich den Verlust der einen Seele, die mir einen Grund gegeben hätte, weiterzumachen. Ich übernahm den freien Posten in Courvain und beschloss, es ihm auf die einzige Weise heimzuzahlen, die er niemals verstehen würde. Ich wollte mir seinen besten Gefolgsmann holen, den stolzesten und frommsten, und ihn bekehren. Er bildete Schlächter aus und ich wollte eine Seele nach meinem Ebenbild formen. Er hat mich meines Vermächtnisses beraubt, daher wollte ich seines untergraben.«

Spinoza richtete ihren Blick wieder auf das Hololith. Die geisterhafte Projektion des letzten Primarchen, Sanguinius, begann zu verblassen und in den unzähligen Lichtern der Weltenstadt aufzugehen.

»Also war ich das Werkzeug einer persönlichen Fehde«, sagte sie nachdenklich.

»Anfangs.«

»Und wie denkt Ihr jetzt darüber?«, fragte sie, ohne Crowl anzusehen.

»Dass nicht alle Grausamkeiten körperlicher Natur sind«, sagte er. »Dass es Dinge gibt, die man loslassen muss, wenn sie je ein Ende finden sollen. Dass Ihr die Torheiten eines alten Mannes ertragen habt und dass Ihr nicht länger bleiben müsst, wenn Ihr Euren eigenen Weg gehen wollt. Für welchen Ihr Euch auch entscheidet, Ihr werdet eine eindrucksvolle Inquisitorin sein.«

Der Jubel auf den Straßen nahm kein Ende. Als der geisterhafte Primarch verschwand, stiegen Feuerwerkskörper in den nächtlichen Himmel auf – umfunktionierte Gefechtsraketen, die kathedralengroße Strahlenkränze herabregnen ließen. Die Feiern würden erst in der grauen Morgendämmerung enden, wenn die Sirenen der Manufactorien wieder erklangen und die müde Welt nach erlösender, doch kurzer Euphorie zu ihrer mühseligen Fron zurückkehrte.

Es war unmöglich, nicht wütend zu sein. Tur hatte sie gelehrt, dass Wut die mächtigste und nützlichste aller Emotionen war. Sie konnte seine scharfe Stimme hören, die sie an ihre Würde und ihre Bestimmung erinnerte. Sie wusste auch, was Erastus über den Verfall an diesem Ort gesagt hätte.

Und doch erinnerte sie sich auch an eines der ersten Dinge, die Crowl ihr gesagt hatte, als sie vor einigen Tagen, die sich jedoch wie ein ganzes Leben anfühlten, nach Terra gekommen war.

»Achtet nicht auf die Stimmen, die Ihr hört«, wiederholte sie die Worte. »Sondern auf jene, die Ihr nicht hört.«

Crowl sah sie an und lächelte. »Wer gab Euch diesen Rat?«

»Das habe ich vergessen.«

Er nickte. »Dennoch ist es eine gute Einstellung«, sagte er.

»Dies ist Terra«, erwiderte sie und sah zu, wie die goldenen Sterne zur Erde fielen. »Wo eine Hand gibt und die andere nimmt.«

Er saß schon so lange in dieser Zelle, dass er nicht mehr sagen konnte, wie viel Zeit vergangen war. Sie hatten seine Wunden soweit versorgt, dass er nicht mehr in Lebensgefahr schwebte, und ihn dann in einem fensterlosen Transporter zu diesem lichtlosen Ort gebracht, wo ein Krug mit öligem Wasser, doch keine Speisen auf ihn gewartet hatten. Er war nicht misshandelt worden – einer der Wächter hatte sich sogar für die engen Fesseln entschuldigt, die ihm ins Fleisch schnitten, bis seine Handgelenke geblutet hatten –, doch dafür hatte auch kein Grund bestanden, denn er war bereits starr vor Furcht gewesen.

Zuerst hatte er Zuflucht im Trotz gesucht, was ihm im Laufe der Stunden immer schwerer gefallen war. Er hatte geschrien und die Ungerechtigkeit seiner Verhaftung angeprangert, doch niemand hatte ihm geantwortet. Dann hatte ihn die Angst gepackt. Viele Stunden später, allein und verlassen in dieser Zelle, hatte er begonnen, unablässig hin und her zu laufen. Nachdem viele weitere Stunden vergangen waren und körperliche Schwäche ihn übermannt hatte, war er in einer Ecke der stinkenden Zelle zu Boden gesunken. Dann hatte das Zittern begonnen. Er hörte seltsame Geräusche an diesem Ort, schreckliche Geräusche, die ihm zusetzten, so wie es beabsichtigt war.

Er wusste, was sie taten. Er kannte ihre Methoden gut genug, um zu begreifen, wie sie seinen Verstand brachen, doch das Wissen machte es ihm nicht leichter, sich der Angst zu widersetzen.

Als sich die Tür wieder öffnete, befand er sich genau in dem Zustand, in dem sie ihn haben wollten. Sie schnallten ihn auf den Stuhl und fesselten seine Hände, die trotz der drückenden Hitze zitterten.

Er blickte erst auf, als der Mann eintrat, der ihn verhören würde – er war groß gewachsen und trug eine silbern abgesetzte schwarze Rüstung. Sein ernstes Gesicht zeigte die Spuren einer kürzlich zugezogenen Verletzung, doch seine grauen Augen waren ruhig und seine Bewegungen ungezwungen genug.

Die Tür schloss sich hinter ihm und er nahm auf einem Stuhl gegenüber von ihm Platz.

»Salvor Lermentov«, sagte er Mann, legte die gepanzerten Hände aneinander und blickte ihm in die Augen. Seine Stimme war tief, intelligent und besaß den unvermuteten Anflug eines niedergotischen Akzents.

Lermentov stellte fest, dass er die Augen nicht von der eisernen Schädelrosette abwenden konnte, die am Aufschlag des Mantels befestigt war. Er beschloss, sich auf dieses Symbol zu konzentrieren. Was auch kommen würde, er war entschlossen, so lange wie möglich durchzuhalten.

Aber er wusste, dass dies das Ende war. Alles, was ihm blieb, war symbolischer Trotz, denn eine Festung der Inquisition verließ niemand lebend.

Er nickte. Der Mann zog einige Pergamente aus seiner Manteltasche, strich sie glatt und begann sie sorgfältig zu lesen.

»Sagt nichts«, begann Crowl trocken die Befragung, »sondern hört mir sehr sorgfältig zu.«

ÜBER DEN AUTOR

Chris Wraight ist der Autor der ›Horus Heresy‹-Romane *White Scars* und *Pfad des Himmels* sowie der Novelle *Bruderschaft des Sturms*. Für Warhammer 40.000 verfasste er die Space-Wolves-Romane *Blut von Asaheim* und *Sturmrufer*, die Romane *Leichenthron* und *Der Hohle Berg* aus seiner Inquisitionstrilogie ›Die Schattenchronik von Terra‹ sowie die Romane *Herren der Stille* und *Wächter des Throns: Die Legion des Imperators*. Chris lebt und arbeitet nahe Bristol in Südwest-England.

DEIN NÄCHSTES BUCH

DIE SCHATTENCHRONIK VON TERRA: DER HOHLE BERG
von Chris Wraight

Inquisitor Erasmus Crowl und seine Schülerin Spinoza müssen sich neuen Gefahren stellen, als sich der Große Riss auftut und ein neues, blutiges Zeitalter anbricht. Kann Crowl sein Ziel weiter verfolgen und den Schrecken offenbaren, der im Herzen des Hohlen Bergs lauert?

Ein Auszug aus

DIE SCHATTENCHRONIK VON TERRA: DER HOHLE BERG

von Chris Wraight

Niir Khazad war am Leben.

Es hatte eine Weile auf der Kippe gestanden, aber Erunion, Courvains Chirurgus Philosophus, hatte sich stundenlang geduldig um sie bemüht. Er hatte sie zusammengeflickt und die Phiolen und Nähte immer wieder kontrolliert, bis sich ihr Zustand schließlich stabilisierte, ihr Herz schlug und ihre Lungen sich selbstständig mit Luft füllten. Als sie schließlich aufwachte, sah sie als Erstes sein hageres Gesicht, das sie über halbmondförmige Brillengläser hinweg ansah, als würde es eine enttäuschende Laborprobe inspizieren.

»Ihr seid hart im Nehmen«, sagte er anerkennend.

Das wusste sie selbst. Wer auf einer Todeswelt geboren und aufgezogen wurde, hatte keine andere Wahl. Im Lauf ihrer langen Karriere hatte sie viele schwere Verletzungen erlitten und sich immer wieder davon erholt. Auf den Magnetankerplattformen im niederen Orbit von Dramde XI war sie von einem Boltgeschoss in der Schulter getroffen worden, das einen faustgroßen Fleischklumpen herausgerissen hatte. Das hätte sie ebenso töten sollen wie der in Gift getauchte Stachel, der unter den Makropolslums von Hydra Demetrius in ihrem Bauch gesteckt hatte. Damals hatte sie allerdings noch die Dienste von Hovash Phaelias für sich in Anspruch nehmen können. Ihr damaliger Herr war ein gründlicher Mann mit einem gut bestückten Arsenal und einem immer gut ausgerüsteten Apothecarium gewesen, sodass ihre medizinische Versorgung im Bedarfsfall vorbildlich gewesen war. Jetzt war sie von Schmerzunterdrückern so benebelt, dass sie kaum wusste, wo sie war, geschweige denn, wie zuverlässig die Methoden waren, mit denen sie hier behandelt wurde. Wenn sie sich Erunion mit seiner geisterhaft blassen Haut und seinem unsteten Blick ansah, fiel es ihr schwer, zuversichtlich zu sein.

»Ja«, war alles, was sie, allerdings mit Stolz, krächzen konnte.

Danach gewann sie ihre Kraft zurück. Der Chirurgus entfernte sich schlurfend, kam jedoch alle paar Stunden mit noch mehr Tinkturen und Nadeln zurück. Servitoren klapperten geifernd um ihr Bett herum und bedienten mit unbeholfenen Bewegungen die antiquierten Maschinen.

Ihre Selbstwahrnehmung, ihr Ortsbewusstsein und ihr Gedächtnis kehrten zurück. Sie erinnerte sich an die lange Jagd, als es so schien, als hätte sich die Welt selbst gegen sie alle gerichtet. Die Gefolgsleute ihres Herrn waren einer nach dem anderen ausgeschaltet worden. Während dieser Zeit hatte sie nie versucht, ihn zur Flucht von Terra zu überreden, einer Welt, die zu ihrem Feind geworden war. Ein Inquisitor floh nicht – nicht, wenn es eine Beute zu jagen galt. Bis zum Ende war sie davon ausgegangen, dass er die Identität ihrer Feinde aufdecken und dann eine Möglichkeit finden würde, gegen sie anzugehen, aber sie hatte sich verrechnet. Jetzt war Phaelias tot, so wie all die anderen. Nur sie war noch übrig – eine Flüchtige, die aus den Schatten der großen Makropoltürme herausgepflückt und in einer anderen Seilschaft von Mördern und Außenseitern aufgenommen worden war. Selbst dann noch hatte der Tod erneut versucht, sie zu holen – in den tiefen Katakomben unter dem Palast, wo Xenos und den Mythen entstiegene Götter inmitten wirbelnder Schatten gekämpft hatten.

Aber sie war ihm ein weiteres Mal entkommen. Und jetzt atmete sie, unter Schmerzen. Sie blinzelte, unter Schmerzen. Sie schluckte und spürte, wie wund ihr Hals von den Schläuchen noch war. Als sie schließlich wieder ganz zu Bewusstsein kam, war die Kammer in ein dämmriges Licht getaucht. In der trüben Dunkelheit dauerte es eine Weile, bis sie bemerkte, dass sie nicht allein war.

»Willkommen zurück, Assassine«, sagte Erasmus Crowl.

Sie hatte noch nie mit ihm gesprochen. Den Namen »Crowl« hatte sie nur gehört, wenn Spinoza ihn erwähnt hatte, und es waren immer kurze, flüchtige Bemerkungen gewesen. Als sie schließlich beide in derselben Kammer zusammengetroffen waren, flogen schon die Lasergeschosse und Rassilos beste Jäger waren mit mörderischer Absicht hinter ihr her.

Aber es war kaum möglich, ihn für jemand anderen zu halten. Er trug eine schwarze Robe mit einem silbernen Saum. Sein Haar war aus seinem hageren, von Narben und Krankheit gezeichneten Gesicht streng nach hinten gekämmt. Mit den Händen im Schoß saß er ruhig da, so still wie die Schatten, die ihn umgaben. Lediglich seine Stimme, die einen sanften, trockenen Klang hatte, verriet etwas mehr Menschlichkeit.

Sie versuchte, ihren Kopf von der Pritsche zu heben, schaffte es jedoch nicht. »Inquisitor«, krächzte sie.

Crowl stand auf, schüttete die neben ihrem Bett stehende Metallkanne aus und füllte sie mit frischem Wasser. Sie nahm einen vorsichtigen Schluck.

»Ich wollte Euch für Eure Genesung mehr Zeit geben«, sagte Crowl. »Das sind schwere Verletzungen. Spinoza hat befürchtet, dass Ihr daran sterben könntet.«

Spinoza. Luce Spinoza. Die Frau – Crowls Interrogatorin –, die sie aufgespürt und ihr aller Wahrscheinlichkeit nach das Leben gerettet hatte. Sie war aus besonderem Holz geschnitzt; sie war stärker, härter, stürmischer. Khazad und sie ähnelten sich in vielerlei Hinsicht – sie waren Kriegerinnen, die in den erfindungsreichen Kampfkünsten des Imperiums geschult worden waren –, aber der Mann vor ihr war eine Klasse für sich. Körperlich schien er schwächer zu sein, aber er besaß eine offenkundige mentale Stärke, die sogar jetzt, selbst hier, mit einem einzigen Wort das Blut in den Adern gefrieren lassen könnte.

»Lebt sie?«, fragte Khazad. Sie konnte sich nicht genau daran erinnern, wie die Dinge in den Tiefen unter den enormen Mauern ausgegangen waren.

»Sie lebt, der Imperator sei gepriesen. Ich glaube, dass es sehr schwierig wäre, sie ums Leben zu bringen, und dafür bin ich dankbar.«

Khazad schluckte erneut. Es wurde langsam einfacher. »Kann ich dann –«

»Nur die Ruhe«, sagte Crowl leise. »Es wurde kein Verhör für Euch angeordnet. Die Fragen müssen warten, bis Ihr stärker seid. In der Zwischenzeit sollt Ihr wissen, dass Ihr sicher seid.«

Khazad lächelte schwach. »Es gibt nirgendwo Sicherheit.«